小林秀雄の論理

美と戦争

森本淳生

人文書院

目次

小林秀雄の論理

美と戦争

僕は、決して本当の情熱家ではない、僕の生涯は熱烈な気まぐれの連続に過ぎなかつた。
だが、僕には、たつた一つの本当の情熱がある、文学の情熱だ。

サント・ブウヴ『我が毒』（小林秀雄訳）

序　章　読解、批判、批評

「表現」を紡ぐことを自己の「宿命」として生きるとは、一体いかなることであろうか。もちろん人は、文学など存在しないかのように生きることができるし、実際多くの人々はそのようにして暮らしている。文学は人間の生に深く関わるものだと言ってみたところで、それが独りよがりの悪い洒落でないという保証はない。しかし、ある人々にとっては、「表現」を創造することは自己固有の存在と不可分に結びついている。そのとき人はまさに「表現者」として生きる。彼にとって、生きることと「表現」を生み出すことはひとつであり、生きることが「表現」の創造につながらないような生は端的に無意味である。これとは逆に、生に内在することで生み出されないものは、「表現」の名に値しない。そうしたものはせいぜい「表現」の影にすぎないからである。

小林秀雄という稀有な批評家を考えるとき、私がまず思うのはこうした問題である。これに比べれば、人はどのようにして批評家になるかといった類の問いは二次的な重要性をもつにすぎない。だが、「表現」を「宿命」として生きるとはどのようなことであろうか。もちろんこの問いには、あらかじめ定められた解答が存在するわけではない。答もひとつではあるまい。ただ「表現」を「宿命」とする者のたどった生の軌跡それ自体が、それぞれ還元不可能な固有性を含みつつ、独自の解答を示唆しているにすぎない。小林秀雄を読むことは、そうした軌跡を丹念にたどってゆく作業なしにはありえないだろう。

「表現」を「宿命」とする者は、しかしただ独りで生きてゆくわけではない。生きるとは、歴史を含みこんだ現実世界において生きることである。小林秀雄は「表現者」として、昭和前期の激動期をどのように生きたか。本書の基本的な関心は、そうした小林の姿を批判的な観点を失わずに内在的に跡づけることにある。「表現」を「宿命」とする者は、混乱した近代日本社会をどのように生き、過酷を極めた戦争に対してどのように振舞ったか。しかし、こう言ったとき私が問題にしているのは、狭い意味での政治的な挙措ではなく、「表現者」としての身の処し方である。例えば、次のようなテクストで問題になる小林秀雄の「表現者」としてのあり方がなによりも重要なのである。


空は美しく晴れ、眼の下には広々と海が輝いてゐた。漁船が行く、藍色の海の面に白い水脈《みを》を曳いて。さうだ、漁船の代りに魚雷が走れば、あれは雷跡だ、といふ事になるのだ。海水は同じ様に運動し、同じ様に美しく見えるであらう。さういふふとした思ひ付きが、まるで藍色の僕の頭に真つ白な水脈を曳く様に鮮やかに浮んだ。真珠湾に輝いたのもあの同じ太陽なのだし、あの同じ冷い青い塩辛い水が、魚雷の命中により、嘗て物理学者が仔細に観察したそのまゝの波紋を作つて拡つたのだ。そしてさういふ光景は、爆撃機上の勇士達の眼にも美しいと映らなかつた筈はあるまい。いや、雑念邪念を拭ひ去つた彼等の心には、あるが儘の光や海の姿は、沁み付く様に美しく映つたに相違ない。彼等は、恐らく生涯それを忘れる事が出来ない。そんな風に想像する事が、何故だか僕には楽しかつた。太陽は輝き、海は青い、いつもさうだ、戦の時も平和の時も、さう念ずる様に思ひ、それが強く思索してゐる事の様に思はれた。

僕は、又、膝の上の写真を眺め始めた。確かにこんな風に見えたに違ひない。悠々と敵の頭上を旋回する兵士達には、こんな風に見えるより他にどんな風に見えようか。心ないカメラの眼が見たところは、生死を超えた人間達の見たところと大変よく似てゐるのではあるまいか。何故なら、戦の意志が、あらゆる無用な思想を殺し去つてゐるからだ。彼等は、カメラの眼に酷似した眼で鳥瞰したであらう。それでなくて、どうして爆弾が命中する筈があるものか。（七、一六六―一六七）[1]

これは太平洋戦争の開戦した翌昭和一七年に発表された「戦争と平和」の一節である。小林は、正月元旦の朝刊に載った真珠湾爆撃の航空写真を見てこのような感想を抱いた。だが、このテクストはどのように読まれてきたか。

江藤淳はその小林秀雄論のなかで、この文に戦時体制への迎合を見る左翼的な批評を批判し、ここにあるのは小林の「告白」だけだと言った。その意味は次のとおりである。小林秀雄は基本的に「人と人との間の交渉」を絶ち「成熟」を断念することで「批評家」となった。他人への嫌悪感は小林にとって生理的なものだが、彼が「抽象的な都会生活者」であることにも由来している。こうした「都会生活者」とは、近代日本の落とし子であり、帰るべき「故郷」を喪失した抽象的存在にほかならない。彼らはもはや「父」や「掟」といった「絶対者」を信じられず、出世や社会的な「成功」にも興味がもてない。唯一残された道は「子」としての純粋性を証明することで、この苦難に満ちた生を乗り越える可能性だけである。小林も例外ではない。しかし小林の父は、彼が一高に入学した年（大正一〇年）に亡くなっており、病母をかかえた彼は「父」の役割をも演じなければならなかった。「父」と「子」とのあいだの葛藤――しかしこの葛藤の劇は決して社会的な広がりをもつことはなく、つねに内面の劇として彼に意識された。その苦痛からいかにして救済されるか。江藤はそこに小林の本質的な問題を見出す。ランボーが教えた「破壊」は、まさにこの小林の「父」に向けられており、ランボーとともに小林は

「行動家」となって「自分を不毛にする、「父」と「子」との二律背反、一人二役を強いる家庭などというものから脱出できる人間」となった。長谷川泰子との同棲も、当初はそのような「脱出」の試みであったと江藤は言う。しかし周知のように、この同棲は中原中也を巻き込んだ泥沼の三角関係をもたらしたのみならず、小林は泰子に束縛され振り回されることになる。自分の内なる「父」から解放されたと感じ「もっとも自由になりえたと信じた瞬間にもっとも拘束されてしまうという背理」がここにはあるのだ。小林にとって不幸だったのは、中也も泰子も明らかに「子」に属していたことである。小林は彼らと交渉するなかで自己のなかの「父」を意識せざるをえない。江藤のいわゆる「自殺の理論」が登場するのはここにおいてである。小林は、彼の「魂」が極度に「繊細にすぎたため」に、実生活や他者との交渉を断念し「「純粋」な「子」」になることで不毛な「父」と「子」の二律背反から抜けだそうとした。「死への情熱」が彼に生まれる。なぜなら「「純潔」が完成されるのは、「死」によってそれが保証されたとき以外にない」からである。

江藤がこの「自殺の理論」を論証するために挙げている重要なテクストとして、昭和二年に書かれたと推定される断片がある。そこには大正一四年四月から五月にかけての小笠原旅行の印象が書かれているが、遺言書の形式をかりたこのテクストのなかで、自殺は「太平洋の紺碧の海水」と「晴れた美しい空」のイメージに結びつけられていた。江藤によれば、これはその後の小林の思索を決定づけたものである。「青い空と海」は「「死」を、非現実を、あるいは絶対を示す象徴」であり、小林はこのイメージによって思索した。このことは、先に引用した「戦争と平和」の一節にもそのままあてはまると江藤は言う。

十五年後に書かれたこの小品のなかの光景は、いかにあの断片に描かれた小笠原の光景をほうふつとさせるであろうか。これは真珠湾爆撃の航空写真を見ての感想であるが、いわばその写真を通して、小林はあのパパイヤの実のような丸太舟を思い浮かべているのだ。あの時と何が違うか。すべてが同じではないか。イメイジで思索するとは、このように思索することをいうのである。この短文は、その頃当局から、「形容が不謹慎で態度が遊戯的」であるとして叱責されたというが、当局の直観は当っていた。小林はここで戦争をではなく、「死」に直面した人間の眼に映じるものを語っているにすぎないからである。(6)

江藤が「戦争と平和」を時局に迎合するものではなくたんなる「告白」であるとしたのはこのような意味においてである。

本書は、江藤淳のこうした読みに対する強い違和感を出発点として構想された。

たしかにさまざまな異論があるものの、江藤の読みは現在から見ても卓越しており、小林秀雄の本質的な側面を鋭く捉えている。しかしながら、晩年に『妻と私』や『幼年時代』のようなテクストが書かれたことを考えれば、「父」―「母」―「子」、あるいは「純粋」―「成熟」といった概念装置自体がすでに江藤の欲望によって色濃く染め上げられていたはずであり、彼が小林を肯定する身振りはそのまま自己肯定の身振りではないかという疑念がまず浮かぶ。彼の小林論がときに妖しく輝くのはそのためであろう。しかしこれはなかば江藤論の問題だからいまは措く。ここで注意すべきはむしろ、小林のテクストを「自殺の理論」が示す実存的な次元へと還元する江藤の方法は、文学や戦争をめぐる小林の批評が含みもつさまざまな可能性と危険性を、結局は素朴な人生劇へと帰着させるのではないか、ということである。文学と戦争との峻別を説きながらも両者を微妙に混淆させることで「表現」の力を生み出していた戦時中の小林のテクストの実態は、江藤のような読み方によってはおそらく見失われてしまう。

日本浪曼派を例に挙げるまでもなく、戦時中に広く認められた「戦争の審美化」という事態は、小林秀雄において固有な問題として存在していた。したがって、小林における戦争と美との混淆を「死への情熱」の「告白」であると言って済ませてしまう実存的な読み方は、一見深いようでいて実は問題を回避しているのである。「無常といふ事」や「モオツァルト」に関しても、江藤はそこに「「仮面」の思想」を読みこみながら文章のもつ言いしれぬ美といったものを称揚し、それを小林が戦ってきた近代日本の陰画であると評価しているが、[7]このように言うとき、彼は左翼的な批判に対する反感から、小林のたどった道程をそのまま必然化し是認しているだけのように見える。彼は小林の内面の劇を忠実に再構成しながらその思索の変遷をたどったが、それは小林秀雄という批評家の内的な理解にとどまっており、小林の歩んだ道を事後的に必然化してみせただけだという意味で、「内在的読解」の典型なのである。

　小林秀雄ほど毀誉褒貶にさらされてきた批評家もめずらしい。しかし、小林に対する評価は、かつて平岡敏夫が指摘したとおり手ばなしの肯定と性急な批判のあいだで「分裂」[8]していたし、そうした事情は多少改善されたとしてもいまでもかわりがない。性急な批判は戦前から存在しており、[9]戦後はプロレタリア文学に対する敵対者として、また保守的な文学者を代表しついには戦争イデオローグと化した批評家として激しい批判にさらされた。それはときに、他人に対する愛情を欠くといった類の道義的な批判にまでエスカレートする。『新日本文学』昭和二一年六月号に掲載された小田切秀雄名による「文学における戦争責任の追求」のなかで、小林が「戦争責任者」に指名されたことはよく知られているが、これ以後も政治的（かつときに道義的）な立場からの「外在的批判」は現在にいたるまで反復されている。[10]吉本隆明にとっては戦争に対する「思想的な負債」が少い文学者であったにせよ、[11]小林秀雄の戦争をめぐる言動はたしかに時局と親和的だった。しかし、それを政治的に、また道義的に非難してみても、小林秀雄という稀有な批評家がはらんでいた問題を明らかにすることはできないし、そうである以上、「批判」としても不十分である。そうした非難は、せいぜい小林を体制迎合的な当時の一般的傾向に還元し、そのひとつの素因とするだけであって、小林のはらむ問題は矮小化されるほかはないからである。

これに対して「内在的読解」の系譜が存在する。江藤の小林論はその代表的なものであろう。これに加えて、小林秀雄というある強固な「気質」をもった批評家が時代のなかでたどる「運命」に注目する桶谷秀昭の『批評の運命』や、「能うかぎり、小林秀雄の作品そのものに即しながら、その思考の転回を跡づけ」[12]ようという意図のもとテクストを舐めるように読解した粟津則雄の論考、あるいはベルクソン＝ドゥルーズ的な思想を手がかりにして小林のテクストを内在的に読みといていく前田英樹の著作などを挙げることもできよう。[13]それぞれ実存的、運命的、テクスト的、思想的とでも形容できるこの四つの書物はたしかに異なる読解戦略を採っており、またとりわけ粟津の論考はときに小林がとりえた他の「可能性」について批判的に言及してもいるが、いずれもテクストが示す運動の方向性を忠実になぞり肯定するとともに、いわばそこに自己自身の似姿を読みとる点では一致している。こうした「内在的読解」にとって、戦争をめぐる小林の言動は、実存的な問題へと還元されるか（江藤）、絶対的な窮地に追いこまれたひとりの人間の「微妙な経験」として肯定されるか（桶谷）[14]、小林秀雄という個性が表す「烈しい事実」とみなされるか（粟津）[15]、小林の思想的可能性に照らしてそもそも存在しなかったかのように言及されないか（前田）、あるいはまた「正論」だが「正当に受けとめられず悪しき役割を果したこともありえる」と責任転嫁されたり、[16]自己の覚悟・知識人批判として述べたことが国民へ死を説く言葉と受け取られる「悲劇」とみなされたり、[17]いずれにせよ問題は回避されるのである。

もちろん「外在的批判」と「内在的読解」という分け方は図式的なものにすぎない。実際の小林論はさまざまな偏差をもちながら両者のあいだに存在している。しかしもしそれが、「批判」と「読解」とがさまざまな割合でたんに混合されているにすぎないならば、問題は結局解決されずに残っているのではないだろうか。「批評」は「読解」と「批判」をカフェ・オ・レをつくるように混ぜ合わせても生まれるものではない。「批評」はむしろ「読解」の極限と「批判」の極限が交差する地点でかろうじて可能になるようななにかである。「批評」は、作家の「内在的読解」を原理としなければならないが、そこから始まらなければならないのであって、そこで終わってしまってはならない。内的な理解をつきつめていくことでテクストを規定する「問題」を見出し、いわば内側から作家をつき抜けなければならないはずである。他方で「批判」は、およそ「批判」である以上、作家を政治問題に還元して済ますことは不可能である。それはまず厳然として存在する「文学」制度と、そのなかで文学者が己れの本質的実践として行う「表現行為」とを見据えたうえで、作家の営為を政治的かつ文学的に問題にしなければならない。だから「読解」も「批判」も徹底して行う必要がある。「批評」が始まるのはそのときである。

　ピエール・ブルデューはハイデガーに関して「政治的な読み方と哲学的な読み方を対置するのをやめ、政治と哲学を切り離さないように二重に読む必要がある」と述べた[18]。本書はブルデューの言う「文学場」の理論を用いるものではないが、小林を読むさいに必要なのがそうした「二重の読解」であるのは確かである。小林を文学的には読解するが政治的には不問に付すといった方法も、文学的な読解を等閑に付したまま政治的な批判だけに猛進することも、同じように不十分である。大切なのは文学的にも政治的にも読むことだ[19]。そのとき「内在的読解」は小林の表現論のはらむ問題を見出し、それを「内面化」のプロセスとして文学の次元で批判することにより、問題を内側からつき抜けることになるだろう。逆に「外在的批判」は、政治問題にとどまることなく文学の領域にも目を向け、「表現」の問題が小林のテクストを規定するものであることをふまえつつ、戦争をも含む社会的現実を「表現行為」化する小林の「文学主義」を批判することになるだろう。小林秀雄の「論理」は、こうして「内面化」された

「文学主義」として「批評」されるはずである。

しかし誤解のないようにあらかじめ言っておけば、「批評」は必ず「批判」を含むが、決して「非難」ではない。本書はいかなる意味においても小林秀雄を「非難」しようとするものではない。読まれるべきはむしろ、小林のテクストがはらむある種の「曖昧さ」である。いいかえるなら、小林自身の批評の可能性に照らして小林を「批判」することが問題なのである。小林に対して柄谷行人が行った「批判」も、ある意味ではそうした「曖昧さ」を突いたものだった。彼は、小林が中原中也や富永太郎との「交通」のなかから生まれたこと、ヴァレリー、ベルクソン、アランを「異種交配」することによって「飛躍的に高い」批評文を書いたことを指摘する一方で、地理的、歴史的な条件から日本の思想家たちは真の意味で「交通」を経験してこなかったとし、小林は世紀前半の「知的貧血状態」のなかにあって孤立を強いられ結局はそこに安定したのだと述べている[20]。柄谷はそこから「交通」の方へと身を開いていったが、本書は小林のテクストに内在し意図的な愚鈍さをもってその「曖昧さ」を見据えようとするものである。その大半は「表現」をめぐって現れることになるだろう。

「表現」は小林のテクストを規定する本質的な問題である。本書はそうした観点から、小林のテクストを貫く「論理」を明らかにしようとするものである。たしかにそれは、小林が文学者であったことを考えれば凡庸な試みだと言われるかもしれない。しかし、これまでの小林論において「表現」は明確には主題化されてこなかった。もちろん多くの場合、それは当然の前提として、あるいは議論の背景として存在していただろう。だが「表現」を、批評家小林秀雄を厳密に規定する問題として前景化し、そうした問題系にそって彼の批評を跡づけてみるという作業はほとんどなされてこなかったように思われる。小林の批評をかたちづくるさまざまなテーマは、ときには文学や批評一般の問題として、またときには思想史や文学史といった歴史的連関のひと齣として扱われることが多い。もちろん彼の実存的な問題や当時の文壇交渉のなかで生じた課題として論じられることも多い。しかし小林にとって第一の課題が、時代のなかで「表現」を獲得することにあったという点をふまえずにそうしたテーマを扱っても、小林秀雄を論じたことにはならない。例えば有名な「社会化した「私」」という概念にしても、「表現」の問題が張りわたす小林の内的な磁場とは無関係に論じられてきたように思われる。それは、人民戦線運動を背景とした新しい文学の構想といった視点からは正確に捉えられないし、社会科学的な概念としても、たんなる近代的自我の問題としても的確に理解することができない。そうした観点は扱いの抽象性において選ぶところがないのである。作家の「私」の問題は「表現」の問題圏においてのみ意味をもつはずだからである。

「表現」が文学者の本質的な営みだとすれば、この問題をつきつめることは結局「文学」そのものを問題化することになる。しかし、誤解のないように言っておけば、近代においてくり返し行われてきた「文学批判」はそれ自体きわめて「文学的」な営為である。例えば小林は「アシルと亀の子II」のなかで当時の作家や批評家に向かって次のように書いていた。

諸君の綿々たる饒舌は一体如何《ど》んな地盤の上に立つてゐるか、言ふまでもなくそれは文学といふ地盤であらう。そしてその文学なるものは昔乍らの素朴さで理解された文学ではないか。諸君の鼻の下には昔乍らの文学といふ大提灯がぶらさがつてゐるではないか。文学に就いて騒々しい論議をしてゐる現代の青年文学者達が一人として文学といふものを疑はないとは妙な現象である。〔……〕

一体マルクス主義の大社会運動が西洋に起つた時、文学無用論は当然起らねばならなかつた。だが、起らなかつた。これには大きな理由があるのである。それは西洋近代文学といふものが、その発生当時から今日に至るまで、文学無用論と血戦をつゞけ乍ら生きて来たが為なのだ。十九世紀浪漫派音楽は勿論の事絵画に於ては表現派、立体派等々、又文学身内に於ても象徴派、ダダイスム等々の運動はすべて文学自体、文字自体に対する痛烈な嘲笑であつた点で聊も相違はなかつたのだ。〔……〕近代文学は文学への懐疑に胚胎したと言つても決して過言ではない。エドガア〔・〕ポオは近世唯物論者の冷酷な手つきで文字《（ママ）》を取扱つてゐたのである。吾が国の近代文学者にとつて文学は屢々愚痴の対象となつたが、文学が正当に懐疑された事は嘗つてない。日本の近代文学程悠然と構へてゐる文学もあるまい。〔……〕諸君の喧嘩の基底に於いて、文学は昔乍らの感傷と素朴とをもつて是認されてゐる点で、プロレタリヤの諸君も芸術派の諸君も同じに私には見えるのだ。（一、四〇）[21]

たしかに小林は文学を正しく懐疑したが、その身振りはきわめて「文学的」であった。あるいは文学を否定する挙措を「文学」にしたと言ってもよいかもしれない。そして小林を論じる多くの論者もまた「文学的」である。それは結局、小林秀雄が精緻なまでに築き上げたテクストを文学的装置としてふたたび作動させ、そのようなものとして再生産する。しかしそれでは小林に対する「批評」としては不十分である。問題は「近代文学」の「懐疑」とは別のかたちで「文学」の外に立つことである。そのためにはまず「文学」のなかに内在しなければならない。小林のテクストの内部へと深く沈潜しなければならない。

第一章　自意識とその「外部」

「宿命」の理論

批評家の誕生

近代文学が物語の自己意識であるとするならば、近代において批評が創作を飲みこむまでに肥大化したのは当然のことであった。ヘーゲルはすでに一八二〇年代の講義において、いわゆる「芸術の終焉」を語り、近代芸術がすでにギリシア古典時代のような生き生きとした表現意欲を喪失し、むしろ反省の対象となったこと、また制作も多かれ少なかれ形式化された「技法」に基づくものに変質したことを正確に素描してみせた。(1)その約半世紀後、一八七一年に生まれたポール・ヴァレリーは、マラルメやランボーの才能を目のあたりにして、一切の文学現象を言語のある特性に還元し、言語をさらに精神現象のひとつのあり方として把握することで、文学の徹底的な形式化を試みることになる。文学を形式化することは、文学およびその構成素である言語を、意識のある機能とみなすことにほかならない。(2)ボードレールとランボーの詩に衝撃を受けた小林が、批評家としてはヴァレリーの圧倒的な影響のもとに出発したことを考えるとき、彼が自己の批評を作り上げる道は自意識の問題を徹底化すること以外にはありえなかった。(3)小林秀雄は、よく考えられているようにたんなる「独断的な」批評家ではない。彼は言葉の本来の意味において厳密な思想家でもある。しかし、それは体系的な理論家を意味するのではない。問題を反省の意識において徹底化せずにはいられない者だけが、厳密な思想家と呼ばれうる。そのとき精密にたどられる思索は、ついには整合的な理論のほころびを見出し、自意識の「外部」をあぶりだすように出現させるだろう。

小林が文学をめぐる考察を自意識の問題から始めたことはよく知られている。彼の思索が最初にまとまったかたちで発表されたのは、大正一五年の「ランボオⅠ」(「人生斫断家アルチュル・ランボオ」)や翌年の「『悪の華』一面」においてであった。小林は、ランボーやボードレールをいわばダシにしながら、彼自身の文学理論を語っている。よく知られた「宿命」の理論である。小林の批評を再検討するには、やはりここから始めなければならない。「ランボオⅠ」には次のように書かれている。

あらゆる天才の作品に於けると同様ランボオの作品を、その豊富性より見る時は、吾々は唯眩暈するより他能がない。然し、その独創の本質を構成するのは、決して此処にないのである。例へば、「悪の華」を不朽ならしめるものは、それが包含する近代人の理智、情熱の多様性ではない。其処に聞えるボオドレエルの純粋単一な宿命の主調低音だ。創造といふものが、常に批評の尖頂に据つてゐるといふ理由から、芸術家は、最初に虚無を所有する必要がある。そこで、あらゆる天才は恐ろしい柔軟性をもつて、世のあらゆる範型の理智を、情熱を、その生命の理論の中にたたき込む。勿論、彼の練金の坩堝に中世紀の練金術師の如き詐術はないのだ。彼は正銘の金を得る。然るに、彼は、自身の坩堝から取り出した黄金に、何物か未知の陰影を発見するのである。この陰影こそ彼の宿命の表象なのだ。この時、彼の眼は、痴呆の如く、夢遊病者の如く見開かれてゐなければならない。或は、この時彼の眼は祈禱者の眼でなければならない。何故なら、自からの宿命の相貌を確知せんとする時、彼の美神は逃走して了ふから。芸術家の脳中に、宿命が侵入するのは、必ず頭蓋骨の背後よりだ。宿命の先端が生命の理論と交錯するのは、必ず無意識に於いてだ。この無意識を唯一の契点として彼は「絶対」に参与するのである。（二、一三七―一三八）

言葉は厳めしいが、この有名な一節は、近代文学が批評と創造という相反する契機を含みこんでしまったことを、小林なりに表現したものである。創造が「批評の尖頂」に位置しているとは、近代の作家におけるる自己意識、つまり批評意識の過剰を意味しており、芸術家がまずもって所有する「虚無」というのも、創作を不毛にする批評意識の毒を指している。近代文学は、作品を創作するにあたり、まず反省的な批評意識を働かせるのであり、創造には直接関係ないそのような作業が本来の意味での創造と交錯するとき、はじめて作家は作品（「黄金」）を生み出す。「生命の理論」とは、そのような批評と創造が交錯するレベルに位置する、批評意識を含みこんだ創造過程のことであるが、そこに生じる創造のプロセスは、近代文学が批評的な意識を内包しているにもかかわらず、自意識に対してその秘密を完全に明かすことはない（「美神は逃走して了ふ」）。このように作家の「宿命」とは、自意識が把捉しえぬ創造の特異性のことである。それは分析的な批評意識の理解を超えているという意味で「無意識」に属している。

ここで確認しておきたいのは、「ランボオⅠ」における「宿命」の理論が、いわば作家の自意識に飛び込んだうえで構成されている点である。小林は、自己の位置を括弧に入れるかたちで、創造する作者の自意識の内的構造を描いてみせた。周知のように「様々なる意匠」のなかでも「宿命」の理論は述べられているが、視点は先の二つのテクストとはまったく異なる。すなわち、小林はそこではじめて批評家としての自己の位置を明確にしながら、「宿命」の理論を構成したのである。

一体最上芸術家達の仕事で、科学者が純粋な水と呼ぶ意味で純粋なものは一つもない。彼等の仕事は常に、種々の色彩、種々の陰翳を擁して豊富である。この豊富性の為に、私は、彼等の作品から思う処を抽象する事が出来るのだ、と言ふ事は又何物を抽象しても何物かが残るといふ事だ。この豊富性の裡を彷徨して、私は、その作家の思想を完全に了解したと信ずる、その途端、不可思議な角度から、新しい思想の断片が私をさし覗く。ちらりと見たが最後だ、断片はもはや断片ではない、忽ち拡大して、今定著《（ていちやく）》した私の思想を呑んで了ふ。この彷徨は正に解析によつて己れの姿を捕へんとする彷徨に等しい。かくして私は、私の解析の眩暈の末、傑作の豊富性の底を流れる、作者の宿命の主調低音をきくのである。この時私の騒然たる夢はやみ、私の心が私の言葉を語り始める、この時私は私の批評の可能を悟るのである。（二、一四）

創造する芸術家（ランボーやボードレール）は自己の自意識のなかにその「宿命」を見出すが、批評家は、批評の対象となる作家を自己の自意識のなかに取り込み、彼をめぐって自己の内部で「騒然たる夢」を見、その夢の背後からついに「作者の宿命の主調低音」が流れるのを聞くまで意識的作業を重ねなければならない。小林はここでは自己の批評家としての位置および対象作家への距離にきわめて意識的である。創造の理論であった「宿命」の理論は、「様々なる意匠」において批評の理論となる。「様々なる意匠」が小林のデビュー作であり、このテクストとともに「批評家小林秀雄」が誕生したと言えるのは、以上のような批評的スタンスがここではっきりと確立したからなのである。

作家、作品、批評家

しかしここで、自意識と他者との関係が問題となる。作家を読むとはどのようなことか、他者の書いた作品を読むとはどのような営みか。そして、作家という他者に対して批評を行うとは結局どのような行為なのか。

小林の批評は、言うまでもなく自意識の徹底的な使用をその本質とする。先に引用したのと同じ第二節に見られる例の有名な一節、「人は如何にして批評といふものと自意識といふものとを区別し得よう。〔……〕批評の対象が己れであると他人であるとは一つの事であつて二つの事でない。批評とは竟に己れの懐疑的夢を語る事ではないのか、己れの夢を懐疑的に語る事ではないのか！」（一、一三）は批評と自意識の関係を端的に語っていた。しかし問題はむしろその後にある。「彼等の作品といふ存在があなた自身の自意識の完全な機能とならなければ駄目なのである」（三八）と小林は書いたが、批評家は最初から作品を自分の自意識の機能にまで同化できるわけではない。批評家は、作家の作品をまず自己からは独立したものとして批評を始めざるをえない。「様々なる意匠」に引き続いて書かれた一連の文藝時評「アシルと亀の子」のなかで小林は、「批評家が頭から信用出来るものは眼前の作品だけである」（四五）と書き、批評家と作家のあいだに厳然と作品が介在することを確認している。

人を知るのにその人を直に生な眼で眺める外に手段はないのである。その時その人の作品とは[4]眺められたその人の顔である。作家にとつて作品とは彼の生活理論の結果である。[5]だが批評家にとつて作品とはその作家の生活理論の唯一の原因である。[6]これは絶望的に困難な事情だ、だから人は見ぬ振りする、だが事実は依然として事実である。又、社会のある生産様式がある作品を生むと見る時その批評家にとつて作品とは或る社会学的概念の結果である、だが、個人の鑑賞に於て、作品とはその批評家の語らんとする処の原因である。こゝに社会的批評と芸術的批評との間の超え難い溝があるのである。（四五―四六）

後に詳しく検討するように、「様々なる意匠」において小林が、言葉と商品を類比させ言語の社会性を明確に自覚していたことをふまえれば、ここで言われる「作品」の性格規定にも当然そうした社会性が付与されていることになる。自意識自体が言語に貫かれている以上、それはすでに社会的なものであるという論点にはまだふれないが、少くとも批評は作品という社会的次元を通過せずには行われえないという自覚が、小林の作家批評に決定的な影響を与えたことは確かであろう。

すでに見たように、小林の批評の方法は、作品を自意識のなかに取り込んで解析し、そのあいだを彷徨するうちについに作家自身の「宿命」、その「個性」や「独創性」が現れてくるのを捉えるというものであった。批評が自意識を通過するという意味で、たしかに「批評するとは自己を語る事である」（一、四六）わけだが、この自意識のプロセスにおいて現れる作家の「宿命」は、それでも「他者」の刻印を帯びている。「ランボオⅠ」では、芸術家が自己の裡から取り出した「黄金」には「未知の陰翳」が刻まれていた。それは自意識の「外部」の刻印である。批評の場合も、作品の背後から浮かび上がる作家の「宿命」には、動かしがたい他者の刻印、その作者の絶対的な個別性の刻印が刻まれているだろう。「宿命」とは、芸術家が「彼以外のものになれなかった」所以だからである。

> 人は様々な可能性を抱いてこの世に生れて来る。彼は科学者にもなれたらう、軍人にもなれたらう、小説家にもなれたらう、然し彼は彼以外のものにはなれなかつた。これは驚く可き事実である。（一四）

しかし、批評は作品という社会性を帯びたレベルを通過せざるをえない。いいかえるなら、それは言葉という一種の社会的な一般性によって媒介される。したがって、作品をとおして作家のもつ「宿命」の絶対的個別性を見るという批評の試みは、そもそも逆説的な営為なのである。自意識は、作品という

「外部」をとおして、言語の社会性には還元できない個別的存在としての作家の他者性を狙うのである。

「作者の宿命の主調低音をきく」ときに「私の騒然たる夢はやみ、私の心が私の言葉を語り始める、この時私は私の批評の可能を悟るのである」という小林の言葉が意味しているのは、このような動かしがたい他者の姿をはっきりと把握することによってしか批評の言葉は生まれえないということである。これはもちろん、直接的にはマルクス主義批評に向けられた批判である。理論を対象に適用するだけでは批評にはならない。作家の「宿命」は自意識内部における操作によっては動かしえず、自意識の自由にはならないからこそ、それは「宿命」なのであり、不可避的に他者性が付与されるのである。他方で、言語を用い作品から出発するという条件において、自意識は社会に貫かれ、いわばさまざまな社会的関係へと身を開き、そのなかに身を浸している。したがって作家の「宿命」とは、そうした「社会」において見出される単独性のことなのである。

　その意味で「宿命」とはすでに社会的なものだという柄谷行人の指摘[7]は正しいし、また「宿命は物質性に裏打ちされている」という長原豊の指摘[8]も問題を正確に突いている。また、そうした「宿命」を柄谷が『探究Ⅱ』で語った「単独性」と結びつける井口時男の考察[9]もこの小林の概念を考えるうえで有益だろう。井口は、先ほど引用した「彼は彼以外のものにはなれなかつた」という一文を含む一節が江藤淳、吉本隆明あるいは柄谷行人といった批評家によってこれまでどのように読まれてきたかを検討している。従来の読みは、形式化してみれば、「彼はＡにもＢにもＣにもなれたかもしれないが、事実としてＡであった」というものであった。ここで言うＡ、Ｂ、Ｃは属性（例えば職業）であるが[10]、小林が語っているのは実はそうした属性ではなく、まさに「彼を彼たらしめているもの」なのである。こうした個別性を社会という開かれた領野で問題にするとき、それは、柄谷あるいは彼のアイデアの源泉であるジル・ドゥルーズが述べているように[11]、「一般性」の対概念である「特殊性」ではなく、「普遍性」の対概念である「単独性」（あるいは「特異性」singularité）であるということになるだろう。

母親による理解

小林秀雄の批評にとって他者の作品を読む営為は、自意識から出発しつつ、そのような「単独性」につきあたることであった。これは初期のテクストから明確に読みとれることである。しかし、にもかかわらず小林の語る「他者」は両義的な存在である。他者はときに自意識のうちに「内面化」されることがあるからである。そのとき、他者は本来の特異性と不透明性を喪失し、自意識にとってはっきりと理解される透明なものとして捉えられることになる。私が人を知るように、批評家は作品をとおして作家を知る。それはたんに作家がどのような文学的傾向をもち、どの党派に属しているかといった知識の問題ではなく、その人間の人格を端的に理解することを意味するだろう。つまり、相手の性質を頭で考えて見出すのではなく、「あれはあゝいふ奴と素直に言ひ切」ることである。こうした他者理解は、「母親」の「子供」に対する理解と基本的に同じレベルに位置している。

> 利口さうな顔をしたすべての意見が俺の気に入らない。誤解にしろ正解にしろ同じやうに俺を苛立てる。同じやうに無意味だからだ。例へば俺の母親の理解に一足だつて近よる事は出来ない、母親は俺の言動の全くの不可解にもかゝはらず、俺といふ男はあゝいふ奴だといふ眼を一瞬も失つた事はない。
> （二、八五）

この有名な一節を含む「Xへの手紙」が発表されたのは『中央公論』昭和七年九月号だが、同様の論点は、すでに『改造』昭和六年二月号に発表された「批評家失格II」のなかに現れている。

「あいつは、あゝいふ奴さ」といふ。甚だ厭な言葉である。だが、人を理解しようとして、その人の行動や心理を、どんなに分析してみた処が、最後につき当る壁は、「あいつは、あゝいふ奴さ」といふ同じ言葉であるから妙である。

〔……〕私といふ人間を一番理解してゐるのは、母親だと私は信じてゐる。母親が一番私を愛してゐるからだ。愛してゐるから私の性格を解析してみる事が無用なのだ。私の行動が辿れない事を少しも悲しまない。悲しまないから決してあやまたない。私といふ子供は「あゝいふ奴だ」と思つてゐるのである。世にこれ程見事な理解といふものは考へられぬ。(一、一八〇)

「母親」が「子供」を愛し理解するように人を知ること、あらゆる分析が失敗した後に「あいつは、あゝいふ奴さ」という言葉がふと漏れる、そのように人を知ること、ここで問題になっている他者理解とはそのようなものである。作家批評の場合も同じである。作品を自意識のなかに取り込み、作品から想像される作家の「行動や心理」を徹底的に分析したところで「最後につき当る壁」が「作者の宿命の主調低音」である。小林はそのとき、作家に対して「君はこういう奴なんだな」と呟くことができるはずだ。それがなければ、彼は一言も批評を書くことができない、あるいは少くとも書くまいと決意したのである。しかし、「母」と「子」の関係という閉ざされた二者関係において問題になる他者性は、錯綜するさまざまな社会的関係において問題になる「単独性」とはもちろん異なっている。

ところで見方を少し変えると、小林の述べていることは、いわば自意識がその過剰な運動によって自壊することで、子供を理解する「母親」のような存在を発見するプロセスとして捉えることができる。自意識におけるさまざまな分析がついに無限の自己内反射となり、自己の同一性までもが失われるとき、小林はじめて「子」を理解する「母親」の「無私」と向きあうことができたのである。『新潮』昭和七年一〇月号に発表された「手帖Ⅰ」には次のような断章がある。


自分の本当の姿が見付けたかつたら、自分といふものを一切見失ふまで、自己解析をつづける事。中途で止めるなら、初めからしない方が有益である。途中で見付ける自分の姿はみんな影に過ぎない。

自分といふものを一切見失ふ点、こゝに確定的な線がひかれてゐる様に思ふ。こちら側には何物もない、向う側には他人だけがゐる。自分は定かな性格を全く持つてゐない。同時に、他人はめいめい確固たる性格であり、実体である様に見える。かういふ奇妙な風景に接して、はじめて他人といふものが自分を映してくれる唯一の歪んでゐない鏡だと合点する。

この作業は見た処信じ難い様だが、少くとも私にはほんたうの事であつた。（一、二五五）

この断章で重要なのは、自意識の極限における自壊が他者理解を可能にするということ、そしてそのようにして「無私」になることで、他者という「歪んでいない鏡」に映る「本当の自分」を見ることができる、と小林が述べている点である。このことを先ほど引用した「かくして私は、私の解析の眩暈の末、傑作の豊富性の底を流れる、作者の宿命の主調低音をきくのである。この時私の騒然たる夢はやみ、私の心が私の言葉を語り始める、この時私は私の批評の可能を悟るのである」（一四）という言葉とつなげて考える必要がある。小林が「宿命」の理論で語ろうとしたものは、自意識を自壊させ自己を失うことで、作家の「宿命」を見出し、同時に本当の「自己」をも獲得するプロセスだった。そのような見出された「無私」の地点からのみ「私の心」は「私の言葉を語り始める」のであり、そのときにのみ批評は可能になる。これは一種の「方法的懐疑」である。自意識の探究をすすめていったときに疑いえない

「他者」や「宿命」が見出される。そうしたものに対しては自意識はもはや役には立たない。批評の言葉が紡ぎだされるのは、自意識の「外部」であるこのような社会性の場においてであって、他者とはそのような場において遭遇される単独者である。しかし、引用した一節で語られる鏡の比喩は、開かれた場において交渉しあう者たちが、いわば合せ鏡のように閉じられた二者関係のなかに封じ込められることを示しているようにも見える。社会的な他者概念は、「母」と「子」という双対的関係において問題になる「内面化」された他者概念[12]へと変質してしまう。「外部」は自閉空間に、「単独者」は一種の共同存在に姿を変えてしまうのではないだろうか。小林秀雄はこの点において両義的であった。そして読まれるべきは小林のそうした「曖昧さ」なのである。[13]

「女」という他者

恋愛

小林秀雄の批評の方法は、理論と現実の乖離を徹底的に暴露したうえで、それでもなお言うべきことが残っているなら、それこそが批評の言葉になるだろう、とするものであった。この意味では、彼の批評の原理は初期から晩年にいたるまで変わらなかったと言ってよい。「あらゆる批評方法は評家の纏つた意匠に過ぎぬ、さういふ意匠を一切放棄して、まだいふ事があつたら真の批評はそこからはじまる筈だ」(四、一六九)。この昭和一一年の言葉は当然、「様々なる意匠」の段階においても小林の立場を示すものだった。そうした「現実」において遭遇される他者は作家だけではない。「女は彼の理論の幻を破る実在として姿をあらはす」(一、五五)と小林は書いたが、そうした「女」も自意識の自己閉鎖性を打ち破るという意味でその「外部」に位置している。そのような他者に対しては、自意識における理論的一貫性などまったく問題にならない。理論がどれほど完璧であろうとも、それが他者に対して現実的な効力をもっているかどうかはまったく保証されない。とするならば一体、理論とはなにか、自意識とはなにか。小林の批評は「女」をめぐってふたたびこの問題へとつきあたる。

「様々なる意匠」の第二節、この論文のほぼ冒頭といってよい箇所に次のような言葉がある。

〔……〕吾々は批評の方法を如何に精密に論理付けても差支へはない。だが、批評の方法が如何に精密に点検され様が、その批評が人を動かすか動かさないかといふ問題とは何の関係もない〔……〕。例へば、人は恋文の修辞学を検討する事によつて己れの恋愛の実現を期するかも知れない、然し斯くして実現した恋愛を恋文研究の成果と信ずるなら彼は馬鹿である、或は、彼は何か別の事を実現してしまつたに相違ない。(一、一二)

「宿命」の理論を展開する前に、小林があらかじめこのような文学理論への留保を述べていたことは注意されてよい。批評の理論を如何に精密に構築しても、批評が人を動かす保証にはならない。「宿命」の理論をいかに綿密に述べてみても、それが批評を可能にするとはかぎらない。小林が述べたかったのはそのようなことである。彼は自己の自意識において批評の原理を徹底的に反省してみた。そしてその結論は、批評とは、もしそれが力をもつのであれば、自意識の「外部」において生じるものであるという逆説だった。つまり、「宿命」の理論をどれほど精密化してみても、どこからも人を動かす批評という駒は飛び出してこない(14)。「様々なる意匠」は「宿命」の理論という小林秀雄の批評の原理を述べたものではない。むしろ逆に、自己の批評の原理を述べているように見せながらも、その批評の力がそこにはないことを主張する逆説的なテクストなのである。

恋文の修辞学は、実際の恋愛の成就にとってはほとんど無力である。このような言葉は、長谷川泰子との壮絶な生活の経験を反映しているだろう（言うまでもなく、小林が泰子に「出ていけ」と言われて彼女のもとを去り奈良へ赴いたのは昭和三年五月、「様々なる意匠」発表の前年のことである）。常識的な言葉や頭のなかだけで考えられた理論が、男女の交渉においてなんの役にも立たぬことを小林は理解していた。「Xへの手紙」のあの有名な一節が語るのもこのことである。そこで小林は、「公式などといふものはこの世にない、断じてない」と断言したうえで、次のように語っていた。

　女は俺の成熟する場所だつた。書物に傍点をほどこしてはこの世を理解して行かうとした俺の小癪な夢を一挙に破つてくれた。と言つても何も人よりましな恋愛をしたとは思つてゐない。何も彼も尋常な事をやつて来た。女を殺さうと考へたり、女の方では実際に俺を殺さうと試みたり、愛してゐるのか憎んでゐるのか判然としなくなつて来る程お互の顔を点検し合つたり、惚れたのは一体どつちのせゐだか訝り合つたり、相手がうまく嘘をついて呉れないのに腹を立てたり、そいつがうまく行くと却つてがつかりしたり、要するに俺は説明の煩に堪へない。（二、八八―八九）

「書物に傍点をほどこしてはこの世を理解して行かうとした俺の小癪な夢」(15)を破った女との生活とは次のようなものだった。昭和三年、泰子のもとを飛び出して赴いた関西から、小林は妹に向けて次のように書いている。

　あの女には心情といふものが欠如してゐるのだ全々《（ママ）》欠如してゐるのだ、これは仲々わかる事ではない、俺だつてこの秘密を摑むまでづい分かゝつたのだ。

僕は殆ど人間には考へられない虐待を受けた、そして人間には考へられない忍耐をして来た、今思へば悪夢の様だ。〔……〕

　例へば電車の中で一言言つた言葉を後になつて僕に思ひ出さす、僕が思ひ出せない、と往来で僕の横つ面をピシャリとはる。悪口雑言する、それで気がすんむ《（マヽ）》ならいゝのだが如何しても僕が思ひ出さない内は家に帰らない、十二時をすぎてもウロ〳〵してゐるのだ、僕が癇癪起こしてぶち返さうもんなら大変だ　御機嫌を直すのに朝までかゝらねばならぬ。こんな事はほんの一例だ　例をあげ出したら切りがない、

　兄さんは常に誠実だつたよ、幾万回とない愚劣な質問に一つ一つ答へてゐた、幾万回とない奇妙な行動（と言つても解るまいが、障子を二度しめろとか返事を百度しろとか、手拭を十八度洗ひ直せとかいふ奴だ）をちやんとやつて来た、さてこれが病気か　僕が居なくなればテニスも出来れば風呂にも入れる、便利な病気があるものだ。それはまあ如何でもいゝとして、僕とゐる時には確かに病気としよう。然し剃刀を振り回したり首をくゝらうとしたりする狂態を毎日見せつけられる事は、その事だけで大変な苦痛だ。病気であらうが、尤もであらうが、さういふ事実は人間には常に錯乱体といふだけで堪らないものだ　見世物ぢやないんだからな。それもいゝとしよう。一切が病気で仕方ないとしよう。処が、当人が常に恬然としてゐるのだから何も彼もお終ひなのさ、「妾がひどい事をするのは病気だから仕方がない、それを怒るのは貴方が馬鹿だ、妾は一生懸命におとなしくし様と努めてゐる、貴方がもつとしつかりしてゐれば妾を騒がせない様に出来るのだ、だから貴方が馬鹿だ」当人は断呼《（マヽ）》(16)としてこれを信じてゐる、潔癖病でも脅迫《（マヽ）》観念でもありやしない、恬然病といふ morality の病気なんだ。

さらに大岡昇平の証言によれば、「小林がそこにゐるといふことが、彼女〔泰子〕の憎悪をそそるらしく、走つて来る自動車の前へ、不意に突き飛ばされるに到つて、同棲は傷害事件の危険をはらんで来る[17]」ということもあったらしい。これは先に引いた「Xへの手紙」の「女の方では実際に俺を殺さうと試みたり」という一節に対応しているのだろう。しかし、小林の実生活の内実を詳細に探ることがここでの問題ではない。むしろ、小林がそこからなにを批評へ持ち帰ってきたか、批評家小林秀雄を読む私の関心はむしろそちらの方にある。

批評に持ち帰ってきたもの

文字どおり命がけの生活から小林が批評に持ち帰ってきたものは、理論の虚構性に対する強烈な認識と現実の人間関係の生々しい実感といったものであったはずである。理論と現実の乖離という小林の批評の基本的な原理は、彼の他者（女）体験の苛烈さによって体得されたとも言えるかもしれない。自意識の構築する理論が現実的効力をもたないばかりか、社会的な通念となっている考え方や振舞い方までがいったん白紙の状態に戻され、いわば裸形の現実が、社会化される以前の「原始的な」人間関係が現れる。「Xへの手紙」に戻って言えば、例えば言葉は社会慣習上の使用法とは別のやり方で用いられている。それは、各人の「生々しい経験の頂」にある「不器用な言葉」であり、一般には「交換価値に乏しいから、手もなく置き忘れられてゐる」ようなものである（二、八八）。小林が不幸な恋愛をとおして見出したものは、このような「直接経験」のレベルにおける「人と人との間の交渉」であった。

俺は恋愛の裡にほんたうの意味の愛があるかどうかといふ様な事は知らない、だが少なくともほんたうの意味の人と人との間の交渉はある。惚れた同士の認識が、傍人の窺ひ知れない様々な可能性をもつてゐるといふ事は、彼等が夢みてゐる証拠とはならない。世間との交通を遮断したこの極めて複雑な国で、俺達は寧ろ覚め切つてゐる、傍人には酔つてゐると見える程覚め切つてゐるものだ。この時くらゐ人は他人を間近かで子細に眺める時はない。あらゆる秩序は消える、従つて無用な思案は消える、現実的な歓びや苦痛や退屈がこれに取つて代る。一切の抽象は許されない、従つて明瞭な言葉なぞの棲息する余地はない、この時くらゐ人間の言葉がいよいよ曖昧となつていよいよ生々として来る時はない、心から心に直ちに通じて道草を食はない時はない。惟ふに人が成熟する唯一の場所なのだ。（八九）

ここで語られていることはもちろん泰子との交渉ではない。小林がそこから批評に持ち帰ってきたものである。批評家小林秀雄が自己の体験から取り出したのは、他者関係のひとつのあり方であり、そこでは社会や思考を統御する「秩序」も、理論を可能にする「抽象」も存在しない。自意識の「無用な思案」も消え、「現実的な歓びや苦痛や退屈」のみがある。言葉はわれわれが日常的に理解していると信じているような「明瞭な」意味をなくし、「曖昧となつていよいよ生々として来る」。そのとき、言葉は「道草を食は」ずに「心から心に直ちに通じ」ることになる。

長谷川泰子との壮絶な生活と、批評家としての小林が取り出した他者関係の概念との差異は明白である。泰子との生活においては、たしかに言葉が明瞭な意味を失い、その裸形の姿を現したであろうが、それが心から心へ直ちに通じるようなものであったとは思えない。「障子を二度閉めろ」といった言葉は、その不条理性によって慣習的な明瞭な意味を消失し、その固有な存在という無気味な相貌を帯びてくる。それはむしろ心から心への直接的な交流を拒絶するような特異性をもっていたはずだ。「道草を食ふ」ような生々しい実在性をもつことはあっても、心に直接染み込んでくることはあるまい。言葉はそこで、小林が言ったように、文字どおり「交換価値」を喪失している。交換価値を失ったとき、商品は商品であることをやめてモノとなる。このモノは商品世界の側から見るかぎりたんなる無価値な事物にすぎないが、このモノの世界にまで身を落としてそれに直面すれば、あらゆる価値を剝奪された現実の裸形の姿が現れるはずである。言葉についても同じことだ。言葉は「交換価値」として社会に流通する意味を喪失するとき、われわれがそれまで思ってもいなかった奇怪な裸形の姿を現す。マラルメやヴァレリーといった詩人たちが見たのはそのような言葉の裸形の姿である。そのとき言葉は「心から心に直ちに通じ」る「生々と」したものなどでは決してない。「心」など壊れてしまっているだろう。

後に詳しく見るように、小林はたしかにそうした言葉の裸形の姿を正確に認識していた。しかしここでは、「外部」から自意識を打ち破ってくる「他者」は「内面化」されている。「女」は、親密な理解が可能であるような双対的関係にある「他者」へと「内面化」される。それは実際にはもう一人の自分なのである。たしかに小林にとって「女」とは、自意識を外部から破壊する存在であったが(「俺の小癪な夢を一挙に破ってくれた」)、しかし結局それは、次に見るように、自意識の問題へと還元されてしまうのである。

鏡としての他者

小林における他者関係は、子供を「あれはあゝいふ奴だ」と理解する「母親」のあり方に収斂していく。「女」は「母親」へと変質するのだ。「母親」については前節で検討したが、実は「Xへの手紙」には「友人」というもう一人別の他者が現れる。「俺」が語りかける「君」である。しかし、この「君」とは一体いかなる存在か。

俺の様な人間にも語りたい一つの事と聞いて欲しい一人の友は入用なのだといふ事を信じたまへ。——これは俺の手紙の結論だ。(二、八一)

語らうとする何物も持たぬ時でも、聞いてくれる友はなければならぬ。俺の理解した限り、人間といふものはさういふ具合の出来なのだ。(八二)

ここには自意識の必要とする「他者」がどのようなものであるのかが端的に語られている。自意識は自己そのものを懐疑する。自意識における無際限の「反省＝反射」réflexion はついに乱反射となって、自己を含むあらゆる対象の輪郭を曖昧にするだろう。そのとき自意識は他者という鏡に自己を映すことで、輪郭のはっきりした像を獲得する。だからこそ、語ることはなくとも、聞いてくれる友が存在しなければならない。語られる内容は大切ではなく、自分の声が他者という存在に反射してひとつのまとまった音として認識されることが必要なのである。さもなければ、声は自意識という閉鎖空間のなかで無限に反響し、姿を消すことだろう。

「さうだ俺は君にこの手紙を書いてゐる事をどうやら忘れてゐる様だ。君はこゝまで読んで来てくれてゐるのだらうか。俺はよく話をしながら誰に話してゐるのか忘れて了ふ、惟ふにこれは俺の精神の余儀ない疲れのする業だ」(二、九八—九九)。ここで小林が述べているのは、語る内容のみならず、語られる相手が誰であるかも重要ではないということだ。この他者は、小林の話を聞いてくれさえすればいい。それは純粋な鏡、あるいは反射板としての機能のみをもつ他者であり、自意識の解析の果てに見出されるものにほかならない。「自分といふものを一切見失ふ」とき、「はじめて他人といふものが自分を映してくれる唯一の歪んでゐない鏡だと合点する」ことが可能になる(一、二五五)。この他者の鏡に映る像によってのみ、自意識は自分を失わずにすむのである。

人は愛も幸福も、いや嫌悪すら不幸すら自分独りで所有する事は出来ない。みんな相手と半分づゝ分け合ふ食べ物だ。その限り俺達はこれらのものをどれも判然とは知つてゐない。俺の努めるのは、ありのまゝな自分を告白するといふ一事である。ありのまゝな自分、俺はもうこの奇怪な言葉を疑つてはゐない。人は告白する相手が見付からない時だけ、この言葉について思い患ふ。困難は聞いてくれる友を見付ける事だ。〔……〕

俺が生きる為に必要なものはもう俺自身ではない、欲しいものはたゞ俺が俺自身を見失はない様に俺に話しかけてくれる人間と、俺の為に多少はきいてくれる人間だ。(二、九九)(18)

「告白する相手」がみつからないとき、自意識は空しく自己の内で空転する。無限の懐疑のうちに「ありのまゝな自分」は溶解するほかはあるまい。「告白する相手」が鏡となるとき、「ありのまゝな自分」がはじめて像として獲得される。この引用で小林は、自分に話しかけてくれる人間をも求めているが、この「話しかける」という機能も、鏡の他性を保証する以上のものではない。話しかけられる内容も、誰が話しかけるかということも問題ではなく、自意識の「外部」に自己の像を映す鏡がありさえすればいいからである。

自意識の際限のない反射に苦しむ「俺」は、その「繰返さざるを得ない名付けやうもない無意味な努力の累積から来る単調」に堪えきれずに自殺を思う。そのとき、救いとして小林が思い浮かべるものは誰かの腕であり、誰かの「眼差し」なのである。

俺は今も猶絶望に襲はれた時、行手に自殺といふ言葉が現はれるのを見る、そしてこの言葉が既に気恥しい情着を纏つてゐる事を確め、一種憂鬱な感動を覚える。さういふ時だ、俺が誰でもいゝ誰かの腕が、誰かの一種の眼差しが欲しいとほんたうに思ひ始めるのは。（二、八六—八七）

ここに江藤淳は、小林が泰子と別れた後、昭和七年頃につきあっていた「第二の女性」の影を見ているが[19]、あるいは小林の女性との生活は泰子の場合とまったく異なるものになっていたのかもしれない。しかし実生活がどうであれ、重要なのは小林がその批評において「誰かの一種の眼差し」を欲したことである。批評のレベルでは、もはや「女」は問題になっていない。特定の女性はもちろんのこと、女性一般との関係すら問題ではない。ちょうど「君」が誰でもよかったように。そして自己を映すことで自己のまとまったイメージを送り返してくれる他者という鏡は、おそらく人間でなくても構わない。それは後に小林が考えたように、歴史や古典でもありえるのだから。

「Xへの手紙」において、「女」という他者は自意識に対して像を送り返す鏡にすぎない。そのとき他者は双対的な二者関係へと「内面化」されている。男女の交渉は、次の結論的な文章では、結局、友人関係や肉親関係と同じものとして扱われ、他者関係一般にまで還元されている。小林が自己の壮絶な女性関係から引きだしえた絶対的な他者性は消去され、そこには自意識が自己の存在を可能にするために要請する鏡が置かれることになる。「人がある好きな男とか女とかを実際上持つてゐない時、云々」と言うとき、小林はその人物に自意識を映す鏡以上の存在を与えてはいまい。

たとへ俺にとつて、この世に尊敬すべき男や女は一人もゐないとしても、彼等の交渉するこの場所だけは、近附き難い威厳を備へてゐるものゝ様に見える。敢て問題を男と女との関係だけに限るまい、友情とか肉親の間柄とか、凡そ心と心との間に見事な橋がかゝつてゐる時、重要なのはこの橋だけなのではないのだらうか。この橋をはづして人間の感情とは理智とはすべて架空の胸壁ではないのか。人がある好きな男とか女とかを実際上持つてゐない時、自分はどういふ人間かと考へるのは全く意味をなさない事ではないのか。

　近代人の自我は解体してゐるといふ事が、単なる比喩に過ぎないとしても、凡そ自我とは橋を支へるに足りる抵抗をもつた品物では恐らくあるまい。（二、九一）

近代的な自我はたしかに解体してしまっただろう。小林秀雄は人と人とが交渉する社会的領野をたしかに視野に入れていた。彼が批判するのは、あらかじめ確固とした主体（「近代人の自我」）が存在し、そのうえで各人が関係を結ぶという実体論的な考え方である。おそらく小林は、むしろ主体が社会的な関係において生成するものであることを認識していた。しかし、にもかかわらず、彼がこの一節で述べている「心と心との間」の「見事な橋」という比喩は、むしろ社会的な関係のはらむ「外部」性を捨象し、さまざまな困難を含むにせよ結局は安全な「内面化」された他者関係を示唆しているように見える。ここでも小林はやはり「曖昧」なのである。

「読者」という他者

情熱と感動

恋文の修辞学が実際の恋愛の成就に無力であるというところから前節では「女」の問題を考察した。だがこれは、「読者」の問題にもつながっている。恋文の修辞学を文学ないし批評の理論に対応させれば、それが恋愛の成就に無力であるとは、実際の制作に対する理論の無力を語っていることになるからである。「批評の方法が如何に精密に点検され様が、その批評が人を動かすか動かさないかといふ問題とは何の関係もない」。批評が読者を感動させるかどうか、それは理論の問題ではない。これが「様々なる意匠」で小林の主張したかったことである。「宿命」の理論が、「ランボオⅠ」や「『悪の華』一面」のときとは異なり、批評家と対象作家との距離に意識的なかたちで構成されていることからも明らかなように、「様々なる意匠」における小林はプロの批評家としての自己の立場をはっきりと自覚していた。この論文を批評家小林秀雄の処女作と呼べるとすれば、それは彼がそこで、自己の批評文が読者に受け入れられるかどうかをおそらくはじめて意識したからである。これは「様々なる意匠」が『改造』の懸賞論文だったことと無縁ではあるまい。そして、読者に受け入れられるかというプロの文筆家の意識は、そのまま自意識の不毛な円環を相対化するものでもあったはずである。そのように考えると、小林がボードレールの批評を前にして「舟が波に掬はれる様に、私は彼の繊鋭な解析と潑剌たる感受性の運動に溌われて了ふ」と語り、その批評の魅力を説明しようとして「彼の批評の魔力は彼が批評するとは自意識する事である事を明瞭に悟つた点に存する」（一、一三）と述べて批評を自意識の問題に還元したことは、実は必ずしも理解しやすいことではない。これに続く、「批評とは〔……〕己れの夢を懐疑的に語る事ではないのか！」というあまりにも有名な文句も、小林が「様々なる意匠」で語ろうとしたことのすべてを定式化しているとは言いがたいのではないか。

もちろん小林の議論はもう少し複雑である。私はここまでの論述で自意識の理論的な反省能力としての側面を強調してきたが、自意識には「情熱」という側面もあるからである。ボードレールの批評の魔力が自意識であると言うとき、小林は、ボードレールの「情熱」について語っているのだ。第二節冒頭にある「生々たる嗜好なくて如何にして潑剌たる尺度を持ち得よう」（一、一二）という言葉も同じ文脈にある。読者を動かす批評を書くためには、このような「情熱」が必要なのである。

このことは第三節におけるマルクス主義に対する批判を考えてみるとよく分かる。小林がマルクスのうちに見ていたものもひとつの「情熱」であった。かりにマルクス主義者が言うように、マルクスが詩人を否定したとすれば、それはマルクスのもつ「政治」という情熱が、芸術に関わる人々の情熱を追放したということにほかならない。政治か芸術かといった理念的な対立が問題なのではないのである。同じように、作品を作るにせよ、批評を書くにせよ、理論のレベルにとどまったままでは人を動かすものを書くことはできない。理論に対して「情熱」を抱き、自己の全存在をそれにかけるとき、作品に人を動かすだけの力を与えられるだろう。いいかえるなら、マルクス主義を自己の「宿命」とするときにのみ、作品は力をもつことだろう。

> 或る人の観念学は常にその人の全存在にかゝつてゐる、その人の宿命にかゝつている。怠惰も人間のある種の権利であるから、或る小説家が観念学に無関心である事は何等差支へない。然し、観念学を支持するものは、常に理論ではなく人間の生活の意力である限りそれは一つの現実である。或る現実に無関心でゐる事は許されるが、現実を嘲笑する事は誰にも許されてはゐないのだ。
>
> 若し、卓れたプロレタリア作者の作品の有するプロレタリアの観念学が、人を動かすとすれば、それはあらゆる卓れた作品が有する観念学と同様に、作品と絶対関係に於てあるからだ、作者の血液をもつて染色されてゐるからだ。若しもこの血液を洗ひ去つたものに動かされるものがあるとすれば、それは「粉飾した心のみが粉飾に動かされる」といふ自然の狡猾なる理法に依るのである。
>
> 卓れた芸術は、常に或る人の眸《まなざし》が心を貫くが如き現実性を持つてゐるものだ。人間を現実への情熱に導かないあらゆる表象の建築は便覧《マニユエル》に過ぎない。人は便覧《マニユエル》をもつて右に曲れば街へ出ると教へる

事は出来る、然し、坐つた人間を立たせる事は出来ぬのだ。人は便覧《マニュエル》によつて動きはしない、事件によつて動かされるのだ。強力な観念学は事件である、強力な芸術も亦事件である。(二、一六)

こうしてみると「情熱」とは「宿命」の異名であろう。理論(観念学)は、ある人をまさにその人たらしめるものになるとき、はじめてその人の「情熱」となり、「宿命」となる。その意味では、現実と乖離した観念のレベルに位置する「自意識」自体を「宿命」とするボードレールのような詩人も存在する(一七)。自意識と批評を同じものとしたボードレールの批評文が人を動かすのは、彼の自意識が「情熱」にまで高められているからということになるだろう。

「無意識な縄戯」としての制作

しかし、「情熱」はそれだけで読者に対する作品の効果を保証するだろうか。先の引用は、後に見るような意味で芸術を「事件」として、つまり「表現」を「出来事」として捉えている点でも興味深いのだが、ここで注意したいのはやはり、こうして生成する「表現」と読者との関係である。「表現」が読者に受け入れられるかいなかという問題は、小林の最大の関心事であった。昭和一〇年前後に再燃する「読者」と「伝統的審美感」の問題はその最も先鋭的な現れであるが、自意識の問題圏に属する「様々なる意匠」においても、「表現」とその受容のプロセスとは完全に分離したものとして考察の対象となっている。第三節の続く箇所では「芸術の為の芸術」が、第四節では写実主義と象徴主義が検討され、ここまでで主要な文学流派はほぼすべて概観されることになるが(第五節では新感覚派と大衆文学が補足的に触れられるだけである)、概観をほぼ終えた第四節の末尾で小林は議論をもう一度一般的な次元に戻し、原理論的な思索を述べている。そこでは「読者」の問題がもう一度振出しに戻って考えられているのである。
　霊感といふが如きものは、あらゆる誠実な芸術家の拒絶する処であらう。彼等の仕事は飽く迄も意識的な活動であらう。詩人は己れの詩作を観察しつゝ詩作しなければなるまい。だが弱少な人間にとつて悲しい事には、彼の詩作過程といふ現実と、その成果たる作品の効果といふ現実とは截然と区別された二つの世界だ。詩人は如何にして、己れの表現せんと意識した効果を完全に表現し得ようか、己れの作品の思ひも掛けぬ効果の出現を、如何にして己れの詩作過程の裡に辿り得ようか。では、芸術の制作とは意図と効果とをへだてた深淵上の最も無意識な縄戯であるか？　天才と狂気が親しい仲である様に、芸術と愚劣とは切つても切れぬ縁者であるか？
　恐らくこゝに最も本質的な意味で技巧の問題が現はれる。だが、誰がこの世界の秘密を窺ひ得よう。たとへ私が詩人であつたとしても、私は私の技巧の秘密を誰に明し得よう。（一、二四）
ここで問題になっていることはふたつある。ひとつは「読者」に与える「効果」の問題、もうひとつは意図と効果をいわば奇跡的に結びつける「制作」の問題（いいかえるなら、「無意識の縄戯」あるいは「最も本質的な意味」での「技巧の問題」）である。これらはどちらも理論化されえないものとして小林に捉えられている。「作品の効果といふ現実」は詩人の「詩作過程といふ現実」からは「截然と区別」されているのであり、読者に実際どのような効果を与えうるかを完全に計算しつくすことは不可能である。先ほどからの恋愛の例で言えば、恋愛の情熱は必ずしも恋愛の成就を保証しない、ということだ。「情熱」が読者を動かすとしたそれまでの議論は、ここにいたって覆されているように思われる。他方、それにもかかわらず、作品が読者を深く動かすとすれば、この「思ひも掛けぬ効果の出現」を生み出した

「制作」自体も、作者の計算を越え出たものであることになるだろう。作者があらかじめ抱く意図と、出来上がった作品が実際に与える効果とのあいだには断絶があり、詩人はこの深淵を制作に先立って自分の頭のなかで飛び越えることはできないのである。それは完全に意識化できぬという意味で「無意識」的なものであり、観念的に飛び越えてしまえないという意味で「縄戯」――綱渡り――なのである。[20]

小林は、行為や読者といった自意識の「外部」を、自意識のなかに取り込んで理論化することの不可能性について意識的だった。「様々なる意匠」を書く小林がプロの批評家としての意識をもっていると言ったのは、このようなことも意味している。文を書いて糊口の資を稼がざるをえない批評家小林秀雄にとって、読者が自己の意識の自由にならぬものであることは自明の理であっただろう。もちろん、作家はどのように書けば感動させることができるか計算しないわけではない。しかし、どれほど意識し計算しても捉えきれぬものが、読者との関係のうちには存在する。小林が「無意識の縄戯」と言ったときに言いたかったのはそのようなことである。

しかし、このような自意識の「外部」である「読者」は、小林の批評のなかでその後どのような命運をたどったか。ここでも小林はやはり曖昧である。「様々なる意匠」においては少くとも、「読者」のもつ「内面化」されない「絶対性」が認められていた。しかし、昭和一〇年代の一連のテクストにおいて、この「絶対性」は「内面化」されていき、文学をその「外部」から問題に付す機能を捨て、むしろ「文学」を支え延命させる機能を果たすようになる。例えば昭和一二年の「菊池寛論」では、プロレタリア文学もブルジョワ文学も一般読者を捉えることに失敗したが、菊池寛はそれに成功したとしたうえで、小林は次のように書く。菊池寛は「たゞ一般読者の為に書いて来た作家なのだ。一般読者にとつては、あらゆる文学的意匠は存在しない、ましてや純文学と通俗文学との区別なぞありはしない、彼等は手ぶらで扱はれた題材の人間的興味の中にづか〳〵這入つて来るだけだ。〔……〕氏の新聞小説はどれも当り前な事が当り前に書かれてゐる。〔……〕そして大衆はまさしくこの当り前な処に最大の魅力を感じてゐるのである」（四、九三）。

小林は、「読者」によって文学批判を行うが、同時に「一般読者」の生活感覚（小林のよく言う「健全な常識」）を設定し、それによって「真の」文学のあり方を独断的に規定しているように見える。もし「様々なる意匠」におけるように、読者が自意識の絶対的な「外部」であり、決して見通せぬ不透明性をもつものだとすれば、かりに「読者」が文学の「原理」であり、それは小林が述べているような確実であたり前なものではあるまい。小林が「様々なる意匠」以降に行ったことは、「読者」の「絶対性」を文学の「原理」として「内面化」すること――「読者」のもつ「外部」性を捨象すること――であった。そしてこのことは、小林の仮構する「読者」の「常識」が「日本的なるもの」にまで結びつけられるようになる以上、看過できない問題なのである。

新しい文学は、これまで「日本的なるもの」の克服の為に出来る限りの事をして来た。この戦の為に僕等が使つた剣があまり切れ過ぎた。切れ味に酔つて何を切つたのだかどういふ剣を使つたのだかよく判らなくなつた状態が「純文学の貧困」といふ事実となつて現れたのである。「純文学の貧困」といふものを貧困した文学者が進んで自覚したのではない。寧ろ本を買はぬ一般読者が文学者に自覚を迫つたのである。そして「日本的なるもの」の問題が、さういふ反省の上に立つた問題である以上、一般大衆とか与論とかいふもの丶姿が理論的にではなく実際に明瞭に作家達に映つて来る様にならぬと明瞭になり難い問題だ。（三、二一九―二二〇）

この昭和一二年三月に発表された「文藝月評V」の一節では、「読者」はあるべき文学の本質を保持する存在である。しかしこのことは後であらためて論じよう。ここでは「様々なる意匠」における「読者」が、これとはまったく異なるものであったことを確認しておきたい。

結局、小林秀雄の批評において「他者」はつねに曖昧な位置を占めている。たしかに「他者」は、自意識の閉域を食い破るような特異性をもつものとして捉えられていた。しかし他方でそれは、自意識の「錯乱」を安定させ批評の言葉を支えるような「内面化」された機能をもつものとして要請されてもいる。こうした両義性こそ小林の批評のはらむ問題なのである。

実践としての批評

「人生斫断家アルチュル・ランボオ」

ところで先ほどの引用にもあったように、芸術の制作が作家の意識を超えたものであるとするならば、自意識と「表現行為」、あるいは批評と創造との関係は結局どのようなものになるのか。「他者」についての考察をひとまず終え、ここからは文学的あるいは批評的な「実践」について検討してみることにしたい。

小林は、創造を反省してみることから始めざるをえなかったが、自意識はついに実践を捉えることができない。では、こうした内省のプロセスはまったく無意味なのか。批評は「創造行為」を知ることができず、結局は二次的で付随的な営為にとどまるのか。おそらくこうした疑問が小林をたえず苦しめていた。詩人が詩を書くように、小説家が小説を作るように、「文藝批評家にとつては文藝批評を書く事が希ひであるか?」（一、一二）と彼は「様々なる意匠」のなかで自問する。批評が、マルクス主義文藝批評のように、創造のいわばマニュアルとなるような理論構築を目指しているのであれば、それは行為の「秘密」には決して到達できないだろう。小林の批評は、創造の「指導理論」などではなく、「表現行為」の核心をまっすぐに狙っている。それは、言葉で言えば、「創造とは行為だ」ということにつきるのだが、しかしながら、これはまさしく「命題」であり、自意識の弄ぶ「理論」にすぎない。では、どのような道が残されているのか。小林において批評が自意識の活動として始まる以上、批評は自意識をとおして「創造行為」に迫るしかない。たしかに自意識は「創造行為」とはなりえない。自意識に可能なことは制作の条件をぎりぎりのかたちで指し示すことであり、「表現行為」が生起する場の構造を描くことだけである。これが、自意識を武器とする批評家として小林秀雄が選んだ戦略であった。結論を先取りすれば、自意識は「実践」へと肉薄する過程で、ついにそれ自身の論理によって自意識の閉域を解体することになる。そしてそのとき、批評が「表現行為」として新たに捉えなおされる可能性も開かれるはずである。

とはいえ、そうした試みが容易に成功したわけではない。例えば、よく知られているように小林は、後年、ランボー体験の意味をボードレールという「球体」(二、一五三)からの脱出として語った。吉田熈生によれば小林がランボーを読んだのは「一つの脳髄」が発表されたのと同じ大正一三年である。[21] ただ、小林の回想は実証的には必ずしも正確ではない。ランボーはたしかにボードレールにはない新しい可能性を示していたであろうが、ランボー体験がそのままボードレールの放棄につながったわけではないからである。小林のボードレールへの関心はその後も持続し、昭和二年の「「悪の華」一面」に結実することになる。しかし、伝記的事実を精査することはここでの目的ではない。自意識から実践へと向かおうとする小林の企ての曲折とそのアポリアを、「ランボオⅠ」(「人生斫断家アルチュル・ランボオ」)から「「悪の華」一面」を経て「様々なる意匠」へといたるテクストのなかに読み込むことが問題なのである。

本章の冒頭で「宿命」に関する「ランボオⅠ」の一節を引用したが、それによれば「大芸術家」の創造とは自意識と別の次元（「無意識」）で生じるものだった。作家は自分が作ったはずの作品という「黄金」に「未知の陰影」を見るのである。では、ランボーの場合はどうだったか。ここで先に引用した一節に続く部分を検討したい。ランボー体験がボードレールという「球体」からの脱出を可能にしたという後年の回想から考えると、ランボーは小林にとって自意識に囚われない「実行家」であったように思われるが、「ランボオⅠ」における叙述はもっと複雑である。自意識の問題がふたたび現れているからである。

若し心理的に見るならば、十八才で文学的自殺を遂行したランボオは芸術家の魂を持つてゐなかつた、彼の精神は実行家の精神であつた、彼にとつて詩作は象牙の取引きと何等異る処はなかつた、と言ふのは恐らく正しい。然しかゝる論理が彼の作品の前にゐつて《ママ》泡沫に過ぎない所以は何か？　吾々は彼の絶作「地獄の一季節」の魔力が、この作品の後彼が若し一行でも書く事をしたらこの作は諒解出来ないものとなると云ふ事実にある事を忘れてはならないのだ。彼は、無礼にも禁制の扉を放つて宿命を引き摺り出した。然し彼は言ふ。「私は、絶え入らうとして死刑執行人等を呼んだ、彼等の小銃の銃尾に嚙み付く為に」と。彼は、逃走する美神を、自意識の背後から傍観したのではない。彼は美神を捕へて刺違へたのである。恐らく此処に、極点の文学があるのである。（二、一三八）

引用の冒頭で語られる「実行家の精神」という「論理」は、小林が熟読したアーサー・シモンズの『表象派の文学運動』（岩野泡鳴訳）に由来するものである。(22) 吉田凞生の的確な表現をかりれば、シモンズはただ「実行家」を語っただけだが、小林はそれを逆手にとってランボーを「意識家＝行動者」として造型しなおした[23]。結局ここで小林は、「無意識」に創造を行う「大芸術家」とランボーとがどのように異なるのかを述べているのである。小林のランボーは、どこまでも自意識を保持しつつ実際に創造するのだ。「大芸術家」からは「逃走する美神」を、ランボーが「捕へて刺違へた」というのはそのような意味である。いうなればこの詩人は、自意識と創造という本来交わるはずのない二本の平行線が交差する無限遠点とみなされている。だからランボーこそ「極点の文学」にふさわしい。それは自意識を「情熱」とすること、理智による「斫断」を「発情そのもの」とすることである。そのとき詩人は「凶暴な犬儒派」として「犬儒主義《シニスム》」から最も遠い地点にいるのである(一四〇―一四一)。

彼は生活を理論をもつて規矩しようとした。然るに彼の理論は断じて一教理ではなかつたのだ、盲動する生活であつた。生活が生活を咬んだ、この撞着の極処に於て常に彼の歌が生まれるのである。(一四三)[24]

このような「意識的な生活者」は、その意識によって「人生」や「自然」を切りつくし、すべてを解体する。ついで彼の精神はめくるめくばかりに運動し、解体された世界から「流絢たる新しい劇」をうち建てる(一四一―一四二)。そしてこの「全生命を賭して築いた輪奐《りんくわん》たる伽藍」を、その「生命の理論」が命ずるままに「全生命を賭して破砕」する(一四五)。――もし「芸術」と一般に呼ばれるものが、小林が「大芸術家」について述べたように「無意識」的な創造のあり方によって規定されるものであるならば、生活と自意識を一致させ、解析と創造をひとつのものとしたランボーは、「芸術そのもの」を破壊し、それをつきぬけたと言える。そして、かずかずの傑作をふりまきながら文学を「孛星」のごとく通りすぎたランボーの身振りは、まさにその破壊と放棄の相貌において、新しい「部類の芸術を創つた」のである（一四六）[25]。

病的なまでの自意識のために小説という「表現」を紡ぐことに困難を覚えていた若き小林秀雄は、ランボーに自らの姿を仮託することで批評的「表現」をかろうじて得たのではなかったか。ここに「一つの脳髄」をはじめとする小説への試みが批評へと移行する転換点を見ることができる。芸術を破壊し新しい芸術を作ったというランボーの姿は、たしかに「「小説」を失って「批評」を産もうとしている」小林の姿でもあろう[26]。しかし、こうしたランボーの姿に自己を仮託することによって、批評のはらむ問題が解決されるわけではない。自意識を生活として極限まで追究することは、ただそれを実行することにのみ意味があるのであり、そうした「無類の冒険」（一四六）を行った過去の詩人の姿を描いてみても本質的にはなにも解決されていないからである。描かれた「極点」は、その内容がどれほどのものであれ、結局はアーサー・シモンズの場合と同じくたんなる「論理」や「一教理」にすぎない。小林秀雄は、ランボーに仮託して構想した自意識の「外部」に向けて、実際に歩まねばならない。そしてそれは、自意識の問題をさらにつきつめて探究することでしかありえないのである。

「「悪の華」一面」

「ランボオⅠ」（「人生斫断家アルチュル・ランボオ」）の翌年に小林が「「悪の華」一面」を書き、「自意識の化学」の徹底的な解明を目指したのはそのような理由によると思われる。彼はこの昭和二年の段階になってやっとボードレールへの「別離」を口にすることができた（二、四二）。これは「ランボオⅢ」の回想が虚構であることを示すだけでなく、ランボー論が書かれた後も自意識の問題がきわめて高い緊張度において小林の関心を占めていたことを意味しているだろう。しかし、彼はこのテクストによって、ボードレールという自意識の「球体」から抜け出ることができただろうか。おそらく問題はそれほど単純ではない。

この昭和二年のテクストで小林はヴァレリーの「註及び雑説」に見られる「純粋自我」の思想に影響を受けながら、[27]自意識が思考しうる創造の理論について述べている。どんな詩人も詩歌をまず自然な「鶯の歌」としてつくり始めるが、やがてそれを「自意識の化学」のなかに取り込み、ポーからヴァレリーにいたる象徴主義の詩人たちが試みたように、自己の創造の完全な意識化を試みるようになる。このとき詩人の自意識はいわば「夢」となり、そこでは「あらゆる因果反応は消失して全反応の恐ろしい神速な交替が殆ど不動とも見える流れを作る。眼前に現はれたXといふ自然はそのまゝ忽ち魂の体系中に移入される」。現実や自然の実体は消失し、それらはただ「象徴」(「言語」と考えてもいいだろう)のさまざまな関係としてのみ存在するのである(二、四七)。詩人は「象徴」を自在に扱うかのように見えるが(「この純粋な数の世界に住んで詩人は彼の魂を完全に計量し得べきものと感じないか!」(同前))、自然が自意識のなかに取り込まれ、さまざまな夢の堆積に解体されるなかで、詩人は自己の姿をも見失う。彼が捉える「羸弱《るいじやく》な裸形」としての自己の姿も「忽ち又一象徴として分解して了ふ」からである。彼は存在と非存在のあわいを漂う。「かゝる時彼は存在するのか?　存在しないのか?」(四八)。

転換が起こるのはここにおいてである。詩人は虚無から創造へと転回する。[28]そのきっかけは無限に変転するかに見えた象徴の世界のなかに現れる「現実」である。「この時突然彼が遠く見捨てゝ来た卑俗なる街衢《がいく》の轍の跡が驚く可き個性をもつて浮び上つて来る。先に意の儘に改変さる可きものとして彼の魂の裡に流動してゐた世界は、今如何んとも為難い色と形とをもつて浮び上る。かくして彼を取り巻いて行くものは既に象徴的真理の群ではない。現実といふ永遠な現前である。その背後に何物も隠さない現象といふ死の姿だ。純粋な空間図式である」(四八)。これはもちろん、詩人がその出発点において自意識によって「象徴」へと解消した、素朴な意味での「現実」や「自然」ではない。そうした自意識の解析の果てに、自己の創造行為にとって絶対的な必然性をもって現れるものである。石材なしには建築家は家をたてることができない。家の構造はさまざまでありえるが、石材の必要性は動かすことができない。マラルメの言う「賽」とはそうした石材のことである。「賽の一擲はマラルメに偶然であらう、然し賽そのものは彼に改変し難い必然である。彼は投げられた賽の曲線を変ずる事は出来るが賽を石塊に変ずる事は出来ない」（五〇）。このような「必然」としての「現実」（これは「死」とも類比される）に対して詩人の自我（これは「生」の側に位置づけられる）が対峙するとき、そこにひとつの空間がかろうじて成立する。小林はそれをふたつの点のあいだに張られた「縄」として、あるいはひとつの「磁場」として語っている。「虚無となつて終熄せんと」（四八）していた自意識は、「自我」と「現実」との対峙が張り渡す空間として、「生存」することが可能になるのである。

詩人は何を歌はんとするか？　かゝる時の詩人の内部面貌を点検してみるといゝ。彼の魂の中のあらゆる精神的沈殿物は既に去つた。諸君は彼の退屈の蒼空に、座標軸の如何なる点にも存在しない、或は如何なる点にも存在する純粋に抽象的な自我の姿〔……〕が星の如く明滅するを見るのみであらう。詩人は何を歌はんとするか？　彼の魂には表現を要求する何物も堆積してゐない、何故なら彼は一つの創造といふ行為の磁場と化したから。一端に星の如く消えんとする自我の生の姿があり、一端に改変し難き現実の死の姿がある。かゝる時彼にとつて生きるとは生と死との間に美しき縄戯を演ずるのみではないか！　かゝる時詩人にとつて生きるとは詩学するのみではないか！　詩人は詩学を宇宙とする。あらゆる形種の人間の思想、感情、あらゆる形態の自然の物質は、こゝに創造といふ力学の形式としてのみ存する。（四九―五〇）[29]

ここで述べられているのは「創造の理論」であり、「創造的自我」という詩的精神の構造である。「自我」が「現実」と「極度の緊張」をもって対峙する状態を、小林はボードレールの「退屈《アンニュイ》」を特徴づけるものと考えた。したがって、ここで述べられている「創造の理論」とは「退屈」のことである。それは「創造」が行われるときの詩的精神のあり方を示すものだ。ところでこの状態は、すでに述べたように、自意識にとってひとつの「必然」として現れる「現実」（あるいは「自然」）を必要としている。「縄戯が縄なくして演じられない様に、創造の理論は自然なくしては進行する事が出来ない」。この「自然」はマラルメなら「音楽」であり、ヴェルレーヌなら「抒情」だったが、ボードレールにとっては「退屈」そのものだった。つまり彼は「創造的自我」という詩的精神のあり方（「退屈」）をはじめて発見したのだが、この発見したもの自体を「自然」としてふたたび「創造の理論」に繰り込んでしまった。それは結局、自意識を自意識することにほかならず、そのため創造行為からは乖離し「二十五歳で枯渇」せざるをえなかったのである（四八―五一）。

　これに対して「創造」とは次のようなものであった。

> 此処に仮りに退屈と名付けた一状態はあらゆる創造の萌芽を含むであらうが、創造を意味してはゐない。退屈は一絶対物には相違ないが、又、人間にとつて一絶対物とは竟にあらゆる行為を否定する一寂滅に他なるまい。創造とは行為である、あくまでも人間的な遊戯である。キリストにとつて見神は一絶対物であつた。然し創造ではなかつた。彼は見神を抱いて歩かねばならない。一絶対物を血肉の行為としなければならない。蓋し創造とは真理の為にでもない美の為にでもない、一至上命令の為にでもない、樹から林檎が落ちるが如き一つの必然に過ぎぬ。（四九）

結局ここでも、小林は「表現行為」が生起する場を詳しく解明しただけで、「創造」の「行為」そのものについては、ただこのように語ることができただけである。それは自意識のもつ「命題」にすぎない。たしかに「退屈」として描かれた自意識の状態は、「創造」が生まれる場として「創造の萌芽を含むであらうが」、しかしそれは「創造を意味してはゐない」のである。小林はまさしく実際に「歩かねばならない」。そしてここでも「歩むこと」は自意識による探究をさらにすすめること以外ではありえないのである。

自己言及

「「悪の華」一面」から「様々なる意匠」へいたる過程で、小林の言語論はおおきく変貌した[30]。ボードレール論において言語はせいぜい自意識の錯乱を構成する「象徴」にすぎなかったが、「様々なる意匠」では社会的な関係を構成するものとして明確に捉えられている。「アシルと亀の子II」の表現を先取りすると、それは言葉を流通する商品になぞらえて理解することであった。

社会の或る事情が商品といふ物質をこの世に送り出す様に、文学作品といふものも、ある人間の自然過程に依つてこの世に送り出された、言葉といふ、単なる物質である事に聊も変りはない。単なる商品が意味をもたぬ様に単なる言葉は意味をもたぬ。人がこれらに交渉する処に意味を生ずる。商品が人間の交渉によつて帯びる魔術性は、言葉が人間の交渉によつて帯びる魔術性に比べたら凡そ比較を絶する程単純であらう。(一、四七―四八)

いわば「言語上の唯物主義」(二二)とでもいった思想については次節で詳しく検討するが、ここで注意しておきたいのは、小林の言語論が社会化されたことによって、これまで見てきた彼の「創造の理論」がいかなる変容を蒙ったかということである。もし言語が社会的関係においてのみ意味をもつのだとすれば、文学作品であれ文学理論であれ、言語によって構築されるものである以上、それらは商品と類比可能なものである。文学は商品と同じく、自意識の閉域を越えた社会的関係の場に位置づけられるのである。こうなると自意識はもはや批評する超越的な視点を保ちえず、それ自身がこの社会的な場のなかに含みこまれることになる。このような認識を通して、小林はかろうじて自意識から社会へと身を開き、批評を創造へと転換するきっかけをつかめたのではないだろうか。「ランボオI」や「「悪の華」一面」では、批評は「表現行為」に対してつねに外在的な位置にあり、それ自身は決して創造行為とは捉えられなかった。これに対して、「様々なる意匠」はそうした批評的言説を文学作品と同じく言葉という次元に位置づけることで、批評を「表現行為」として逆説的なやり方で浮彫にするのである。第五節に見られる次の一節は、この「からくり」を読み解くために決定的に重要なものである。

現代を支配するものはマルクス唯物史観に於ける「物」ではない、彼が明瞭に指定した商品といふ物である。バルザックが、この世が燦然としてあるが儘だと観ずる時、あるが儘とは彼にとつて人間存在の根本的理解の形式である。〔……〕バルザックが「人間喜劇」を書く時、これを已れの認識論から眺めたら、已れが「人間喜劇」を書く事も亦あるが儘なる人の世のあるが儘なる一形態に過ぎまい。而も亦、已れが「人間喜劇」を書く事から眺めたら、已れの人間理解の根本規定は蒼然として光を失ふ概念に過ぎまい。このバルザック個人に於ける理論と実践との論理関係はまたマルクス個人にとつても同様でなければならない。〔……〕

世のマルクス主義文藝批評家等は、かゝる事実を、かゝる論理を、最も単純なものとして笑ふかも知れない。然し、諸君の脳中に於てマルクス観念学なるものは、理論に貫かれた実践でもなく、実践に貫かれた理論でもなくなつてゐるではないか、正に商品の一形態となつて商品の魔術をふるつてゐるではないか。商品は世を支配するとマルクス主義は語る、だが、このマルクス主義が一意匠として人間の脳中を横行する時、それは立派な商品である。そして、この変貌は、人に商品は世を支配するといふ平凡な事実を忘れさせる力をもつものである。（二五―二六）

マルクス主義は商品が世界を支配すると教えるが、人々のあいだを流通するときには、それ自らも商品となる。マルクス主義者はこの逆説に気づかない。だからこそ、マルクス主義を、実践から独立し、それを指導しうるような自律した「科学的な」理論であると信じて疑わずに済むのである。しかし、この理論自体が商品となり、自己言及的な関係のなかに取り込まれてしまえば、理論はその理論が記述する現実と混淆し、「蒼然として光を失ふ」だろう。それは他の凡俗の商品と同じく、たんなる一商品にすぎない。このようなとき、それにもかかわらず、「商品が世を支配する」という思想をもつことは、一体どのようなことなのか。それは理論を観念としてもつことではなく、理論を生きること、「理論に貫かれた実践」、「実践に貫かれた理論」をもつことではないか。小林が問題にしているのはこのようなことである。「この世に思想といふものはない。人々がこれに食ひ入る度合だけがあるのだ」（二、九四）と彼は「Xへの手紙」にも書いている。

ここで小林が用いた「からくり」は次のようなものだ。ひとつの理論や概念（例えばマルクス主義理論）が特別なものに見えるのは、それが現実の本質的側面を捉えているようにみなされるからである。ここで重要なのは、個々の現実ではなくその本質を捉えているとする理論の方であろう。商品に具体化される社会的関係の総体よりも「商品は世を支配する」という思想の方が重要なのである。小林が行ったのは、現実を超越した位置にあるこの理論それ自体を、その理論の対象として自己言及的な関係におくことで、この理論の特権性を剝奪することであった。バルザックは「この世はあるが儘だ」という理論(「認識論」)をもっていた。この理論から『人間喜劇』を書くことを眺めれば、作品制作はこの理論の教えている現実のあるが儘なる出来事であろう。しかし「この世はあるが儘だ」という理論自体が、あるが儘なる現実のなかのひとつの事実にすぎないとすれば、この理論は現実を超越する位置に存在することはできない。ここでも理論は、それ自身が自分の対象となり、その特権的な地位を相対化されてしまっている。『人間喜劇』を書くとは、ある指導的理論によって現実の断面図を描いてみせることではもちろんなく、そのような理論をも含んだ現実に肉薄しようとするパラドクシカルな試みだったのである。それはマルクスの試みと同型のものだ。ただ彼らの個性(「宿命」)のちがいが文学と経済学との差になって現れたのである。もちろん、彼らの営為も言葉にしてしまえばたんなる理論や概念にすぎない。だからこそ「生き生きとした現実」に肉薄するには「からくり」が必要なのである。小林の戦略は、理論を自己言及的関係に追い込みそれを相対化することで、その背後から現実を浮かび上がらせるというものであった。この点で興味深いのが次の一節である。

扨て今は最後の逆説を語る時だ。若し私が所謂文学界の独身者文藝批評家たる事を希ひ、而も最も素晴しい独身者となる事を生涯の希ひとするならば、今私が長々と語つた処の結論として、次の様な英雄的であると同程度に馬鹿馬鹿しい格言を信じなければなるまい。

「私は、バルザックが「人間喜劇」を書いた様に、あらゆる天才等の喜劇を書かねばならない」と。(一、一五)

これは「宿命」の理論を詳しく展開してきた第二節の最後の部分にある言葉だ。「バルザックが「人間喜劇」を書いた様に」とある以上、小林が書こうとする「天才喜劇」の方も、先に見た自己言及的な関係を免れないことになるだろう。先に引用した小林の言いまわしを真似て言えば、「宿命」の理論という「認識論」から見れば、小林が天才たちの批評を行うことも、彼自身の「宿命」の理論に従った行為にすぎないが、それを「天才等の喜劇を書く」という面から見れば、この「宿命」の理論もたんなる理屈となるほかはない。すなわち、小林は、自分が展開してきた「宿命」の理論を文学史上の天才たちに適用することで、批評を書くことはできない。というのも、彼が文学界の「最も素晴しい」「独身者文藝批評家」であろうとするならば（このただし書きは重要である、つまり理論を自己言及的関係に陥るまで徹底化することを厭わないならば、という意味であろう）、彼自身が「宿命」の理論を免れることはできず、自己の「宿命」に従わざるをえないからである。「宿命」を強いられることと、「宿命」の理論を適用することとはまったく別のことだ。「文学者は自己の宿命をもつ」という理論は、自己言及的なものであり、文藝批評を行う小林自身にも関わってくる。このことを忘れたときにのみ、「宿命」の理論は、批評家が無邪気に振り回すことのできる武器となろう。だから問題は、マルクスの場合と同様である。それ自体が商品になることを承知のうえで「商品が世を支配する」とマルクスが言ったとき、彼が言おうとしたことは「商品が世を支配する」という理論ではなかった。同様に、小林が文学者の「宿命」を語るとき、彼が欲したのは「宿命」の理論を語ることではなかった。この理論が自意識による反省の産物であることをふまえれば、小林がここで語りたかったものは、そのような自意識の「外部」で生じるなにかである。端的に言えば、創造も批評も実践そのものであり、自意識の「外部」なしには存在しえないということだ。しかしこの「外部」は直接的には語りえない。そこで小林は「宿命」の理論を自己言及的に閉じ、自分をもそのなかに放り込む、そうすることで理論は批評家小林秀雄という生身の人間と混淆し、その自律性を喪失する。このようなやり方で、小林は「宿命」の現実性、あるいは「宿命」に貫かれざるをえない創造や実践の現実性を、影絵のように浮かび上がらせているのである。[31]

文学とは言葉で書かれたものである。批評もそれと同じく言語によって行われる。こうした自覚は、批評が言葉の社会性に気がついたとき決定的な意味をもつことになった。すなわち、自意識による批評の実践は言葉を媒介とする以上それ自体がすでに社会的な営為であり、批評は作品の制作と同じく社会的な言語というレベルに属している。おそらく小林秀雄が自分の批評の「創造」としての可能性に気づいたのはこのときである。そして彼は、批評のこの社会的言語実践としての意味を考えるためにも、言語そのものを「あるが儘に」見てみる必要があったのである。

「言語上の唯物主義」

言葉と商品

実際、「様々なる意匠」から「アシルと亀の子」にいたるテクストにおいて、小林は言語に関するさまざまな臆見《ドクサ》を取り除こうと試みている。「様々なる意匠」の第四節は「写実主義」と「象徴主義」を扱っているが、彼によれば「象徴主義」も「自然」に可能なかぎり接近しようとする「写実主義」にほかならなかった。いわゆる「写実主義」は、子供がすでにもつ言語の日常的使用（「品川湾の傍に住む子供は、品川湾なくして海を考へ得まい。かくの如く子供にとつて言葉は概念を指すのでもなく対象を指すのでもない」（一、二〇））や大人になって獲得される論理的使用といった、言語の「社会的実践性」を拒絶することで可能になる。「世に一つとして同じ樹はない石はない」というフローベールの言葉は、「自然の無限の豊富な外貌を尊敬せよ」ということのほかに、「世の中に、一つとして同じ「世に一つとして同じ木はない石はない」といふ言葉もないといふ事実」をも意味する。自然も言葉もあるがままに見れば無限に多様な面貌を現すのである。

他方、「象徴主義」とは内面の「写実主義」である。象徴主義者たちは「唯、已れの耀眩たる心境を出来るだけ直接に、忠実に、写し出さうと努めたに過ぎぬのだ。マラルメの十四行詩《ソンネ》は最も鮮明な彼の心の形態そのものである。それが朦朧たる姿をとるのは、吾々がそれから何物かを抽象せんと努めるが為である。マラルメは、決して象徴的存在を求めて新しい国を駆けたのではないのだ、マラルメ自身が新しい国であつたのだ、新しい肉体であつたのだ。かゝる時、彼等の問題は正しく最も精妙なる「写実主義《レアリスム》」の問題ではないか！」（一二三）。内面の自然と言葉にも「無限の豊富な外貌」が備わっているのである。

この点で興味深いのが、「一つの根本的な問題に就いて」の副題をもつ「アシルと亀の子Ⅳ[32]」で語られたマルクス論である[33]。ここで小林は、マルクスの「人足と哲人との差違は、番犬と猟犬との差違よりも小である」という言葉を引きながら、精神を自然の運動に還元する唯物論について述べ、それは「あらがへぬ事実なる限り何等驚く可き事ではない」と書く。こうしたマルクスの是認のうえに立って、彼は「言語上の唯物主義」（一、一二二）とでもいった思想を展開するのである（「様々なる意匠」で「象徴主義」はこのように呼ばれていた）。すでに見たように、言葉は商品と類比できるような社会的なモノであった。しかしここで重要なのは、「人間精神とは言葉を生産する工場以外の何物でもない、言葉を個人とする社会以外の何物でもない」（六〇）という小林の言葉の射程を正確に捉えることである。彼は、言葉を意味の方へと還元せずに、その関係性や運動において把握しようとした。しかしそうすることは、言語を用いる主体の概念をも問題にせずにはおかない。例えば次のように、小林は問題を明確に述べている。

マルクスの解析によつて克服されたものは正しく経済学に於ける物自体概念であらう。与へられた商品といふ物は、社会関係を鮮明する事に依つて、正当に経済学上の意味を獲得した。商品といふ物の実体概念を機能概念に還元する事に依つて、社会の運動の上に浮遊する商品の裸形が鮮明された。人間精神といふ社会に於いてもこの事情は同じである外はない。たゞ、精神の運動は社会の運動と同程度に複雑だが、遙か精密で神速であるに過ぎないのだ。(同前[34])

商品が固有の価値をもつかのようなフェティッシュな幻想が打ち砕かれ、商品はその「裸形」を明らかにした。同じように、言葉も「裸形」の姿へと還元されなければならない。

幾百世紀を通じて、人間の暗黙の合意の裡に生きて来た、言葉は、その合意の衣をかなぐり捨てねばならぬ〔……〕。合意の衣とは言葉の強力な属性に他ならぬ〔……〕。古来あらゆる最上芸術家等の前提は、正しく言葉の裸形の洞見に存した事は疑ひない。彼等の方法論も、この絶対言語〔……〕を考へずに意味をなさぬ。精神が言葉のみによつて発展し、言葉のみによつて同時に制約されるといふ事の強烈な意識が、既に絶対言語を予想するものである。(同前)

言葉と商品を類比的に捉える方法は、疑いもなく小林秀雄の批評がもった最大の武器である。商品は社会のあらゆる場面に浸透し、少くとも資本主義社会ではその外部に立つことは不可能だが、言葉も、ある意味では商品以上に深く人間の精神に浸潤し、われわれはそれから抜けだすことができない。「あらゆる自然が一つの運動ならば、もはや、人間は自然の外側に立つて、存在する真理を認識し、表現する天才として現はれはしない。認識する主観も、認識される客観も対立して存在するものとして現はれはしない。思惟と存在との区別も、たゞそんなたとへ話しも可能であるといふに過ぎぬ。すべては運動の形態である」。そのとき言葉は「共通な伝達物と化して不死の死」となり、精神にまつわる諸関係を発展させるとともに、それを絶対的に制約することになるのである（一、五八―五九、傍点引用者）。

「表現行為」と出来事

言うまでもなく、小林の関心は文学の経済学とでもいったものの構築ではないし、ましてやマルクス主義文学論を述べることでもない。問題はあくまで、いま述べてきたような言語のあり方のもとで「表現行為」について考察をめぐらすことである。言語が精神活動の基盤であるとともにその制約であるならば、文学的創造（小林は「芸術の問題」と言っているが）は「人間認識の形態の問題」として次のように考えられることになるだろう。

> 若し人間の認識機能中に、根拠として如何なる先験的な自律性も思へる時は無用であるなら、われわれは自身の精神中を如何んなに駆け廻つた処で、信用するに足りるものは言語しか見付からない筈だ。〔……〕精神といふ一自然運動が認識するとは、言語を素材として新しい形態を創造するに過ぎない事は自明の理である。人が認識する時、今まで、世界になかつた存在が一つ附加されるにすぎない。(35)

文学における「表現行為」は、言葉を超越したなんらかの「原理」によって可能になるのではない。すべては言語の内部で行われるほかはない。小林は「表現行為」が行われるぎりぎりの地点を見極めている。そこには「表現」を可能にするアプリオリな「原理」はなにひとつ存在しない。ただ言葉があり、それを素材として新しい形態を創造する「行為」がある。しかし、この「行為」は自律的な作家主体によってあらかじめその有効性を保証されているわけではない。主体も客体も含めて「すべては運動の形態である」以上、そうした主体を言語とは別のレベルに仮構することはできないからである。むしろ、ここで言われる創造行為とは、言語世界に生じる主体なき出来事であり、あえて言えば、「表現行為者」の真の意味での「主体性」はそうした出来事と同時生成的に生じるものなのである。素朴な言い方における主体と客体との区別は、いわば「たとへ話し」として、出来事を分析するとき可能になるにすぎない。次の一節は、そのような出来事としての「表現行為」について述べられたものである。

> 詩人の歌とは、この世を説明するものでも、表現するものでもない。古来、人間の手によつて様々な真理が発見されて来た。地球が一遊星に過ぎぬとは、コペルニクスを待つ迄もなく真理であつたに相違ない。だが、この真理が彼の脳髄を透して語られなかつたなら、真理とは人間にとつて何物でもない。われわれに重要なのは、真理が、人間精神の生産した現実形態としてそこにあるといふことである。重要な事は、言葉以前に運動があつたといふ事ではない、運動が言葉に捕へられて人人のいふ観念体なる新しい存在がこの世に表は《ママ》れたといふ事である、そして、この新しい現実形態によつて正しく世界に何事かが起つたといふ事である。真理とは又人間の歌に他ならぬ。[36]（傍点引用者）

したがって、言葉に関する社会の「暗黙の合意」に一種の「現象学的還元」を施して[37]、すべてを言語の運動として見たとしても、「表現行為」が容易になるわけではまったくない。なぜなら、そうした洞察が、いわば「指針」となるような理論を与えることはないからである。小林にとって、商品に対するマルクスの洞察が「われわれの眼前に澎湃とした日常経験的の現実」を開示する「人間常識」に属するものであったように[38]、言語を精神活動の基盤とともにその制約と見る彼自身の認識も「常識の立場」（一、五九）に立つものにすぎなかった。もちろん、これはマルクスや小林の洞察が凡庸だという意味ではない。小林があえて「常識」と呼んだのは、商品や言語が人間の行う活動の根本的なありようであって、それを離れて活動しえるような者は存在しないからであり、このことを自覚すること自体が、そうしたありようから超越して「理論」や「概念」をあみだすことではなく、あくまで（商品世界や言語世界に）内在しつつ生産されるひとつの新たな形態にほかならないからである。しかし、これは小林の洞察の半分にすぎない。残りの半分はやはり「実践」の方にある。

かゝる常識の立場は、芸術活動の正当な尊敬と正当な軽蔑との為に必須のものであつて、芸術といふものを対象化して考へる時、私にはこれ以外の如何なる高級な立場も退屈であり、無益である。たゞ、困難な点は、人間の全秘密は人間の五十歩百歩的実践のみに含まれてゐるといふ事である。
（五九、最後の傍点は引用者）

「実践」に含まれる人間の「秘密」はいかにして知ることができるか。しかし、「実践」というだけでは、まだ抽象的である。言葉を素材として新しい形態が生起することが「実践」ということの意味するところだとすれば、この形態にはさまざまなものがある。そして、たしかに「これらの形態がすべて自然の子ならば、これらを貫く法則はある筈だ、だが、この法則はその完全に比例して衛生無学な不死の死に近づいて行く間に、それ／″＼の形態は、お互に秘密を明さない、已れ固有の内的法則によつてのみ潑剌と発展して行く事をわれ／＼は如何とも為難いのである。思惟的造型の明瞭性と、芸術的造型の不明瞭性とが、ここに最も鮮明に対立してゐる」（六三）。さらに芸術のなかにあっても文学は文学で「固有の内的法則」をもつ。だからこそ、

文学以外のいかなる立場に立つて文学を批評しようとも、文学の内的法則を明す事は不可能であらう。この法則を鮮明する人は、先づこの法則を自身のものとしなければならない。而も、この法則を知るとは又言葉の裸形を捕へる以外何等深奥な洞見も必要としないであらう。[39]（傍点引用者）

いいかえるなら、それは「批評家の素材が言葉であり、作家の素材も言葉である[40]」という文学の言語的基盤＝制約を自覚し、それ以外のいかなる「原理」にも訴えないことである。そのような条件のもとでは、文学を理解するためには文学を実践する以外に道はない。「理論」はそもそも役に立たない、ただ人間のおかれた言語という基盤＝制約を自覚したうえで「表現行為」を行うことだけが、文学に対する洞察をもたらしうるのである。そしてそれが「批評」である。小林がマルクスについて後に述べる言葉も、文学に関するものではないが結局は同じ思想を表している。「理論と実践とは弁証法的統一のもとにある、とは学者の寝言で、もともと理論と実践は同じものだ。マルクスは理論と実践とが弁証法的統一のもとにあるなどと説きはしない、その統一を生きたのだ」（一〇六）。

小林はこうして精神の基盤＝制約である言語の「あるが儘の」姿を見出そうと試みる。「絶対言語」が語られるのはこうした文脈においてである。しかし、ここまでくると、言葉を商品とのアナロジーで捉える方法は誤解を招きやすい。言葉が商品と比較できるのは、社会的なものとして人々のあいだを流通するという点においてであった。だが、小林にとって「あるが儘の」言葉とは無限に多様な相貌を帯びたものであり、それは等価的に交換される商品がもつ抽象的な一般性には還元できない個別性をもっ

ている。したがって、「絶対言語」はソシュールが考えたような差異的な関係の体系としてのラングでもない[41]。「絶対言語への道とは即ち絶対自然への道だ、絶対自然への道とは絶対特殊への道に他ならぬ」（一、六二）と小林は書く。すなわち「言葉も亦一事物であるから、その言葉が、人間共有の財産として固定する以前にその一事物たる全貌を捕へねばならぬ。かくして人は「石」といふ言葉の代りに、世に一つとして同じ石がないその一つの石[42]が、無限の光線の戯れを所有してゐる事を見るだらう。又、世に一つとして同じ音声をもたぬ一つの石といふ言葉が、無限の陰翳を持つてゐる事を発見するだらう」（六一）。「絶対言語」とは、無限の特異性の相貌を帯びた言葉からなる世界なのである。

小林の言う「絶対言語」とは、自意識による一種の「現象学的還元」を経て見出されるものである。したがって、それは日常的には（「自然的態度」においては）隠蔽されている。例えば、人はドン・キホーテとサンチョ・パンサとの会話を荒唐無稽だと言って笑うが、われわれ自身の会話を写実してみれば、それが同じくらい荒唐無稽であることが分かるだろう。にもかかわらず、われわれの会話が正当に通用するのは、写実された言葉以外に「姿態と、言葉の抑揚による無限の陰翳」が存在するからにほかならない。あるいは少くとも、会話する「二人が互に相手の言葉の無限の陰翳に忠実であつた事による。この瞬間二人は相手の絶対言語を直観してゐたといふ点で正に芸術家であつた」（傍点引用者）。こうした「直観」は、言語に関する社会的な黙契にはばまれて普通は意識されない。会話とは慣習のルールに則って行われるものだからである。これに対してドストエフスキーの写実主義は、不完全な写実を越《ママ》え言語の無限の陰翳に迫るものである。そのとき「写実とは常に、それが正確ならば正確な程、荒唐不稽と見えるのである」。特異性の極限には「真の無秩序」がある。こうして「特殊風景に対する誠実主義」が見出され、それが「芸術上の現実主義」と名づけられる。これこそが人を動かす芸術の力となろう。芸術における「普遍とは又特殊の絶対的信用以外の何物でもない」ことになるだろう（六二）。

これが、文学を文学の立場から批評するときに、作家のみならず批評家自身も飛び込まねばならぬ言語世界のありようである。この「絶対言語」において、ひとつひとつの言葉は絶対的な特異性をはらんで他の言葉と交渉する。それは商品の交換体系やラングという差異的体系などをはるかに越えた複雑性をはらんでいるだろう。ここでは言葉と商品との類比にはあまり意味がない。むしろ、商品世界やラングがひとつのシステムとして自意識に見出されるものであるのに対して、小林が導入しようとしている「特殊性」は、システムなどには内包されぬ絶対的な個別性である。かりに言葉や商品がこのような「絶対特殊」とみなされれば、それらは過剰なまでに特異な相貌をもつために、もはや普通の意味で言葉や商品とは呼ばれえないだろう。等価交換されえぬ商品、他の言葉に翻訳できぬ言葉。奇怪な特異性をもって交渉しあう個物の群、それはシステムなどではなく「無秩序」である。これが文学的な「創造」の生起する「あるが儘の」言語の姿であった。それは理論化されない。なぜなら、理論も言葉である以上、「絶対言語」におけるひとつの形態の創造にすぎないから。また、「絶対言語」を超越するようなエクリチュールの主体も存在しない。「表現行為」とはこの言語空間における出来事であって、そうした出来事を分析するとき「主体」が「たとへ話し」として設定できるにすぎないのである。したがって、小林はここで、しばしば指摘されてきたような現象学的な構えをもはやとってはいない。意識に現れる現象が問題ではなく、そうした意識自体の生成が、あるいは出来事としての行為が思考されねばならないからである。

自意識による「表現行為」の理解から始まった小林秀雄の批評は、自意識が暗黙のうちに設定していた批評家のメタレベルを言語のなかに内在させることで、批評すること自体が言語空間における出来事であることを自覚した。おそらく批評はもはや「創造」と本質的には区別されない。批評はそれ自体「表現行為」となった。少くとも自意識による探究は、そのことをいわば論理的に提示している。これ以降、小林秀雄の批評は「表現」に対する二次的な評釈ではなく、自分自身が「表現」を生む運動とならなければならない。そのとき小林は、「外部」という社会的空間を「表現主体」として生きることになるだろう。この「主体」は、これまで否定してきたようなアプリオリで超越的な主体、具体的に言えば、「表現」をあらかじめ保証するようなものではない。むしろ次章で見るように、社会を生きつつ「表現」を己のうちに生成せしめるような「主体」なのである。

「内面化」のプロセス

曖昧さ

しかし、次章に移る前に小林の批評がはらむ「曖昧さ」について述べておかねばなるまい。問題はおもに三つある。最初のものは「宿命」の理論について述べたときにすでに指摘した。小林は作家の「宿命」を「表現」を行う個別的存在の特異な現実性として正しく捉えながら、それを「母」と「子」の関係に象徴される「内面化」された他者関係のうちに取り込むことで変質させている。たしかに「母親」は「子供」の個性を的確に理解するであろうが、ここで言われる特異性は双対的な閉じられた二者関係のなかでのみ考えられており、無限の個物が交錯しあう開かれた社会的領域において問題になるものではなくなっている。

前節で見た「絶対特殊」としての言葉についても、実は同じようなことが指摘できる。あるいは少なくとも、この点に関して小林は曖昧である。なぜなら、「絶対特殊」はときに「愛着」の対象にもなるからである。小林は一種の現象学的還元を行うことで、商品や言葉から社会的・個人的臆見《ドクサ》を取り去り、その「裸形」の姿を捉えようとした。こうして見出された「現実」は、自意識における還元の操作を経ているために絶対的なものとみなされるが（「絶対言語」、「絶対自然」）、小林はそこに現れる「絶対特殊」としての個物に対し「愛着」の関係を結ぶのである。例えば彼は、「私は客観的な尺度なんざちつとも欲しかない。客観が欲しいのだ。／片時も尻の暖まらない、姿も見えない心を追ひ度くはない。心は凝つとしてゐて欲しいのだ。掌で重さを積つてみたいのだ。姿も色も見たいのだ。眼の前の煙草の箱を見る様に」と「批評家失格Ｉ」のなかで書く（一、一七二）。「客観」は、掌の上でなでさする愛玩の対象になっているかのように見える。ここに現れているのは「絶対化」と「内面化」の二つのプロセスである。本来、差異や関係のなかに還元され、そのうえで絶対的な特異性をもつものとして捉えられた対象（「絶対特殊」）に対して、眼前の煙草の箱を愛玩するような関係を結ぶことは不可能である。絶対的な特異性はむしろその途方のなさによって主体の愛着など破壊してしまう。そもそも、前節で見た小林の「絶対言語」とは主体概念を廃棄し、それを言語世界における出来事として捉えるものであった。しかし小林の行ったことは、現実を「絶対化」し、諸々の特異性からなる無秩序とみなしたうえで、この「絶対性」や「絶対特殊」から主体を転覆するような力を引き抜いて、それを「批評」の「原理」として捉え直すことであった。そのとき、個物は怪物的な特異性の面貌を喪失し、骨董愛好者の愛玩に応えるようななにかに変質している。

第三に、同じことが「実践」についても指摘できる。作品制作も批評も自意識の「外部」で行われる実践である。素朴に語られた「実践」が自意識の概念にすぎないことを自覚していた小林は、言語を媒介とする自己言及化の「からくり」によって、「表現行為」が言語世界における出来事であることを示すことができた。しかし、これは言葉として述べてしまえばやはり「創造とは理論ではなく実践である」といった簡明な命題にすぎないし、また外面的には無反省な実践行為とも区別されないから、小林は自分の思索を維持するためにたえざる緊張を必要としたはずである。彼の洞察がたんなる命題にならず、またこの洞察を伴う彼の行為が無－反省で素朴な行為と区別されるためには、これまで検討してきた自意識の探究のプロセスをつねに保持していなければならないだろう。ところが、小林はときにそうした素朴な実践を語っている。

「様々なる意匠」が発表されたのと同じ昭和四年、小林は「志賀直哉」という論文を『思想』一二月号に発表した。この志賀直哉論が「様々なる意匠」のほぼ直後に書かれたことは注意されてよい。「様々なる意匠」がいわばポーに始まる芸術と自意識の問題を小林なりに押し進めたものであったのに対して、「志賀直哉」は実生活に根をもつ芸術のあり方を考察したものだった。志賀直哉にとって「或る時は生活の純然たる手段として現はれた程実生活と緊密に結合してゐる芸術活動」は「作品となつて実現するに際して、又、実生活上の行動に等しい溌剌たる偶然と冒険とを必要とする様に見える」としたうえで、小林は次のように書いている。

これはエドガア・ポオの手法とは凡そ対蹠的な手法である。私は気分で書くとか理屈で書くとかいふ程度の問題を云々してゐるのぢやない。制作の全過程を明らかに意識することが如何に絶望的に精密な心を要するものと知りつつこれを敢行せざるを得なかつたポオの如き資質と、制作する事は、手足を動かすといふ事の様に、一眦をもつて体得すべき行動であると観ぜざるを得ない志賀氏の如き資質とを問題としてゐるのだ。（四、一二三）

「様々なる意匠」で自意識が間接的にかいま見た「実践」が、ここでは直接的に語られている。それは自意識による探究のプロセスを経ていない素朴な（「手足を動かす」ような）行為である。小林にとってこれが、自意識の対極に位置するひとつの「理念」、言うなれば彼自身その毒をのんだ「近代」に対置されるひとつの「理想」だったことは見やすい[43]。あるいはそれは、「知性による能動的分析」に対置された「感性の受動的濾過」として「批評の一様式」となる[44]。志賀直哉という名は自意識を相対化する契機として存在するのだが、しかし、原初的な「自然」のなかで無‐反省的に行われる動作と結びつけられ、自意識から離れて素朴に語られるとき、それは容易にイデオロギーへと変質する。この「自然」は、前節で見た「絶対言語」の「あるが儘の」世界とはもはや無関係である。「志賀直哉」において、「文学」は「実践」に、「実践」は「実生活」のなかに組み込まれ、「実生活」はついに「自然」のなかに包み込まれることになるだろう。「文学」は「自然の叫び」と同質のものとみなされるのである。

> 恐らく古代の人々にとつて各人の性格とは各人の面貌であり、行動であつた様に、志賀氏にとつて己れの性格とは己れの面貌であり行動であつた。氏にとつて、自然を対象化して眺める必要は嘗つてなかつた様に、自然の定めた己れの資質の造型性を再閲する必要はなかつた。自然の流を斫断して眺める必要がなかつた様に、己れの心理風景の諸断面を作つてみる必要はなかつたのである。
> 氏の魂は劇を知らない。氏の苦悩は樹木の成長する苦悩である。
> 人々は「和解」を読んで泣くであらう。それは作者の強力な自然性が人々の涙腺をうつからだ。〔……〕最上芸術も自然の叫びに若かないのではない、最上芸術は例外なく自然の叫びを捕へてゐるのだ。（二六）

自意識の批判は自己そのものを解体する。自意識は執拗な批判の果てに、理論や概念の相対性のみならず自己そのものの相対性をも暴き出し、同時に自己の「外部」としての「現実」、「読者」、「実践」といったものの存在を示す。この「外部」は自意識自体を相対化し問題に付す機能をもっているのであり、その意味においてのみ「絶対性」を帯びている。「読者」や「実践」は既存の文学的諸概念のみならず文学の理念そのものをも問題に付すだろう。作家がどれほど文学を信奉していても、読まれなければ無意味である。文学について彼がどんな理念をもっていたとしても、それ自体では「創造」でも「表現」でもないのだから、理念は文学の全体を覆うものではない。文学が成立するには「読者」と「実践」が不可欠である。しかし、このような言い方はそれ自体「理論」であり、そこでは「実践」も「読者」も自意識の内部に回収されている。「様々なる意匠」があれほど熟慮された「からくり」によってしか「実践」を語りえなかったのは、直接的に語られた「実践」とは理論以外のなにものでもないからである。小林が「志賀直哉」であえて無視したのはこのことにほかならない。彼は志賀の「創造行為」を「実生活」ひいては「自然」のなかに組み込み、志賀文学の「原理」にしてしまった(『和解』とは「自然の叫び」である)。それが「原理」であるかに思われたのは、小林が他方で自意識の劇を生きていたからである。すなわち、自意識の無際限の批判行為から、それ自身を相対化する絶対的な「外部」としての「実践」を見出していたからである。しかし、こうして見出された「実践」は「原理」ではない。この「実践」がもっていた「絶対性」からその理念だけを取り出し、それを特定の文学と結びつけるかたちで「内面化」するとき、それは「原理」となる。しかもそうした「原理」は、結局は小林があれほど執拗に批判した自意識の抱くひとつの「理論」にほかならない。「実生活」や「自然の叫び」といったものは一見して粗雑な概念にすぎまい。語られてしまえば粗雑な概念にすぎぬことを小林が確信をもって述べることができたのは、それが自意識の探究の果てにかいま見られたものだったからである。

　前節で見たように、小林が得た結論は、批評が創造行為と同じく「絶対言語」において生じる出来事だということであった。批評は以後、それ自体が「表現行為」となるだろう。しかし、こうした洞察を小林が自己の批評的テクストで語ろうとすれば、「創造とは理論ではなく行為である」といった命題になるほかはない。ここに彼の批評のジレンマと曖昧さがある。周知のように小林はやがて「実生活」や「生活の智慧」といったものをしきりに語るようになった。それは理論が決して捉えられぬ「現実」や「実践」の異名である（小林は「生活の智慧」といった概念がひとつの紋切型の理屈に堕していることに気がつかぬ振りをする）。戦時中、この「生活の智慧」は日本のナショナリズムを擁護する原理へとさらに変質することになるだろう。例えば、小林は昭和一三年一〇月に朝鮮、満州、華北を旅行しているが、その旅行記である「満州の印象」（『改造』昭和一四年一月号及び二月号）には次のような一節がある。

> 例へば日本主義運動といふものがある。国体明徴運動といふものがあり、国民精神総動員運動といふものがある。その趣旨に反対するものなどありはしない。それにも係らずさういふ運動が思想運動として全然成功してゐないのはどういふわけか。国民が何を解り切つた事を紋切型の文句で演説するかと言つてゐるからである。解り切つたといふ言葉で、国民が表現している暗黙な智慧には、紋切型の表現は決して達し得てゐない。（七、一六）
>
> 事変はいよいよ拡大し、国民の一致団結は少しも乱れない。この団結を支へてゐるのは一体どの様な智慧なのか。それは日本民族の血の無意識な団結といふ様な単純なものではない。長い而もまことに複雑な伝統を爛熟させて来て、これを明治以後の急激な西洋文化の影響の下に鍛錬したところの一種異様な聡明さなのだ、智慧なのだ。（一七）

ここでは日本国民が長い伝統のなかで作り上げてきたとされる「智慧」がナショナリズムのイデオロギーと結びつけられている。このようなことがなぜ可能だったのか。それを考えるためには小林の戦時中の言説を字面の上だけで批判してみても無意味である。小林が日本のナショナリズムという最も粗雑な概念を擁護しえたのは、彼が「様々なる意匠」をはじめとする初期の批評で、すでに「自意識」や「理論」を徹底的に脱構築していたからである。彼はそのようにして見出した「外部」を、一転してポジティヴに捉え、それがたんなる「理論」に堕していることを見ずに「原理」に仕立てあげた。「様々なる意匠」を中心に、やや詳しく小林の批評の「論理」を調べた現在の段階で言えるのはそのようなことであるが、小林の「日本的なるもの」への回帰の本質を捉えるためには、「様々なる意匠」に続く一連のテクストを具体的に検討しながら考察しなければならない。

第二章　「主体」と「表現」

自意識から「主体」へ

問題の変容

自意識の問題を徹底化しつつ、その「外部」を語ること――これが小林秀雄の初期の課題であった。自意識を自意識するという極限的な錯乱状態に身をおくことを批評の必須の条件とした小林は、いわば自意識を内部からつきぬけようとすることによって作家の「宿命」、「女」、「読者」、「創造行為」といった、自意識が決して自由にできぬ「外部」を見出したのである。そして最終的には、理論を自己言及的な関係におき、いわば脱構築することで、自意識の「外部」に生起する「行為」を自意識の内部から陰画的に語ることにも成功していた。こうした試みの延長線上に、批評それ自身が言語世界における創造行為＝出来事であるという認識も現れたはずである。しかし、商品を引合いに出し、言語の社会性を語る以上、自意識に内在し続けることはできない。小林は文字どおり「外部」に出て、一個の「主体」として他者に向きあわねばならない。これは、自分が生きている同時代の社会において「表現」を紡ぐためには、絶対に必要なことである。小林にとって、こうした転回のきっかけとなったものは、それがたとえ不透明な厚みをもつ他者ではなく、親密な相互理解が可能な「内面化」された他者しかもたらさなかったとしても、前章で見たような「母」と「子」の双対的な関係の自覚であったように思われる。

昭和六年二月の「批評家失格II」や翌年の「Xへの手紙」において小林は、他者という「鏡」に自分を映すことで批評家としての固有の像を獲得し、自意識が内面において無限に乱反射する錯乱状態から脱することを試みた。他者に語りかけ、他者から言葉をかけられるという関係において、人は「自分」という存在を確認する。「自己」は、他者との差異を意識しつつ他者に関わっていくなかで、はじめて確固としたものとして獲得されるのだ。分裂した自意識も現実の他者関係においては問題にならない。いかに錯乱した内面をもとうとも、現実においては、他者に対して一人の人間として対峙するほかはないからである。他者と向きあうとき、自意識は現実に存在するひとつの「主体」となるのである。これは成熟のごく一般的な原理であり、言うなればヘーゲルがすでに『精神現象学』で明確に定式化したことにほかならない。しかし注意すべきは、ヘーゲルにあって成熟のプロセスが結局は「内面化」されて理解されている（つまり対立し合う主観は共同の社会を構成する等質的な「市民」へと成長する）のと同様に、小林にあっても自己の像を結ばせる「鏡」としてのみ他者が要請されるのであって、現実の不透明な他者が問題になるのではないということである。しかも、少くともこの時期の小林において、「主体」は「市民」にすらならず、「母親」に愛され理解される「子供」にとどまっていた。しかしいずれにせよ、こうしたプロセスをとおして批評家としての小林は、自意識を抱えながらも、自己の存在をかろうじて「主体」として確立することができたのである。

「様々なる意匠」が書かれた後、小林秀雄の批評は微妙だが決定的な「転回」を行ったように思われる。もちろん作家に関する時代区分は、どんなものであれ恣意性を免れない。しかもこの時点での転回は、昭和一一年から一二年にかけてなされた「伝統」、「歴史」、「大衆」などへの転回に比べてはっきりとした指標をもたないようにも見える。批評家として出発して以来、「表現主体」に基づかない批評原理や表現理論を「意匠」として暴き出してきた小林の批評方法は、たえず「主体」と「表現」、あるいは「現実」と「理論」のあいだの乖離に意識的であることによって可能になっていた（「アシルは理論であり、亀の子は現実である〔……〕。アシルは額に汗して、亀の子の位置に関して、その微分係数を知るのみだ」（七一））。このような姿勢はある意味では最後まで彼の批評を本質的に規定していたものであった。したがって、「転回」がなされるといっても、以後も自意識の問題は存在しつづけるし、「主体」に関するテーマが、このときになって突然ふってわいたように現れるわけでもない。作家の「宿命」や「創造行為」とは言うまでもなく「主体」に関わるものであったからである。それでは転回の本質的な契機とはなにか。それはトーンのちがい、ないしは強調点の移動といったものである。

自意識を生きる存在

結論から言えば、「様々なる意匠」に典型的に見られる初期の小林の批評は、自意識から出発して「主体」にいたろうとするものであった。この場合、「主体」は他者であれ、あるいは表現する自己であれ、つねに自意識による探究のいわば無限遠点にかいま見られるものである。「様々なる意匠」における「宿命」の論理はそのような無限遠点に作家の本質を見出すものだったし、「創造行為」を語るさいにも、小林は脱構築的な方法を用いることによってそこに到達しようとした。しかし、転回後の小林は、自意識から「主体」にいたろうとするのをやめ、端的に「自意識を生きる主体」を問題にするようになる。両者の差異は微妙だが本質的なものである。あらゆるものの意識にすぎなかった自意識、文学そのものの根拠を問い、それと連関するかたちで「様々なる意匠」を暴き立てることをその課題としていた自意識、いまだ現実に身をおく「存在」ではなかった純粋な批評精神としての自意識は、現実の世界に身をおく「自意識する存在」となるのである。昭和八年一月の『永遠の夫』論には次のような一節がある。

さゝやかな人間の言動が、仔細に点検すれば、どれ位複雑した導因を、その無意識界に持つてゐるか。この当節流行の問題は、成る程驚くべき問題だ。だが作家にとつては結局消極的な問題だ。遙かに奇怪な事は、さういふ補足し難い人間心理が、常に現実の世界で、確定した、のつ引きならぬ表情として、言語として、行為として事実上実現してゐるといふ事なのだ。この事実の大胆な容認こそ百千の心理主義小説的愚論の結論だ。[1]（六、一三）

これは直接的には当時の心理主義文学を批判したものだが、ここには小林の関心のありかがはっきりと現れている。心理主義批判は、自意識のなかに自閉する批評に対する批判にもなりえるだろう。小林はもはや自意識の内部で問題を考えずに、自意識を生きる主体の現実世界におけるありようを問題としている。自意識の錯乱ではなく、この錯乱が世の中でとる実際の姿を見ようとしているのである。

たしかに「主体」の問題は転回後にはじめて現れるわけではない。「自意識」と並んで「表現主体」の「情熱」の問題は、「様々なる意匠」というテクストを厳密に規定するものである。しかしくり返すが、「様々なる意匠」から「アシルと亀の子」にいたる初期のテクストで問題だったのは、やはり「何物も信じない自意識から始め」ること（一、三三）であり、「文学自体の懐疑まで進まんとする」（四〇）[2]冷徹な自意識の視線によって「文学とはなにか」という答のない問いを問うこと、すなわち制作理論を徹底的に探究し、このような徹底的な「自己批判」によって、ついには自己の作家としての「必然性」や「宿命」を確信することだったのである（「一体世の多くの作家達が昔乍らの感傷の夢を見てゐる時に、近世唯物認識論の上に、己れの芸術論[3]を築かうといふ野望は、現代の作家にとつて最も正当な野望ではないか。又、認識論と技巧論とを一丸にしようとする自意識の冒険も相手にとつて不足はない難問題ではないか」（三一）。小林はさらに次のように述べる。「少くとも近代文学が発生して以来、社会に於ける己れの作家たる必然性を、冷然たる自己批判をもつて確信しなかつた大作家は一人もゐない」――しかし、日本において「知識階級の精鋭として、知識の演ずる悲劇を、情熱をもつて歌つた作家の存在」を小林は「確信してはゐない」と言う（六七）。彼の自負と苛立ちはここから来る）。「主体」は自意識の探究の無限遠点に浮かび上がるものにすぎない。小林はなによりも「論理を極限までもつて行」くこと（三七）を求めていた。

自意識によるこのような自己批判の極限に見出されるものは「虚無」であろう。「アシルと亀の子V」で小林は、「出版屋の横暴に対する文士団結の無力」に腹を立て作家生活の経済的基盤を心配する広津和郎を批判し、こうした「正義の情熱」よりも「作家たる情熱の明かな像」が重要であることを指摘したが（一、六五―六六）、学問もあり悧巧でもあるが面貌の茫漠とした日本の「プチ・アンテレクチユエル」とチェーホフを対比して、次のように言っている。

広津氏が、文士の生活を、食ふ為の生活で一括しようと欲するのならば、それは、正しく目下の処、文士の経済問題が氏の胸を打つからであらう。では、目下の処、胸を打つとは如何なる筋合の感動か。成程、こんな事を言ひ出しては、身も蓋もなくなつて了ふだらう。だが、理屈とは元来辿つて行けば身も蓋もなくなるものだ。そして私の言ひたい事は、チエホフは、正にこの身も蓋もない処から、その作家たる生涯を始めた人物ではなかつたか、と言ふ事だ。問題は、たゞ、虚無からの創造を確信する為には大作家たる熱烈な資質を必要とするといふ点のみではないのか。（六九）

ここで「理屈」は、たんなる文士の生活問題や処世術をめぐるものではない。それは「知識」や「思想」そのものと捉えられている。チェーホフの描いた知識人は「知識の貧弱」ではなく「知識の過剰に斃れてゐる」（六八）のであり、またチェーホフ自身も「思想をもつて思想と戦つたのではなかつた。

彼の戦つたものは或る思想でさへなかつた、凡そ思想といふ怪物がすべて征服さるべき敵であつた」（六九）のである。「思想」そのものが完全に征服されてしまうことはありえないが、「思想」自体を懐疑し問題に付すことはできる。どんな思想も、どんな立場も、どんな体験をも素朴には信じずに創造を行うことを、小林はシェストフにならって「虚無からの創造」と呼んだのである。これは、後年の表現をかりれば、ヴァレリーやジイドのように「詩的造形の不可能の意識から出発」して創作することであり（一九七）[4]、創造のために「知性をもつて知性を殺す」ような「知性の悲劇」（二一三）を生きることにほかならない。絶対的な自意識は、文学自体、創造行為それ自体を懐疑に付す。それでもまだ、作家に創造の情熱（「大作家たる熱烈な資質」）があるとき、その情熱こそ作家の真正な「宿命」ではないか、小林の言いたいことはそのようなことである。これはいいかえるなら、「文学を軽べつする事と文学を一生の仕事と覚悟する事とは紙一重だ」（一八五）ということになるだろう。

自意識と情熱はこの時期の小林の批評を規定するものだが、両者の関係をはっきりさせるのはなかなか難しい。小林はボードレールやポーといった象徴派の詩人たちから、なによりもまず文学を自意識の懐疑に付すことを学んだ。小林がボードレールについて述べたように、それは創造を創造の理論にしてしまう危険を胚胎していたが、同時に、そうした懐疑の果てに自己の「宿命」として文学の情熱を見出すという構図もたしかに存在していたはずである。しかし「文学とはなにか」という問いは答のない問いであり、そのような問いを問うこと自体がついに目的となり自己の情熱とならざるをえないだろう。後年（『新潮』昭和八年四月号）、小林は次のようなことを述べている。

ジイドもヴァレリイも、先づ何を置いても批評家であつた、執拗な自己批評家であつた。彼等の批評精神を語る処が、小説とならうが詩とならうが、少くとも彼等自身には大した問題はなかつた。文学は、彼等にとつて、自己発見自己確立の為の手段に他ならなかつた、而も厄介な事には、彼等には文学以外の手段を信用する事が出来なかつた。つまり作家として生れて、一番苦しむ処が文学とは何かといふ問題であつたといふ点に、彼等に共通の悲劇があつたのだ。

すべての問題を自我の問題に還元してみなければ納まらなかつた彼等の表現が、世の商業主義は言ふに及ばず、公式的な理論から、習慣的な思想から、修辞から離れて、文学の純粋、文学の独立といふ方向を辿つた事は当然であつた。この当然の処から、両人を純粋文学運動の選手と目する事はやさしい。だが逆に彼等の良心が、どういふ具合に文学の純粋な状態にあこがれたか、といふ事はやさしくない。教訓に溢れてゐるのは、このやさしくない方だけだ。

成る程彼等は散文精神の詩精神の精髄をさぐらうと辛労したかもしれぬ。だがかういふ漠とした同時に繊細を極めた問題に確たる解答のあらう筈がない。遂に探究の目的は探究そのものにあるといふ悲劇に直面せざるを得ない。事実両人ともさういふ悲劇に生きてゐる。〔……〕

純粋文学の問題は、彼等にとつては、不純文学からの逃走、或は不純文学への反抗ではなかつた。己れ自身との戦ひであつた、個人主義を極限まで展開してみようとする戦ひであつた。

純粋詩とは何か、純粋小説とは何か、彼等に訊ねたら恐らくかう答へるであらう。「そんなものはこの世にない、だが探究する心は確かにある」（「手帖II」、一、二六三―二六五）

文学の懐疑の果てに文学への情熱が確信されるというよりも、懐疑そのものが文学への情熱となる。ここでわれわれは、自意識の問題圏の極北にいるのである。

小林の「転回」は、この自意識の極北から主体の方へ一歩踏み出すことだった。先の表現を用いれば、文学の「軽蔑」（懐疑）から出発し、あくまでこの「軽蔑」を維持しながら文学を「一生の仕事と覚悟」することではなく、むしろ天職と自覚された文学の立場から、そこにいたる前提として自意識の懐疑を捉えることが問題になるのである。両者の差異は微妙だが、その後の小林の思索の展開を考えるうえで決定的な重要性をもっている。それでは、この「転回」は具体的にはいつ頃なされたのだろうか。自意識から「主体」への転回の重要な契機になるものとして、すでに「母親」との関係を挙げておいたが、それがはっきりとしたかたちで現れる「批評家失格II」は『改造』昭和六年二月号に発表された。吉田凞生は「様々なる意匠」に始まる時期（彼の時期区分で言えば「第一期」の「後期」）の終わりを昭和六年三月の「心理小説」と翌四月の「室生犀星」のあいだに見ている[5]が、おそらく転回はもっと早く起こったのではないか[6]。このことを検証するためには、転回の具体的な表徴と、それに内在する論理を明らかにしなければならない。以下に述べるおもに三つの論点から、小林の初期の転回は昭和五年一〇月から翌年二月にかけての時期に行われたのではないかと思う。

鏡像のプロセス

「横光利一」

「母親」に代表されるような「鏡」としての「他者」が、小林を自意識の閉鎖空間から解放し、「主体」として現実世界に生きることを可能にしたことはすでに見た。このような論点の萌芽は、実は昭和六年二月よりも早く昭和五年一一月の「横光利一」に見られる。小林は「機械」を分析して次のように語っていた。

一般の無垢は約束から学ぶ。つまり約束から理論をもらふだけだ。「私」の無垢は、前章に述べた通り、理論そのものだ。機械の自意識だ。勿論、「私」は世の約束も亦機械である事を知つてゐるが、この機械は約束の法則しか明かさない。約束の法則と〔世の中という〕機械全体の法則との関係は全く不明である。「私」の無垢は又勿論機械の一部だが、この一部は〔私という〕機械全体の法則を明かしてゐる。「私」にとつて正当なのはこの明らかな機械全体の法則だけだ。「私」とは全く理論的存在であり、又存在する理論である。嘘とはただ不明を明瞭と誤る処にある。それ以外に凡そ嘘といふものはない[7]。「私」の倫理はデカルトの倫理である。もう一歩進める。

この世で行動するとは、約束を辿る事である。約束を辿ることは機械が機械を辿る事だから罪悪ではないが、「私」の自覚にとつては冒瀆だ。冒瀆とは自覚との約束に過ぎぬから少しも全的に明瞭な理論でない。故に嘘に過ぎぬ。この嘘だけは捨て切れぬのは、「私」は死人ぢやないからだ。或は、この嘘だけは嘘と思へぬのは己れの無垢への尊敬の故である。尊敬とは常に奇蹟である。つまり、「私」はただ生きて行く為に、己れの無垢を守らねばならぬのだ。「私」といふ非存在的な存在をこの世で取り扱ふ為には、これを無垢と象徴しなければ支へ切れないのだ。当然「私」は周囲の人々に己れの無垢の鏡を捜す。この鏡だけが人間の真実だ。「私」が主人の底抜けの善良さに頭を下げるのは、己れへの尊敬に他ならぬ。(一、八六—八七)

軽部が意地の悪い感情から「私」を怒らせようと言った言葉(「使ってゐたってなくなるものはなくなるのだ、なければ見付かるまで自分で捜せば良いではないか」)を、理論そのものである「私」は理論としてしか受け取ることができない。軽部は「世の中の約束に関する法則」は示すが、それは世間という機械を統御する法則の一部にすぎず、例えば軽部の感情の果たす機能は明示されていない。したがって、あくまでデカルト的明証性のみを真とする無垢な「私」にとって、世の約束を常識的に遵守することは不可能なのである。理論的にはつねに理解できぬものが世の常識を支配しており、自分に明証的な理論によってしか行動できぬ「私」はたえず世間と齟齬をきたさざるをえない。これは「人間の無垢と人間の約束との対決」（八五）である。とはいえ、「私」は約束の法則をあくまで純粋な理論としてしか捉えられないのだから、約束をたどって行動することは「私」にとって理論的な営為（「機械が機械を辿る事」）であり虚偽でも罪悪でもない。にもかかわらず、「私」が世の約束との齟齬を自分の「無垢」への「冒瀆」だと感じるのだとすれば、それ自体が決して明瞭な理論ではないこの「冒瀆」という「私」の感情は、「私」が自身の「無垢」に払う尊敬の念に由来していると言わざるをえない。この尊敬の念は理論ではないが、「私」も生きている以上、自己を純粋な理論に還元することはできず、むしろ自己が純粋な理論であること（「無垢」）を守ろうとする意志をもっているのである。これは孤独な意志だ。「無垢」はただ無垢自身にとって正当なだけだ。軽部の約束に対しては論理関係が全く不明だから少しも正当ではない」（八七）。だから、「私」は自己の「無垢」を軽部に正当なものとして主張することができず、ただ軽部の暴力を耐えつつ自己の「無垢」を守るよりほかないのである。

純粋な理論であるこの無垢な「私」はいわば「非存在的な存在」しかもたない。これを現実の世界で「支へる」ためには、他者を「己れの無垢の鏡」とし、非存在を表象（「象徴」）し己の像を獲得しなければならない。小林はこのことをはっきりと断言している。自意識が現実世界で存在を獲得し生きていくためにはこうした鏡像のプロセスが必要なのである。しかし、小林はそれをたんに「私」と「主人」のあいだに見出しただけだろうか。むしろ「横光利一」とは、小林自身の鏡だったのではないか。しばしば指摘されるとおり、ここで描かれた「横光利一」は、横光本人よりも小林の方に似ている。「私」

とは純粋な自意識である批評家小林秀雄のことであり、「約束」とは世の批評家たちが振り回す空虚な批評理論のことではなかったか。

「様々なる意匠」で文壇に登場して以来、いくつかの例外をのぞき、小林の批評は基本的に文藝時評というポレミックな場においてなされてきた。五回にわたる「アシルと亀の子」（文藝時評）において小林は、「様々なる意匠」のときと同じように、批評対象の「意匠性」を暴いた（そこで批判されたのは、中河与一の『形式主義藝術論』、大家壮一の『文学的戦術論』、『新潮』昭和五年三月号や『近代生活』昭和五年四月号のプロレタリア作家対芸術派作家の討論会、三木清の「新興美学に対する懐疑」、武田麟太郎の「嘘と真実」、広津和郎の「文士の生活を嗤う」や「昭和初年のインテリ作家」などである）。そこには自意識の懐疑を徹底しようとする小林の文学への情熱（これ自体逆説的な状態だが）と、そのような情熱をもたずに空虚な理論を弄ぶ世の批評家たちへの苛立ちとが如実に現れている。「機械」の「私」が「無垢」であり理論そのものであること、そして「私」が生き身として自己の「無垢」に尊敬を抱きこれを守ろうとしていること、これらは批評家としての小林自身が自意識の懐疑を徹底し、かつそれを自己の文学への情熱として尊重し守ろうとしていることと軌を一にしている。しかし、もし「私」が軽部をはじめとする他者に自己の正当性を証明できず、ただ軽部の暴力を甘受していかなければならないのだとしたら、文壇に論争的態度で臨む小林自身が、そもそも不可能なことを試みていたのではないか。小林が「意匠」の批判をせずにいられなかったのは、自己の自意識の純粋さ（「無垢」）からだったが、ほかならぬこのような純粋な自意識から出発することが論争を不可能にするという逆説こそ、小林が当時おかれていた状態だったのではないか。

ジイドやヴァレリーがなした文学への問いは、文学を自意識の機能へと還元する試みとして実現された。小林の「自意識の化学」もこれと異なるものではない。しかし自意識とは定義からして自我の機能にすぎないから、自意識はいかに精密かつ明証的な理論のかたちをとっていたとしても（「機械の自意識」だったとしても）、その外部において他者に対して自己の正当性を証明することはできない。外部世界を統御する論理は、自意識にとって明らかではないからである。いいかえるなら、「機械」について小林が述べたように、自意識と他者との関係が論理的に明らかでない以上、明証的なものしか認めないデカルト的な自意識は、自己を他者に向けて正当化できず、ただ自己の純粋性（「無垢」）を孤独に守り続けるしかないのである（これが江藤淳の『小林秀雄』の基本的なモチーフである）。自己と他者のあいだにはつねに不透明な壁がある。具体的に言えば、それは言葉の壁であり、他者との関係あるいは他者それ自身が自意識に明証的に現れえないのは、両者が言葉によって隔てられているからである。軽部の言った意地悪い言葉を「私」は純粋な理屈として受け取った。これを文学の問題として考えれば、ヴァレリーが言ったように、作者（作品の生産過程）と読者（消費過程）を包括的に俯瞰するような視点は存在しないということになろう(9)。前章で見たように、こうした認識は言葉を商品になぞらえた「様々なる意匠」以来、小林にとっても自明のことであった。そのような事情こそが文藝批評を困難にする本質的な理由だったのである。

言葉といふものは口を洩れてこの世に記号として存在した瞬間に、この言葉を発言した肉体との縁は切れるのだ。縁が切れるから各人様々な意味をこめて喋つた言葉は、結果として区別のつけられぬ同じ文字として眼前にある始末になる。この面倒な事実が文藝批評の前提としていつも姿を消さない。批評される作品は、その作者に関する真理とその読者に関する真理と、二つの完全に溶け合はない世界をいつも提出してゐる。作品を眺めて正直にものを言はうとすれば、どうしてもこの踰跟たる前提を無視する訳には参らぬ。だからこそ文藝批評とは何かといふ議論は永遠に絶えまいし、又言ふは易く行ふは難いなどといふ昔乍らの格言が百千の理屈よりは批評家にとつて一番教訓的な言葉になる様な仕儀にもなる。（一、一八九）

これは昭和五年一二月に発表された「感想」の一節である。批評家の孤独な自意識は、自分が作品＝言語によって作者と分断されていること、また自己の発する批評の言葉が、自分の思った意味では他者に決して理解されぬことを意識する。文壇という世間には約束事と化した批評言語が横行しているにすぎず（「批評家諸君の間では、符牒は精神表現の困難に関して、而も、精神表現の困難を糊塗する為に姿をあらはして来る」（二八））、小林の自意識はこの約束を明証的なものと認めることができない。批評家としての小林は、自己の孤独な魂を痛いほど感じていたはずである。

作家という鏡

「機械」の「私」が「主人」という鏡に自己の「無垢」の姿を映して自分の生き身を支えたように、小林は「横光利一」という鏡に自己の姿を映すことで、自己の孤独な批評家としての存在を文壇世界のなかでなんとか支えようとした。この鏡像のプロセスとともに、小林の批評は、論争と批判から作家の人物評論へと移っていったように思われる。「横光氏は、今日私が悲劇的といふ言葉を冠し得る唯一の作者である」（八八）と言うとき、小林は明らかに自分の似姿をそこに見ている。「横光利一」は、それ以前に称揚された白鳥（「文学は絵空ごとか」）や鏡花（「文学と風潮」）とはちがい、自意識を生きる存在が徹底的に描かれていたという点で、小林の「転回」を象徴するテクストなのである。もちろんこう言ったからといって、小林の転回が「横光利一」において截然となされたという意味ではない。転回の論理の本質的な契機がここに読みとれるというほどの意味である。転回の契機としての鏡像のプロセスは、すでに見たように、昭和六年二月の「批評家失格II」に見られる「母親」との鏡像関係において、よりはっきりとした表現を獲得するだろう。

小林の批評が、鏡像として構築される透明な他者関係への憧憬をつねに内包しているように思われるのは、孤独で純粋な自意識を現実の世界で支えるために彼がそのような鏡像関係を必要としていたからである。逆に言えば、小林は、自己の純粋性を他者に映すとき（あるいは他者のうちに見出したと信じたとき）、はじめて現実の世界で自己を支えることができたのである。そのような「内面化」された他者関係から生まれる批評の目標は結局のところ作家をよく知るということにつきる。そのとき作品はもはや問題にならないだろう。作品とは自己と他者を阻む言語性あるいは物質性そのものだからである。「どんな傑作もそれを拵へた人物に如かぬ」（一、一七八）という「批評家失格II」の言葉は作品よりも作家を重視する小林の姿勢を端的に物語っている。批評家は作家を、「母親」が「子供」に対するように、あるいは親友に対するように、理解し愛さなければならない。「私には親友の作品を読む必要はない。自然の手によつて作られた作品に就いて、何もかも心得てゐる時、その作品が作つた作品などといふものは、退屈極まる代ものである。／現代の作家がみんな親友だつたら、凡そ作品を読む興味はあるまい。幸か不幸か、そんな暇がない。作品を読むのは、ただただ時間節約の為である」（一七九）[10]。作者をよく知っているから作品を読む必要を感じぬという論点は、彼の林房雄論や島木健作論にも典型的に現れることになる（三、八一、及び七、二五七、二六三）。

他方、作家と結ばれるこのような愛情関係は、すでに「Xへの手紙」に関して見たように恋愛関係にも比せられる。「批評について」（昭和七年二月）では、「惚た同士の認識といふものには、惚ない同士の認識に比べれば比較にならぬ程、迅速、精密、潑剌たるものがある筈だ」とされ、「傍目には愚劣とも映ずる程、愛情を孕んだ理智は、覚め切つて鋭いものである」と述べられている（一、二〇七―二〇八）。小林はこのような「愛情」を批評家が作家に抱くべきだとし、その稀有な例として谷崎による『つゆのあとさき』評を挙げている（二〇〇、二〇五―二〇六）。谷崎のこの同じ批評をほめている昭和六年一二月の「純粋小説といふものについて」においては、読むという行為が決して科学的厳密性をもって確定した意味を与えず、むしろ読むたびに読みが変わるという「人間にどうにもならない事」（一九九）が批評の困難をなしていると述べられているが、これは小林の望む他者関係が、たえず作品あるいは言葉という障害物で疎外される危険にあることを示している。この乖離を越えるのは、自意識の解析の力ではない。親密な他者を創造するほどに愛情をはらんだ視線なのである。「氏の批評文では、明らかに氏の純粋な眼が、永井氏の純粋な眼を創造してゐる、と私には考へられる。真の発見はいつも創造と同じ事を意味するのであつて、一般にいふ発見とは何等かの分析の結論に過ぎぬものである」（二〇二）。

このような観点からもう一度、時期区分の問題に立ち戻ると、やはり昭和五年後半に示唆に富む感想が語られているのに気づく。一〇月の「新しい文学と新しい文壇」には、「私の様に、文学を愛好してゐながら、何んにも出来ぬ人間は、せめて、一流の作家を心から尊敬したいと願ひます。〔……〕さうすると、作品の評価とか判断とかいふものも、尊敬といふ心情の一形態に過ぎなくなる道理だ、尊敬するといふ事だつて並大抵の事ではない様です」（一、一六四）とあり、また一二月の「物質への情熱」には、「果して他人《ひと》を説得する事が出来るものであらうか、若し説得出来たとしたら、その他人《ひと》は初めから、説得されてゐた人なのではないのか。私の非才をもつてしても、この確信は日増しに固まる許りである」（一、九〇）と書かれている。一流の作家を尊敬すると言ったときのこの「尊敬」という言葉は、「横光利一」で自意識のあの「無垢」を尊敬すると言ったときのあの「尊敬」と通底するだろう。小林は作家のうちに自己の無垢な情熱と同じもの、あるいはそれ以上のものを見出そうとしているのである。はじめから説得されていた人のみを説得できるという実感は、孤独を守る自意識が理解しあえる者として見出す他者が、自己の分身、自己の鏡像であることを示しているのではないか。

小林はこのように、文学者としての純粋性を他者の鏡に映すことによって、近代日本の現実を生きる「主体」として、自意識の閉域から「外部」へ出ようと試みた。鏡像としての他者は、もちろん「内面化」された他者にすぎず、他者の他者性はあらかじめ消し去られている。しかし、自意識が鏡像のプロセスを経て、たとえ「内面化」されたものであれ、他者と向き合うという経験が、批評家としての小林を「非存在的な存在」である自意識から現実世界を生きる「主体」へと転換したことも確かなのである。「母親」や「友人」の契機は、いわば転回の触媒として役立ったのであり、批評家としての小林がつねにこうした「内面化」された他者関係にとどまりえたわけではない。鏡像的な他者関係が現実世界でつねに成立していることなどありえないからである。「内面化」された透明な他者関係はむしろ彼の批評の方向性を厳密に規定するファンタスムの機能を果たしている。それは欲望の対象である。しかし、欲望の対象とはつねに不在なものである。小林の批評は、透明な他者関係を志向しつつも、すぐに見透すことのできぬ不透明な他者を現実世界に見出すだろう。そのとき彼は、孤独な存在として世界のうちに生きる。彼は「非存在としての自意識」ではなく「自意識を生きる現実存在」となるのである。

「表現」の「主体」

分析から創造へ

小林の転回の現れは、批評から創作へ、分析から創造へ、といったかたちでも特徴づけることができる。これもしばしば指摘される点ではあるが、ここまで見てきた「主体」の問題との関係であらためて検討することにしたい。すでに前節で述べたように、小林の初期批評は批判から人物評論へと重点を移していったのだが、この移行は批評家としての小林が、鏡像のプロセスを介して自意識から「主体」へと移行したことと軌を一にしていた。それとともに、自意識のたえざる行使である分析的批評が反省され、小林は創造的な「表現行為」を求めていくことになる。

　この点に関しても、昭和五年一〇月から一二月頃にかけて興味深い感想が述べられている。この時期、小林は批評を書くことに少からぬ嫌悪と疲労を感じていたらしい。「我まゝな感想」（昭和五年一一月）には、

> 毎月雑誌に文藝時評を書いて身過ぎ口過ぎの代金をかせいでしまへば、もう何んにも書くのがいやである。私の様な若年者は、批評をする時に豪さうな顔をこしらへなければ書くものがまるで文章をなさない様なあんばいになる。人間、豪さうな顔をする程、しんの疲れる事はない。（一、一八四）

とあり、また自分が「批評家」と呼ばれることに愚痴を述べている「感想」（昭和五年一二月）にも、

> 私は、嘗て批評で身を立てようなどとは夢にも思つた事がない、今でも思つてはゐない。文藝批評といふものがそんな立派な仕事だとは到底信ずる事は私には出来ぬ。小説を書いても目下まづ碌なやつは出来上らない。どうせ、恥を曝すのなら文藝時評でもやつてた方が景気がよくていゝ。第一批評なら世間知らずでも出来る。理屈を間違はぬ様に云ふ位の藝当なら若年者で沢山だ。（一、一八八）

と書かれている。ここからは小林のもつ「若年者」の意識、いいかえるなら自分が成熟した「表現主

体」になりえていないことの苦い自覚が読みとれるが、この点については後にふれることにしたい。注目したいのは、小林にとってこの時期、批評が小説にかわるとりあえずの「表現」であったということである。ここで、「アシルと亀の子Ⅰ」以来『文藝春秋』に掲載された「文藝時評」の連載が昭和六年三月に終わるのを控えて、小林が「俺はもう暫く月評で暴れ廻つたら、あと誰が何といつても黙つて、小説を書いてるんだ」と河上徹太郎に語っていたこと[11]を思い起こしておいてもよい。小説を志向しつつ批評を書く営為は、小林に分析を旨とする批評と創造行為である小説制作とのあいだに横たわる距離を否応なく感じさせたはずだが、この批評から創造へのベクトルが自意識から「主体」へのベクトルと正確に一致していることに注意しておきたい。「批評的自意識」は「表現主体」にならねばならなかったのである。

同じく昭和五年一一月の「批評家失格Ⅰ」には次のような断章がある。

作家といふものは、生み出さうと足掻いてゐるだけだ、現実とできて子供が生みたいと希つてゐるだけだ。なにも壊さうとはしてはゐない。

あらゆる意味で、作家の制作とは感動の化学なら、これを感動の世界で受けとつて計量するのが順序である。ほんと言へば批評はもう其処で終つてゐる。扨て、批評文でも書くとなれば、お話しかはつて云々といふ事になる。壊す事業が始まる、壊して組立てる事業が始まる。私は組み立てる方はからつぺただが、壊す方なら得意である。

悪口なら反吐が込み上げて来る様にこみ上げて来る。根が馬鹿な証拠である。脛に疵をたんと持つてゐる証拠である。私は悪口が自然とくたぶれて呉れるのを待つてゐる。脛の疵を思ひ出すのにくたぶれないわけはあるまい。（一、一七五）

「私は悪口が自然とくたぶれて呉れるのを待つてゐる」とは、解析に解析を重ねる自意識が自然とその働きをやめ、精神が創造に適した状態に落ちつくことをいうのであろう。創造（小説）を志向する小林は自意識をもてあましている。彼のジレンマは、自意識は文学的営為の必須の前提だが、その無限の解析は、ついに創造という文学的営為そのものを不可能にするという点にあった。創造が可能になるためには、あらたに「表現主体」が獲得されなければならない。いいかえるなら、「自意識を生きる主体」はその自意識を封じ込め、「創造の主体」へと成熟しなければならない（「封じ込める」というのは、小林にとって自意識を捨ててしまうことなど不可能だからである）。これは言葉の上では簡単だが、自意識の過剰をほとんど生得のものとしていた小林にとって、実際に行うのはひじょうに難しいことだった。だからこそ小林は批評家としては「自然と」自分の批評的自意識が「くたぶれる」のを待つよりほかなかったし、いくつかの「小説」を実際に書くことで創造主体の構築を実際に試みる以外にやりようがなかったのである。ここでは理論的な転回など薬にもならない。

この点、昭和五年一一月と翌年二月に発表されたふたつの「批評家失格」というテクストは興味深い。この相互の脈絡を欠く断章を集積したテクストはヴァレリーやニーチェを思わせるものだが、まさしく自意識の無限の解析がその折々の分析を結晶化させたといった趣を呈している。しかし、それ自身きわめて批評的な自意識の所産であるこのふたつのテクストは、自らを「批評家失格」と名づける。たんに芸術が実生活に比して「屁の様なもの」（一、一七三）とみなされているだけではなく、批評的自意識は、その批判の矛先を自己に向け、批評自体をも懐疑しているのである。なるほど引用にあったように、本当の批評が作家の「感動の化学」を自分の「感動の世界」において受け取って計量することにつきるのなら、批評文を書くことは批評ではない。しかし、実際には批評はテクストを書くことをとおして実践されるほかはないし、しかも「自分を棚に上げなければ批評文は出来上らない」。小林は、このように「自分を棚に上げる」ことを「つらい批評家の商法だ」とし、「これをつらがるに準じて批評といふものは光るものであるらしい」(一七一)と述べる。いいかえるなら、他人をけなす「棘」を出すことの「きたならしさ」を忘れないことが「批評の秘訣」なのだ(一六六)。批評のもたらす苦痛や醜悪さを自覚することが「良い」批評の秘訣だとされるほど、批評はそれ自身の自意識によって懐疑されているのである。

これはもっと具体的に言えば、批評が批評される「馬鹿者」を必要とすることの苦しい自覚だった。

> ロッシユフウコオの「マクシム」を、何気なくひろげてゐたら、「世には、馬鹿者がそばにゐてくれないと手持無沙汰で困る利口者がゐる」と書いてあつた。横に乱暴にばつてんがつけてある処をみると、忘れてゐたが、以前にも読んで、余程癪に触つた文句らしい。もの知りの言葉は、しやら臭いだけであるが、わけ知りの言葉は、いつも痛い。
> 衆に優れて利口だなぞと夢にも思つちやゐないが、かういふ言葉が痛い程度には、私はまだ間抜けである。(一、一七六)

このような懐疑と反省のうちに隠れているのは、「愚者」の批評によらずに表現できる自律した「表現主体」への欲望である。作家の感動を追体験することが真の批評であるとする先の「批評家失格Ⅰ」の言葉は、そのような方向性を示唆していた。小林がこの段階で実際にそのような「表現主体」を獲得したとは言えまいが[12]、少くとも文字の上では、いわば自意識のもたらす「ねじれ」のとれた創造主体が目立って語られるようになる。かつて作家の情熱は自意識の懐疑と切り離せなかったが、ここでは情熱だけが単独で肯定される。批評は「己れの夢を懐疑的に語る事」（一三）であるというより、それを素直に語ることになる。以上のような変化の萌芽は、「様々なる意匠」で主要な文学手法を批判しおえた小林が「アシルと亀の子Ⅰ」の冒頭で次のように書いたとき、すでに現れていた。彼は、実際の文学行為から遊離した文壇の「符牒」を批判してから、「これら符牒の堆積に、兎も角も一礼するのは礼儀だとは心得るが、一つお辞儀をしたらさつさと歩かしてもらひたいものだと考へる。私は、出来るだけ素面で作品に対して、出来るだけ正直に私の心を、多少は論理的に語らうとするのみだ」（二八―二九）と書いているからである。たしかにこれは「志賀直哉」にも現れていたことではある。しかし、小林が転回するのはやはりポレミックな時評から「横光利一」、「マルクスの悟達」などの人物批評に移る昭和五年後半から六年にかけての時期であろう。例えば自意識と「主体」を、精神と肉体に読みかえれば、次のような昭和五年一〇月の感想にも小林の変化は認められるはずである。

文体をもつのは肉体だけです。〔……〕芸術の秘密は肉体の秘密であります。血の秘密であります。異人の精神なら電波に乗つても到来します、ですが、血肉は汽船に積んでも到着いたしません。
（「新しい文学と新しい文壇」、一六五）

文体をもつものは肉体だけだ。芸術の秘密は肉体の秘密である。人々は、泉鏡花氏の作品に、今日最も忘れられた、肉の匂ひを、血の潮の味を認めないか。[13]（「文学と風潮」）

たしかにこれは「宿命」の理論の変奏である。しかし、「宿命」の理論を構成していた自意識の契機は後退している。こうした自意識から「表現主体」（いわば懐疑なしに語られた「ねじれ」のない文学への情熱）への重点の移動は、翌年一月の「マルクスの悟達」におそらく最も明瞭に現れているだろう。

文藝の道は人が一生を賭して余りある豊富な真実な道の一つだ。文藝の批評は人物の批評と何等異る処はない。科学である、だが又科学ではない[14]。この一種不遜な事業を敢行するには文藝を愛して恥じぬ覚悟が要る。（二〇一）

『文藝評論』初版本に見られる「科学である、だが又科学ではない」という言葉は後に削除されることになるが、そこには小林の意識が解析から創造へと移行する様子が現れているように思われる。いま引用した一節のなかにこの逆説的な一文は必ずしもしっくりとはまりこんでいない。「科学でありかつ科学ではない」という逆説的状態が「科学ではない」という「表現主体」の「覚悟」へと解消されていく過程が戦前の小林の軌跡なのである。

「マルクスの悟達」

こうして肯定されたものはひじょうに「平凡な」覚悟であるが、だからといってこのように覚悟するのが容易なわけではもちろんない。「マルクスの悟達」は題名のとおりマルクス（及びエンゲルス、レーニン）について書かれたものだが、小林が述べていることは、彼自身が「文章をつくる覚悟」（二、一一一）でもあった。これはマルクスの名を借りた文学論なのである。マルクスはヘーゲルと並んで「己れの根性をすて切つた処から始めた達人」（一〇八）であると小林は言う。しかし「根性」とはどのような意味か。それは「新しい」理論、「新奇な」真理を探し当てようという「根性」のことである。そのようなものを捨てることのできる「天才」は「真理とは由来凡人に造作もなく口真似が出来る態のものしかないといふ事を悟る事」のできる人である。真理は「平凡にしか言へない」。自意識による「ねじれ」を受けつけないのである。そして、この平凡な真理とは結局「この世があるがままであるといふ事」に驚くことである。このように思想を否定して現実を肯定することこそ、小林によれば「弁証法的唯物論」の意味するところにほかならない。「弁証法的唯物論は思想の否定」なのである（一〇五）。

　理論の為の理論、思弁の為の思弁を、弁証法的唯物論は全くの素朴をもつて否定する。言葉の厳密な意味に於て理論の為の理論などといふものは存せぬ。存せぬからこそ否定するのである。（一〇八）

しかし「思想を否定して思想をあむ事はおろかである。思想を否定する思想をまともに語つて見たまへ、例へばエンゲルスが反デュウリング論で、「世界の現実的統一性はその物質に存する」と自明の命題を語るとする、忽ちレニンの所謂千一番目の半畳が這入るのだ。「一体世界の統一性などといふものを何故決める」と。まことにこの世で平凡位いぢめつけられるものはない」（一〇五）。そのため「余りに自明な事は一番語り難い」（一〇六）。理論が現実を正確に捉えているのであれば、理論はそのまま実践でもあろう。しかし現実を捉えた理論も、純粋に理論として扱われれば、それは無数の議論（例えば哲学的基礎づけ）を誘発する。しかし、実際のところ理論は現実における実践そのものであり、純然たる理論として実践から切り離されなければ、きわめて明らかな現実を指し示している。だが、その現実の方を説明しようとすればその説明自体が理論となってしまい、結局うまく語ることができないのである。

　ペプチンが己れを消化するのは愚かであらう。「私は考へる、だが考へる事は考へない」と。ゲエテは鼻唄でわれわれをどやしつける。かかる天才等の言葉は全く正しい。併しわれわれは果してこれを覚えて誤らぬか。ちやんと誤るのだ。世間には断じてうまい語はないのである。ここに理論と実践との問題の核心があるのだ。弁証法的唯物論なる理論を血肉とする事は《ママ》困難な思案はいらぬ、ただ努力が要るのだ。理論と実践とは弁証法的統一のもとにある、とは学者の寝言である。理論と実践とは同じものだ。マルクスは理論と実践とが弁証法的統一のもとにあるなどと説きはせぬ、その統一を生きたのだ。古来達人とは皆黙々たる人物であつたのである。マルクスのもつた理論は真実な大人のもつた理論である。（二〇六）

自意識は自分を消化するペプチンにすぎず、理論に理論を重ねる（あるいは理論で理論を基礎づける）思想家や批評家も、このペプチンのように対象を消化せずに自家中毒を起こし、たえず実践から遠ざかる。「考えること」は大切だが、「考えることを考えること」は無益である。小林は理論と実践の弁証法的統一といった理論ではなく、端的に両者の統一を生きることを望んだ。ここで彼ははっきりと自意識の問題圏から「行為主体」の問題圏へと移行している[15]。

　ここでいう「実践」とは、小林にとってなによりも文学創造のことであったが、彼はそれをより一般的な視点から「表現」の問題として考察している（こうしたところからも分かるとおり、小林秀雄は厳密な思想家でもある）。この「表現」の問題はこれ以後も小林の批評を厳密に規定していくことになる。

人は理論を持つ時、同時にこれを表現する、記号をもつものだ、言葉を持つものだ。〔……〕この事実の承認から出発して哲学体系を論じようとしたら如何いふ事になるか。そこには、はや哲学体系もへちまもないのである[16]。そこには言葉といふ記号が、理論[17]を辿つてゐると共に無限の陰翳[17]を孕んで現存するのみだ。ここに、「絶対精神」といふ言葉も、「物自体」といふ言葉も、天才の身をもつて為した表現として躍動し始めるのである。かかる耀眩たる現実をマルクスは知らなかつたのではない。哲学の貧困を語つた彼の生々しい眼に、この現実が映らなかつたなどとは気が違つても思へぬ事だ。

（一、一〇八、傍点引用者）

「表現行為」として見れば、哲学者も文学者も同じことをするにすぎない、ただやり方に個性が現れるのである。しかし、マルクスは哲学を天才の情熱の「表現」として見ることを、自己の道を歩むためにあえて放棄した。彼は「この世の経済機構を生々しい眼で捕へる為に、文字の生々しさは率直に捨てたのだ」。そのためマルクスは、「表現」を情熱（非合理的な「陰翳」）を包含した生々しいものではなく、「清潔な論理的記号」としてのみ捉え、そして「この清潔な論理的記号の運動の正しさを、ただ現実の経済機構の生々しさを辿ることによつてのみ実証しようとした」。彼の天才はそこにあった（同前）。ドストエフスキーの芸術的天才はこれとは逆に、表現のもつ論理的記号としての側面を捨て、「ただ生々しい肉体を辿ることによつてのみ実証」されるような生々しいものとしてそれを捉える。両者ともに「現実だけが試金石であつた事に変りはない」。ただマルクスは社会的現実を、ドストエフスキーは自己の存在という現実を忠実にたどることで、自己の「表現」を実証したのである（一〇九）。

「表現」概念の成立

昭和五年後半に現れた批評から創作へ、分析から創造へという流れのなかで、小林は「表現」の概念を自分なりに作り上げていったように思われる。この点をはっきりと押さえておく必要がある。「マルクスの悟達」に見られる以上のような表現論はそのことの一端を示しているが、『改造』昭和六年五月号に発表された「再び心理小説について」ではさらに自我の多様性との関連で「表現」が明確に定義されている。

自我の多様、複雑、混沌、矛盾に於ける状態といふものは、何も決して特殊な事情ではない。人間の直接経験の世界に飽く迄も忠実な、一般の素朴人、或は芸術家は、この多様混沌の状態が、自我といふもの丶、真実の姿である事を、昔からよく知つてゐたのである。〔……〕

自我の解体を、[18]解体それ自らで表現するといふ事は、表現を命とする作家にあつては絶対に起り得ない事だ。今日の錯乱と焦燥とが、所謂シュルレアリストなる一群を生み、彼等は生活を終つた[19]あらゆる形象（表現を終つたあらゆる藝術作品は勿論の事、一瞬間前の心理的影像さへも）と、生活する事実との間に、途轍もない間隙を感じて、遂に表現上の自働法《オオトマテイスム》に到達した。これは現実そのもので、表現と称すべきものではない。（一、一三九―一四〇）

或る印象を受けた瞬間の、その人の内的真実といふものに飽くまでも忠実であらうとするならば、そしてこれを表現するのに、自働法《オオトマテイスム》の愚を演じまいとするならば、意識の現在性に拘束されない、意識事実の没時間的知的把握、不在の現在の追認識は、必然の方法であり、又、この追認識の為に、言語的隠喩の自在な馳駆が許されなければ、前に述べた様な心理学者に転身しなければならない。か丶る時、表現の天啓とは作家的理智以外のものをさ丶ぬ。この場合設定される芸術的イデヤとは、作家的科学に必須な仮説である。（二四一）

自我の多様とは、ヒューム的な意味での所与としての多様であるが、自意識をもつことがこれをいっそう悪化させる。自意識は自己の統一を見出すことができない錯乱した状態にたえず陥る。自意識を創造の前提とした小林や、ヴァレリーをはじめとするサンボリストたちにとって、自我の多様とはあたり前のことであった。例えば、ヴァレリーにとって「表現」とはこのような自我の無秩序から秩序を作り上げる「知的な」作業であったが、ブルトンはこれに反対し、あらゆる理性的制御を排除したときに得られる無意識の語りを「自動筆記《エクリチュール・オートマティック》」によって捉え、それを詩的表現とみなそうと試みた。小林はここで明らかにヴァレリーの側に立っている[20]。ブルトン的なオートマティスムが捉えるのは内的な「現実」にすぎず、それは決して「表現」ではない。「表現」は多様である現実とは別の次元に存在する形式的な完成を必要とするからである。「表現」とは「解体」ではなく「統一」であり、自我の多様を「表現」へと統一するために、作家は作業の「仮説」としてある種の「芸術的イデヤ」をもたざるをえない。ただし、この「イデヤ」は、完成された作品の形相ではない。多様な現実から発して「表現」の統一へと進むときに、ある種の導き手として仮構される「理念」、創造実践において実践に即するかたちで要請される「目的」である。この「理念」は創造に先だってあらかじめ完成態として存在するのではなく、創作過程に応じてそれ自体完成されるものなのである。

時代と「表現」

「表現」の探究

しかし、小林はこうした「表現」概念に見合う「表現主体」を実際に獲得していたであろうか。批評から創造に移ろうとする彼の志向は、純粋な志向を超えて実際に「表現」を獲得できただろうか。『文藝春秋』に連載された文藝時評が昭和六年三月に終了するのを機に、小林が本格的に取り組もうとしていた小説の試みが、「眠られぬ夜」（九月）、「おふえりや遺文」（一一月）、「Xへの手紙」（翌年九月）という三つの作品で潰えてしまうのは周知のとおりである。文藝時評あるいは批評一般の不毛性の自覚、批評に対する倦怠感といったものが小林に欲求させていた創造への志向は、小説に関するかぎりその道を昭和七年には断たれてしまっていた。小林が小説を放棄した理由はよく分からないが、いずれにせよ、小林にとって残された道が「創造的批評」だけになったのは確かであり、また「表現」を獲得しようとする悪戦苦闘をとおして、小林が「表現行為」の時代的社会的な条件について深く考えるようになったことも同じように明らかなように思われる。

「表現」は、小説としてはもちろん、批評としてもいまだ小林の満足いくようなかたちでは得られていなかった。「表現」をめぐるそのような困難の意識が、不可避的に小林の眼を「表現」の時代的社会的条件へと向けさせたのである。実際、彼はすでに「アシルと亀の子III」のなかで、

今日の若い作家で豊富な影像群を持つた人は沢山ゐる、だが、見事な文体《スチル》をもつた人はまことに稀である。今日の様な解体期に、多彩な影像を所有する事は容易な事であらうが、これを一つの息吹きで立派な文体に統一する事は人並な苦労では足りぬであらう。（一、五一）

と述べ、混乱した時代における「表現」（「文体」）の困難を示唆していた。また「アシルと亀の子V」では、政治経済、社会から文学まで多彩な話題を満載した『改造』夏期特集号について、「かう書いて行つただけで既にわれ乍ら文章の態をなさない事が情けない。五百頁順々に馬鹿みたいに通読して眼がくらんだ。夏期特輯を通読して癇癪を起した話を聞かないのは、これを通読する人間がゐなければこそだ」（六四）と毒づいているが、これなども時代の混乱を強調することで、「表現」の統一の不在を逆方向から明らかにしようとしたものだろう。しかし、この点に関して本格的な感想が述べられるのは、昭

和五年一二月の「物質への情熱」においてである。小林は「モダン・ガール」を描く龍膽寺雄（「魔子」、「珠壺」）を例に、同時代の都会を描く困難を次のように語っている。

今日の都会を描からうとしても都会ははや性格を持つてはゐない。都会行進曲などと飛んでもない出鱈目だ。バアやダンス場を幾つ書いた処で、それは都会を生きた人の文学ぢやない、都会を見物して驚いてゐる奴の文学である。本当に都会人の心をもつた人だけが今日の都会に生きる事のつらさを一番よく知つてゐるだらう。つらさを知つてゐる人だけが秘密を見てゐる。帝都復興祭りで踊り出た尖端都会人共がどうして板についた行動が出来よう。バアで愉快に騒げるのが板に付いてゐるといふ事ではない、心にむらのない事を結果的にみて板についてゐると称するのである。板につかない人物を描いて板につかぬとは悲しい事である。作家は自分が板についてゐないので、他人が板についてゐない事が如何しても眼に入らぬのだ。正直な眼を知るには正直な眼でなければならぬ。だが嘘をつく眼を知るには嘘をつく眼では駄目だ。[21]

魔子は残酷な眼で描ける、だが魔子は間もなく板につかぬ事を喋り出すのだ。さうなつてはもう残酷な眼だけでは追ひ縋れないものを魔子は持つて了ふのだ。〔……〕モダン小説をけなさうと支持しようと、大正大地震といふ大事件を忘れては無駄事だ。〔……〕今日作者たる眼を磨くとは何んと困難を極めた事業であらう。

理論はあんまりやさし過ぎて何の興味もない。現実はあんまり面白過ぎて手がつけられない。

（一、九五―九六）

関東大震災は江戸の名残りをとどめていた伝統的な東京を破壊し、「帝都復興祭り」に象徴されるような軽佻浮薄な文化とそれに翻弄される人々を生み出した。[22] モダン・ガールとはその象徴だが、軽薄で「板についてゐない」にせよ、彼女たち自身がひとつの現実であることはまちがいない。しかし、「板についてゐない」人物たちを描いて「板につかない」表現しかできないのであれば、それは本当の意味での「表現」になっていないと小林は考える。作家自身が「板につかぬ」から、モダン・ガールをたんなる流行現象として、小林的に言えば「意匠」としてしか描けず、彼女たちの軽薄性そのものが「危ふい現実」をなしていることを「表現」として定着することができないのだ。作家たちは彼女たちを「みじめとは感じない。だから人間らしく描く事が出来ないのだ。みじめとは感じない、彼女等に対する同情心が足りぬからだ。同情心が足りぬから、彼女等にはエロだとかイットだとかいふ薄みつともない語法がしつくり嵌つてゐるといふその事が、彼女等の人間たる悲しい取柄であるといふ危ふい現実に気が付かぬのだ」（九二）。軽薄で無性格な現実を描く作品自体が、この現実と同じく軽薄で無性格なのは、作家がこの軽薄な現実に翻弄されて、新しい「意匠」としてのみ現実を描くからである。小林は、このような軽薄な現代人の生きざま自体を表現することを求めている。『全集』で削除されている部分によれば、そのためには「頽廃」する必要がある。[23] やがて注目されることになるシェストフやドストエフスキーはこうした認識の延長線上に存在している。

昭和六年六月の「もぎとられたあだ花」では、同じような議論が、これも当時の話題であった「哲学の貧困」をめぐってなされている。「今日、文藝批評の活動は、外観は大変潑剌として、文藝の社会性とか、政治的価値だとか、科学性だとか、さては意識の流れだとか、モンタアジュだとかと、絶えず新奇な、而も重大な事が論じられてゐるのですが、言はばこれらの饒舌は、「哲学の貧困」の結果に就いての云々で、「哲学の貧困」そのものと、まともに取組んだものではありません。これは、つまる処、まともに取り組むといふ処に、明瞭な、概念的な言葉では到底語り切れない事情があるが為ではないのか、といふ風に私には考へられるのです」（一、一九一）。いいかえるなら、「哲学の貧困」についての議論は、それ自身の貧困性を自覚しない言語的遊戯にすぎない。「哲学の貧困性とは、思弁的理智そのものにある」が（一九二）、思弁的理知は「生活的行動的理智」から見れば貧困したものであるほかはなく、貧困性についての議論が貧困性を逃れることなどありえないからである。無性格な都市生活者を表現しようとして軽薄で無性格な描写しかできないのであれば、それは「表現」ではない。同じように、抽象的思惟の貧困性を問題にするのに、本質的にそれ自体が貧困している理論的思惟によって議論をしてはならず、その貧困性そのものを「表現」として理解しなければならないのである。マルクスやドストエフスキーの場合と同じく、小林は哲学を「人間表現」として、「生きた木に咲いてゐるあだ花」として捉えようとしている（一九三）。

若し、われわれの素朴な認識にとつて、哲学的表現の貧困性といふものが自明なものであるならば、哲学的表現は、これに対して議論をもつて応ずるより前に、その抽象的表現そのものが、独特の性格の一種の美しさを持つた影像として映ずる筈であると思ひます。哲学的表現に対して、その貧困性しか気に掛からない人は、哲学的表現の貧困性が自明でない人です。よく腹には入つてゐない人です、思弁的理智の本来の性格を見極めてない人です。又、さういふ人には、文藝といふものゝ性格もわかりますまい。（一九二）

例えば、フッサールやハイデガーの哲学は「全く非実践的な、非革命的な人間事業」だが、観点を変えて「彼等の哲学をひたすら言語表現と観ずる見方も可能」である。「彼等の哲学は、現実から遊離して、貧困しているかも知れないが、貧困そのものの表現として、非常に高度に到達した言語表現として、それ自身驚くべきものである筈です」(一九二)。逆に言えば、「形而上学の不可能を証する事は出来ようが、形而上学的憧憬とその表現を人間から奪ひさる事は出来ますまい」(一九三)[24]ということになるのである。

大人、青年、子供

哲学の貧困性とは自意識の分析の貧困性のことでもあろう。また、無性格な都市生活者というのも、伝統から切り離されたところで「表現」を模索する現代の文学者と無縁ではない。それは小林自身の姿でもあるのだ。小林は「モダン・ガール」を描く作家には彼女たちの「みじめさ」に対する「同情心」が欠如していると言った。このように言うとき彼は、自分自身の「無性格」や「みじめさ」を考えていたはずである。そうしたものを離れた高所から、あるいは現代社会の混乱から一歩ひいたところから、「モダン・ガール」を新しい「意匠」として描くことに小林は強い違和感を感じていたことだろう(そしてそれは、新しい「意匠」として描くことがそのまま時代の軽薄さの素朴な「反映」であるという点で「滑稽な事」でもある)。

哲学の貧困性と無性格な都市生活者との交点にまさしく「インテリゲンチヤ」の問題が現れる。したがって、問題は、インテリとしての小林が現代社会において生きる姿なのであり、それを表現することなのである。このことはやがて「現代文学の不安」(昭和七年六月)において明確に定式化され、そこからドストエフスキーという名前が大きくクローズ・アップされることになるのだが、それについてはまた節をあらためて述べることにする。ここでは、混乱した現実において「表現主体」であろうとする小林が、自己を「若年者」と定義していたことを検討し、そのような感想が明確に述べられるのがやはり昭和五年一一月前後のことであったことを指摘しておきたい。

実際、この一一月の「我まゝな感想」のなかで、小林は自分が「若年者」であることを気にかけることだけが現代における「文学の道」たりえるのではないかと述べている。

大人でもなければ子供でもない、私位の年頃が一番やり切れない。いはば、沈香をたいて、屁をひつて、苦り切つてゐるのである。早く頭がはげて、背中を丸くして机の前に坐りたい、といふ様な事を、チエホフが手紙の中で書いてゐた事を思ひだす。チエホフなんていふ誠実な聡明な人はずい分若い頃から、実在の時間といふものが持つてゐる真実を知つたに違ひない。時間とは思惟の形式ではない、客観的実在であるなどと、他人の尻馬に乗つて論ずるのはたやすい事だ。それで、しんの疲れも覚えなければ、見あげた青二才である。

とも角、私は近頃しきりと自分の若年者である事が気にかゝつてゐる。これを気にかける事だけが文学の道だとさへ思つてゐる。何んのかんのと文学について色々な議論があるのだが、所せん文学を仕事とする人は、この一種の女々しさをごまかす事がどうしても出来ない気質を持つた人だといふ事になるのだらう、私はそう信ずる。〔……〕

ジヤツク・シヤルドンヌの「エヴア」を読んでゐたら、なかで作者が、憚りながら私は、小説を書くからには、尻のあたたまらぬ青年読者のためには書かない、と書いてゐた。〔……〕

古来若年者で大小説を書いた人は一人もゐない。詩人には若くして一流の詩がかけた人がゐる、だが、彼等はその詩のために当然不幸にしてその身を殺した。(二、一八四―一八五)

ここに見られるのは成熟への欲求である。そして成熟した「表現」の可能性が、詩ではなく小説のなかに見られていることも注意していい。小林の「転回」とは結局、創造的な「表現主体」として成熟することを目指すものであった。先に引用した一二月の「感想」では批評を続けることに対する違和感が述べられていたが、そこにあった「批評なら世間知らずでも出来る。理屈を間違はぬ様に云ふ位の藝当なら若年者で沢山だ」（一八八）という言葉も、裏を返せば、創造主体としては「若年者」は未熟であるということであって、批評から創作へ移行しようとする彼の志向は、「表現主体」として成熟することへの欲求を別のかたちで示すものである。しかし、いまの引用にも明らかなとおり、成熟した「表現主体」は小林にとっていまだ不可能なもの、獲得しえぬものだったのであり、そのため自己の未成熟の意識を彼はたえずもち続けなければならなかった。

小林は「大人」について三つの観念をもっていたように思われる。

ひとつは、彼が活躍しはじめた時期にすでに大家となっていた志賀直哉、正宗白鳥、谷崎潤一郎、泉鏡花といった作家たちに由来する。しかし自意識による文学の懐疑から始めた小林にとって、当時の既成作家はそのような懐疑を経ないで成熟したという点で、自分のとるべき成熟の道ではなかった。「アシルと亀の子Ⅰ」にはすでに次のように述べられていたはずである。(25)

> 扨て、宿命的に感傷主義に貫かれた日本の作家達が、理論を軽蔑して来た事は当然である。作家が理論を持つとは、自分といふ人間（芸術家としてではない、たゞ考へる人としてだ）が、この世に生きて何故、芸術制作などといふものを行ふのか、といふ事に就いて明瞭な自意識を持つといふ事だ。
>
> ［……］
>
> 人は先づ鶯の歌から始めるものだ。素朴な実在論者として心を歌ひ、花を歌ふ事から始めるものだ。この歌ひ手がそのまゝ芸術制作の年期奉公に移動して了ふ。年期を入れてゐる裡に、浮世の心労と技術の修練とによつて彼の作家たる宿命の理論は、獲得されては行くのだが、それは冥々の裡に獲得さ

れるのであつて、遂に理論は其人の血肉となり、味ひとなり、色気となつて沈黙して了ふより他に道はない。これが現代日本文藝の達人大家といはれてゐる人々の一般的色彩だ。〔……〕
かういふ大家達が、最近擡頭した社会主義文藝批評家達の喧嘩をまともに買ふ事が出来なかつた事は私には当然に思はれるし、又、人の血の苦がさを味ふ事を弁へぬ青年批評技師達を沈黙して軽蔑してゐた事も当然だと思はれる。（一、三〇）[26]

老成した大家と理論を弄ぶ「技師」にすぎぬマルクス主義青年批評家が対比されているが、こうして見ると、小林の言う「若年者」は、マルクス主義青年批評家のもつ若年性とは本質的に異なるものでなければならないだろう。その延長線上に、小林の求める成熟があることになる。
昭和六年一月の「マルクスの悟達」では、大家が「大人」であるのとは異なる「大人」のあり方がさらにふたつ挙げられている。

マルクスのもつた理論は真実な大人のもつた理論である。世の大人達が、先日学生運動に鑑て文部省に相寄り、マルクス主義思想に対抗する思想体系の樹立を議決した。さぞよくマルクスを理解した事だろう。世の風俗習慣を学ぶ事によつて論理的になつたと信ずる世の大人達の頭には、例外なく狂気の影がさしてゐるものだ。ただ、この狂気は他人を見たら狂気と思へといふ念の入つた鬱々たる狂気であるが為に狂気とはみえぬのだ。青年はお先きつ走りで穢れ、老人は脂下つて穢れる。だから穢れをすべて甘受して一点の穢れもない理論は、常に青年には老人過ぎ、老人には青年すぎる悲運を辿るのである。（一、一〇六―一〇七）

小林が批判する第二の「大人」の姿とは世の常識人のことである。「横光利一」では、「一般に無垢は、己れを知らぬし、世の約束も知らぬ処から世にいぢめられる。つまり穢れてくる事が教育されて、紳士になる事である」（八六）と述べられていた。この意味での「大人」（「紳士」）とは、自意識が懐疑をすて世の常識に身を沈めることを言う。しかし小林はまた「常識人は世の約束の手をはなれれば、現実とは瘋癲院に過ぎぬ」（八五）とも述べていた。現実とはそれ自体、狂気であり不条理である。それから眼をそらすことで自分が理路整然とした頭をもっていると幻想することが常識の意味するものであるならば、常識人の頭は実は狂気に冒されていることになる。小林はこのような「大人」を脂下がった「老人」と呼ぶ。これに対して、「真実な大人」は、このような「老人」でもなく、先ほどのような大家でもなく、理論を弄ぶ青年批評家でもない。小林の目指す成熟のかたちは、当時の日本の現実に存在していた「大人」（常識人や大家）から見れば青年過ぎ、これもまた実在していた未熟な青年批評家から見れば老人過ぎるという「悲運」に見舞われていたのである。

成熟と「表現」

マルクスは「真実な大人」になりえた数少い人の一人である。「表現」の問題をめぐってすでに検討したように、「マルクスの悟達」では、マルクスと並んでドストエフスキーが真に成熟した「表現主体」として考察されていた。小林はこのような参照項を設定することで、自己の「若年者」としての位置を測定しようとしたのである。そしてそれは、自己の「表現主体」としての未熟さを苦々しく自覚する作業でもあった。成熟への欲求と若年者であることの苦い自覚は、翌二月の「文藝時評」で「マルクスの悟達」について述べたとき、次のようにも語られた。

私は、あの感想文で狭く言へば私が文章をつくる覚悟、広く言へば智識人としてのあぢけなさ加減を述べたに過ぎぬ、ただそれだけだ。私はひどく元気のない一文を恥ぢてゐるのである。（一、一一一）

「マルクスの悟達」が「ひどく元気のない一文」であるとは思えないが、小林がこのように言わざるをえなかったのも、自分が創造的な「表現主体」に成熟していないという苦悩があったからではないか。すなわち、引用前半の「私が文章をつくる覚悟」とは、マルクスやドストエフスキーの活動を「表現行為」として描くことで、自己のあるべき「表現行為」の理想を述べたことを指すが、後半の「智識人としてのあぢけなさ加減」とは、自分がいまだ成熟した「表現主体」ではなく、せいぜい懐疑を徹底しようとする青年知識人にすぎぬという自覚を表している。あるべき「表現」について述べたいまだ「表現」ならざる批評文では、「元気がない」と思えてしまうのもあながち無理ではない。小林は、成熟した「表現主体」の観念は精密に描けたが、実際に自分がそのような「主体」になることには困難を感じていたのである。昭和五年一〇月の「新しい文学と新しい文壇」で、「私の様に、文学を愛好してゐながら、何んにも出来ぬ人間は、せめて、一流の作家を心から尊敬したいと願ひます」（一六四、傍点引用者）と言ったとき、小林はほとんど成熟を諦めているかのようにさえ見える。

　成熟することの困難の自覚は、既成作家への視線を微妙に変化させた。初期の小林が大家の成熟を自意識の懐疑を経ないものとして批判していたことはすでに見たとおりだが、昭和五年後半から六年の評論における白鳥や谷崎への評価は、むしろ成熟した作家への憧憬を含んでいる。谷崎に関しては例えば二月の「文藝時評」のなかで、「吉野葛」の文体は作ろうとしても作れぬもの、ただ「豊富な心」から紡がれたもの、教養や理論ではなく「直観の修練」のみが可能にするものであると述べているし（一、一一五）、一二月の「純粋小説といふものについて」では、彼の批評が「いかにも安らかに語り、語る処が批評となつてかゞやく」と評価して、それに比べれば「今日青年批評家達の文章」は「なんと爺むさいものであるか」と書く（二〇〇）。他方、周知のとおり白鳥に対する小林の評価は両義的で、「思想と実生活」論争に典型的に見られるように白鳥を実生活に埋没した既成作家として批判するスタンスと、彼の文体が「表現」として確立していることを評価する姿勢とが混在していた。実際、一一月の「我まゝな感想」には、

正宗白鳥氏の文藝批評は毎月読んでゐるのだが、そして、得をしたと思つた事は一度もないのだが、〔……〕氏の批評を読んでゐると、如何にも普通な顔をしてものをいつてゐる。うらやましい事だと思ふ。年は薬の感なきを得ない。（一八四）

とあり、小林の両義的な評価がよく現れている。このバランスが成熟への憧憬の方に傾くと、例えば昭和五年九月の「文学は絵空ごとか」の「私は、氏の文体の、強い息吹きに統一された、味も素気もない無飾の調子に敬服するのである」（一、七二―七三）のように、「表現」の観点から白鳥を高く評価することになり、ついには白鳥を小林自身の似姿として描くことにもなるのである。


正宗白鳥氏の「文壇人物評論」、先日熟読して感服した。近頃の名著である。

氏がどんなに親身になつて他人の作品を読んでゐるか。こゝにこの本の魅力の源があり、氏の評論の最も驚くべき点がある、と私は考へた。氏の理解力や教養も、無論並々ならぬものには相違なからうが、それだけではかういふ本は書けないのだ。

氏はいふまでもなく、今日の様に未だ文藝批評における客観的立場とか主観的立場とかといふ問題

が激しく論じられなかつた時から終始一貫、文学を文学の立場から、主観的に、欲情的に、批評して来た人であつた。そして今私達が読了して痛感するものは何んだ。文学の立場にたつて、見事に文学の立場を追ひ抜いてゐる光景ではないのか。

主観的、客観的、さういふ言葉は元来空言である。氏の批評に文学の指導的原理があるかないか、どこにもない、だがどこにでも見付かる。(「年末感想」、二二四)

文学を懐疑して自己の天職とするのも、作品を親身になって批評するというのも、小林自身が自己の文学的営為の本質として考えてきたことである。ここに見られるのは鏡像のプロセスである。しかし、「横光利一」で問題になっていたのは、自意識が外部世界で身を支えるために要請する鏡像である。それはいわば鏡像の単純な機能であった。これに対して、ここで現れるのは「表現主体」として成熟するために要請される鏡像である。「若年者」の苦い自覚、「表現主体」へと成熟することへの強い欲望が、モデルとして成熟した「表現主体」を求めさせる。そこに現れるイマージュは、白鳥だけでなく、マルクスやドストエフスキーでもあっただろう。このうちドストエフスキーは、やがて小林が育む最大の鏡像となるが、それは、ドストエフスキーが小林の求める創造的な「表現主体」であると同時に、彼が自覚していた青年知識人の悲劇をこの作家が身をもって生きた(と小林に思われた)からである。根絶やしにされた自己と混乱しきった社会とを生きて、なおかつ創造的な「表現」を可能にした作家、それこそが小林にとってのドストエフスキーであった。昭和七年以降、小林は次第にこのロシア人作家に対する関心を強めていくが、それを、時代の混乱のなかで「表現主体」として成熟することを望んだ小林自身の欲望のありかと切り離して考えることはできない。そして、そこに少からず鏡像のプロセスが介入していたこと、つまり他者関係を「内面化」させるプロセスが介在したという事情を忘れては、小林がなぜ、ドストエフスキーという現実に密着した作家を扱いつつも、「歴史について」におけるように、内面へとかぎりなく回帰していったのかを明確に理解することができないだろう。しかし、この点については第四章で論じることにしたい。

青年知識人の「悲劇の表現」

同時代性

以上のように、自意識から「表現主体」への「転回」は、論理的に言えば三つの段階をもつ。要約すれば次のとおりである。自意識と文学への情熱という相反するものを天与のものとしてもっていた小林は、しかし文学自体の懐疑から自分の文学的営為を始めなければならなかった。自意識はこうして無限の懐疑に陥るが、やがて鏡像のプロセスによって他者の鏡に自己を映し、自分の像を得ることで外部世界に存在を獲得する。自己を「主体」として自覚するこの段階において、自意識の懐疑と不可分であった文学の情熱は、その固有の活動である「表現行為」を強く求めるようになるが、しかしこの「主体」は、いまだ成熟した「表現主体」として完成された「表現」を創造することはできない。そのため「主体」は、自己の表現活動のおかれている時代的社会的条件を反省し、自己の表現活動の困難の原因を考察せざるをえない。ここに社会と歴史への視線が生じる。これが第三の段階である。昭和五年秋から六年初頭にかけての転回以降、批評家としての小林の抱えていたさまざまな問題は、混乱した時代状況のなかでいかにして「表現」を獲得するかということに収斂していく。

この時代への視線が、思想のもつ不可避的な貧困性、都市生活者の無性格性、そして青年文学者の表現者としての未成熟性という、時代の三つの特徴を見出していたことはすでに述べた。これらはいずれも現代における「表現行為」の困難に関わるものとして一括して捉えられるが、それを具体的に体現する存在がほかならぬ「インテリゲンチャ」なのである。この問題が大きく取り上げられる昭和七年六月の「現代文学の不安」と「小説の問題II」以降、小林の視線は現代を生きるインテリと「表現」の問題に明確に据えられることになる。[27] 小林はそこでなによりも自己の未成熟な「表現主体」の問題に沈潜することを目指しており、白鳥や谷崎に向けたような成熟への憧憬はふたたび影をひそめる。彼は自分と同じ青年文学者に向けて、知識人と「表現」の問題を語るのである。

私の様な若輩に苦し気な文藝時評を書かせて、他方《そっぽ》をむいてゐる凡そ理論といふものを見境なく気嫌いしてゐる今日の老作家中老作家に、私は今話し掛け様としてゐるのではない。私と同じ環境に育ち、私と同じ教育をうけ、私と同じ年齢に達した知識人達（たとへ諸君がどんな思想を装つてゐようと）に、たつた一つの事が喋りたいのである。

私は近頃になつてやつと、次の事が朧気ながら腹に入つた様に思ふ。それは青年にとつてはあらゆる思想が、単に已れの行動の口実に過ぎぬ。思想といふものは、いかに青年にとつて、真に人間的な形態をとり難いものであるか、といふ事だ。（一、一五〇、傍点引用者）

小林は同世代の文学者に向かって、「何故に若年にして而も自ら労せず人生一般に関する明瞭な確信が欲しいのか。人間といふものが解りかけもしない年頃で既に新手法に通達してゐるとは奇怪な現象ではないか」と問いかける。この問いは「何故に自分を疑ふ事から始めないのか」、いいかえるなら、なぜ文学を信じる自分を疑うことから始めないのかという小林の疑念（一五一）と表裏一体の関係にあるが、次の引用からも分かるように、懐疑がここで、「表現」の問題と密接に関わっていることを見落としてはならない。小林が求めているのは、初期の段階で問題になった文学自体への懐疑であるというよりは、現実世界において自意識を生きる「主体」がいまだ創造的な「表現主体」へと成熟できぬ姿を凝視すること、すなわち「表現行為」に困難を覚える若きインテリの姿を「表現」することなのである。「自分を疑ふ事」が要請されるのも、このような「表現」にいたるためである。つまり、新手法や理論の研究が批評を生み出すといった素朴な文学信仰（「概念による欺瞞」）を捨て、自分が表現する姿とその条件を反省してみなければならないのである。

インテリといふ言葉が流行してゐる。敢て流行してゐるといふ、インテリといふ新語は出来たが、このインテリを一つの型として強力に作品の上に実現した作家はまだ一人もないからである。私はインテリである。願くば不幸なるインテリたる天寿を全うしたいと思つてゐる。〔……〕一昔前、性格破産者といふ事が作家等の間で言はれた。当時の私には彼等の描く処は充分に悲劇に映つた。だが今はもう別様に映る。今日の知的作家が、己れを告白しようとして思ひ止り、新手法の捜索に憂身を窶し、作家たる血肉を度外視して自ら方法論の土偶と化してゐる処に、己れを告白してみてもいづれは流行遅れな性格破産者を表現するに過ぎぬと感ずる漠然たる不安、無意味な逡巡を、私は見る様に思ふ。作家とは果してさういふものであらうか。君等自身こそ真の作家の好個の材料ではないのか。（一五一、傍点引用者）

この「真の作家」とは、結局ドストエフスキーのことである。これに対して、小林の見た同時代の知識人は、思想が「人間的な形態」をとるまでに板についた知識人ではなく、観念的な思想に瞞着される若年者にすぎなかった。その姿を省みれば、知識人とは確固とした自己をもたぬ性格破産者であることが分かるが、大正期の作家たち、例えば芥川龍之介は性格破産者を「描く」ことをせず、せいぜい「歌った」にすぎないと小林は考えた。すなわち、性格破産者が現実の社会を闊歩する姿を凝視せず、俗人や常識人に対して感じる苛立ちと疎外感を自己陶酔的に歌ったただけだったのである（一五二）。これとは逆に、小林の求めるのは、ドストエフスキーばりのリアリズムで性格破産者の現実に生きる姿を表現することなのだが、それは、小林（あるいはドストエフスキー）がインテリを特権的な立場から眺めて表現しようとしたということではない。「私はインテリである。願くば不幸なるインテリたる天寿を全うしたいと思つてゐる」。小林はインテリとしてインテリを表現することを求めており、それは言うなればインテリによるインテリの「内部観測」とでもいったものだった。小林は、自分が同時代の青年知識人と同じ一介の青年批評家にすぎないことを自覚している。しかしそうだとすれば、小林自身の「表現行為」は世の青年知識人たちの創作や批評とどのような点で異なるのか。彼が「物質への情熱」のなかで龍膽寺雄を批判し、モダン・ガールを流行の「意匠」として描くことに疑問を呈していたことはすでに見た。小林が言いたかったのは、知識人は新手法や新しい方法に憂身を窶す前に、そのような自己の姿を省みるべきであり（これは私小説の問題につながる）、そのためにはなによりも視線の方向を変えなければならない、ということである。特権的な視点はありえないが、視線の向きを変え、あるいは視線の性質を変化させて、青年知識人による作品と批評を、現代を生きる彼らの存在の「象徴」とみなすことは可能なのではないか。「青年知識人」論でもある「小説の問題II」には次のような一節がある。

私は老大家といふものには常に尊敬を失ふまいと思つてゐる。併し、偶々老大家が、近頃の新文学は皆子供つぽくていかん、大人の読む様な小説を書いてくれ、など書いてゐるのを読むと少々馬鹿々々しい氣心になる。かういふ癇癪を鎮めるにいゝ方法があると私は思ふ。至極簡明な方法で、老大家なら直ぐにでも実行できる。

それは、私達若年者の作る処を、てんで小説と思つて読まない事だ、その代り人生に於ける若年者の象徴だと思つて味ふのだ。一口に言へば、新進作家達をモデルにして小説を書かうと思へばいゝ。さうすれば、なんて下手糞な小説だらうと思つても、こいつ巧くなんぞ書かれた日には、なんの事やらわからなくなると思ひ返すだらうし、余りの拙さにうつとりするといふ様なあんばいになり、興味津々たるものがあるだらう。引いては又一般に退屈な小説を退屈しないで読むよすがともなり大変便利な方法だと思ふのだが。（三、二五、傍点引用者）

文章のトーンは皮肉に満ちているが、要するに先ほどの引用にあった「インテリを一つの型として強力に作品の上に実現」することを試みてみよ、ということである。もちろん、小林は「老大家」の視点から「外部観測」的にインテリを描こうとしたのではないし、また小林の言うインテリの「表現」がまだ可能性にとどまっていたことも確かである。小林にできたことは、「意匠」のなかを彷徨するのをやめ自己の姿を凝視すること、性格破産者であり未成熟な青年文学者である自分の姿から視線をそらさぬこと、そしてそのような自己のあり方から「表現」の問題を考えることであった。

今日公式的だと叩かれてゐるプロレタリヤ小説は勿論の事、個人主義的と非難されてゐる新しい芸術派小説も、よく見ると皆個人隠蔽主義作品であるのは滑稽だ。これは今日の新作家が、例外なく不安な知識人である癖に、自身の不安を直接にさらさうとせず、偏にこれから逃れようと努めて居るからだ。(28)

知識人の悲劇は、悲劇の表現は、吾が国ではまだまだこれからだ。（二六、傍点引用者）

「自身の不安を直接さらす」ことで若き「知識人の悲劇の表現」を得ること、それが昭和七年以降の小林秀雄の本質的な課題となる。ひと言で言うなら、それは「悲劇の表現」である。以下、反復を恐れずに、小林の思索を論点を整理しつつ跡づけることにしたい。それは、小林にとってこの「表現」の探究が最も重要な課題だったからというだけではなく、おもにこの「表現」の探究との関係において「野性」、「伝統」、「古典」、「生活」、「読者」といった重要なテーマが語られることになるからである。逆に言えば、「表現」の問題をふまえずにこうしたテーマを考察することは、少くとも批評家としての小林を考えるうえでは不十分なのである。

「故郷を失つた文学」

さて、小林が自己の青年知識人としての姿を真正面から扱ったテクストとしては、昭和八年五月の「故郷を失つた文学」がある。これは「現代の日本には大人の読む文学、或は老人の読む文学と云ふものが殆んどない」、純文学の読者はほとんどが「文学青年共」であるという谷崎の感想(「「藝」について」)に触発されて書かれたものであり、ひとつの「青年知識人」論でもある。ここで小林は、自分が人から江戸っ児と呼ばれるのに、江戸どころか「東京で生まれたといふ事がどうしても合点出来ない」と言う。それは「自分には故郷といふものがない、といふやうな一種不安な感情」であり、「そもそも故郷といふ意味がわからぬ」(三、三一)という苦い気持なのであった。この故郷喪失はリアリティの欠如として意識されていた。「振り返つてみると、私の心なぞは年少の頃から、限りない雑多のうちに早すぎる変化のうちにいぢめられて来たので確固たる事物に即して後年の強い思ひ出の内容をはぐくむ暇がなかつたと言へる。思ひ出はあるが現実的な内容がない。殆んど架空の味ひさへ感ずるのである」

（三一）。現実性のない架空な味わいの思い出だけでは「故郷」をもつことなど不可能であろう。

自分の生活を省て、そこに何かしら具体性といふものが大変欠如してゐる事に気づく。確《（し）》つかりと足を地につけた人間、社会人の面貌を見つける事が容易ではない。一口に言へば東京に生れた東京人といふものを見付けるよりも、実際何処に生れたのでもない都会人といふ抽象人の顔の方が見附けやすい。この抽象人に就いてあれこれと思案するのは確かに一種の文学には違ひなからうが、さういふ文学には実質ある裏づけがない。疲労した心は社会から逃れて自然に接しようなどといふ奇妙に抽象的な願ひを起す。社会と絶縁した自然の美しさは確かに実質ある世界には違ひなからうが、又そんなものから文学が生まれる筈はない。（三三）

ここでも都会人の故郷喪失、確固とした自己の起源の喪失といった問題が「表現」の問題と結びつけられていることに注意しておきたい。このような現代の文学は「青春を失つた青年の文学」であり(29)、そのため「観念的」である。そこには「急激な西洋思想の影響裡に伝統精神を失つたわが国の青年達に特殊な事情、必至な運命を読む事も出来る」（三四）。少し前の箇所で小林は、自分の母親のする「何気ない思ひ出話しが、恰も物語の態を備へてゐる」ことについて「羨しい事だ、私には努力しても到底つかめない何かしらがある」と述べていた。小林自身の思い出話はそれだけでは「物語の態」をなさないのである。逆に、青年知識人たちのなすことはすべてが「観念的な焦燥の一種の現れ」となり、例えば山歩きなども自然愛好などという穏やかなものではなく、故郷を喪失した精神の錯乱の現れにすぎないことになる（三二）。「物語の態」という言葉に、小林の「表現」への欲求を認めてもまちがいではあるまい。小林の苦悩とは、自己が「表現」に関わる存在でありながら、観念的焦燥のために自己の存在と行為とがことごとくまとまった「形」をなさないことなのである。やや文脈は異なるが、それは「新人Xへ」の次のような言葉にもよく現れている。「君は私小説に興味を失つたのではない、書かうにも書けないのだ。つまり君は表現するに足るだけの青春を実際に持つてゐないのだ」（三、一四八）。

昭和九年一〇月の「「紋章」と「風雨強かるべし」とを読む」に見られる次の一節は、こうした問題を明確に要約していて興味深い。

智識階級の作家等は、文学のうちに突然這入り込んで来た思想といふものゝ扱ひ方で惑乱したのである。人間のうちに思想が生き死にする光景は僕等にとつて充分に新しい驚くべき光景だつたのだ。例へばマルクスの思想によつて現実を眺める事は出来たが、その思想に憑かれた青年等の演ずる姿態の生々しさが自分の事にせよ他人の事にせよほんたうに作家の心眼に映るのには時間を要したのである。〔……〕思想を使用して現実を観察したり、自己を分析したりするのに精一杯だつた僕等は、思想を抱いたといふよりも強ひられた僕等自らの顔の表情に関しては、どう仕様もない鈍感を持して来たのである。〔……〕

今日の不安な混乱した世相を前にして、左翼の作家も右翼の作家も等しく衝きあたつてゐる問題は、思想の干渉を受けた人間の情熱といふわが国の文学に開かれた一つの新しいリアリテイの問題である。（三、九七―九八）

小林はすでに述べた視線の転換によって、思想を生きる青年知識人の姿をはっきりと見据えていた。そしてそれはインテリとしての自分の姿でもあった。もはや同時代の青年文学者と同じく理論や方法を弄ぶようにテクストを紡ぐことは問題にならない。そのとき小林は、たしかにまったく別の姿勢をとることができたと言ってよい。しかしくり返すが、それは彼がなにか超越的な立場から表現する可能性を獲得したということではない。彼があくまでも「表現行為」にかぎりない困難を感じる青年知識人であることにかわりなく、ただひとつ小林を他の文学者から区別する点は、彼がこの困難を自覚したということだけだからである。思想に憑かれた青年知識人のリアルな「表現」をいかに獲得するかは、この時期の小林の最大の課題であり続けたのであり、昭和七年九月の「Xへの手紙」で結局は潰えた「小説」の試みも、このような「表現」の探究の一環として理解しなければならないだろう（「Xへの手紙」と、知識人の「悲劇の表現」を求める「現代文学の不安」とはほぼ同時期のテクストである）。しかし、「小説」の試みは放棄された。小林は「Xへの手紙」以降、批評家として知識人の「表現」の問題に対峙することになる。その営みは同時代の作家たちへの希望と助言を含み、また自分の批評テクストをそのような「表現」として完成させる試みともなるだろう。

不安の「反映」、不安の「表現」

現代の「表現」

小林にとっての現代とは、性格破産者（群小青年知識人）の「行列」が「作家の頭から出て往来を歩いてゐる」ような（一、一五三）、それ自体が性格を欠いた時代であった。こうしたとき、「現代を描かうとする野望を抱いた新作家」にとって切実な問題とは、現代が「作家にはおかまひなく自ら既に充分に戯化してゐるといふ事」（二七〇）であっただろう。これは昭和八年三月の「手帖III」の言葉である。「戯化」した現代は文学的表現に適さず、それを完成された「表現」にまで高めるのは至難の業である。小林はこの時期、作家たちが同時代の人間と世相を描く困難をくり返し述べることになる。例えば昭和九年二月の「新年号創作読後感」には次のような一節がある。

人々は作家等が社会から面をそむけ、文学の世界に憂身を窶すと単純にきめこむが、実状は反対である。社会よりも文学の方を余計に信ずるといふ事は作家の理想であつて、時代の好条件にめぐまれ或は豊富な才能によつて、この理想を実現した多くの文学上の大才を僕達は見て来てゐる。今日もこの理想を持つ事に決して誤りはないのだと思ふ。たゞこの理想の実現が極めて困難となつたのである。この困難の為に作家等は、様々な形で傷ついてゐるのだ。

社会の不安が外からも内からも作家達を苦しめてゐる時、文学への逃避とは一体何を意味する。実物をみるがよい。今日諸雑誌の創作、二三の老大家の表現を除けば、何処に完璧な文学的表現があるか。誰が文学らしい文学を制作してゐるか。一口に言へば文学に酔つた文学者が何処にみつかるのか。これが実状だ、痛ましい実状である。だが僕は実状を好む。世の通俗作家よ、向上心なぞ死んでも起してくれるな。（三、六三―六四）

この時評は冒頭で、新年号の内容のあまりの雑然さを「現代人の心の動き」の「忠実な表現」と呼んでいる点でも興味深いのだが（これはすでに「アシルと亀の子V」で現れた感想でもある）、いずれにせよ、「現代の描き難さ」（一六三）はこの後、例えば昭和九年一〇月の「「紋章」と「風雨強かるべし」とを読む」（「ブルジョア作家もプロレタリヤ作家も現代世相を描かうとして今始めてその極度の困難を自覚してゐるのだ」（九七））、昭和一〇年三月の「再び文藝批評に就いて」（「今日、所謂ブルジョア作家も、所謂転向作家も、現代智識階級人の実に捕へ難い顔を表現しようとし苦しんでゐる」（一一六））、あるいは昭和一一年五月の「現代小説の諸問題」などでくり返し指摘されることになる（「一昔前の作家は、性格破産者といふものを楽し気に描いたものだ。今日の作家は、性格破産者達を描き分ける必要に迫られてゐる。何んといふ苦労な事だ」(一六三)。

時代は言うまでもなく「不安」をその特徴としていた。三木清は『改造』昭和八年六月号に発表された「不安の思想とその超克」のなかで、知識人たちのあいだに拡がった「不安」を昭和六年に勃発した満州事変と関連づけて次のように述べた。

日本においても昨年あたりからインテリゲンチャの精神的状況にかなり著しい変化が現はれて来たのではなからうか。ひとはこれを満州事変といふ重要な事件を目標にして特徴附けて事変後の影響と呼ぶことができる。事変後の影響によつてインテリゲンチャの間に醸し出されつゝある精神的雰囲気はほかならぬ「不安」である。それは今後多分次第に深さを増し、陰影を濃くして行くのではないかと思はれる。不安の文学、不安の哲学等は知らず識らず人々の心のなかに忍び入り、やがてその主人になるかも知れない。[30]

このような「不安の思想の超克のためには人間に価する新しい人間の定義が与へられねばならぬ」と三木は言う。つまり、かつてのハムレットやドン・キホーテのように、時代の人間のエッセンスを「凝結」した生き生きした「タイプ」を創造する必要があるのである。不安の思想はそのような「タイプ」を作れず、「タイプ的でない人間のタイプ」を問題にしたにすぎない。これは結局、自意識にすぎなかった。創造されるべき「タイプ」は、主観的なもののみならず、客観的なものをも含み、両者の弁証法的関係において創造されなければならない、いいかえるなら、ロゴスとパトスの統合として創造されなければならない、と三木は論じる。[31] 哲学的論理構成によって理想を説く三木と現実に密着するなかで文学的表現を獲得しようとする小林との差異は否定できないし、三木の言うロゴスとパトスの統合としての新しい人間の「タイプ」も言葉の上の理屈にすぎないという感は否めないが、少くとも不安の思想が時代の人間のエッセンスを凝縮した「タイプ」(「表現」)を作りえなかったという認識は小林と通底しており、三木がハムレットやドン・キホーテを挙げている点から言えば、両者が求めていたものが意外と同じものだった可能性すらあろう。ただし、三木はそれを哲学的に理論化してみせたが、小林はそれでは生き生きとした「タイプ」にならないと感じたにちがいない。

シェストフ

たしかに世の中には現代人の「不安」を示す現象が遍在している。しかし、それは「タイプ」として「表現」にまで高められてはいなかった。不安の「表現」と不安の「反映」は異なるのである。この「表現」と「反映」の区別を忘れては、小林の時評を正確に読み解くことはできない。不安の「反映」は不安の時代にあっては当然あらゆるところに顔をのぞかせているだろう。しかし、不安の「表現」を作りだすことは決して容易なことではないのである。「「紋章」と「風雨強かるべし」とを読む」のなかで小林は、当時『悲劇の哲学』が翻訳刊行されて話題となっていた(32)シェストフを論じながら次のように言っている。

シエストフが「悲劇の哲学」を書いた時、ロシヤの社会は絶望と不安とに苦しんでゐた。さういふ社会的条件が彼の思想を生んだには相違ないのであるが、又彼が進んでかういふ社会的条件の犠牲となつたればこそ、彼の思想が人間化した表現となつて現はれたのだ。思想といふもの丶発生にはいつもかういふ二重の意味があるのであつて、例へば現代の小説に現代社会の不安が反映してゐるといふ事実と、或る現代小説が現代の不安を表現してゐるといふ事実とは自ら別事なのだ。

（三、九四、傍点引用者）

また「文藝時評に就いて」では次のように述べられている。

作家の努めるところは文学の社会化ではない。社会性を明瞭な文学的リアリテイに改変する事だ。社会事情が文学作品に反映しているといふ事実性と社会事情を作品に表現するといふ実践性とが今日くらゐ奇怪な混乱状態にある時はない。(33)（一〇六、傍点引用者）

例えば「「風雨強かるべし」から知識階級困惑の問題を抽き出すのはやさしい。〔……〕難かしいのはこの小説に感動する事だけである」。そこで問題になっているのは、作品そのものではなく「作品の出来上る場所」である（一〇七）。こうなると「表現」のリアリティは忘却され、ただ混乱した社会の「反映」だけに視線が向けられることになる。小林が言いたいのは、それではそもそも文学を問題にする必要がなくなるということ、端的に言えば、文学の文学性《リテラリテ》は、作品を時代の「反映」と見る立場からは決して理解できないということである。

それでは現代の社会を表現するにはどうしたらいいか。しかし、すでに指摘したとおり、小林は現代の「表現」をあらかじめ獲得した地点から発言しているわけではない。自分自身「表現」を求めていた小林は、そのような稀有な「表現」を行いえた人物としてジイド、シェストフ、ドストエフスキーなどに注目し、こうした作家の考察をとおして自分自身の「表現」に到達することを目指していたように思われる。先の引用のなかで小林は、シェストフが絶望と不安に苦しむ社会的条件の「犠牲」にすすんでなることで、自己の思想を「人間化した表現」にすることができたと述べていた。その意味するところは、表現者が時代に強いられた混乱（無性格な世相と自己）を徹底的に自覚することをせず、混乱から眼をそらし流行の理論で問題を解決してみせるだけでは、決して「表現」に達することはできないということである。理論も教養も伝統も捨てた地点、あらゆるものを懐疑した絶望の極点において、「野性人」のように力強い実行力をもって考え制作すること。「社会不安のなかに大胆に身を横へ」ること。先ほどのシェストフに関する引用の続きには次のように書かれている。

僕は近頃必要あつてロシヤの歴史をいろいろ読み、ロシヤの文化といふものがいかに若いかといふ事を恥しい事だがはじめてほゞ了解した。ドストエフスキイとフロオベルとが同じ年に生れ殆んど同じ年に死にながら、いかに異つた環境に生活したかを了解した。〔……〕西欧の小説が衰弱しはじめた時ロシヤの小説がひとりあの様な輝やかしい頂に達したのは、文藝復興も知らず、宗教改革も知らずに来たその文化の若さの力による事は疑へない。振返つてみても頼るべき文化の伝統らしい伝統はみあたらず、西欧の思想を手当り次第に貪るより他に進む道はない、而も既に爛熟し専門化した輸入思想を受けとつてもこれを託すべき専門家が見つからぬから、何んでも彼でも自分一人でこれと戦はねばならぬ。さういふ状態なのだ、彼等があゝいふ見事な文学を作り上げたのは、恐らくこれはシェストフの場合でもあまり変らなかつたらうと思ふ。彼も亦哲学の伝統のない場所で生き生きと哲学を考へた一人なのだ。僕は彼のさういふ処に一番惹かれるのである。〔三木清の言うように〕彼の論理は結局の処は単純だらうし、その馳駆する論理像は又実に曖昧でもある。然し、彼の哲学の生とか死とか善とか悪とかいふ概念は実に殆んど子供の様に大胆で純粋なのである。トルストイやドストエフスキイの小説に文学以前の荒々しい情熱が感じられる様に、僕はシェストフの論文から哲学以前の息吹きを感ずる。それを〔三木清のように〕ニイチエの所謂文士臭があるなどゝ言ふのは、こつちが何処かしら臭いのである。哲学的に衰弱してゐるのだ。恐らくシエストフは文学と哲学との対岐《ママ》する世界で仕事をはじめた人ではない。彼の教養には専門化を知らぬ野性がある。彼は悲劇主義者でもなければ、不安の宣伝家でもない。たゞ当時の社会不安のなかに大胆に身を横へた一人の男なのだ。彼の哲学に批評家の餌食になる様な結論のない所以もそこにあるとすれば、彼の哲学の解説が、僕等の不安に何の力を与え得ようか。僕等が彼に学ぶところは、身を横へたといふ事だ、彼に起つた悲劇の現実の場所なのである。（三、九四—九五）

文壇的問題を論じつつも小林の批評がつねにそれを越え出ているのは、彼がこうした「野性」を仮構しえたからである。小林にとって「シェストフ」という名は、「表現」が生成する根源的な場を指し示すものであったと言ってよい。昭和九年四月の「レオ・シェストフの「悲劇の哲学」」では、シェストフの思想は「十九世紀思想の典型」などではなく、そこには「たゞ一人の人間の叫び」があるだけだと述べられている（七二）。『悲劇の哲学』は哲学でも理論でもない。ニーチェの言うように、「あらゆる哲学はいはば哲学者の回想録であり意図しない告白」にすぎないからである（七五）。哲学（あるいは理論）を人間の「表現」として捉える視点は、すでに「マルクスの悟達」にも現れていた。こうした観点から小林は、どんなに厳正な哲学体系もどんなに精妙な論理的言語も、「実現者の人間臭」や「個人の影をひきずるものだ」とするが（七四）、もし哲学がそのようなものであるのなら、哲学するという思索の行為は理論体系としての哲学とは別の次元に存在することになる。そこでは論理も道徳もアプリオリに明証的なものではないだろう。むしろこうしたものの妥当性は、この次元における思索と「表現行為」を通じて証明されなければならない。ニーチェは先の言葉を述べたとき、「美も道徳も真理も恃むに足らぬといふ人間的[34]智慧の或る領域を感じてゐたのだ、凡そ哲学的智慧とは別種の智慧に就いて考へてゐたのであつた」(七五―七六)。

　これは史的唯物論による哲学的観念論の否定といったものではない。小林は、史的唯物論の問題は、せいぜい科学によって武装した哲学的智慧(理論)が武装の薄弱な哲学的智慧(理論)を否定したにすぎないと考える。それはある法則による別の法則の否定にすぎない。これに対してシェストフが問題にしたのは端的に「法則を敵視する精神」である(三、七六)。世に言う「哲学」は哲学者の「自己弁護」であり、彼の哲学を肯んじえない人々への「告発」にすぎない。史的唯物論についても同じことが言える。たしかに史的唯物論は「あらゆる哲学は或る階級の自己弁護であり告発である」と述べているが、「来るべき階級の哲学の自己弁護と告発」の方は不問に付されたままであるし、またかりに「史的唯物論の方法は厳密に科学的であつて、そこに人間的自己弁護も告発もない」としても、そもそも「科学的方法を正しいとする〔……〕自己弁護と告発」の方はやはりあらかじめ正当化されたものとして残る(七七)。小林の目指したのは、理論を「表現」として捉えることで、「表現行為」という「外部」、理論の「外部」へ出ることだったのである。あらゆる理論に先立つ「表現行為」の根源的な場すなわち、文学以前、哲学以前の領域において、「野性人」は力強い実行力で「表現」を行うであろう。

　「凡そ文学といふものに絶望した人にも文学はある」。昭和八年八月の「批評について」に見られるこの言葉は、以上に述べてきた小林の考えを端的に表しているのではないか。世の通念が文学とみなしているものをことごとく捨て去ったときになお残るのは「生活」であるが、この「生活」こそが文学以前の「表現」の根源的な場なのである。「人間の生活を一番よく知つてゐる人が一番立派な文学作家なのだ。〔……〕文学だと思つて読まなければ面白くない様な文学は私はもういらない」。このような場で行われる「表現行為」にとっては、できあいの理論も方法もなんの役にも立たない。あるのは「強い実行力」だけである（三、四四―四五）。しかし、すでに述べたように、「シェストフ」という名が象徴するこのような領域は理念《イデア》として仮構されたものにすぎない。小林自身が「強い実行力」としての「表現行為」を実際に獲得したわけではなく、彼はただシェストフのうちに野性の表現者を見出した、あるいは見ようと試みただけなのである。「批評について」に関して言えば、小林の言う「強い実行力」が、文学者のもつ創造的傾向と分析的傾向との矛盾を解決するものとして提出されていることに注意しておく必要がある。「強い実行力が方法の困難を征服して大成する立派な批評家の出現を私は切望してゐる」（四四）。小林はまさしく「切望」の段階にいた。彼の望む「表現」は理念としてシェストフのうちに仮構されたものだった。そして、「表現」の根元的な場として「野性」を求めていた小林が、他方で「レオ・シェストフの「悲劇の哲学」」において作家のもつ徹底したアイロニーを語ったのは、彼が混乱する近代日本において「表現」を切望しつつも獲得できなかったからである。「外部」へと脱出し、仮構された「シェストフ」という表現者に近づくためには、このようなアイロニーが必要だったのだ。

僕はたゞ強い疑惑を抱く。何故に作家のリアリズムは社会の進歩なるものを冷笑してはいけないのか。作家のリアリズムとは社会の進歩に対する作家の復讐ではないのか。復讐の自覚ではないのか。人間文化の持つ強烈な一種のアイロニイではないのか。現存するあらゆる愚劣、不幸、苦痛を、未来の故に是認することを肯ぜぬリアリズム精神の上に、果して社会の進歩が築かれ得るか。

（三、七九―八〇）

小林は、世間で言う「リアリズム」(35)を指して「中庸を得て社会の進歩と歩調を一にしてゐる」と批判し、それが含み込む「理想主義」が現実の「愚劣、不幸、苦痛」を見えなくしていると喝破したが、彼がそれに対置させた「リアリズム」の「現実」とは、明確な具体性としてそこにあるものではなく、容易には表現されない不定形で無気味な存在としてあったはずである。「理想主義」による隠蔽をとりされば、そこには奇怪な世相と混乱した現代人の姿が見えてくる。表現者としての小林は、なによりもまずこのような混乱のうちに「身を横へる」ことで「表現」の可能性を模索していたのである。

第三章　「私」という「問題」

「混乱」の自覚、あるいは「問題」という場

批評界の混乱と批評道の混乱

自意識の問題圏を脱した小林秀雄にとって、まずなによりも重要であったのは「表現」を獲得することであった。前章で確認したとおり、問題は確固とした「性格」を喪失した青年インテリゲンチャを描くことであったが、小林は「表現」を可能にするようないかなる超越的な原理や視点にもうったえることなく問題を考えようとした。それはいわば「内部観測」的な試みであったと言ってよい。だが、「性格」の「破産」した青年インテリの姿を、自分自身そうした存在でありつつ描く試みは、当然困難なものとなる。例えばシェストフを論じて作家の「リアリズム」を語る小林は、容易に「表現」にならぬ時代や人間の奇怪な現実の姿を見出した。そのようなとき、とりあえず小林に可能であったことは、ただ批評家＝文学者としての自己の矛盾と混乱を自覚し、徹底的に肯定してみることだけだった。

時代は大きな転換期を迎えていた。昭和八年六月の佐野・鍋山転向声明や翌年三月のコップ解体に象徴されるように、マルクス主義陣営は決定的に後退し、「文藝復興」と「転向文学」が文壇の話題となる。権力による弾圧のもと信条を捨てた転向者は、ここであらためて自分を見つめなおすことを強いられたが、そうした状況においてふたたび日の目を見た「私小説」の問題を横目でにらみつつ、小林は時

代の混乱を自分自身の内なる「混乱」として受けとめ、それを「私」という「問題」として捉えなおすことになるだろう。それは狭義の「私小説」の歴史的総括といったかたちをとりながらも、あらたな「私」の「小説」の可能性を探るものであり、横光利一が「純粋小説論」で述べた新しい長篇小説の可能性ともつながるものをもっていた。しかし私小説をめぐる小林の議論は、そうした社会や文壇の状況と密接に関わりながらも、本質的にはここでも「表現」の獲得という小林自身の課題から発しているのであって、その逆ではない。したがって、「私」の問題も「表現」の問題圏のなかで考えられねばならないのである。

昭和九年一月の文藝時評「文学界の混乱」には、時代の混乱を自己の混乱として明確に自覚しようとする小林の姿勢がはっきりと現れている。ここでまず小林は、さまざまな立場の批評が交錯することでひきおこされる文学界の混乱を取り上げて、この混乱が実は見かけの混乱にすぎず、個々の批評家の批評精神の方は混乱しているどころか安易な秩序に安住しているのだと批判した。

批評の混乱期に際して、批評家のうち誰が批評する困難を自覚してゐるか。批評界は混乱してゐる。而も批評する事は依然として容易である。さういふ珍状に僕は注意したいのだ。批評原理の喪失などといふ危機は来てゐやしない。様々な借りものゝ批評原理を持つた様々な批評家が争つてゐるだけである。争ひを眺めれば結構混乱ともみえよう、無秩序ともみえよう。併し争ふ各人の精神に混乱があるか。無秩序があるか。(三、五三)

混乱していないような近代の批評精神はありえない。「秩序ある意識が秩序ある真理を捕へ、過不足のない意識が過不足のない真理を捕へる、そんな事はもう少くとも文学の世界では、お伽噺に過ぎぬ」。

これは小林自身も例外ではない。「僕は何よりも先づ自分の意識を大事にして来た男だから、今それが手がつけられない程無秩序な有様になつてゐる事をよく知つてゐる」(同前)。近代批評が困難なのは、もはや対象となる作品が古典主義的に輪郭のはっきりした姿をしておらず、作家の自我や時代、環境といったものに浸食され始めたとともに、他方で批評家自身の批評精神が科学的分析志向とロマン主義的創造志向とに分裂しているからである。

浪漫主義運動は、文学批評に相対主義の思想を注ぎ込んだ。批評家等は、もはや昔の様に輪郭の鮮明な文学作品を見る事が出来なくなつた。作品の背後に人間があらはれた、その人間の暮した場所があらはれた、時代があらはれた。じつとしてゐた作品は批評家等の眼前で動き出した。こゝに齎された批評道の混乱が、今日私達の理解してゐる文学批評なるものゝ源なのだ。即ち西洋文学批評が、決定的に近代的な、悲劇的な姿をとつたのは今を去る百年の昔なのである。一方個性の自由な創造を誇示し、一方科学をもつて一切の謎をとかうとする努力に燃えた浪漫主義運動の矛盾した流れに乗じて表現した批評家が、批評に対する深い懐疑を持つてゐたのは当然の事であつた。僕は近頃サント・ブウヴの独白がアンドレ・ジイドの独白に酷似してゐるのを発見して驚嘆してゐる。

(五四、傍点引用者)

日本の批評界はこのような近代批評精神の苦痛を知らなかった。日本の作家たちは「文学作品は飽くまでも文学作品である事を疑はなかつた」。マルクス主義という極端に科学的な批評方法が導入されたときも、科学と創造の相克を知らぬ批評家たちは、滑稽な混乱劇を演じて見せたにすぎない。しかし、小林はこの喜劇的な「批評界の混乱を批評道の混乱という自覚にまで高め」る必要性を力説する。日本の批評家が、自己のうちに近代批評精神が必然的にはらむ矛盾と混乱を自覚するとき、喜劇は悲劇となり、まだはっきりとは分からぬ未知の場所からあらたな文学の可能性が生まれてくるかもしれない。

僕はこの混乱の実相に徹したいと希つてゐる。この混乱を機縁として、わが国の文学批評史がはじめて遭遇した問題、即ち「批評は何故困難であるか」といふ問題、何処につれて行かれるかは知らぬが、この問題の萌芽を摑んで離すまいと思つてゐる。

僕は混乱とか無秩序とかいふ言葉を、今日の批評界を形容する言葉に止めたくはないのだ。別々な事を喋る二人以上の批評家があるといふ事実を形容する言葉にとゞめたくはないのだ。これらの言葉を、自分の心の中の、征服する或は征服される現実的な敵と思ひたいのだ。混乱を眺めてゐるよりも自ら混乱した方がましであるなどと思つてゐるのではない。この混乱を常に生きたものとして身内に感じてゐたいのだ、出来る事なら体得したものとして自在に馳駆したいのだ。

恐らく批評界の混乱は、一層烈しいものとなるだらう。己れの外部にしか戦ふべき敵を感じなかつた批評家等にも、やがて身内の様々な敵を処理しなければならぬ様な時が来るだらう。さういふ時僕達は、批評精神の真の混乱、真の無秩序がどういふものかを、嫌でももつと深く味はねばならなくなるだらう。（五五—五六、傍点引用者）

「私小説は亡びたが、人々は「私」を征服したらうか」（一四五）という「私小説論」の結論が、この引用に見られる認識の直接の延長線上にあることは明らかだろう。作家が「身内の敵」としての近代文学精神の「混乱」を「征服」し文学的表現（フローベールで言えばマダム・ボヴァリー）を獲得するとき、その「表現」はたしかに従来の「私小説」ではないが、その「表現」が作家の自己の切実な闘争を経てきたという意味で、「私小説」であることにはまちがいないであろう（「私小説は又新しい形で現はれて来るだらう」）。しかし「私小説論」の問題は次節以降に譲ることにしよう。ここでは小林が身をおいた場所を「問題」という概念によってもう少し詳しく跡づけておきたい。

「問題」という場

自己の混乱を自覚するとは、実は自己を「問題」という場となすことにほかならない。「問題」という概念は、小林自身によって明確に定義されたことはないが、にもかかわらず彼の批評方法の本質的な要素となっている。「文学界の混乱」はその意味でも重要なテクストである。

> 批評家は新奇を追ふが、瑞々しさ[1]を求めぬ。次々に新しい問題を製造する事を好むが、或る問題を次々に新しく呈出する事を好まぬ。問題を次々に同じやり方で解決して行く事を好むが、或る問題を次々に新しいやり方で解決する事を好まぬ。新しい問題、古い問題といふ概念よりも、問題の新しさ、問題の古さといふ概念の方が、よほど取扱ひに不便であるが為なのだ。取扱ひの便利な方へ、便利な方へとわれ知らず滑走して行く傾向は、文壇批評家等の強い惰力であり、伝染し易い悪疾である。この惰熱に乗つた安易な批評精神にとつては、問題の解決は、問題の呈出よりも遙に容易となる。いや言葉を強めて言へば、彼等は前以て解決してゐる問題しか呈出出来ないし、さういふ手つきで呈出された問題しか解決出来ないのだ。僕はかういふのを精神労働とは認めぬのである。体裁のいゝ解決の御蔭で、どんなに沢山の生々しい疑問が葬られ去つたか、問題の繊細な可能性が中途で進行をはばまれたか、かうして生き生きとした文学的問題が次々にひからびた文壇的問題に化し終るのだ。
> （三、五二）

ジル・ドゥルーズは、一般的に言って、「問い」があらかじめ前提された「命題」や「答え」に合わせてしか発せられていないことを批判している。そのような「問い」は「常識」や「良識」が規定する「共同体」（例えば「文壇」）の枠組のなかでしか発せられない。したがって、「問題や問いに対応しながらその答えとして役立ちうる命題を引き写すことで、問題や問いを立てることをやめなければならない」。「常識」の認める「答え」とは、「問題としての問題」の唯一の答ではなく、さまざまな答のうちのひとつにすぎない。だから、「問題」の審級と「答え」の審級のあいだには本性の差異が存在しているのである。(2) 小林秀雄がここで提起している「問題」の概念も本質的には異なるところがない。批評家たちは、すでに明らかになっている「答え」（「解決」）に合わせて「問題」を立てる。「解決」の方法、「答え」となるべき「命題」はあらかじめ定まっており、それに合う「問題」だけが次々と提出されるにすぎない。文壇の活況は外見だけのことだ。「問題」を探す批評家の精神が硬直しているからである。これに対して、小林の言う「問題」は、まさしくドゥルーズ的な意味での「問題としての問題」であり、さっさと「解決」して清算することができるものではない。例えば、小林の挙げている近代批評精神における科学と創造の相克は、「解決」できない「問題としての問題」であり、表現者が身をもってくり返しぶつかることで「征服」しなければならないものであった。「私小説論」をはじめとするテクストに現れるこの「征服」という言葉は、「解決」を意味するものではない。「解決」は決して「問題」を汲みつくすことができないからである。表現者にとって「問題」はいつまでも消え去ることがない。だからこそ、「或る問題を次々に新しいやり方で解決する事」の重要性を小林は語ったのである。

すでに引いた昭和八年八月の「批評について」の冒頭には、「実際の処を言へば、芸術の領域には、作品がとりもなほさず問題の充分な解決でない様な問題は無いのだ」というジイドの言葉（『背徳者』序文）が引用されているが、小林はこれに註釈して次のように言っている。

人の心は問題の解決をいつも追つてゐるものかも知れぬが、矛盾の解決によつて問題を解決しようとは必ずしも希つてはゐない。生活意欲といふものは寧ろ問題を矛盾したまゝ会得しようと希つてゐるし、事実それを日々実行してゐる。この根強い希ひが芸術を生み、これを諒解する。自然が問題を矛盾したまま解決してみせてゐる様に、芸術は問題を矛盾したまゝ生かしてゐる。（三、四〇）

また同年四月の「アンドレ・ジイド」にも同じ言葉が引用され、次のように書かれている。

彼の執拗な分析精神批評精神がつねに自分の裡に闖入して来る印象や影響の群れを見張つてゐる。〔……〕一方彼の芸術的資質が、心の矛盾錯雑から抽象的なシステムを織り出さうといふ努力を全く禁止する。そこで、彼は自分の心の極度の矛盾と錯雑を、隈なく意識しながら、その矛盾したまゝ錯雑したまゝの姿を損ふ事なく、その調和ある実現を求めなければならない。これを解決してくれるものが芸術だといふのだ。丁度自然が矛盾のまゝに解決してゐる様に、芸術だけが矛盾のまゝに調和する事が可能な国なのだ。虚偽なく生活する為には矛盾といふものは必至なものだ、この矛盾にある種の平衡を附与するに芸術は必須なものだ、これが広い意味で、一貫した彼の作家たる処世理論である。（二三五）

小林によれば、ジイドの「表現」は反響する美しい不協和音のようなものである（二三七）。ひとつひとつの音を聞き分けることはできない、ひとつの出口から外に出ることもできない、ただ不協和の音たちが、にもかかわらず美しいものとして反響する。そんな世界である（これは象徴主義の理想であろう）。

小林が自己の「混乱」を「問題」として捉えているのは明らかだ。そして芸術は、この錯綜としての「問題」を、「矛盾のまゝに調和」させ、「矛盾したまゝ」に「解決」する。この「解決」は、小林が批判する批評家たちの「解決」とは決定的に異なっている。彼らにとって「問題」とは、あらかじめ解決され前提された「答え」の似姿にすぎず、そこで「問題」はまさしくその「問題性」を奪われていたと言ってよい。これに対して、芸術作品という「解決」は、この「問題」の「問題性」を損なうことのない「表現」である。だからこそ、いいかえるなら、芸術作品としての「解決」はたえず「問題としての問題」を「表現」する。真正な作品は、概念や時代や環境といったものに還元できず、読者を汲みつくせぬ「問題」の場へとたえず誘うのである。そして、このような芸術作品としての「解決」こそ、小林の言う「征服」という言葉が意味していたことにほかならない。

ドストエフスキーと「問題」

自己のうちにひそむ矛盾と混乱を自覚し、それを生きること、これが自己をひとつの「問題」となすことである。小林秀雄にとって「表現行為」の最も本質的なプロセスと考えられていたのはそのようなことであった。彼がドストエフスキーに見ていたものもほかのことではない。ドストエフスキーも、彼の小説やその主人公たちも、小林の眼にはなによりも「問題としての問題」として映ったのである。昭和九年八月の「断想」には次のように書かれていなかったか。

> 問ひがそのまゝ答へになるほど執拗に問ふ人もあり、問ふ能力がないから答へを持つてゐる人もあるのだ。解決を欲しがる精神が、奴隷根性の一変種であるのが大体普通なのである。（六、六五）

「一粒の麦」の言葉を、弁証法的止揚と翻訳する。うまい翻訳である。たゞ実を結ばないだけだ。ドストエフスキイは矛盾を解決しようと工夫したのではない。解決を工夫するくらゐなら、矛盾に殺された方がましだと思つたのだ。(六六)

この「矛盾」は、戦後のテクスト(「ドストエフスキイのこと」)によれば、やはり「知性」と「直覚」とのあいだに生まれる「混乱と矛盾」のことである。ドストエフスキーのなかにはイデアリストである哲学者と現実に密着する小説家が同居しており、たえず闘争し「問題」の場を生成させている。この「問題」を「解決」することは無意味である。「アリョシャが正しいかイヴァンが正しいかといふ様な問題を掬ひ上げる事は、殆ど児戯に類する」。ドストエフスキーとは「表現」によって汲みつくせぬ「問題」であり、その意味で「巨きな非決定性」、「解いてはならぬ謎の力」なのである(五、二三三―二三四)。それは彼の主人公たちも同じことだった。ラスコーリニコフは、「超人主義の破滅とかキリスト教的愛への復帰」といった観念による解釈を拒む「謎」であったし(六、三八)、ムイシュキンも分析を拒む「謎」、「謎でなければこの存在は意味を失ふ様なさういふ謎」なのであった(一〇〇)。また昭和一二年に連載された「「悪霊」について」は、スタヴローギンをまさしくそうした「問題」として詳細に捉えている。

ドストエフスキーの作品中の人物は、少くとも作者がその創造に全力を傾けた人物は、常に作者の熱烈な著想から出発し、一般に小説に描かれた人間典型といふものを乗越え、一個の人物といふより寧ろそのまゝ一個の問題たる観がある。スタヴロオギンもこの例に洩れない、ラスコオリニコフもムイシュキンも亦そうだつた様に。(六、一四九)

ここでも「問題」は、矛盾と混乱を身にひきうけることであり、そのために『地下室の手記』の凶暴なアイロニー（シェストフの『悲劇の哲学』の源泉）を必要としているのも、すでに見たのと同じ事情のもとにある。小林はそれを「悪」と呼びかえ、各人が「各自の精神に手ぶらで直面すれば」、各人のうちに必ず見出されるようなものであるとしている（一五一）。たしかに人間には知性があり、それが人間の精神に秩序を与える。これはいいかえるなら、本性上「原因不明な凶暴な自由への渇望」[3]（一五二）をもつ精神、そもそも不安定なものであるところの精神に秩序を与えるということである。なるほど理智による秩序化は精神に理想主義的で進歩的な表情を与えるが、しかしそもそも、このような知性への信仰は一体いかなる衝動によるのか。小林は「レオ・シェストフの「悲劇の哲学」」のなかで、史的唯物論を是とする人々に向かって「科学的方法を正しいとする君の自己弁護と告発はどうするのか」と質していた（三、七七）。問題はここでも同様である。「現在あるが儘の精神の不安定性を、知性といふ精神の一機能の為に犠牲に供するといふ奇怪な決心は、一体どの様な衝動に依るのだらうか。誰も知らない。この不可解な決心が、既に〔『地下室の手記』の〕あの例の紳士の協力に依るのではあるまいか」（六、一五二）。知性にかけるという決心そのものが、「悪」によってなされるものではないか。そして、この「悪」とは、つねに別のものを求める精神の本性の邪悪性のことにほかならない。

悪の思想は、ドストエフスキイが、頭で考案したものではない。彼の抜き差しならぬ体験が、彼をこの直截な陰惨な人間洞察に駆り立てた。〔……〕
人間は先ず何を置いても精神的な存在であり、精神は先ず何を置いても、現に在るものを受け納れまいとする或る邪悪な傾向性だ。ドストエフスキイにとつて悪とは精神の異名、殆ど人間の命の原型ともいふべきものに近付き、そこであの巨大な汲み盡し難い原罪の神話と独特な形で結ばれてゐた。

悪は人格の喪失でもなければ善の欠如でもない。彼の体験した悪の現実性に比べれば、倫理学や神学の説く悪のディアレクティックなぞが何だらう。人道主義的唯物論の語る悪の原因なぞが、何を説明してゐるのか。さういふものは、あらゆる希望を失つた者の持つ大胆さだけが悪を理解させると体験によつて知つたこの人物には、笑ふべき囈語と見えた。彼は悪の謎を解かうとも、これから逃れようともしなかつた。さういふ方法があるとも手段が見付かるとも考へなかつた。たゞ絶望の力を信ずる事、悪の裡に身を焼く事、といふ一條の血路が残された。それは熟慮の結果多くの血路のうち彼が選んだ一つの血路といふ様なものではなかつた。運命が彼に尋常な生き方を禁じ、彼は単に運命の免れ難い事をはつきり知つたのである。一般に天才の刻印といふものは、さういふ処に捺[4]されてゐるものだ。才能や、思弁が人間を独創的にするものではない。

「悪霊」は、ドストエフスキイが、悪の謎の前に苛立ち、その忿懣を爆発させたものだ、そしてこれがこの作の重要なモチフの一切である。（一五三―一五四）

精神は「悪」であり、この「悪」は「謎＝問題」としてのみ存在する。科学的分析と芸術的創造の相克、信仰と無神論の相克、インテリゲンチャと民衆との相克、ロシアとヨーロッパの相克、こういったありとあらゆる矛盾と混乱がドストエフスキーという作家を貫いている。彼はそこで「たゞ絶望の力を信ずる事、悪の裡に身を焼く事」だけを試みたのである。

ストラホフの編纂した「悪霊」のノオトに依れば、スタヴロオギンの創造に関する問題の一切は、「信仰は果して可能であるか」に盡きると繰り返し作者は述べてゐる。読者はスタヴロオギンの何処にも答へを見付け出す事は出来ない。だがこの様な問ひに答へがあるだらうか。答へが予期出来ない様な問ひは無意味なのか。いかにも無意味なのだ。人間の理知は、極力この様な問ひの無意味さを説いて来た。偏見なく人間の文化を観察すれば、人智は常に答へに対して慎重であつたといふより寧ろ問ひに対して慎重であつた事を見るだらう。僕等は多くの満足すべき答へを得た、それは愚かしい質問をしない様に心掛けた賜である。教師に答へられない様な質問をさせない事が教育の極意であり、相手の当惑する様な問ひは秘めて置くのが、社会的精神生活の制度である事を理解するのは容易だ。困難は愚問の始末にある。答へなぞ期待しない問ひがこの世に絶える事は決してないのだ。忿懣や絶望が賢明な問ひなぞを考案する筈がない。彼等の問ひは答へが無くても生きてゐる。ドストエフスキイの謎めいた諸人物は悉くこの種の問ひの産物であり、答へを得る為に問ひに細工をほどこす様な世界とは無縁な人達である。（一五四―一五五）

『悪霊』のモチーフとされる「信仰は果して可能であるか」という「問い」は、「解決」を求めるものではない。この「問い」はそのまま「問題としての問題」となり、作家はそれを作品という「解決」によってかろうじて「表現」できるにすぎない。しかし、表現されても「問題」は汲みつくされずに残り続けるだろう。逆に読者は作品からたえずこの「問題」へと連れ戻される。小林がドストエフスキーに見ていたものは、このような「問題としての問題」に自らを変じた作家の姿であり、自己のうちに存在する混乱と矛盾を自覚し、そのなかで「表現行為」を試みる表現者のあり方であった(5)。

おそらく、「私」をこのような意味での「問題」として捉え、「表現」をこの「問題」の「征服」と見ることによってのみ、「私小説論」のはらむ問題を正確に理解することができるはずである。

実生活の／と「表現」

「表現」における「私」

「私小説」をめぐる小林の一連の論考は、昭和六、七年以降、小林の課題となった混乱した近代日本における「表現」の獲得という問題の直接の延長線上にある。そのことを、まずなによりも確認しておく必要がある。「私小説」についての論であるにもかかわらず、それが日本の狭義の「私小説」のみを対象とせず、バルザック、ジイド、ドストエフスキー（そして日本では横光利一）といった作家の「表現」を問題にしているのも、そのような文脈をふまえたときはじめて明確に理解されるだろう。小林はこうした作家たちに、社会と実生活の混乱を生きつつも芸術的表現を獲得しようとした表現者の姿を見ていたのであり、その意味では「私小説論」は、実生活から離れた思想の力を賭金とした「思想と実生活」論争にそのままつながっているのである。

小林の私小説論が久米正雄の私小説観を踏台にして書かれたことはよく知られている。久米によれば、芸術とは人生を新たに「創造」することではなく、実際に生きられた人生の「再現」であるにすぎない。『戦争と平和』も『罪と罰』も『ボヴァリー夫人』もみな通俗的な「作り物」にすぎず、小説として信用できないものだと久米は言う（三、四九、一二〇―一二一）。「私小説について」（昭和八年一〇月）における小林の返答は次のようなものだった。

バルザックの小説はまさしく慥へものであり、慥へものであるからこそ製作苦心に就いての彼自身の隻語より真実であり、見事なのだ。そして又彼は自分自身を完全に征服し棄て切れたからこそ慥へ

ものゝ裡に生きる道を見つけ出したのである。(四九、傍点引用者)

ここには小林の私小説論が、まさしく「主体」と「表現」の問題であったことがはっきりと現れている。伝統的な私小説は、小林にとって十分な文学的「表現」に達しているものではなかった。それはいわば実生活を「反映」しているにすぎない、と小林は言えば言えたであろう。「文学界の混乱」の後半部をなす「私小説に就いて」のなかでは「その仕事の世界に、実生活には到底うかゞへない様な深さが表現されてゐるといふ様な作家が、今日日本に幾人ゐるであらうか」(六〇)と問われている。問題は実生活と作家=表現者のあいだに横たわる距離なのであるが、伝統的私小説ではこの距離がかぎりなく短い(五九)。例えば、近松秋江の「苦海」を小林は「秘密のない作品」と呼び、「僕は氏にはある会で一辺しか会つた事はないが、あの作を読んで、僕はその時の氏の面《かお》つきを思つた、足を揉んでゐた氏の手つきが眼に浮んだ。もつと失礼な事を言へば、氏があの原稿を雑誌社に売り込む姿さへごく自然に想像されたのだ。さういふ痛ましい感じを僕は一体何処へもつて行つて語つたらいゝか」と述べている(五七)。実生活が透けて見えることから来る「痛ましい感じ」は、林芙美子批判のなかでも指摘される。彼女の作品表現は実生活を離れたリアリティを獲得していない、というわけである。「日常生活の間に苛々と心をなやます、その苛立しい心が消えたら作者の文学も消えさうな様子だ」(六七)。逆に、実生活から大きな距離をもつ「表現」は「僕の心を爽やか」にすると小林は言う(五九)。このように「表現」としての自律性を獲得した「表現」の可能性を、小林はバルザックをはじめとする西洋の作家のうちに見出していたのである。

周知のように、「私小説論」は、西洋文学において「私小説」の端緒をひらいたとされるルソーの『告白』(『レ・コンフェッシオン』)、『懺悔録』)の検討から始まっている。この意味での私小説は、個人が重要な意味をもつにいたった一八世紀になってはじめて現れた。ただ、西洋ではロマン主義の先端を切るものとして私小説が生まれたが、日本では、移入された自然主義小説が成熟したとき、私小説が語られるようになった。ある意味では日本と同じく、自然主義の爛熟とともに西洋でも「私」が再び問題になる。しかし他方で、「フランスでも自然主義小説が爛熟期に達した時に、私小説の運動があらはれた。バレスがさうであり、つゞくジイドもプルウストもさうである。彼等が各自遂にいかなる頂に達したとしても、その創作の動因には、同じ憧憬、つまり十九世紀自然主義思想の重圧の為に解体した人間性を再建しようとする焦燥があつた」。だが、ここには日本にはない西洋独自の事情が介在した。[6]この小林の指摘はあまりにも有名である。すなわち「彼等がこの仕事の為に、「私」を研究して誤らなかつたのは、彼等の「私」がその時既に充分に社会化した「私」であつたからである」。ここで言う「社会化した「私」」とは、社会と明確に対立する自我のことである。つまり、ルソー、ゲーテ、セナンクール、コンスタン、フローベールといった作家たちには、「個人と自然や社会との確然たる対決が存した」のである(三、一二一―一二二)。

しかし、後で見るジイドの例などからも考えれば、これは作家が確固とした明確な自我をもっていたということではない。彼らはみな近代的な批評精神による混乱と矛盾に苦しんだはずである。しかし、輪郭の明確な自我はないにせよ、社会を相手にまわしても「私」の問題を徹底的に考えるという意味で、彼らは社会と対峙する「私」(「社会化した「私」」)をもっていた。ルソーが『告白』で自己を「ありのままに」語るとき、彼は「社会が自分にとつて問題ならば、自分といふ男は社会にとつて問題である筈だ、と信じられた」のである(三、五八)。この「社会」とは、ブルジョワ的な近代機械主義によって特徴づけられるものだが、それは「あらゆるものを科学によつて計量し利用しようとする貪婪な夢」をもつ。フローベールが「実生活に袂別する決心」をしたのは、そのようなものとの対決をとおしてのことである。彼の「私」は実証主義という「非情な思想に殺された」ものなのである。「彼等の「私」は作品になるまへに一ぺん死んだ事のある「私」である」（一二三）。実際、フローベールは次のように言った。「不幸を逃れる唯一つの道は、芸術に立籠り、他は一切無と観ずるにある。僕は富貴にも恋にも慾にも未練がない。僕は実際生活と決定的に離別した」（一二六）。日常生活の「私」は実証主義思想の犠牲者として殺され、あらたに「芸術の上に「私」の影」が発見される（一二三）と小林は書く。

「社会化した「私」」については平野謙以来すでに夥しい註釈が加えられてきた[7]。たしかに「社会化した「私」」は「私小説論」の中心的な問題だが[8]、しかし、この「私」は「表現」の問題との関わりで考えられなければ、少くとも小林秀雄を読むという観点からは空虚な概念にすぎない。ここで注意しておきたいのはむしろ、小林の挙げた西洋作家たちの「表現」が社会化されたものだったということである。しかも、ここで言われる「社会」が近代的実証主義思想（「科学」）によって貫かれたものであることをしっかりとふまえておく必要がある。それは、外的には世界の機械化、計量化、産業化として、内的には近代批評精神に不可避的に含まれる分析性として、素朴な意味での性格や個性といったものを破壊した。近代社会には「性格破産者」が溢れ、それを表現しようとする作家自身も確たる自己を喪失するにいたった。小林が「私小説論」で前提しているのはこうした事態であり、フローベールやジイドの「私」が一度は死んだ「私」だというのもこのような意味である。彼らは、社会と自己との混乱と矛盾を自覚し、そのなかで「表現」を獲得しようとした。それはすでに見たような「悲劇」の「表現」、「不安」の「表現」であり、「問題としての問題」を「創造の場」とするような「表現」だったのである。作家たちはそのような「表現」への意志において、分裂した自我を抱えつつも、なお非情な実証主義思想を体現する社会に対して対立するような「私」（「社会化した「私」」）をもっていた。しかし、小林の言うこの社会に対立する「私」とは、社会＝実証主義思想から独立した自律的存在ではなく、まさに社会＝実証主義思想に貫かれた存在であり、その意味で「社会化した」ものである。小林にとって西洋の作家たちは、混乱に満ち解体に瀕したこの「社会化した「私」」を「創造の場」として信じた。そのように信じるということが、とりもなおさず、自己を社会に対峙させるということの意味である。したがって、そのようにして紡がれた「表現」は社会化したものだったのである。

　これに対して日本においては、西洋に「私小説」を生じさせた外的な事情が欠けていた。「自然主義文学の輸入をみたが、この文学の背景たる実証主義思想を育てるためには、わが国の近代市民社会は狭隘であったのみならず、要らない古い肥料が多すぎたのである」（三、一二二）。すなわち日本の長い文学伝統のため、作家はこの外来思想を自分の血肉とはせず、たんなる「技法」として理解した。フローベールに実生活との「袂別」を決意させた社会化された思想の威力はここにはない。日本の私小説作家たち（例えば花袋）は、「全く文学の外から、自分の文学活動を否定する様に或は激励する様に強く働きかけて来る時代の思想の力を眺める事が出来なかつた。文学自体に外から生き物の様に働きかける思想[9]の力といふ様なものは当時の作家等が夢にも考へなかつたものである」（一二五）。彼らにとって日常生活こそ文学の真正な土壌だったのだが、それは非人間化した社会によって外部から脅かされることもなく、また解析的な自意識によって内部から破壊されることもなく、表現の対象として素朴に存在していたのであった。したがって、文学技法に関わる革新や反抗はあっても、文学そのものの問題化はなく、私小説の対象である日常生活への信頼も揺らぐことがなかった（一二七、一三四、一四〇）。このように文学の糧であった実生活の「私」、そしてそれと不可分な作家の「顔立ち」というものを抹殺したのがマルクス主義である。なぜなら、この思想は「技法」には解消されず、また「各作家の独特な解釈を許さぬ絶対的な相」を帯びており、その意味でまさしく「社会化した思想の本来の姿」をもっていたからである（一三〇―一三二）。

以上、よく知られた「私小説論」の第二節までの議論をあらためて概観したのは、小林が彼の時代における「表現」の問題の所在をどこに定めていたかをはっきりとさせるためである。これは、第三節以降で論じられるアンドレ・ジイドが、「表現」の問題に関してどのような位置にいるのかという問いにもつながっている。マルクス主義が実生活を外部から抹殺する非情な思想だったとすれば、ボードレールからプルースト、ヴァレリー、ジイドにいたる作家たちに影響を受けた日本の個人主義文学は、素朴な自我を自意識の懐疑の果てに内部から崩壊させた。伝統的私小説はこの二つの方面から危機に陥ったのである。「文学界の混乱」はこのような事態を明確に述べていた。

僕はマルクス主義文学を信じてはをらぬ。併しマルクス主義が巻き起した社会小説制作の野心を信ずる。己れを捨てゝ他人の為に書くといふ情熱を信じてゐる。又僕は心理主義文学も理知主義文学も信じてをらぬが、この道を辿るものが、速かに己れの個人的像の夢に破れ、実生活をしやぶる夢に破れ、新しい文学の国を築く野心に駆られてゐる事を信ずる。私小説は今二つの方向から破れ様としてゐるのだ。たゞ前者は思想に憑かれて己れは苦もなく捨てたがその仕事に新しい己れの顔を発見するに至らない。後者は己れの個人的な像を周囲から強ひられて破つたが、新しい文学を築かうとする内的必然を発見するに至らない。こゝに齎された文学界の混乱は、批評界の混乱と同じやうに、いよいよ深まるであらう。すべてが萌芽だ。出来上つたものは一つもない。(三、六〇—六一)

実生活をそのまま芸術化することで「表現」を得ようとする伝統的な私小説は、マルクス主義(あるいは実証主義)と自意識の懐疑という内外二つの方向から不可能を宣告される。そして新しい文学はまだ萌芽の段階にも達していなかった。——(1)私小説の「表現」の対象として明確な輪郭をもっていた実生活（「取り扱ふ題材そのものに関しては疑念の起り様がない。舞台は確定してゐる」（一四〇））といったものは、もはや青年知識人たちには存在しないし、また彼らの生活の「表現」はかぎりなく困難である。「インテリゲンチヤの顔は蒼白いといふ。併し作家にはその蒼白い色が容易に塗れないのである。心理を失ひ性格を失つたニヒリストの群れが小説の登場人物として適するかどうか」（一四三）と小林は書く。(2)他方で、私小説を破ったプロレタリア文学は、実は「秩序ある人間の心理や性格といふものの仮定の上に立つてゐた」のだが、この運動に携わった作家たちは「周囲にいよいよ心理や性格を紛失してゆく人達を眺めて制作を強いられてゐ乍ら」、マルクス主義の「目的論的魅惑」に眩惑され、問題を認識できなかった。(3)こうして小林にとってとりあえず残るのは、ジイドに代表されるような西洋の「真の個人主義文学」（一四五）だけだったのだが、先の引用にあった日本の不徹底な「心理主義文学」も理知主義文学」もそこまでは達していなかった。しかも問題はフランス流の「個人主義文学」を模倣することではありえず、ほかならぬ日本において「表現」を獲得することである。青年文学者とその時代の混乱と矛盾を自覚し、そこから「表現」の可能性を探ることは、日本ではやっと「萌芽」の段階にたどりついたところだった。描写にも告白にも堪えぬ現実を前に、なお文学への情熱、「表現」への意欲をもつこと、それは小林の切望するものにとどまっていたのである。

横光利一とジイド

「性格喪失者」の「表現」

すでに詳しく見たように、この時期の小林の視線は、文学的表現にならぬ「世相の奇怪さ」（三、九七）を描こうとして苦しむ作家たちに向けられていた。そのさい日本で彼が最も注目していた作家は、やはり横光利一だったと思われる。例えば、昭和九年二月の「新年号創作読後感」では、現代の恋愛を表現することの困難について次のように書かれている。

現代人の恋愛といふものが、いかに恋愛本来の面目を失ひ、これを恋愛と呼ぶのも無意味な状態までなつてゐるか。その姿態を感覚的に捕へようとしても捕へ難い、その心を心理的に分析しようとしても分析し難い、さういふ表現し難い、而も日々僕達の眼前にある現実をどう表現したらいゝか。この企図はいく分曖昧ながらも、既に名作「寝園」にあつた。この野心的な企図の実現は、もはや自然を観察し分析し、そして自然を直かに模倣して描いて行くといふ従来の小説手法では達し難い、惟ふに、いつそ自然を寸断し、意のまゝにこれを操り、出来るだけ予定された小説観念の姿に近いものを檻へ上げ、而る後に言はば自然が作品を模倣してくれるのを待たう、さうして逆説的に作品のリアリテイを得た方が賢明であると彼は直覚した。この手法は「花々」に至つて最も明瞭である。併し「花々」は作品としては「寝園」に遙かに及ばぬ。或る作家のリアリテイが作品そのものよりも寧ろ制作の野心にあるといふ言葉が鮮やかに通用する一例である。（六五—六六、傍点引用者）

横光は小林にとって可能性において現代の表現者だったのである。その「表現」への野心は是とするが「表現」自体はいまだ完成されていない。それが小林の横光観だった。彼は「私小説論」のなかで横光のことを「生れて日の浅いわが国の近代文学が遭遇した苦痛の象徴」と呼んだ（一四四）。横光は、表現困難な近代日本の現実に対峙する作家の苦痛を明確に表しているように小林には思われたのである。

この「花々」は「私小説論」でも取り上げられており、小林はそこで「現代ブルジョア青年男女の恋愛が余り出鱈目で、板につかぬといふが、つまり原稿用紙につかぬのだ」（三、一四二）と書いた。現代の恋愛を描いて文学的リアリティを与えるような明確な姿を作り出すことが極端に難しい理由は、小林の引く河上徹太郎の文章にもあるとおり、恋愛が恋愛についてのさまざまな計算と反省を含みこんでしまうために、そもそも確固たる感情が存在しなくなるからである（一四一）。横光の『紋章』を取り上げた昭和九年一〇月の時評にはさらに一般化して次のように書かれている。

> 一昔前の作家にとつても、現実は今日におとらず充分に複雑なものであつた。人間の精神は常にそれぞれ精一杯の複雑さを慕ふ様に出来てゐる[10]。だから人生が人間にとつて単純だつた事は古来ないのである。ただ思想といふものに強く攪拌された新しい文学意識が、今日の作家に今日の複雑を新しい眼で視する事を教へたのだ[11]。僕等はもはや自然主義作家等の信じた人間[12]といふ単位、これに附属する様々な性格規定を信ずる事が出来ない。それといふのも個人を描かず社会を描けといふ理論によつて信じられなくなつたのではない、僕等がお互の心[13]の最も推測し難い時代に棲んでゐるといふ事実の観察によつて信じられなくなつたのである。僕等の探求心が[14]性格は個人のうちにはなく、個人と個人との関係の上にあらはれる事実を探りあてた、性格とは人と人との交渉の上に明滅する一種の文学的仮定である〔……〕。（九八）

性格が「個人と個人との関係の上」あるいは「人と人との交渉の上に明滅する一種の文学的仮定」であるという論点は小林のジイド論と密接に関わる[15]。また「性格」ではなく「関係」に注目するということは、混乱した現実をいかに「表現」するかという方法論の問題に直接つながってもいる。ジイドが問題になってくるのは、このような文脈においてであった。

昭和八年四月の「アンドレ・ジイド」のなかには次のような一節がある。

彼は先づドストエフスキイの小説中の人物には所謂具体性とか明瞭な輪郭が少しもない事に心ひかれた。丁度複雑限りない観念が人間の衣を纏つた様なその姿が、豊富過ぎる観念を人間の形でどう限定しようかといふジィド当面の制作態度に強く影響した事は当然であらう。

だがジィドはドストエフスキイのレンブラント的影を、ドストエフスキイが現実に辿つた現実そのものの奇怪さに根をおろしてゐる、ドストエフスキイはたとへどんなに捕へ難い性格を描かうが、それと同時にその人物の現実的な表情の隅々までも想像してゐた、といふ風にはこれを解釈しなかつた。彼はドストエフスキイの作中人物の朦朧性を、彼が実在的人物の個々を描かず、寧ろ個々の人物の関係のみを描いた為だ、錯雑紛糾を極めた関係のみを描いたからだと解釈した。（三、二四九）

ここにはジイドとドストエフスキーに対する小林の評価のちがいが現れていて興味深いがそれは後でふれよう。ここでは「関係」をめぐるジイドの考え方が具体化した作品である『贋金造り』について小林がどう述べていたかを思い出しておきたい。ここには「現実」と「作品」（「表現」）の関わりをめぐるジイドの思想が如実に現れているが、「私小説論」で小林は、それを次のように説明した。すなわち、小説とはモーパッサン流のリアリズムが言う「人生の断片」、いいかえるなら、ある切口から切り取られた「現実」にほかならないが、それは当然のことながら「現実」そのものではない。「現実」そのものを表現するためには、「現実」を切ってはならないことになるが、それはもちろん不可能である。そこで考え方をかえて「現実」と人々との関わりに注目すれば、「現実」とは実は「無数の切口」によって切られたものであることが分かるだろう。「事件が起つたとは、事件を直接に見た人、間接に聞いた人、これに動かされた人、これを笑つた人等々無数の人々が周囲に同時に在るといふ事」なのである。そこで「他人が僕について作る像が無数であるに準じて、僕が他人について或は自分自身について作る切口は無数である」。だとすれば、小説の人物は確固とした「性格」、「情熱」、「心理」をもつことはできない。それらは作者がある一定の観点から見たときにのみ明確な像を結ぶものにすぎないのだから。無数の関係のなかに組み込まれた人々は、自分のことも他人のこともはっきりと知ることができない。これは作者すら例外ではない。『贋金造り』のなかには、同じ題名の小説を書いているエドゥワールという小説家が登場する。ジイドはジイドで『贋金造りの日記』を書き、この小説の制作について述べる。すると、からくりの上では絶対的な作者の姿はきえ、作品だけが残ることになる……（一三五―一三七）。

　こうした議論は横光の「純粋小説論」とも関係があり、よく知られたものである。しかしここで重要なことは、このようなジイドの小説技法が、現代の表現者の陥っている矛盾と混乱のなかで「表現」するために考案されたものだと小林に考えられていたことである。

> 　彼の仕事は大戦前後の社会不安のうちに、芸術の造形性に就いて絶望した多くの若い詩人作家達の間に、着実に成熟して行つた。彼ほど不安といふものを信じて、不安のうちに疲れを知らず文学の実現をはかつた作家はない。彼は実験室をあらゆるものに対して開放した。様々の思想や情熱が氾濫して収拾出来ない様な状態に常に生きながら、又さういふ場所が彼には心地よい戦慄を常に与へてくれる創造の場所である事を疑はなかつた。〔……〕
>
> 彼はデイレツタントでも懐疑派でもない、言へば極度の相対主義の上に生きた人だ。或る確定した

思想に従つても、或明瞭な事物に即しても彼には仕事ができなかつた。

（三、一三四―一三五、傍点引用者）

ジイドは確固とした「性格」の失われた「関係」の世界として小説を構築したが、それはまずなによりも彼自身が確定した「性格」も「自我」ももたない「極度の相対主義」を生きていたからである。自身が相対性の極北を生きる作家にとって「現実」が確定した像を結ぶことはありえない。『贋金造り』の人物たちが無数の関係性のなかに溶解せざるをえなかったのも、このようなジイド自身の表現主体のあり方に由来する。対象が自意識の見出す無数の関係性としてのみ存在するのは、もはや作家が、確固とした対象を描くのではなく（伝統的私小説などの方法）、「描き方といふものを材料として作品を創」るようになったからなのである（一四〇）。「混和した生活様式を前にして、作家達はいよいよ題材そのものゝもつ魅力に頼り難くなる。客観が描き難くなるにつれて、見方とか考へ方とかいふ主観に頼らざるを得なくなつて来る」。ジイドの方法とは「描写文学も告白文学も信じられない、たゞ自意識といふ抽象的世界だけが仕事の中心になる様な文学、さういふ殆ど文学的手法とは言へない様な空虚な手法を信じて、文学的リアリテイを得ようとする」ものだったのである（一四三）。この自意識とは混乱の場以外のなにものでもない。自己の混乱を「創造の場所」とすること、いいかえるなら「問題としての問題」を「表現」すること、これがジイドの表現者としての試みの本質だったのである。

しかし、先ほどの「アンドレ・ジイド」の引用からも分かるように、小林にとってジイドはドストエフスキーと比べてやや低い位置にいた。「性格破産者」たちの闊歩する現代社会を、ジイドは性格のない純粋な関係性の世界として小説に表現したが、そこでは、混乱と矛盾にみちた「現実」はいわば捨象されていたのである。これに対して、ドストエフスキーは小説を書いたとき、「性格破産者」たちの

「現実的な表情の隅々までも想像してゐた」と小林は言う。さらに彼によれば、ドストエフスキーの「表現」はジイドの「表現」よりはるかに強力で生彩に富んでいた。実際「アンドレ・ジイド」には、

この大変独創的な小説〔『贋金造り』〕は、出来上つた処まことに生彩に乏しい。彼の精力は、その精密な企図のうちに費やされて了つた観がある。（三、二五〇）

とあり、また「私小説論」でも、横光が「純粋小説論」で偶然性と感傷性を称揚したことを受けて、

ドストエフスキイはこの偶然と感傷に充ちた世界であらゆるものが相対的であると感じつゝ仕事をした人で、さういふ惑乱した現実に常に忠実だつたところに彼の新しいリアリズムの根底がある。ジイドもドストエフスキイより遙かに貧弱にだが、遙かに意識的に同じ世界に対して、これに鋏を入れずあくまでその最も純粋な姿を実現しようと努めた。（一三八）

と述べられている。ジイドと横光の資質のちがいに小林は意識的だったが（「ジイドは極度に透明な知性で制作し、横光は感覚的、無意識的に制作する」（六六））、現実の「表現」という視点からドストエフスキーに比較すれば、程度の差はあれ、両者とも可能性における表現者にとどまっていたのである。

思想を生きること

「私小説論」で前景化しているのはジイドの方だが、それが昭和七年以降高まったドストエフスキーへの関心と表裏一体の関係にあることを忘れてはならない[16]。あるいはむしろ、「私小説論」は小林の一連のドストエフスキー論の理論的前提として書かれたと言っても過言ではない。「表現」の問題をめぐる小林の考察のなかで最も重要な位置を占めているのはドストエフスキーなのである。実際、昭和九年一月の時評「文学界の混乱」の末尾にはすでに次のように書かれていた。

僕は今ドストエフスキイの全作を読みかへさうと思つてゐる。広大な深刻な実生活を活き、実生活に就いて、一言も語らなかつた作家、実生活の豊富が終つた処から文学の豊富が生れた作家、而も実生活の秘密が全作にみなぎつてゐる作家、而も又娘の手になつた、妻の手になつた、彼の実生活の記録さへ、嘘だ、嘘だと思はなければ読めぬ様な作家、かういふ作家にこそ私小説問題の一番豊富な場所があると僕は思つてゐる。出来る事ならその秘密にぶつかりたいと思つてゐる。

（三、六一、傍点引用者）

こうして小林にとって「私小説」の問題は、ドストエフスキーという作家の問題へと明らかに収斂していく。しかし、それはどのような意味においてか。

すでに示唆したとおり、ドストエフスキーの問題とは、現代の性格破産者であり、故郷を失った都市生活者であり、また自意識の分裂に苦しむ青年インテリゲンチャであるところの青年文学者たちの「表現」に関わる問題であった。昭和七年六月の「現代文学の不安」のなかで小林は、ドストエフスキーについてすでに次のように書いていた。

だが今、こん度こそは本当に彼を理解しなければならぬ時が来たらしい。「憑かれた人々」は私達を取り巻いてゐる。少くとも群小性格破産者の行列は、作家の頭から出て往来を歩いてゐる。こゝに小説典型を発見するのが今日新作家の一つの義務である。(一、一五二―一五三)

ここでまず第一に確認すべきは、彼の小説の主人公の多くが、思想に憑かれた青年の現実における生き様の問題として小林に捉えられていたことである。実際、「人間達が思想によつて生き死にする有様を、彼程明瞭に描いた作家はない。人間は思想に捉へられた時にはじめて真に具体的に生き、思想は人間に捉へられた時に真に現実的な姿を現はすといふことを彼程大胆率直に信じた小説家はないのである」と小林は「「未成年」の独創性について」のなかで書いている(六、一八)。この思想に憑かれた「未成年」とはまた小林のことでもあった(三、三三)。

問題は思想そのものではないのはもちろん、性格破産者たちの悲劇的な生き様から抽出されるような思想でもない。その意味で、ドストエフスキーの描く世界は、シェストフの『悲劇の哲学』が示す理性への反抗者の世界とはまったく無関係だ、と小林は言う。よく指摘されるように、昭和一〇年から一一年にかけて連載された「「地下室の手記」と「永遠の良人」」では、昭和九年に小林が見せたシェストフへの称讃は完全に影を潜め、むしろシェストフの恣意的な引用による「詐術」が批判されることになるが、この同じ論稿で小林は、地下室の主人公を法則や良識に対する反抗者としてではなく、「奇怪な自己嫌悪の情と屈辱感」によって歯痛にも似たほとんど生理的な苦痛を生きる人物として捉えている（六、一二八）。この主人公は「地下室の思想」を信条とする反抗者ではない。世のあらゆるものを否定してみせる彼も、他方で自分の顔の下品さに悩む虚栄心を捨てきれないからである（一三〇）。ドストエフスキーが描くのはむしろ、感覚的な痛みにまでなった観念的焦燥を生きる者の姿なのである。「作者は、主人公の心の状態を説いてゐるのでもなければ、彼の意識の構造を明かしてゐるのでもない。彼の精神がこの世に生きる有様が、作者には問題なのである」（一二九）。

シェストフは、「地下室の手記」を機として、「理性と良識との時代が終り、心理の時代といふ新しい時代が始つた」といふ。併し、「地下室の男」の人間像は、心理とか観念とか性格とか行為とかいふ様な言葉で捕へられる凡そ実体的なものから成立してはゐない。かういふ分析的な言葉が意味を失ふ様な、生活の中心に彼は立つてゐる。僕は、この作品を神秘化して語るのではない。この作品の率直な印象は、主人公の絶望的身振りだけだと書いた所以なのだ。（一三一―一三二、傍点引用者）

ここにはドストエフスキーが人間を描くときに用いたリアリズムの内実が語られている。だが、それを検討するためにも、彼の小説の人物についてあらかじめ考えておきたい。彼らが思想を生きる姿とはどのようなものだったのか。そしてそれを「表現」するとはどのようなことなのか。

例えばラスコーリニコフ。よく知られているように彼はいわゆる「超人思想」に基づいて老婆を殺すことを計画する。それは、下宿から老婆の家までが七三〇歩であることを調べるほどに緻密なものだった。しかし問題は「超人思想」といった観念ではない。「重要なのは思想ではない。思想がある個性のうちでどういふ具合に生きるかといふ事だ」。「ラスコオリニコフの殺人の動機には何等実際上の目的がない、現実の感情の動きもない。彼を動かしたものは殺人の空想である。精緻な犯罪の理論である。空想が観念が理論が、人間の頭のなかでどれほど奇怪な情熱と化するか、この可能性を作者はラスコオリニコフで実験した」（六、四二―四三）。では、ラスコーリニコフは思想をどのように生きたか。彼は絶対的な「架空性」のなかにあって「孤独」を強いられるしかなかった。彼は自分の思想を試みるために老婆を殺す。その結果として彼が殺人に堪えられるほど強い男でないことが証明されるが、悲劇はそこにはない。『罪と罰』の事件が架空だといぅのは、思想を試みるために行為がなされたという点にあるのではない。小林は言う。「事件の真の架空性、その真の無意味さは夢を試みようとして行はれた行為であつたといふ処にはなく、寧ろ夢を試みようとした行為が、少しも夢を破壊してはくれなかつたといふ処にあるのだ」（四六）。彼は殺人にいかなる悔恨も感じない。すべては悪夢である。その意味で、ラスコーリニコフはいわば鋏で世間から「ぶつり」と切り離されてしまっている（五五、六一）。しかし、この「孤独」は額面どおりの「孤独」であり、そこには「バイロン的自信」も「アミエル的衰弱」もない。「孤独」は、逃避や反抗といったものに由来するのでも、そうしたもので価値づけられているのでもない。自意識の過剰が自己と社会との関係を切断し、しかも自意識はこの切断に意味をあたえることを拒む。ラスコーリニコフにできたことは、ただ「孤独を曝す」ことだけである。したがって、「ラスコオリニコフは事件に参加したのではない、たゞ事件が彼に絡んだのだ」。これが「事件の空想性」の所以である。そのとき彼は、現実が彼のなかを「傍若無人に〔……〕横行する」のを「堪へ忍ぶ」だけだった（六二―六三）。

小林にとって、思想を生きるとはこのようなことである。しかし、もう少しすすめてみよう。よく知られているように、『罪と罰』の結末でドストエフスキーは「新しい物語」、「次第に更正して行く物語」を約束した。しかし、シベリアに流されたラスコーリニコフが「更正」するとはどのようなことを言うのか。シベリヤで彼はソーニャとの愛によって復活したのではない。彼はもはや生活への希望を失っていたが、絶望に陥ることもない。「絶望するに足りるものも嫌悪するに足りるものも、生活のうちには見付からない」からである。彼はただ心理の極限、現実の極北まで来たにすぎない。「彼はたゞたゞ果てまで歩いて来た男なのだ」。しかし、「自負心といふものが悉く無意味と化した今、果てまで歩いて来た事に、何の自負心を抱かうか」。彼はただの「土偶《でく》の坊」であり「零」なのである（六、八三―八四）。しかし小林は、このようなラスコーリニコフに語るに語れぬ「何かが起つたのだ」と言う。

彼はたゞ刻々に自分が性格上の規定を失つて行くのに、白痴の様に堪へて来た。彼を見舞つた孤独は、推理によつたものでないのは勿論、これを意識と呼ぶ事も出来ぬ。直接な純粋な感覚であつた。彼はたゞこの内奥の感覚にたよつて生きてゐる事を知つたが、これをどう限定していいか術を知らなかつたし、知る必要も認めなかつた。この哀愁は彼がネヴァ河の橋の上に佇んだ時、最も緊張した殆ど歌の様な表現をとつたのであるが、シベリヤではこの歌も失せた。歌も失せたとは、作者がここにあらゆる文学的表現の限度を自覚したに他ならない。だがこの自覚は人間を殺す事は出来ぬ、たとへ死の一歩手前に立つた人間でも。「罪と罰」の構想のうちに、ラスコオリニコフの自殺は姿を現したが、作者は現実のラスコオリニコフが自殺しないことをよく知つてゐた。ラスコオリニコフは生きのびて来たドストエフスキイその人に他ならぬ。

　シベリヤのラスコオリニコフには何事も起らぬ様に見える。起り得ない様に見える。だが彼は生きてゐる。そして確かに何かが起つたのだ。この何かこそ作者の最も語り難い思想であつた。

（八四、傍点引用者）

ラスコーリニコフの「生命」は極度の「純粋さ」に達している。「純粋さ」とは、社会との関係が絶たれているのはもちろんのこと、思想や理論に基づく希望も絶望も消滅し、自己のあらゆる性格規定を喪失したような生命の裸形の姿を言う。そのような純粋性を生きる者は孤独であるほかない。したがって、「ラスコオリニコフは孤独を守つたが為にこれを純化したのではない、彼の素朴さ純粋さの故に彼は孤独だったのだ」。小林はこうした理由から、『白痴』のムイシュキンのもつ純粋性を、ラスコーリニコフ的孤独の問題を遡行したものとみなしている。「『白痴』は『罪と罰』を遡行したものだ」。前者は後者の思想的発展ではないのである（八五）。

しかし、「直接な純粋な感覚」としての孤独を生きる者は、自殺せずに生きのびていく。では、このような「純粋な」人物がこの世で生きていくとはどのようなことか。それを表現することが「ラスコオリニコフ的更正」の物語を書くことではないだろうか。しかし、「更正」の「表現」は極度に困難である。そこでムイシュキンはいわば世界のなかに投げ込まれるようなかたちで、ペテルブルクに汽車で運ばれてくることになる。「更正」を順序だてて「次第に」語ることはできない。物語は「突然」始めてみるしかないのだ（六、八八）。問題はここで、「現実を生きようとする自意識」から「現実に曝される孤独」を通って「現実の中に投げ込まれる純粋な生命」といったものに推移している。これは批評家としての小林が通ってきた軌跡でもある。ムイシュキンにとってはもはやラスコーリニコフの自意識の地獄は意味をなさず、彼はただ無意識と無動機の行為の世界を生きる。そんな彼が「白痴」に似ないはずはない（八九）。そしてこのような「純粋性」は、自殺しないのであれば、この世にあってついに亡びるほかはないだろう。それはラゴージンやナスターシャについても同じことだった。

三人は各々最後の破滅を予覚してゐる。特にムイシユキンは、汽車の中で初めて会つたラゴオジンと会話を交へ、はじめてナスタアシャの写真を見た時に既にこれを予感してゐる様に描かれてゐる。彼等は不吉な予感を進んで信じるのでもなければ疑ふのでもない、単に予感は彼等の意識の場所を占めてゐて動かない。運命に反抗する意力も運命に屈従する智慧も、彼等には不可解である、彼等は運命とは自分等自身だといふ共通の感覚にをのゝいてゐるのだ。たゞ彼等に明瞭なのは、一切の世の約束を忘却し、己れの生命の果てまで歩かうといふ渇望である。ムイシュキンは美の観念を弄び、ラゴオジンは死と、ナスタアシャは苦痛と戯れる。だが、彼等にしてみれば単に果てまで行きたかつたに過ぎないのである。（二〇〇、傍点引用者）

結局、小林によれば、ドストエフスキーの描きたかったものは「心理の極限を経験するムイシュキンといふ人間の痛ましい姿」なのであった（一〇五）。彼が注視するものは、社会現象としての性格破産者でも、また社会主義や「超人思想」あるいは「キリスト教的な愛」といった思想や観念でも、はたまた理性と良識に反抗する「悲劇の哲学」を奉ずる反抗者でもなく、思想に憑かれた知識人が現実においてとる生きる姿であり、自意識の地獄によって性格や思想のみならず希望も絶望も喪失し、ただ「純粋な生命」として世の中を孤独に生きていく彼らの姿なのである。

ドストエフスキーのリアリズム

ここで重要になるのが、そのような「姿」を「愛情」をもって見るドストエフスキーのリアリストとしての視線である。小林は『白痴』の最後の場面をめぐって次のように書く。

「かはいさうな白痴め」といふエヴゲエニイの言葉は、ムイシュキンがこの世から受取る権利のある唯一の同情ある言葉であつたが、恐らく作者がかけてやりたかつたのは遙かに熱烈な言葉であつた。いや言葉ではあるまい。ムイシュキンがラゴオジンの頬を撫でた様に、作者は主人公の頬を撫でた。作者には「さうするより他にどうする事も出来なかつたのである」。この部屋の有様はカアテンの透間から観察されて出来上つたのではない。「白痴」といふ小説がこの部屋で書かれたのである。〔……〕泣いてゐるのは作者だ、たゞ彼はいやでも自分の涙も自分の為る事も知つてゐなければならなかつた。(六、一一五)

これは小林のドストエフスキー論でおそらく最も美しい文章である。だがそれは措こう。作者はムイシュキンと同じ部屋で泣いている。ラスコーリニコフもムイシュキンもドストエフスキーその人にほかならない。「ラスコオリニコフは〔シベリヤから〕生きのびて来たドストエフスキイその人に他ならぬ」のだし(八四)、「ムイシュキンの悲哀はドストエフスキイ自らの表現」なのであった(八〇)。彼らの「更正」とはドストエフスキー自身がシベリヤで得た「確信」に基づく「更正」なのである。作者と登場人物が同じ地平に存在するのは『悪霊』の場合でも同じである。「作者は突然心に浮んで来たスタヴロギンを計画し観察し描出したのではなく、寧ろスタヴロオギンの言ふがまゝ行うがまゝにひきずられたのだ〔……〕。彼の制作態度のうちに描く主体と描かれる客体を判別してみる事は極めて困難だし、殆ど無意味だ。作者と作者の手になる人物とは同じ面に立つてゐて、互に相手の眼を視入つてゐる。これは彼の手法の重要な性格である」(七三)。両者のちがいは、ドストエフスキーが「自分の涙」を自覚していたということ、つまりたとえ困難であれ「表現者」としてこの「確信」を「表現」することを自覚していたことだった。しかし、これは先の引用にもあったように、ある安定した外部の視点から超越的に対象を観察し描写することではない。ここには本章のはじめで「表現」の問題を定式化したときとまったく同じ事情が存在する。「表現行為に困難を覚える若きインテリの姿を表現すること」を小林が試みたとき小林自身が「若きインテリ」であったように、ドストエフスキーのリアリズムも対象を自己とまったく同じ平面上に見出すような「内部観測」的なものであった。彼はムイシュキンと一緒に泣きながら『白痴』を書いたのである。「一緒に」いながら「書く」という二重性こそ、ドストエフスキーの「表現」の秘密だった。いいかえるなら、彼は現実のなかにいわば嵌入することで「表現」を獲得しようとする作家だったのである。

「「白痴」についてI」の冒頭で小林が確認しているように、『白痴』は二度目の結婚、外国生活、賭博への熱狂といった混乱した実生活のなかで糊口の計をたてるために書かれた。ドストエフスキーはトルストイやツルゲーネフのように金銭を気にかけず「気楽に」書きたいと思っていたが、小林はむしろ、絶望的な実生活の境遇が彼の創造を助けたのだと見ている。彼はフローベールならそうしたように、創作を守るため境遇と戦うことはしなかった。むしろ、かつて小林がシェストフのうちに見出したように、絶望的な生活に「膠着」することで創作を得ようとする荒々しい「健康な素朴な力」をもっていたのである（六、七二、七五）。生活に飛び込むことで「表現」を得るドストエフスキーのリアリズムは、輪郭の明確な対象の像といったものを獲得できない。そうした客観的描写は、一定の距離から対象を眺めるときにのみ可能だからである。ドストエフスキーの観察は正確な像を結ぶにはあまりに限度を越えた観察だった。それはいわば「見て見て見過ぎられて歪んだ」「露出過度の歪像」なのである。「限界を踏越えて観察された現実は、無論整然たる描写に適しない、いや限界を踏越えて観察するといふ事が既に描写といふ概念自体を壊す様に働く。〔……〕自己観察に於いても同様であつた。彼に尋常な客観描写が不可能であつた様に、明瞭な自己告白といふものも出来なかつた。〔……〕彼には自分といふものが規定出来なかつた。彼には性格といふ様な曖昧なものを信ずる事が出来なかつた。彼の自己解剖はいつも極限を超えたのである。この性格紛失の地獄は彼の作中人物が見事語つてくれてゐる」（七四）。ドストエフスキーの創造が行われたのは、このようにして露わになる裸形の現実と自己においてであった。

彼の眼が冴えれば冴えるほど、彼の眺める風景は悪夢に似て来た。さういふ場所だ、彼の創作といふ冒険作業が行はれたのは。

世の諸観念が意味を失つて行く悪夢の様な風景は、決して彼の観念上の価値転換といふ様なものゝ結果ではなかつた。飽く事を知らぬ彼の生活的な渇望がさういふ風景を要求したのである。必要としたのである。風景は観念的な無秩序として彼の意識に這入つて来たのではない。彼はこれを生きた感覚として受取つたのだ。だからこそ彼にはこれを疑ふ事もこれから顔をそむける事も出来なかつた。進んでこれを現実よりももつと現実的なものと確信する方が遙に自然だつたのだ。懐疑派への道も犬儒派への道も勿論意味をなさなかつたのである。（七五）

この引用文が示しているのは次のことだ。ドストエフスキーが、最後の瞬間に中止された死刑やシベリヤ流刑といった体験で得たものとは、ただたんに現実の裸形の姿やそこに生きる人間のありのままの姿といったものだけではなく、それを見ることのできる「視線」、あるいはむしろそれを「生きた感覚」として受け取ることのできる「感受性」でもあったのである。そしてむしろ後者にこそ、小林の見るドストエフスキーのリアリズムの秘密があったはずだ。

死刑と流刑。「実生活のうちには屢々、人が異常な内観を強ひられる様な危機が存する。ここに一人の稀有な人物があつて、さういふ危機に際して、人間の生命の格好を、掌の上の品物の様にはつきり眺め得た。これらの事情に何等空想的なものはないのだ。たゞその表現の極度の困難が、徒な疑義を生むに過ぎぬ」(六、九一)。これは、ムイシュキンがエパンチン家の娘たちに死刑の話をする場面を引用したさいに小林が述べた言葉である。ムイシュキンの語る死刑囚の体験談は、もちろんセミョーノフ練兵場でのドストエフスキーの体験に基づいている。他方、シベリヤの監獄でドストエフスキーが見たものは囚人たちの「人間的なあまりに人間的な」姿、「悪」の姿だった。「ドストエフスキイの創造の源泉は、彼の陰惨な運命と固く結び付いてゐるのであつて、悪の思想も亦言ふ迄もなく彼の運命の如く独創的であつた。四年間の囚人生活が、彼に教へたものは、単に驚くべき悪の異形の数々ではなかつた。どんな救ひの手も必要とせず、ただ終末を待つてゐるその正真正銘の悪の姿の異様さ、悪の問題を始末しようとするいかなる倫理学にも神学にも無関係に、ひたすら滅亡の道を辿るその在るが儘の悪の姿の異様さ、これを眼のあたり見た者の謎めいた忿懣こそ、彼の精神に拭ひ難い痕を刻んだのである。悪には悪の生き方がある。それは善の復讐を是認する禁欲者でもなければ、良心の法廷に召還さるべき囚人でもない。或は又環境にその責を負つて貰ふほど従順な子供でもない。若し悪がどの様なディアレクティックにも屈従せずその独特の不逞に生きる、人間的なあまりに人間的なあるものだとすれば、獄外の自由な生活も流刑生活も同じ事だ。刑を終へた彼の眼には社会の諸制約は、獄屋の天井と同じ様に重苦しいものと見えた」(一五〇)。

死刑や流刑を体験したとき、彼は一体なにを見たのか、なにを体得したのか。たしかに「人間の生命の格好」、あるいは「ひたすら滅亡の道を辿るその在るが儘の悪の姿の異様さ」と小林は明言している。それを「現実や人間の裸形の姿」といいかえてもよいし、別のところでは「社会の諸規約から放たれ、善悪の彼岸をさまよふ人間の魂の素地」(五、一六七)であるとも言われている。しかし注意するべきは、それが本質論的な命題でないのはもちろんのこと、それを本質論的な信念に還元することもできないことである。「現実」のなかに飛び込むことで「表現」を得ると言うとき、それは「現実とは、このようなものだ」といった確信に基づいて書くということではない。そのような確信は、現実の対象のうちに一定の性格、性質、心理、法則などを見出しているのであり、そこから得られる「表現」も結局、対象を本質論的に規定するようなものとならざるをえない。例えば先ほどの引用で、小林がどれほど慎重に「悪」から本質規定的な限定句を取り除いていたか。「悪」は「善の復讐を是認する禁欲者でもなければ、良心の法廷に召還さるべき囚人でもない。或は又環境にその責を負つて貰ふほど従順な子供でもない」。排除されているのは「命題」によって現実を捉える方法である。

さらに言えば、ドストエフスキーのリアリズム的表現の秘密を、ただ彼がシベリアで「悪」を見出したということに帰することもできない。「悪」、すなわちここでは囚人たちの現実の姿というある限定された現実の発見が、彼のリアリズムを可能にしたのではない。そのような現実観は容易に「囚人たちとは……である」という命題へと収斂してしまう。ドストエフスキーの発見したものは、囚人とか農民とかといった特定の現実ではない。むしろ現実を見るある「視線」、あるいはそれを感じるある「感受性」である。それはいかなる本質論的、命題的規定にも還元できない「現実の姿」を見出すのだが、この「現実」とは、ある特定の現実ではなく、むしろあらゆる命題に媒介されずに眺められたときに現れる、いわば「純粋現実」という現実のあり方にほかならない。だからこそ、例えば「「悪霊」について」のなかで、先に引いたように「悪」を囚人たちのあるがままの姿として述べながら、小林はすぐ後でそれを人間精神の邪悪性と規定することになるのであろう。論は明らかに齟齬をきたしているように見える。しかし、もし問題が現実を無媒介的に眺める視線であり、この視線が見出すような「純粋な」現実だとすれば、そしてそのような「純粋現実」を「悪」と呼ぶのであれば、矛盾はない。囚人にも人間の精神にも同じく、本質論的な命題に還元できず、社会の規約や常識にも合致しないある「姿」が見出されているのである。それが「悪」と呼べるとすれば、それは善と対立する悪ではなく、善悪の彼岸にあるような「悪」なのである。

「ナロード」という言葉

このような「現実」を語るのはもちろん容易ではない。例えば、露土戦争から国内の犯罪事件までさまざまな社会問題を語る『作家の日記』において、ドストエフスキーの言葉は明らかに混乱している。そして、『ドストエフスキイの生活』のなかでそれを語る小林の言葉も同じくらい混乱している。[17]「彼の語り難かつたものが、僕に語り易い筈はないのである」(五、一七一)。これは「農民」や「民衆」に関してしても同じである。しかし、ドストエフスキーも小林も、文学者としてそうした「現実」を「表現」にまで昇華させなければならない。

ドストエフスキーは書簡のなかで、『作家の日記』が『カラマーゾフの兄弟』執筆に向けた現実のさまざまな特殊相の研究であることを明かしている。「僕は今非常に大きな小説を書かうと思つてゐるので、特に現実の研究に没頭しなければならない、現実とは何かといふ様なことではない、そんな事ならもうよく承知してゐる、現代の或る特殊性の研究なのです」(一五九―一六〇)。「現実とは何か」なら知悉しているという作家の自信は、自己のもつ、現実に対する「感受性」への自信に由来している。ドストエフスキーはそうした「感受性」、あるいは「視線」によって、時事問題や犯罪事件などを扱う。しかしそれは実証的な研究を意味するわけではない。観察はそのまま創造に直結する。『作家の日記』を書く手法は小説を書く手法と同じだった。それは「理屈を言ふよりも観察せよ、観察するよりも創造せよといふ彼の体得した手法を一歩も踏み外してはゐない。彼は子供を連れた職工の表情から勝手なものを読み取ると同じ方法で、東方問題に勝手な表情を発見した。「日記」に漲るものは、たゞ天真な芸術家の信念であつて、戦争も外交も裁判所も教会も、そのなかに融込む。彼の信念は独語する、「世界は自分一人の為に在る」と。其処では、独断も頑迷も矛盾も同じ様に美しい」（一六二）。
同じように、シベリヤで生じた確信についてドストエフスキーは、それが「民衆との直接の接触」、「民衆と兄弟の様にその不幸を分ち、自分が民衆と同等な人間になり、民衆の最低の段階迄も自分は下降した、といふ考へ」に由来すると言う（五、一六六）。しかしながら、実際にはドストエフスキーは監獄の囚人以外には民衆《ナロード》をほとんど知らなかったし、彼が農民を語った唯一のテクストである「百姓マレイ」（『作家の日記』所収）に現れるのも、ありのままの民衆の姿ではなく、彼のファンタスムの作り上げた農夫の姿である。小林の論述は、ときにドストエフスキーがシベリヤで発見したものを実体論的に同定するように見えるが（例えば「民衆の最低階段」とか「人間の内的暗黒」という言い方で（一七三））、次のように言うとき、ドストエフスキーにおける「現実」の問題を正確に把握していたはずだ。

ドストエフスキーの眼前にはいつも民衆が在つた。だがそれは確かに在つたのか。彼が力の限り叫ぶロシヤの民衆は、言ふ迄もなくロシヤの農民だ。では農民は確かに彼の眼前にあつたのか。周知の様に、彼の作品に尋常な農民は遂に姿を見せなかつた。これほど明瞭に、彼が農民に関する実際的な知識を持つてゐなかつた事を証明してゐるものはない。彼は芸術家として、自分には農民は遂に未知のものであつた、謎であつた、と誰憚る処なく公言してゐるものに他ならぬ。では何が在つたのか、言葉が在つたのだ、ナロオドといふ言葉が。而もこの言葉は彼が手に触れ眼で眺める人間の様に生きてゐた。（一六五—一六六、傍点引用者）

重要なのは実際の農民の姿ではなく、「ナロオドといふ言葉」がインテリゲンチャとしてのドストエフスキーに突きつける「謎」の方である。この言葉は、精神が決して振り払うことのできない「謎」として現れたといふ意味で、彼のなかで「人間の様に生きてゐた」のである。

ドストエフスキーにとって「所謂実証的事実は、いつも一定の原理に依據した抽象と見え、人間的な謎はその背後にあるといふ考へを捨てる事は出来なかつた」（五、一六五）。では「ナロオドといふ言葉」は人間の謎に迫ることができるのだろうか。しかし、言葉はついに現実に到達しないとは小林の批評の原理ではなかったか。だが、ここで「ナロオドといふ言葉」はまさしく現実を開示させるように働くのである。なぜなら、この言葉は「謎」として、知性の作り上げる理論的構築物はもちろんのこと、外部観測的な安定した視点の見出す「所謂実証的事実」をも、破壊するように作用するからである。理論は必ずある観点から構築される。事実もある視点から把握されるときはじめて輪郭の明確なものになる。小林は、ロシアにおける西欧派とスラヴ派の「激論の由来する処は、相手の反駁ではなく実は敵にも味方にも不明であつたナロオドなるものゝ正体にあつた」（一六四）と述べているが、ドストエフスキーはこの「正体」を明らかに見てとったのではない。ただそれが「謎」としてあることをはっきりと認識したのである。そのとき西欧派であろうとスラヴ派であろうと、あるいは両者が妥協した産物としてのヒューマニズムであろうと、そうしたものが持ち出す事実確認や理論的言説は、端的に知性がある安全な観点をとることによってのみ可能になるという点で、決して「ロシヤの現実」を覆うには足りないものだった。さらに言えば、ドストエフスキーは「非合理主義哲学の建設」を目指していたのでもなかった。合理的にせよ非合理的にせよ、ある観点から命題的言説として理論をたてることも、そのような視点から事実を指摘することも、ある絶対的な「謎」の前に不可能になったからである（一六九）。

そのときドストエフスキーは「現代の混乱状態」をはっきりと見とおす。それは例えば、あらゆる国と時代の建築物が混在するペテルブルクの姿に如実に現れている。彼はこの混乱をあらゆる位相に見出しているが、しかし「こゝで彼の場合重要な事は、この発見を単に正確に描写した事でもなければ、明瞭に解釈し公平に批評した事でもない」。「現代の混乱」という言葉は「彼にとつて当時のロシヤの実相を把握する為に最も充実した絶対的な形式」だった（五、一六七―一六八）。だが、小林がこのように言うとき、「現代の混乱」とはもちろん「現実」を超越的な視点から本質規定的に把握するための「形式」ではない。それは「ナロード」がそうであったように「言葉」なのである。つまり「現代の混乱」という言葉は、ただ「現代ロシヤの現実」がいかなる命題にも還元できないこと、いかなる立場からも完全には把握できないことを認識させる、そのようなひとつの指標だったのである。「ナロード」という言葉も「現代の混乱」という言葉も、まさしくそのようなかたちで、命題としてではなく、「視線」を変換させる合図として機能している。この言葉の合図とともに、現実はまさしく「問題としての問題」として開示されるのである。ドストエフスキーにとっては、ナロードの立場から思索することが問題だったのではない。「ナロード」という言葉が「謎」として現れたとき、インテリゲンチャのとりえたあらゆる立場から彼は「外部」へと駆り立てられたのである（「彼は決してラスコオリニコフの立場にも立たなかつたしマレイの立場にも立たなかつた」）。そこには、いかなる命題にも還元できない非‐命題的あるいは前‐命題的な「現実」の姿があったが、それを彼は「現代は混乱している」という命題によってではなく、「現代の混乱」という言葉でただただ指示し、自分がそのなかにいることを示そうとしただけなのである。「彼は、国民とインテリゲンチャとの間の深い溝を、単に観察したり解釈したりしたのではない。又、この溝に架橋する為に実際的な政策を案出したのでもない。彼は溝の中に大胆に身を横たへ、自ら橋となる事が出来るかどうか試したのだ」（一六二）。

このように本質的にその本質を把握されない「現実」（まさしく「逆説的な」言い方）は「政策」によって導かれるようなものではありえない。それは、ただ芸術作品として「表現」されることができるだけではないか。そこにこそ、ドストエフスキーにおける「創造」と「現実」の関係の秘密があるのではないか。

ないか。彼が「身を横たへ」た混乱した現実こそ、彼の「創造の場所」だったのである。

彼の所謂「現代ロシヤの混乱」といふものは先づ何を置いてもインテリゲンチヤとロシヤの民衆との食ひ違ひから来る。彼の非難は専らこの食ひ違ひに向けられてゐると言つてよろしい。併し、彼は骨の髄からインテリゲンチヤであつた。彼の熟知した人間はラスコオリニコフであつてマレイではなかつた。マレイは、ドストエフスキイの疑惑のなかで、ラスコオリニコフが生きるのに必須な反対命題として生きたのである。この矛盾が彼の疑惑を不断に燃やしてゐた。さういふ疑惑こそ彼の生命であつたといふ意味で、彼は「現代ロシヤの混乱」を全的に肯定してゐたと言へる。「現代ロシヤの混乱」は観察し分析し批判さるべき対象であつたといふより、寧ろ常に彼の創造の場所として先づ信じなければならないものであつた。彼は決してラスコオリニコフの立場にも立たなかつたしマレイの立場にも立たなかつた。インテリゲンチヤと民衆との握手といふ様な事を思案したのでもない。彼はどの様な立場から現実を眺めようとしたのでもなく、ひたすら現在の不安、現在の混乱の犠牲とならうと希つただけである。この様な自信は何処から生れたか。それは「現代ロシヤの混乱」なるものが誰よりもはつきり彼には見えてゐた。その見えてゐたといふ一事にあるのだと僕は信ずる。[18] 彼の「蜥蜴の眼」は現実に膠着してゐた。トルストイの「蜥蜴の眼」が又さうであつた様に。そして彼の「神」や「理想」は、彼の洞察によつて熟せられた赤裸なあまりに赤裸な現実の昇華したものに他ならず、それらは、言はば逆の操作を行へば、そのまま、あらゆる粉飾を脱した痛烈な現実といふ固体に戻る態のものであつた。其処には何等空想的なものはない。（五、一六八―一六九、傍点引用者）

先に確認したように、ドストエフスキーはムイシュキンと同じ部屋で泣いていたし、また「ラスコオリニコフは〔シベリアから〕生きのびて来たドストエフスキイその人」であった。「彼が当時のインテリゲンチャに発見した病理は、即ち己れの精神の病理である事を厭でも眺めねばならない様な時と場所に彼は生きねばならなかつた人である。「現代ロシヤの混乱」の鳥瞰は、そのまま彼自身の精神の鳥瞰に他ならなかつた。インテリゲンチャの不安はそのまま彼自身の懐疑であつた。彼はこれを観察する地点も、これを整頓する支柱も、求めなかつた。ただ自らこの嵐の中に飛込む事によつて自他共に救はれようとした処に、彼の思想の全骨格がある」（五、一七〇）。しかしそれは、ドストエフスキーがラスコーリニコフやムイシュキンの立場から自己の思想を展開したという意味ではない。ムイシュキンとともに泣いたとき、「彼はいやでも自分の涙も自分の為る事も知つてゐなければならなかつた」。同じように、彼はラスコーリニコフが思想を生きる姿を意識していなければならなかった。超越的視点を捨てて現実に内在する彼のリアリズムは、彼自身が思想に憑かれた「性格破産者」であることを明らかにするが、そこから彼は「表現」を獲得し「作品」を創造する。したがって、このプロセスは「現実」への「内在」と「表現」への「超越」という二重性を含んでいる。いいかえるなら、そこには「絶望」と「理想」（一六二）の、あるいは「デカダンス」と「野性」（一六九）の二重性が存在する。かつてシェストフのうちに見た「野性」の表現者を小林はここでドストエフスキーのなかに見出しているのである。

ドストエフスキーと「私小説」の問題

いまやなぜドストエフスキーの問題が小林にとって「私小説」の問題であったのか明らかであろう。本節の冒頭で引いたドストエフスキーの実生活と作品との関係についての一節は、昭和九年一月に発表された「文学界の混乱」の後半「私小説に就いて」の結論部分にあたるものである。賭博や借金をはじめとする実生活の上での徹底的な混乱を生きて、あれほど秩序ある作品を書くドストエフスキーの創造の秘密、小林の視線はそこに集中している。実生活の無秩序と作品の秩序との関係は、この後も小林の関心の中心に位置し、白鳥との「思想と実生活」論争を経て昭和一四年刊行の『ドストエフスキイの生活』の次のような一節にまで続いていく。

彼の伝記を読むものは、その生活の余りの乱脈に眼を見張るのであるが、乱脈を平然と生きて、何等これを統制しようとも試みなかつた様に見えるのも、恐らく文学創造の上での秩序が信じられたが為である。若し彼が秩序だつた欠点のない実生活者であつたなら、彼の文学は、あれほど力強いものとはならなかつたらう。芸術の創造には、悪魔の協力を必要とするとは、恐らく彼には自明の理であつた。（五、一〇〇）

やや脱線するが、この一節は『文学界』昭和一一年二月号所載の分には存在しない。「思想と実生活」や「文学者の思想と実生活」にはきわめて類似した表現があるから（四、一六四―一六五、一八〇）、白鳥との論争をとおして、『生活』刊行の際に書き加えられたのであろう。

さて、この実生活の混乱を思想の問題としてつきつめていくとどうなるだろうか。小林の問題設定のなかで、実生活の混乱は現実の混乱と自己の混乱へとつながっていく。ドストエフスキーにとってロシアの混乱はそのまま自己の知識人としての混乱であった。彼がインテリゲンチャと民衆の矛盾のうちに身を横たえたということは、自己のうちの「思想」と「自然」との矛盾を自覚し、それをいかなる命題にも還元せずに肯定することでもあったのである。「文学界の混乱」の前半「批評に就いて」のなかで、小林は批評界の混乱を批評道の混乱の自覚にまで高めること、すなわち自己のうちにある科学的解析志向と芸術的創造志向との矛盾を自覚することを求めていた。このような自己のうちの矛盾こそ批評家にとっての真正な戦場であり、その意味で外部の敵に対して論争のための論争を行うのではなく、「身内の様々な敵を処理」することが批評家としての「表現」の獲得に必要なのであった。これが「私小説論」の「人々は「私」を征服したらうか」という結論につながること、またこの議論が「文学界の混乱」のなかで後半の「私小説に就いて」にそのままつながっていることはすでに示唆したとおりである。したがって、ドストエフスキーの問題とは「私小説」の問題であった。それは「リアリズムに関する座談会」(『文学界』昭和九年九月号)における次のような小林の発言からも理解される。

僕はこの頃ドストエフスキーを読んで〻一番おもしろいところはね、あいつが自分のことを実によく考へたことなんだよ。さつき言つた実証主義精神といふものね、さういふ思想があるでせう、科学的な思想が……世間の見透し……さういふものがある処に社会と個人との問題が起るが、さういふ問題にぶつつかつて、自分といふものをとことんまで調べてみる――さういふ処が実に面白いんだよ。トルストイとドストエフスキーは何故バルザックとかフローベル、モオツパッサン、あんなものより面白いか――僕は実に面白いんだ。といふのは、あの人達の方が新しいんだよ。つまり自分のことをよく考へた上で作つた社会小説なんだよ。

さつきドストエフスキーが自分をとことんまで調べてると言つたけれども、その調べるといふ意味は決して心境的な意味ぢやないんだ。〔……〕非常に論理的に、思想的に調べてゐるんだ、あの人は。自分の問題といふものが即ち深刻な思想問題だといふさういふ人が僕は欲しいんだな。

ドストエフスキーといふ人は自分の思想は芸術でなければ表現できなかつた人だよ。さういふ思想家だよ。だからさういふ民族的思想だとか何とかいふ所謂思想らしいはつきりしたものはないですよ。そんなら論文を書いてる。[19]

結局、小林の見るドストエフスキーにとって最も重要であったことは、自分がとり憑かれた非人間的な実証主義的思想と自己のなかの芸術的創造への情熱との矛盾を、真正な「創造の場所」と自覚することであった。インテリゲンチャと民衆との乖離という社会の混乱が見えてくるのは、あくまで自己の混乱を自覚することによってであって、その逆ではない。そして、惑乱した「私」を「問題としての問題」になすことだけが「社会化した」「表現」を獲得しうる道なのである。

伝統、生活、読者

フランスの文学伝統

「私小説論」は、混乱した現代における「表現」の問題をめぐって書かれたテクストである。いままで検討してきたかぎりでは、「私小説論」における小林は「表現」を獲得する方途として、なによりもジイドの『贋金造り』を考えていた。現実が性格を喪失し、伝統的な文学表現に適さなくなったとき、ジイドは対象ではなく対象の「見方」や「考へ方」といった主観の方に注目し、錯雑した現実のかわりに錯雑した「関係」の世界を小説として構築した。これがジイドにとって「私小説」の問題であったのは、無性格な現代という問題が自意識の懐疑を徹底させるという「私」の問題と密接につながっていたからである。ジイドは表現しがたい現実のかわりに、自意識の「実験室」だけに依拠して「表現」を獲得しようとした。そのとき得られたのが、セルフ–リファレンシャルな関係の世界であった。しかし、より「現実」に肉薄しようとする小林にとってジイドの立場は不十分であり、そのため彼はドストエフスキーの研究へと駆り立てられていく。ジイドを前面にたてた「私小説論」がドストエフスキー論の前提であると言ったのはこのような意味においてである。小林がドストエフスキーに見出した姿をひと言で言えば、現実に沈潜するデカダンスを実践してなお健康さを失わない「野性」の表現者であった。

ところで、ここで小林がジイドの試みをフランスの文学伝統と結びつけて考えていたことに注意する必要がある。ジイドのような「一見世紀病的冒険家の登場も、フランスの長いリアリズムの伝統を考へる時にはじめて納得のいく事件」なのである（三、一四〇）。これに対してシェストフやドストエフスキーの「野性」の表現者は、フランスに存在するような文学伝統なしに表現活動を行おうとした。「伝統」と「野性」。この対比はすでに引いた「「紋章」と「風雨強かるべし」とを読む」のシェストフ論でも語られていたが、『ドストエフスキイの生活』（『文学界』昭和一一年一二月号所載分）ではフローベールとドストエフスキーのリアリズムの性質の差異として述べられている。「若しドストエフスキイが、西欧の同時代の天才的なリアリスト、フロオベルの様に、周囲の生ま生ましい世相を冷静に正確に描写するに止めたなら、彼はあれほど難解な作家とはならなかつた筈だ。フロオベルに孤独なクロワッセが信じられたのも、己れの抱懐した広い意味での教養に、衆愚を睥睨する象徴的価値が信じられたが為だ。併しドストエフスキイには、信じるに足るクロワッセの書斎がなかつた」（五、一七〇）。ここからドストエフスキーの眼が「現実」に膠着するものとされるのはすでに見たとおりである。

「伝統」は「私小説論」の重大な論点であり、この「伝統」という言葉に対する小林の揺れを正確に測定することなしに「私小説論」の理解を深めることはできない。「伝統」と言うとき、小林はまずなによりも文学の伝統を考えているが、それは「表現」を獲得するという彼の課題に厳密に沿うかたちで問題にされている。「私小説論」のなかでは、ジイドをフランス・リアリズムの伝統に関連づけた後に、次のように述べられている。

社会的伝統といふものは奇怪なものだ、これがないところに文学的リアリテイといふものも亦考へられないとは一層奇怪なことである。伝統主義がいゝか悪いか問題ではない。伝統といふものが実際に僕等に働いてゐる力の分析が、僕等の能力を超えてゐる事が、言ひたいのだ。作家が扱ふ題材が、社会的伝統のうちに生きてゐるものなら、作家がこれに手を加へなくても、読者の心にある共感を齎す。さういふ題材そのものゝ持つてゐる魅力の上に、作者は一体どれだけの魅力を新しい見方により考へ方によつて附加し得るか。これは僕は以前から疑はしく思つてゐる事である。〔……〕言葉にも物質の様な様々な比重があるので、言葉は社会化し大衆化するに順じて言はばその比重を増すのである。どの様に巧に発明された新語も、長い間人間の脂や汗や血や肉が染みこんで生きつゞけてゐる言葉の魅力には及ばない。どんな大詩人でも比重の少い言葉をあつめて人を魅惑する事は出来ない。小は単語から大は一般言語に至るまで、その伝統が急速に破れて行く今日、新しい作家達は何によつて新しい文学的リアリテイを獲得しようとしてゐるのか。(20)(三、一四〇―一四一)

この一節には「伝統」のみならず、「生活」や「読者」の問題が密接に関連するかたちで現れているが、ここであらためて注意しておきたいのは、小林における「伝統」の問題はこのような文学的リアリティをもつ「表現」の探究と切り離しては考えられないということである。かりにそのような文脈をふまえずに小林の伝統回帰が批判されるとすれば、それは彼の批評家としての本質的な課題にふれないという理由でまったく無意味であろう。

この「社会的伝統論」については「私小説論」の論旨の転換点をなすものとする指摘がすでにいくつ

かなされている。橋川文三はこの部分を「構成上やや奇妙な形で挿入されている」とし、自意識の解析の果てに小林がぶちあたった「社会化した宿命」とでもいうものを見出したうえで、それは後の『歴史と文学』の「ためらいがちな序奏部の思想」だとみなす。(21) 桶谷秀昭はそれを受け、「社会化した「私」」は不可能であるが(日本的)「私小説」はほろびないという橋川の有名なテーゼを敷衍するかたちで、「伝統は急速に破れてどんな様式としても規範としても機能しなくなっているにもかかわらず、それはアモルフなままにやはり生きているのであり、その力なしにただ一つの単語も生きたレアリティを獲得できない(22)」と述べた。しかしすでに示唆したとおり、「私小説論」における伝統論がジイドに見られるような「フランス・リアリズムの伝統」を含んだかたちでなされていることに注意すべきである。小林の議論が日本の文学伝統の方へと傾斜していくのは確かであり、また日本に生きる以上それ以外の答もなかったであろうが、「私小説論」の伝統論はそれよりも広い視野において、すなわち「表現」の可能性一般の問題との関わりにおいて考えられていたのである。

それでは、ここで語られている「伝統」とはいかなるものか。小林はそれが日本において「急速に破れ」つつあると言っている。他方で彼は、フランスの作家や批評家には綿々たる文学伝統を見出し、ドストエフスキーには伝統にとらわれぬ「野性」の表現者を見る。「私小説論」は潜在的には、この「伝統」(ジイド)と「野性」(ドストエフスキー)のあいだに日本の表現者を位置づけていると言ってよい。つまり、ジイドのような「真の個人主義文学」を理解できるような「非情な思想」を生き抜く文学伝統はないが、「要らない古い肥料」(三、一二二)は存在したのであり、その意味でドストエフスキーのような表現者は日本にはついに現れなかった。そして、このように位置づけられた表現者との関わりで見るとき、「伝統」の問題は極度の曖昧さを帯びることになる。

「私小説論」で小林はジイドの「真の個人主義文学」の立場の重要性を強調し、みずからもそこに身を投じているように見える。しかし、ジイドが小林にとって最も重要な作家の一人であったのは確かだが、両者のあいだには深い溝が存在していた。それはたんにドストエフスキーと比較したときジイドの立場が不十分に見えたということに由来するだけではない。小林にとってジイドの文学的営為がフランスの文学伝統のなかではじめて可能になったものであることが明らかである以上、その伝統のない日本において彼がジイドに追随することはそもそも不可能だったのである(23)。問題はとりわけ批評表現に関わる。小林はくり返し、フランスの批評家たちの「表現行為」を可能にした「伝統」が日本になかったことを強調した。例えば「文藝時評のヂレンマ」(昭和一一年四月)には次のように書かれている。

> 文学の社会的評価といふ気運に、文藝時評といふ批評形式は、言ふ迄もなく好都合なものであつた。元来が、文学の社会的評価といふ一般的認容のないところに、文藝時評は成立しないのだ。ところがわが国の文藝時評勃興は、この、一般的認容の成熟の上に立つたものではなかつたのである。文学の社会的評価といふ思想が、常識化し、一般化し、自明の社会的感覚と化した時〔サント・ブーヴの〕「月曜座談」は可能だつたのだが、文学の社会的評価といふ概念の新しさの為に、わが国の評壇は、文藝時評をこの概念の場所にあてざるを得なかつたのである(24)。

フランスでは文学の「社会的評価」の実践の場である文藝時評が、日本では文藝時評の可能性の「実験室」となり、批評家たちは「専門語の普遍性もないが、方言のリアリテイも持たぬところの言葉」を使って論争に明け暮れる。これが円熟した作家たちの関知するところでなかったのはもちろんのこと、一般読者が批評家たちの「混乱」を理解する「雅量や暇」をもっていないのも当然であった。日本の批評家たちは社会化されぬ孤独なモノローグとしてしか批評を実践できなかったのである(25)。こうして見ると、小林が「私小説論」で述べた非情な実証主義思想と対決する「社会化した「私」」とは、それ自体フランス文学の「伝統」として考えられるべきものであることが分かる。この「伝統」としての「社会化した「私」」を、小林はフランス文学を支える重要な契機として捉えていた。ジイドたちが自意識の実験室にこもって、なお「社会的な」文学を書きえたのも、このような「伝統」が存在したからだと彼には思われたのである。例えば、昭和一一年九月の「言語の問題」では、近代的実証主義思想が言語を観察の手段に貶めてしまったことを指摘したうえで、次のように述べられている。

> 文体の代りに観察を置く、といふ法則は元来詩人には禁止された法則である。だからフランスではリアリズムの運動に対立してサンボリストの運動が起つた。サンボリストの運動は、小説の汎濫による言語の事物化に反抗して言語の観念性批判性を死守するところに近代の抒情を発見しようとする運動であつた。言語の社会化に対する言語の純粋化の運動であつた。この元来が正当な知的な運動は社会的孤立を賭する事によつて、デカダンスに堕したが、彼等の犠牲が無駄ではなかつた事は、廿世紀のフランス文学を少しでも読んだ人には周知の事だ。即ち彼等の社会的孤立は外面上の孤独であつた所以なのだが、わが国の近代詩の運動には不幸にしてかういふ劇が発生しなかつた。わが国の近代詩人達は、昔乍らの言語の叙情性に近代的装飾を施す事に努めただけなのであつて、〔……〕彼等の社会的な孤立はほんたうの遂に実を結ばぬ孤立に終らうとしてゐるのである。無論こういふ事情は詩人各自の罪ではないのだが、この近代詩の無力がわが国の文学批評にも影響してゐる事は見逃せない。
> （四、二一六―二一七、傍点引用者）

また昭和一二年八月の「文藝批評の行方」によれば、ルメートルやアナトール・フランスの印象批評は、自意識の懐疑に発しつつも、モンテーニュ以来のモラリスト批評の伝統に基づくことで成立していた、とされる。「彼等のポジティヴィストの精神が、彼等を懐疑に駆つたのだが、懐疑を仕事の地盤となし得たのもそこに健康な良識の眼を見付けたからだ。印象批評とは良識批評であつた、その源はモンテェニュの批評文学にまで遡るモラリストの批評であつた」。これに対して「わが国の近代批評」はそうした伝統を欠いていた（三、一六八）。また小林は別のところで、グールモンの批評を、サント・ブーヴが生涯悩んだ創造と科学との矛盾を調和させた「良識批評」として評価してもいる（二九八）。

日本の読者と伝統的審美感

小林は、「表現」を可能にする「社会化した「私」」という「伝統」が日本に存在しないことを指摘したが、それは「伝統」によらぬドストエフスキー的な「野性」の表現者へと傾斜することを意味するわけではない。小林は「表現」が表現者の「私」を超えた歴史的なものによって支えられる必要性を痛感していた。この点で興味深いのが、昭和一一年六月に正宗白鳥への反論として書かれた「文学者の思想と実生活」である。小林は、あくまで文学や思想を実生活に還元しようとする白鳥に対し、「文学的思想」は「空想的」ではないが、思想である以上「抽象性」をもっていると主張する。したがって、それは実生活に訣別するものとなるわけだが、数学の場合なら「抽象の作業が完全」でその「計量の正確不正確」だけで思想の「現実性」が決定されるが、文学や哲学の思想の抽象は不完全であるので「計量の正確不正確ばかりでは、その現実性を決定し難い。だからその現実性の保証として思想発表者の信念を必要とし、信念は社会を、歴史を保証人としなければならないといふ次第になるのである」（四、一八二）。しかし、このような表現者の「信念」の「保証人」としての「歴史」は、日本の文脈で考える以上、日本の「伝統」といったものでしかありえない。小林はこのことを自覚していた。「私小説論」では、先に引用した「伝統」についての一節（三、一四〇―一四一）に続いて、横光の『花花』が取り上げられ、文学表現にならぬ現代の恋愛が考察されていたが、ここで注意したいのは、現代の恋愛が「原稿用紙につかぬ」という小林の感想が「伝統」的な感性を基準にして言われていることである。小林によれば、現代の恋愛が読者の関心を惹く表現にならないことから、映画や通俗小説は「時代もの髷もの」という枠を必要とするのだが(26)、これを好む現代日本人の「封建的感情の残滓」のなかには他方で「長い文化によつて育てられた自由な精錬された審美感覚が働いてゐる」のだと言う。

この感覚が、現代ものに現れた生活感情の無秩序と浅薄さを看破し、髷ものに現れた人々の生活様式や義理人情の形式が自分等から遙かに遠いと知りつゝ、社会的書割りのうちに確然と位置して、秩序ある感情行為のうちに生活する彼等の姿に止み難い美を感ずる。西洋映画の現代ものが、何故日本映画の現代ものに比べて、智識階級人等の上に、あの様に比較にならない様な人気を持つてゐるか。根本の理由はたつた一つしかない。僕等の伝統的な審美感が西洋映画の方により純粋な画を感ずるからだ、銀座通りを映しても酒場を映しても画になり難い事を知つてゐるからだ。何故ジャズのレコードに比べて比べものにならぬほど古典音楽のレコードが売れるのか。西洋音楽を真に理解してゐるゐないは問題ではない。たゞ僕等の耳が後者により多くの純粋な音を聞きわけてゐるといふ簡単な事実によるのだ。過去に成熟した文化をいくつも持ち長い歴史を引摺つた民族の眼や耳は不思議なものだと思ふ。僕はこの眼や耳を疑ふ事が出来ない(27)。（一四二―一四三）

小林は「伝統」と「表現」の問題を表現者と読者という二つの側面から考察している。いま引いた一節が読者の側から問題を見ていたのに対して、先の引用では「長い間人間の脂や汗や血や肉が染みこんで生きつゞけてゐる言葉の魅力」なしにはどんな大作家も文学的リアリティを獲得できぬことが述べられていた。しかし問題は結局、あるひとつの「伝統」に集約される。表現者は読者と同じ文学的伝統のなかで表現行為を行うのであり、そのときはじめて、この読者に対して文学的リアリティのある「表現」を獲得できるからである。

いずれにせよ、文学的リアリティを得るために必要とされた日本の文学的伝統は一般の読者のなかに生きている。第一章で確認したように、「様々なる意匠」を中心とする初期のテクストにおいてもたしかに読者の問題が扱われていたが、前景をなすのはやはり懐疑する自意識の方であり、「読者」はいわば文学を考える自意識の「外部」としてのみ問題になったにすぎない。しかし「表現」の探究をとおして、小林の関心は次第に実在する読者の問題へと向けられていく。もちろん、文学の可能性の極北を目指す小林のような批評家にとって、生身の読者がはじめから理想的な存在であったわけではない。昭和七年六月に発表された「小説の問題Ｉ」や「小説の問題II」では、虚構によって現実を理解したつもりになっている通俗小説の読者が批判されている（三、一三、一六―一七、二三）。しかし、「小説の問題II」の末尾の次の一節には、小林の評価の揺れがはっきりと現れているように思われる。

> 小説の詩的価値だとか倫理的価値だとか、社会的価値、政治的価値等々と批評家は無暗に言ひたがるが、さういふものは皆小説になすり付けた価値に過ぎぬ。一体小説に価値をなすり付けて扨て観賞するのは批評家といふ特殊人の癖であつて、人々はもつと生々しく直かに小説に触つてゐる。そして又いゝ小説は、批評家が容易に考へる処とは、まるで違つた性格で生き長らへてゐる。この性格とは作家がどの位深みまで世間を理解してゐるかといふ曖昧だが厳然とした事実の、曖昧だが厳然とした文字への反映をいふのである。

読者は小説を読み、世の風俗や習慣や、乃至は感情や思想やに就いて多くを学んだ積りでゐるだらうが、ほんたうの処は、自分が世間を理解してゐる以上のものは、何んにも小説から汲みとつてゐやしないのだ。いゝ小説は読者が進歩すればする程進歩する。(三、二七―二八)

「世間」の理解の深浅が文学の価値を決定するという考えは、小林の当初からの批評の原理だった。彼が自意識によって文学自体を懐疑することから出発したのも、いかにしてそこに深く到達するかという問題と切り離すことはできない。ただ小林の課題の中心が「懐疑」にある段階では、読者がそれ自体として絶対的な文学の基準になることはありえなかった。ここで述べられている一般読者の「世間」に対する理解は、いまだ深いものではなく、したがって文学的リアリティの基準とはなっていない。小林はむしろ読者の「進歩」と、読みの深化に伴って作品の本質が開示されることを希求している。しかし、読者の評価に関するこのような揺れは次第に消滅していき、一般読者は端的に「生活」(「世間」ではない)を知っており、それゆえに文学の基準たりえるという考えに小林は傾斜していく。それはすでに見たような意味で、小林が自意識の閉域から表現主体として「成熟」していく過程と完全に一致する。昭和八年八月の「批評について」で「人間の生活を一番よく知つてゐる人が一番立派な文学作家なのだ。私はもうそれを信じて疑はない」(三、四四)と書いたとき、「生活」は懐疑による「ねじれ」を受けないそれ自体で文学の基準たりえるものにまで変質した。またやや仮説的になるが、以上の変遷は、「世相」という言葉の意味が「社会」という含意を失い「生活」という言葉にかぎりなく近づいていくプロセスをも含みこんでいるように思われる。こうして文学の基準が「生活」におかれるのに伴って、思想に憑かれた青年文学者と異なり日常生活を現実的に生きる一般読者が関心の対象となり、ついに彼らが文学の基準と考えられるにいたる。昭和八年五月の「故郷を失つた文学」で「髷もの」を取り上げたさい、小林は「現実的な生活感情」に沿うているかどうかを見る大衆の感覚こそが文学の面白さの基準なのだと言いきるだろう（三五）。

同じ年、『文藝春秋』三月号に発表された[28]「手帖III」には「小説の魅力の過半は、作者にはどうしやうもない材料そのものの魅力にかゝつてゐる。材料の魅力は、これ又作者の手に合わぬ材料にまつはる社会的伝統にかゝつてゐる」（一、二七〇）と述べられているが、この社会的な「伝統」は一般読者の「生活」と結びつけられ、文学の絶対的な「基準」を形成する。昭和一〇年一月の「文藝時評に就いて」や九月の「新人Xへ」は、「伝統」と「読者」と「生活」（「血肉」）の結びつきを明確に示している点で興味深いテクストである。

作家が文学的リアリテイを実現するのに、観念の指嗾を意識しながらも肉体の必然に頼る様に、読者は作品のリアリテイの言はば濃度とも称すべきものを識別するのに、先づ自分の血肉のうちに、長い伝統によつてはぐくまれた或る鋭敏な指針に頼るのである。この人間の内奥にある指針を人為的に動かす事は至難なことだ。又至難だといふ事は、この指針が各人のうちに別々に慄へてゐながら、先づ大たい同じ目盛りを指してゐる、指さざるを得ない証拠でもある。（三、一〇二―一〇三、傍点引用者）

文字[29]を読めない人の心にも、実生活の苦しみや喜びに関する全人類の記憶は宿つてゐる。この記憶こそ、人々の文学に対する動かし難い智慧なのだ。元来観念的な産物である文学が、観念的焦燥にかられる事を常に警戒してゐるのはこの智慧だ。この智慧に育まれた一つの社会感覚だと僕は信ずる。

（一五〇）

読者を重視する傾向は、この昭和一〇年一月の「文藝時評に就いて」のあたりを境にして強くなっていく。そこにはこの一月から小林が『文学界』の編集責任者となり、不可避的に雑誌の売行を気にせざるをえなくなったという事情も作用していただろう。周知のように『文学界』は、いわゆる「文藝復興」の雰囲気のなか、昭和八年一〇月に文化公論社から発刊された「同人誌」であるが、資金難やなかなか原稿を書かぬ同人に対する社主田中直樹の不満などから、[30]翌年二月号でいったん休刊となった。やがて六月に野々上慶一の文圃堂から復刊されるが、四号を出した九月には資金難から廃刊の危機に見舞われている。野々上の回想によれば、この廃刊の危機にあたって小林は断固続行を主張したという。[31]こうして再度復刊した昭和一〇年一月号から編集を引き受けたのが小林だったのである。これを小田切進は次のように評価している。「武田〔麟太郎〕のあとを引き継いで小林が編集を受けもつことになった時、林〔房雄〕は「部数四千の小雑誌が君の手にかゝることによつて、俗人、俗文士どもの創造することもできぬ大きな仕事をやるのだ」（昭和一〇年一月「小林秀雄に」）と書いたが、休刊‐解散寸前にまで追いこまれ、七四ページの小冊子になっていた『文学界』を建てなおしたのは、稿料なしでここに『ドストエフスキイの生活』を連載し、編集の面倒なしごとまで受けもった小林の奮闘によるものだった、と言うべきだろう[32]」。小林にとって『文学界』の成功はもちろんまず第一に経済的なものでなければならなかったが、この時期の最も力の入ったテクストである『ドストエフスキイの生活』をここに連載していることからも分かるように、文学的な成功でもなければならなかった。小林は文字どおり「社会化した」文学者になることを試みていたのである。彼は自分の言葉が文壇的特殊語であってはならないのはもちろんのこと、伝統的に生成した一般読者の生活感情から遊離した青年文学者の言葉であってもならないことを、現実の雑誌運営をとおして深く自覚していたはずである。

「私小説論」のポリフォニー性とその隘路

一般読者の「生活」のうちに文学的リアリティを可能にする言葉の「社会的伝統」を見出す小林の姿勢は、以上のような「文学の社会化」の問題と密接に関わっている。議論をもう一度まとめておこう。小林は、自ら関わってきた日本の現代文学や批評が、日本の文学的伝統から完全に遊離していることをよく認識していた。一般読者の「生活」のなかにはたしかに伝統的審美感がいまなお生きているのだが、青年文学者たちはそれとは無縁の地点で「表現行為」を行ってきた。つまり現代の世相も、思想に憑かれた自分たちの姿も、日本の伝統的審美感から見れば「表現」になるような代物ではなかったのである。こう考えると、「表現」を探究する批評家である小林にとって「表現」の問題は、(1)ジイドに代表されるフランス的「社会化した「私」」の「伝統」に基づく「表現」、(2)ドストエフスキーに代表される「野性」の「表現」、そして、(3)日本の一般読者の「生活」のなかに生きている伝統的審美感に基づく「表現」という三つの軸のあいだに位置づけられる。少くとも昭和一一年頃までの小林の探究は、この三つの立場のいずれとも違ったかたちで問題を解決すること、すなわち彼が生きているほかならぬ同時代の日本において、伝統的審美感へと退行せずに「表現」を新しく創造することだったはずである。「私小説論」とはこの三つの軸がせめぎ合う場所であり、それは少くとも（新しい「表現」を模索する小林自身のかすかな声を含めて）四つの声で歌われたポリフォニックなテクストなのである。[33] 小林はこの三つの道を横目でにらみながら、自己の進むべき方向を模索している。そして小林は、これらの道の向かう先に自分の求める「表現」が存在しないことも認識していたはずである。(1)に関しては、すでに引用したいくつかのテクストからも明らかなように、文学伝統の異なる日本における実現は現実的にほぼ不可能であり、小林自身その不可能性を自覚していたと思われる。(2)はフランス的な社会化された文学伝統を必要としない点で、またドストエフスキーがまさしく現代の混乱を最もよく「表現」したという点で理想的であったし、また実際、小林のドストエフスキーに対する関心も戦後にいたるまで続いていくのだが（これに対してジイドに対する関心は戦後失われる[34]）、ロシアには存在しなかった文学伝統が日本には厳然として存在するという理由で、また小林自身が批評家としていかに「表現」を獲得するかという観点から言えば、おそらくあまりにもドストエフスキーの「天才」に依存していたという意味で、採るべき道ではありえなかった。そして(3)は、そもそも小林の出発点がそうした日本的伝統の解体した地点に求められていたということから言っても問題にならないはずであった。しかし実際には、数年間（かりに昭和六年から一一年とすれば六年間）にわたる「表現」獲得への悪戦苦闘の末、小林は一般読者の「生活」に含まれる日本の伝統的審美感の方に傾いていく。たしかにそれは、小林がフランス文学に見出していた「社会性」を、別のかたちでではあるが、日本の文学界においても実現する方途となりうる選択肢だったからである。小林が「私小説論」で模索した「第四の道」はその実現の困難が実感されるにつれて日本的伝統へと向きをかえることになった。

このような日本における文学の「社会化」の問題から、小林の関心は匿名批評へと向けられた。昭和一一年二月の「岸田国士の「風俗時評」其他」では新聞に「社会的感覚」が欠如しているという長谷川如是閑の説を紹介して、「今日まで文藝時評が、一方理論の建設に走り、一方印象の建設に走り、社会的感覚の建設が無視されて来たといふ事が言へないだらうか」と述べ、『文藝春秋』の匿名批評欄「文藝春秋」を昭和初年から担当し、後に『東京朝日新聞』の「豆戦艦」欄で著名になった杉山平助を取りあげ、彼の成功は「文学に対する一般人の社会的感覚の平均水準を常に感じて書いたところから来てゐる」と述べている。彼はさらにすすんで、社会的感覚に基づく匿名批評がやがて文藝時評にとって代わらねばならないとまで言い切るのである（四、一五八）。昭和一二年八月の「文藝批評の行方」では次のようにも書かれている。

書物から学ばれた文学の社会的評価といふ概念が、一般化して社会に根を下すには時間を要した。批評家が作品の内側から外側に、作者の側から読者の側に連れ出されるには、ジャアナリズムの実際の歩みが必要だつたのである。さういふ事実に匿名批評が根ざしてゐるものなら、これは近代批評の根本的性格の具体化に他ならない。匿名批評の流行とは健全な文藝時評が生れる土台を語つてゐる。そしてそれは優れた批評文学が生れる土台でもある。〔アナトール・〕フランスやルメエトルも、匿名批評の氾濫するなかで批評を書いた。アカデミックな批評に反対した彼等の批評は、匿名批評の精華とも言へる。併し今日、僕等が批評の土台を、一応与へられたとはどういふ事なのだらうか。僕等の批評の仕事がこれによつて少しは楽になつただらうか。土台が出来るのがあんまり遅すぎた。文学のみならず、あらゆる形態の文化はすでに充分に混乱してゐる。(三、一七二)

この小林の批評家としての悲鳴は、解析と創造に引き裂かれた近代批評精神が自己の不毛さを前にしてあげた悲鳴にほかならない。「文藝批評の行方」は昭和一二年という段階でこの分裂を最も忠実にたどり直したテクストであるが、その最後は「古典」の考察で終わっていた。この「古典」論も、近代批評精神が含む距離感を失ってはいないが、先の引用にもあった小林の悲鳴の行き着く先が、やはり生活人のなかに潜む日本の伝統的な美意識といったものであったことも確かである。いまの引用文で小林は日本の匿名批評(35)をフランスの文学批評の社会性と比較していた。しかし、匿名批評というかたちでようやく日本に萌してきた「文学の社会化」の可能性は、やはり日本の伝統的審美感なしには実現できないと小林は考えざるをえなかったのではないか。

この意味で興味深いのが昭和一二年一月の「菊池寛論」である。小林はそこで、文壇へのデビュー以来、今日にいたるまで彼に関して「真面目に想ひを廻らした事がない」ことを省み「滑稽の感に堪へぬ」と述べているが（四、七九）、この感想は、青年文学者としての小林がいままで「文学の社会化」にことごとく失敗してきたという反省と表裏一体の関係にある。小林はここでも杉山平助を引いている。杉山によれば菊池寛は「当面社会に適応する常識的社会を確立」したのである（八三）。菊池寛の作品には「文学青年の理解を絶した何物か」がある。「父帰る」が感動させたのは、文壇人というよりも「一般大衆」であった。彼の作品には文学青年を惹きつける「癖」のようなものがない[36]。「読者を人間的興味の中心に招待する為に、面倒な技術は一切御免を蒙つてゐる〔……〕。心理描写だとか性格解剖だとか或は何とも言へない巧さだとか味ひだとか、さては人生の哀愁だとか人類の苦悩だとか、さういふものには一切道草を食はず、直ちに間違ひのない人間的興味の中心に読者が推参出来る様に、菊池氏の作品は仕組まれてゐる」（八二）。私小説を書く場合でも「自己反省の手際なぞは見せず、見た事言つた事行つた事をさつさと語つてくれる」（八五）。文壇では「現代民衆の姿が明確に摑めないといふ不安」が「凡ての現代文学者の不安」となっており、プロレタリア文学は「簡明な理論によつて簡明な階級を摑みそこなつた」し（だから、弾圧で挫折したとか転向問題とかは「大した問題ではない」）、ブルジョワ文学も「複雑な技巧によつて民衆を摑みそこなつて来たのである」（九二）が、これに対して菊池寛は「たゞ一般読者の為に書いて来た作家なのだ。一般読者にとつては、あらゆる文学的意匠は存在しない、〔……〕彼等は手ぶらで扱はれた題材の人間的興味の中にづか〳〵這入つて来るだけだ。〔……〕氏の新聞小説はどれも当り前な事が当り前に書かれてゐる。〔……〕そして大衆はまさしくこの当り前な処に最大の魅力を感じてゐるのである」（九三）。大衆は「実生活に対して鋭敏な様に小説に対して鋭敏なのだ。彼等は思想や理論や描写に対しては鈍感かも知れぬ、併し小説中の人物の一喜一憂に対しては友人の表情に鋭敏な様に鋭敏なのだ。〔……〕菊池氏の新聞小説には、若し通俗性といふ言葉と大衆性といふ言葉をはつきり区別するなら、通俗性はない、大衆性だけがあるのだ」（九四）。ひと言で言うなら菊池寛は「文学の社会化」を行ったのである（九二）。

こうして小林がフランス文学の伝統のなかに見出した「文学の社会化」は、日本においては一般読者の「生活」のなかで養われてきた「人間観」を文学の基準に据えることで実現される。この「人間観」は「私小説論」などで語られていた伝統的な審美感と結局は異なるところがないであろう。しかし、このようにして実現された日本文学の「社会化」には、フランス文学を「社会化」した「実証主義思想」が欠如していた。現代日本においてリアリティのある「表現」を獲得しようとしていた小林は、「私小説論」において実証主義思想と対決する「社会化した「私」」をフランス文学の「伝統」として捉え、それがジイドたちの「表現」を可能にしていたことを正確に認識していた。しかし、このような西欧的な「社会化」は日本では実現できず、小林はむしろ、一般読者の「生活」のなかで伝統的に醸成された審美感にうったえるかたちで「表現」のリアリティを獲得し、日本の文学を「社会化」する方向へと進んでいく。これは小林が本来望んでいた「解決」ではない。いわば強いられた「解答」である。その先には言うまでもなく日本の「古典」があったが、他方でこのようにして実現した「文学の社会化」が小林に社会時評を書かせる契機になったようにも思われる。昭和一二年八月の「文藝批評の行方」や翌年の「志賀直哉論」では「古典」が正面から語られるだろう。昭和一三年はまた、抗州、南京、蘇州などを視察した「現地報告」が書かれた年でもあった。

転　向

「私」の「征服」

しかし先を急ぐ前に「私小説論」に関してもう一つ見ておかなければならない問題が残っている。

「転向」の問題である。もちろん「転向」の問題をそれ自体として扱うことは本書の意図ではない。ここでは「私小説論」の問題圏に関わるかぎりにおいて考察しておきたい。

「私小説論」の最終節で小林は、マルクス主義の移入によりたしかに日本の「私小説の伝統は決定的に死んだ」が、ジイドに見られるような西洋の「真の個人主義文学」の方は死んではいないのだと述べていた。そこから有名な結文が述べられるのだが、その直前の段落でジイドのそれをも含む「最近の転向問題」が「新しい自我の問題」を引き起こしたと語られていることに注意しておく必要がある。

最近の転向問題によつて、作家がどういふものを齎すか、それはまだ言ふべき事ではないだらう。たゞ確実な事は、彼等が自分達の資質が、文学的実現にあたつて、嘗て信奉した非情な思想にどういふ工合に堪へるかを究明する時が来た事だ。彼等に新しい自我の問題が起つて来た事だ。さういふ時彼等は自分のなかにまだ征服し切れない「私」がある事を疑はないであらうか。最近のジイドの転向問題を機として起つた行動主義文学の運動にしても、傍観者たる僕には未だ語るべきものもない。併し彼等のうちに果してジイドの四十年の苦痛の表現を熟読した人がゐるであらうか。

（三、一四五、傍点引用者）

ここで言う「非情な思想」とはもちろんマルクス主義のことであり、またそれを生んだ実証主義思想あるいは科学的理論のことである。すでに「文学界の混乱」をめぐって何度か示唆したとおり、小林は批評家たちがたんなる「批評界の混乱」から抜け、解析と創造のあいだに引き裂かれた近代批評精神が被った混乱を「批評道の混乱」としてみずから引き受けることを求めていた。戦うべき「身内の様々な敵」とは、そのような「批評精神の真の混乱、真の無秩序」に由来するものである（五六）。「私小説論」の語る「征服し切れない「私」」もそのような表現者としての自己の「混乱」以外のなにものでもない。転向問題を背景としてマルクス主義がかつての有無を言わせぬ理論的支配力を失った結果、作家は、ほかならぬ自分が「表現」という創造行為においてこの「非情な思想」とどう向き合うのかという問題に直面せざるをえなくなった。そのとき「非情な思想」は、かつてのマルクス主義のように外部から作家に働きかけるものとしてではなく、近代文学に関わる作家が自分の精神のうちに不可避的にもっている分析精神として現れてくることになる。それはまさしく「私」の問題であり、そのような「私」の混乱から出発していかにして「表現」を獲得するかという問題なのである。したがって作家は、創造と分析とのあいだの矛盾に苛まれる自己の「私」を、「文学的実現にあたつて」どのように「征服」するかという問題、すなわち「新しい自我の問題」に関心を向けざるをえないし、向けなければならない。小林が言いたいのはそのようなことである。

私小説は亡びたが、人々は「私」を征服したらうか。私小説は又新しい形で現はれて来るだらう。フロオベルの「マダム・ボヴアリイは私だ」といふ有名な図式が亡びないかぎりは。（一四五）

この結文はしばしば「曖昧」であるとか「多義的」であるとか言われてきたが、それ自体としては一義的な意味をもっている。曖昧なのはむしろ、すでに述べた三つの軸がせめぎ合う「私小説論」というテクストそのものの方である。この結文で亡びたとされる「私小説」とはもちろん日本の伝統的な私小説のことだ。「人々は「私」を征服したらうか」と問われているものは、解析と創造が相克する自己の「混乱」、つまり「私」という「問題」のことであり、この「問題」の徹底化の果てに「表現」を得ることである。それが「私」を「征服」することにほかならないし、またそれが「マダム・ボヴアリイ」

（「表現」）と「私」の関係が意味するところでもある。この「征服」されるべき「私」はこれまで述べてきたことから考えて、しばしば誤解されてきたように日本の「封建的な」「私」といったものではありえないし、「私小説は又新しい形で現はれて来るだらう」という予言も、日本の伝統的な私小説が結局は滅亡しないものだという小林の諦念を表すものではない。[37] 小林秀雄は、フランス・リアリズムの「伝統」、ドストエフスキーの「野性」、日本の伝統的審美感という三つの道のあいだにあって、いわば第四の道を模索しているのであり、「新しい形で現はれて来る」はずの「私小説」とは、近代日本の文学者が自己の「混乱」を「私」という「問題」に高め、そこから「表現」を紡ぐときに生まれるであろう「来るべき作品」のことである。小林自身、そうした作品を書こうとしていたはずである。昭和一〇年一月に連載が開始された『ドストエフスキイの生活』は、鈴木貞美が示唆したとおり[38]、小林の「私小説」なのである。[39] もちろん小林はこの試みのはらむ矛盾を自覚していただろう。彼はロシアと日本の同質性（後発国）のみならず、その相違性（文学伝統の有無）も認識しており、ドストエフスキーがそのままのかたちで日本における「表現」の可能性を保証するものでないことも分かっていたはずで、しかもそうした作家の評伝を、日本において一般読者に向けた「表現」として『文学界』に連載したのである。『ドストエフスキイの生活』が「歴史について」を序文として昭和一四年に出版されたとき、小林の新しい「私小説」の試み（「第四の道」）は、「形」という日本の伝統的審美感の方へ回帰するかたちで潰えることになる。

「転向」の意味

小林にとっての「転向」とは「私」と「表現」の問題であり、左翼に対する弾圧という政治的な次元とは、まったくではないにせよほとんど無関係であった。小林にとって左翼作家の転向という社会的動向は、政治の問題ではなく文学の問題であり、彼が望んだのは、作家たちが転向を機に自分が「表現」にすべてを賭ける文学者なのだとあらためて自覚することだった。つまり「転向」とは、文学者としての「覚悟」を定める契機にほかならなかったのである。昭和九年六月の「林房雄の「青年」」で小林は、「プロレタリヤ文学上に於ける政治の位置」といった議論にうつつをぬかす批評家を批判して、問題は「政治か文学か」の二者択一なのだと言っていたはずである。

そしてもつと言ひ度かつた事は、あゝいふ懐疑の陶酔からさめて、文学とは何か政治とは何か、政治家たるべきか文学者たるべきか、といふ恐ろしい問題に躍りかゝり、これを究明しようとした批評家が作家が一人でもゐたか。

問題をすぐ解決せよとは言はぬ。一体転向といふ事は人が人間としての懐疑を味ふ絶好なチャンスぢやないか。惜しい事さ、みんなチャンスを逸してゐる。泣き言を宣言にしてみたり、小説にしてみたり、或は一と理屈つけて納つて了つたり。(三、九〇)

転向問題を機にマルクス主義のかつての理論的魅力が低下したいま、文学者は自分の文学者としての存在を見つめ直す好機にある。小林は作家や批評家たちに、小さな問題にかかずらわずに、自分が「表現」に一生を賭けざるをえない文学者であることを覚悟せよ、と命じているのである。いいかえるなら、これは、文学を政治スローガン化することで文学の「表現」性を忘却したプロレタリア文学から、「表現」そのものに定位する「文学としての文学」に回帰することである。もしそうでなく政治をするならば、政治家としての覚悟を固めなければならない。

もちろん、この「覚悟」は素朴なものではありえない。それは引用のなかの「一体転向といふ事は人が人間としての懐疑を味ふ絶好なチャンスぢやないか」という言葉からも理解される。表現者であることの自覚は、「表現行為」への徹底的な懐疑を伴わずに生まれることはありえない。逆に言えば、「表現行為」を困難にする混乱した社会を生きる「私」、分析と創造の矛盾に苛まれた「私」を、秩序ある「表現」を実現しうる「表現主体」として作り直さなければならないのである。「表現」は理論によっては獲得されない。懐疑によっても無理である。「表現主体」は、理論的な「立場」のようなものでありえず、いわば「生身」の存在である。付け焼刃のように理論を身につければ「表現」することができるわけではない。しかも、社会も自己もおよそ「表現行為」を不可能にするような混乱した状態にある。そのときなお「表現」を求めるのであれば、文学者は自分が「表現」にすべてを賭ける文学者であることを自覚したうえで、なによりもこの「私」の混乱を「征服」し、そうすることで「表現主体」を獲得しなければならない。

小林にとってこのプロセスは、理論をただ導入することではすすめることのできない、生き身の「成熟」の過程である[40]。それは、混乱した「私」という「問題としての問題」のなかにとどまり、そこから「表現」を実現しようとするときに表現者が直面するさまざまな困難を、表現者がひとつひとつ乗り越えていくさいに生きられる時間の総体なのである。「私小説論」の最後に「ジイドの四十年の苦痛の表現」と書かれているのは偶然ではない。問題は、転向によってどのような理論的ないし政治的「立場」をとったかというところにはないからである。「表現主体」は「立場」ではない。「手帖II」のなかで小林は「私にとつては、発見した真理とは、発見に要した私の時間以上の意味も、時間以下の意味も持つてはゐない」（二、二六一）と書いていた。「私小説について」では、ジイドの転向問題をめぐってさらに次のように述べられている。

理屈はこれに各人がその独特の時間と苦痛とをかけなければ各人の裡には生きぬものだ。だから生きた理屈とはいつも信念化された理屈である。〔……〕作家は理屈の上には生きない、寧ろ信念の上に生きる。理屈が自由に引き廻す事の出来ぬ現実から離れゝば忽ち枯死するのが生身の定命だからだ。

アンドレ・ジイドの転向問題に就いて、淀野隆三氏が「改造」八月号に書いてゐたが、ジイドの転向は立派な事だが結局個人主義的倫理観の頂をみせたに過ぎぬといふ意見、あれは正しいが、あゝいふ意見の欠点はあゝいふ意見はすぐ常識化してしまふといふ処だと思ふ。あの問題には決して常識化しない、常識化出来ない一面がある、即ち彼が一歩一歩足をはこんだ道で、彼は私小説を征服して遂に本格な小説が確心をもつて書ける様になるに至つた三十年の道程だ。この方面に作家を養ふほんたうの滋養分があると私は考へる。私小説の征服とは自分自身の征服といふ事に他なるまい。

（三、四九）[41]

小林はジイドの「転向」を、なんらかの「立場」（これは「常識化」する）から判断せず、彼がそこにいたるまでにかけた時間の重みによって理解しているのである。

強いられた「苦痛」

しかし、ジイドが長い時間をかけて「表現主体」として「成熟」することができたのは、「社会化した「私」」というフランス文学の「伝統」が存在したからである。そのような「伝統」が存在しない日本で「表現行為」を営む青年文学者は、ジイドのように「成熟」することができない。彼らは「私」という「問題」に直面したが、それを「表現主体」として「成熟」させることができず、ただ自己の「混乱」を生き続けることしかできない。小林はそれを青年文学者が受けた「傷」として、強いられた「苦

人文書院
刊行案内

2025.10

渋紙色

食権力の現代史
――ナチス「飢餓計画」とその水脈

藤原辰史著

なぜ、権力は飢えさせるのか？

史上最大の殺人計画「飢餓計画（フンガープラン）」ソ連の住民3000万人の餓死を目標としたこのナチスの計画は、どこから来てどこへ向かったのか。飢餓を終えられない現代社会の根源を探る画期的歴史論考。

購入はこちら

四六判並製322頁　定価2970円

リプロダクティブ・ジャスティス
――交差性から読み解く性と生殖・再生産の歴史

ロレッタ・ロス／リッキー・ソリンジャー著
申琪榮／高橋麻美 監訳

不正義が交差する現代社会にあらがう

生殖と家族形成を取り巻く構造的抑圧から生まれたこの社会運動は、いかにして不平等を可視化し是正することができるのか。待望の解説書。

購入はこちら

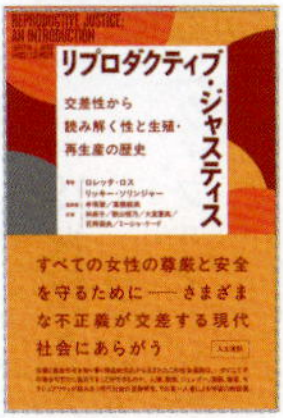

四六判並製324頁　定価3960円

人文書院ホームページで直接ご注文が可能です。スマートフォンで各QRコードを読み込んでください。注文方法は右記QRコードでご確認ください。決済可能方法：クレジットカード／PayPay／楽天ペイ／代金引換

〒612-8447 京都市伏見区竹田西内畑町９　TEL 075-603-1344
http://www.jimbunshoin.co.jp/　【X】@jimbunshoin（価格は10％税込

新刊

映画研究ユーザーズガイド
――21世紀の「映画」とは何か

北野圭介著

映画研究の最前線

視覚文化のドラスティックなうねりのなか、世界で、日本で、めまぐるしく進展する研究の最新成果をとらえ、使えるツールとしての提示を試みる。

購入はこちら

四六判並製230頁　定価2640円

カントと二一世紀の平和論

日本カント協会 編

平和論としてのカント哲学

カント生誕から三百年、二一世紀の世界を見据え、カントの永遠平和論を論じつつ平和を考える。カント哲学全体を平和論として読み解く可能性をも切り拓く意欲的論文集。

購入はこちら

四六判上製276頁　定価4180円

戦争映画の誕生
――帝国日本の映像文化史

大月功雄著

映画はいかにして戦争のリアルに迫るのか

柴田常吉、村田実、岩崎昶、板垣鷹穂、亀井文夫、円谷英二、今村太平など映画監督と批評家を中心に、文学や写真とも異なる映画という新技術をもって、彼らがいかにして戦争を表現しようとしたのか、詳細な資料調査をもとに丹念に描き出した力作。

購入はこちら

A5判上製280頁　定価7150円

新刊

マルクス哲学入門
―動乱の時代の批判的社会哲学

ミヒャエル・クヴァンテ著
桐原隆弘／後藤弘志／硲智樹訳

重鎮による本格的入門書

マルクスの思想を「善き生」への一貫した哲学的倫理構想として読む。複雑なマルクス主義論争をくぐり抜け、社会への批判性と革命性を保持しつつマルクスの著作の深部に到達する画期的読解。

購入はこちら

四六判並製２４０頁　定価３０８０円

顔を失った兵士たち
―第一次世界大戦中のある形成外科医の闘い

リンジー・フィッツハリス著
西川美樹訳　北村陽子解説

戦闘で顔が壊れた兵士たち

手足を失った兵士は英雄となったが、顔を失った兵士は、醜い外見に寛容でなかった社会にとって怪物となった。塹壕の殺戮からの長くつらい回復過程と形成外科の創生期に奮闘した医師の実話。

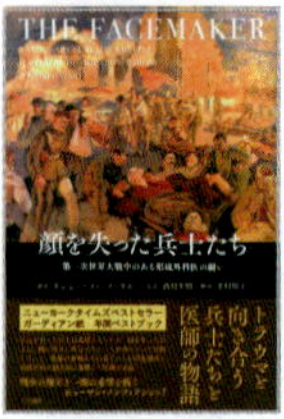

購入はこちら

四六判並製３２４頁　定価４１８０円

お土産の文化人類学
―地域性と真正性をめぐって

鈴木美香子著

身近な謎に丹念な調査で挑む

「東京ばな奈」は、なぜ東京土産の定番になれたのか？　そして、なぜ菓子土産は日本中にあふれかえるようになったのか？　調査点数１０７３点、身近な謎に丹念な調査で挑む画期的研究。

購入はこちら

四六判並製２００頁　定価２６４０円

痛」として捉えている。「私小説論」の直後に発表された「新人Xへ」には次のような一節がある。

> 最近の「私小説論」の結末で僕はかう書いた。「私小説は亡んだが、又新しい形で私小説は現はれるだらう。フロオベルのマダム・ボヴアリイは私だ、といふあの図式の亡びない限りは」と。無論理窟ではさうに違ひないと思つたからさう書いたのだ。だが元来論文の結論ぐらゐつまらないものはない。私小説が亡んだと言つても又新しい形で起るだらうと言つても、君の実際味つてゐる苦痛と何んな関係があるか。（三、一四八）

有名な結文の意味についてはすでに述べたが、小林のここでの関心は新しい「表現」の獲得よりも、青年文学者が「表現」の探究にあたって味わった「苦痛」の方に向けられている。

この「苦痛」は、ほかならぬ社会に強いられたという点では、フランスの作家たちがもつ「社会化した「私」」と同じ事情のもとにあった。

> 君が自己告白に堪へられない、或はこれを軽蔑するのは、君がそれだけ外部の社会に傷ついた事を意味する。即ち、君の自我が社会化する為に自我の混乱といふデカダンスを必要としたのではないか。このデカダンスだけが、君に原物の印象を与へ得る唯一のものだ、君が手で触つて形が確められる唯一つの品物なのだ。確かなものは覚え込んだものにはない、強ひられたものにある。
> （三、一五三、傍点引用者）

自己告白が不可能なのは、そもそも告白されるような確固とした自己が存在しないからである。またこれが軽蔑されるのは、科学的分析を含んだ批評精神が素朴な告白を徹底的な懐疑の対象としたからだ。小林がここで「外部の社会」と言っているのは混乱した近代日本社会である。このような社会によって「表現」の困難を強いられたこと、そこで表現者として受けた「傷」、しかしおそらくそれこそが近代日本の表現者のもつ最も確実なものであり、彼らを「社会化」するものではないか。文学に関するさまざまな理論や理想は文学者の空想にすぎないことも十分ありえるが、「傷」の「苦痛」のリアリティを疑うことはできない。そして、この疑いえない「苦痛」がほかならぬ近代日本の社会によって強いられたものであるという点で、表現者の自我は社会とぬきさしならぬ緊張関係にあり、その意味で「社会化」されていると言うことができる。つまり、「私」の「混乱」こそ社会が強いた明瞭な刻印であるという意味で、表現者は「社会化」されているのである。近代日本の表現者はそこから出発するしかないだろう。そうして「表現」が得られれば、それは彼が社会に強いられた「混乱」に由来するという点で、まさしく「社会化した表現」であるだろう。

しかし、「社会化」の問題はこれにとどまらない。むしろ問題はここからである。小林にとって、こうした「苦痛」はある表現者だけがもつ個人的なものではない。彼はこの「苦痛」を「新人X」と共有する。「僕も君と苦痛をわかつてゐる〔……〕失ふべき青春もない僕が旧人になる事も出来ないからね」(三、一五四)。「新人X」とは「傷」を強いられた青年文学者一般のことにほかならない。こうして小林が昭和六年頃からその課題としていた青年文学者の「表現」の問題は、彼らの受けた「苦痛」を軸にして明確に「社会化」(=共有)されるにいたったのである。もうひとつ例を挙げておこう。白鳥との論争が続いていた昭和一一年四月に、小林は「中野重治君へ」と題した小文を発表している。周知のように、これは中野が「閏二月廿九日」のなかで、小林は「非合理主義者」であり、批評的言語の混乱を作り出そうとしていると難じたのに対して反論したものだが、小林はそこで批評とは自己証明であるという従来の主張を確認し、さらに「自己証明などといつても、すでに、確乎たる自己を見失はざるを得ないやうな状態にある自己の証明を強ひられて来たのだ」としたうえで、そこから由来する混乱を「傷」として中野と共有しようとしている。

僕等は、専門語の普遍性も、方言の現実性も持たぬ批評的言語の混乱に傷《きず》ついて来た。混乱を製造しようなどと誰一人思つた者はない、混乱を強ひられて来たのだ。その点君も同様である。今はこの日本の近代文化の特殊によつて傷いた僕等の傷を反省すべき時だ。負傷者がお互に争ふべき時ではないと思ふ。（四、一七一）

問題は、このような「傷」を他者と共有し反省することが、小林をどこへ導いたかである。近代日本社会が表現者に強いた「傷」を青年文学者たちが共有するというかたちで二重に「社会化」された表現者の「私」は、さらに第三の「社会化」の契機に出会う。それは前節で見た「一般読者」の突きつける社会性である。表現者の「傷」と「読者」との関係は「新人Xへ」の次の一節で述べられている。

単に古い表現に適さない程度に壊れたと高を括つてゐた君の私生活が、実は凡そ文学的表現に適さぬほど充分に壊れてゐる事を納得するだらう。解釈さへ変へれば、技法さへ変へれば収拾出来る、清算出来ると考へてゐた君の実生活の混乱自体が、実は執拗に君に附き纏ふ亡霊だと合点するだらう。亡霊は君の文学的自惚れにはお構ひなく、君の作品で復讐を遂げる。僕は、実際この亡霊の復讐といふ事から、現代文学の一般的な或る説明を得ようといふ様な奇怪な空想さへ抱く事があるのだ。先づ独断的な自分の直観力を設定して、これだけを信用する。作品にどんな企図がかくれてゐようが、どんな思想が盛られてゐようが、それは作者がたゞそんな気になつてゐるものとして一切信用しない事にする。（あゝ、何とすがすがしい事だ）たゞ出来映えだけを嗅ぎ分ける。物質の感覚が、或は人と人とが実際に交渉する時の感動が、どの程度に文章になつてゐるか、さういふところだけを嗅ぎ分ける。するとそこに、消極的なものだが、文学に対する社会の洒落気のない制約性が得られる。言はば今日の作家達は、扱ふ材料の混乱自体によつて、どういふ具合に、自ら知らず傷ついてゐるかといふグラフが得られる。得られるといふ事は空想だが、一般の人々がこのグラフを踏み越えて、文学を観賞しようとする事は先ずないといふことは事実だ。彼等は今日の純文学を面白くないと一と口に片附ける。

（三、一四九—一五〇、傍点引用者）

実生活のなかに育まれてきた一般読者の審美眼は「作品の在るがまゝのリアリテイだけに興味を感ずる」（一五一）。これに対して観念的焦燥に駆られる青年文学者は「面白い」作品を提供できない。彼らにそもそも「面白さとは何かといふ事を反省して貰ひたい」と言うとき、小林は自分たちの表現者としての「傷」を自覚したうえで、「日常生活」に潜む伝統的審美感に回帰することを求めているのである。「表現」のリアリティが生活人の方にある以上、それ以外の処方箋は不可能である。これを表現者の側から言えば、表現者が「私」という場所から出発するだけでは「表現」を獲得できないことが明らかになったということである。これを「社会化」の第四の契機としてもよい。白鳥との論争からも明らかになったように、「表現」という「抽象」を求めるとき表現者の「私」は「社会」のみならず「歴史」と「伝統」をも必要とするのである。

イロニーの消滅、あるいは「伝統」への回帰

こうした「社会化」をめぐる小林の思索には少くとも論理的な矛盾がある。もし「新人Xへ」の末尾で小林が述べていたように、「社会」に強いられた自我の「混乱」によって表現者の「私」の「社会化」を考えるのであれば、探究されるべき「表現」はこの自我の「混乱」から出発し、これを「征服」することで獲得されるものでしかありえない。そのようなかたちで「表現」を得てこそ、それは「社会化した文学」の「表現」となりうるはずである。しかし、他方で一般生活人のもつ伝統的審美感に文学の基準をおき、それによって文学の「社会化」を考えるのであれば、自意識の懐疑のプロセスは結局すべて無用のものとなるほかはなく、小林の当初の思想が根本的に否定されることになってしまう。ここに小林のいわば「転向」を見るべきであろうか。そして小林にとって、そのようなスタンスの変化はかつての自分の立場に対する「断絶」だったのだろうか。結論から言えば、それは小林にとって転向問題の一環と考えられてはいただろうが、決して「断絶」とはみなされていなかった。そのことを示唆するテクストをいくつか見ておきたい。ここで重要なことは、小林にとって「転向」が、文学者としての自覚にいたる「成熟」の「生きられた時間」として捉えられていたことである。問題はこの生きられた時間の重みであって、どのような「立場」をとるかではない。

恐らく私はいつも、ほんの単純な真理に、大変な廻り道をして行き着いてゐるらしい。併し私としてはただ乗物を利用出来なかつたに過ぎぬ。従つて、私にとつては、発見した真理とは、発見に要した私の時間以上の意味も、時間以下の意味も持つてはゐない。だから平凡な真理をひねくれて摑んだに過ぎぬといふ非難は、私には意味をなさない。何故かといふと、ひねくれて摑んだ真理と、正直に摑んだ真理とが同じに見える様な真は私には無意味だからだ。(「手帖II」、一、二六一)(42)

ある「立場」は、たとえそれが平凡なものであっても、そこにいたるまでに生きられた時間の重みによって、表現者には大切なものとなる。例えばそれが「伝統」、「生活」、「古典」といった、自意識の問題圏をほぼ完全に否定するような立場であっても、である。その意味で「故郷を失つた文学」の末尾はきわめて示唆的である。

私達が故郷を失つた文学を抱いた、青春を失つた青年達である事に間違ひはないが、又私達はかういふ代償を払つて、今日やつと西洋文学の伝統的性格を歪曲する事なく理解しはじめたのだ。西洋文学は私達の手によつてはじめて正当に忠実に輸入されはじめたのだ、と言へると思ふ。かういふ時に、徒に日本精神だとか東洋精神だとか言つてみても始まりはしない。何処を眺めてもそんなものは見付かりはしないであらう、又見付かる様なものならばはじめから捜す価値もないだらう。谷崎氏の東洋古典に還れといふ意見も、人手から人手に渡る事の出来る種類の意見ではあるまい。氏はたゞ私はかういふ道を辿つてかういふ風に成熟したと語つてゐるだけだ。歴史はいつも否応なく伝統を壊す様に働く。個人はつねに否応なく伝統のほんたうの発見に近づくやうに成熟する。(三、三七)

谷崎の姿は、そのまま小林の姿である。日本の伝統から完全に断絶された観念的青年文学者として、小林は西洋文学の正確な理解から出発した。彼にとって伝統などどこにも存在しなかったし、ましてや「日本精神」や「東洋精神」などといったものの虚構性は明らかだった。混乱した「私」にとどまりながら小林は「表現主体」として「成熟」することを試みる。そのとき彼は「伝統のほんたうの発見に近づくやうに成熟する」だろう。この「伝統」が小林にとって重要なのは、それが本質論的に措定された「起源」の力をもつからではない。そのような伝統なら、彼はそれが存在しないことを最初からはっきりと認識していた。この「伝統」が大切なのは、それが「成熟」の「生きられた時間」をとおして獲得されたものだからである。もちろんそれを言葉で説明しようとすれば、小林が当初から存在しないと知っていたような伝統の概念が得られるにすぎないであろう。しかし、探究のプロセスを経て見出されれば、「伝統」は表現者が「表現行為」にあたって欠くことのできない重要な契機となるのである。

ここには「逆説的態度」をとおして見出されたものが「率直な態度」によって得られたものと同じであるという「逆説」が存在している（一、二六一）。小林はたしかに生涯にわたってこの「逆説」を忘れなかったと言えるかもしれない。しかし、スタンスとしては、これはきわめて危険なものである。言葉は表現者が生きた「逆説」を必ずしも表さない。「伝統」という言葉は文字どおり「伝統」という言葉にすぎず、そこには小林の強いられた苦痛などほとんど現れない。小林のテクストが中野重治や窪川鶴次郎、戸坂潤といった人々の反発をかった理由の大半はそこにある。しかも小林自身、一度獲得された信念が容易に平板化するという危険から自由であったわけではない。「生きられた時間」をとおしてある確信へとたどり着くとき、この「時間」のもっていた重みやそのプロセスのなかで逢着したさまざまな困難の記憶は、それらが言説化されえない体験的なものであるという理由から背景へと後退し、そこで生きられたものの重みは到達した「立場」の「重要性」のうちへと繰り込まれてしまう。その結果として、ある「立場」がイロニーなしに主張されるという事態が生じる。小林の「伝統」回帰のさいに生じたのはそのようなことである。

昭和一六年三月に発表された「林房雄」に見られる小林の転向観は、その意味で興味深い。このテクストは林の「転向に就いて」に対する感想を含んでいる。小林によれば転向とは、理論の上での鞍替えではなく、理論から「心」への転回である。「転向の理論といふ様なものはない。現代人は、理論が信念を生むといふ妄想から逃れ難い。転向とはこの深い妄想から覚める事であり、理論の編制替へではない」（七、二六八―二六九）。しかし、ここで発見される「日本人の心」は、あらかじめ存在するものとしてすでに実体化されてしまっている。「感想」[43]と題されたテクストには次のような一節がある。

どの様な反対理論を以つてしても、破れなかつた一つの理論〔マルクス主義〕が、或る体験の為に破れる。林君の場合に起つたのもその事である。獄中生活といふ一つの痛切な体験が、外から得た思想を破り、内から日本人の心を呼びさましたのである。最も現実的であり、合理的でもあると信じた思想が挫折した以上、はや信ずるに足りる何物もないと思つた時、なほ僕等には日本人の心といふものが信じられるといふ事は、驚くべき事である、感謝すべき事である。これを林君は、自分の受けた傷は浅いといふ言葉で言つたのである。日本人の心といふものは、僕等の心の深い処に在る、僕等の教養や知識や思想のずつと下の方に在る。（二九一）

小林が「伝統」を発見するにいたったプロセスにはもっと多くのニュアンスが含まれていた。そもそも、昭和九年六月の『青年』論では、「一体転向といふ事は人が人間としての懐疑を味ふ絶好なチャンスぢやないか」（三、九〇）と言われていたはずである。そこでの「転向」は、文学か政治かという二者択一を前に、自分の文学者としての自覚に向けて「懐疑」することだった。しかしここでは、「日本人の心」はわれわれの内部にすでに存在しているものとして実体化されているのである。

いかなる「伝統」ももたぬ「私」という「問題」から出発し、「表現」の探究という「生きられた時間」のプロセスを経て発見された「伝統」や「日本人の心」は、本来はこの「時間」と「表現行為」との関わりにおいてのみ価値をもつものであるにもかかわらず、発見されると同時に遡行的に実体化され、あらかじめわれわれの「心の深い処に在る」ものとみなされるようになる。これが小林の「日本回帰」

のからくりにほかならないが、しかし小林がそのさい文学者としての良心に照らして恥じるところがなかったのは、それが「表現」の探究という自己の最大の課題の帰結だったからである。しかし、以上に見た遡行的実体化のプロセスはやはり批判されるべきものとして残っているだろう。

第四章　「内面化」される批評

民族、民衆、伝統

「文学の伝統性と近代性」

昭和一一年一二月二五日から二九日にかけて、小林は『東京朝日新聞』に「文藝時評」を連載した。慣例的に「文学の伝統性と近代性」と呼ばれるこの時評は[1]、小林のいわゆる「日本回帰」を示すものとしてよく挙げられる。ここでは彼のテクストがそれまで示していた「ねじれ」は後景へと退き、日本の「民族」と「伝統」が結局はイロニーなしに肯定されることになる。たしかにそれは、これまでの探究のひとつの帰結として書かれてはいるが、しかし小林が「伝統」へと近づく足取りは前章で確認したとおりきわめて複雑かつ微妙なものだったのであり、そのような微妙さなしに肯定された結論は、小林の思索をおそらく彼が思っていた以上に別の場所へと導いていった。彼は自意識の懐疑の果てにある「確信」を獲得したが、到達した「確信」から見て懐疑することを否定する。しかし、この「確信」は、そこにいたるまでに重ねられた懐疑とともにあることによってのみ意味あるものではなかったか。懐疑することはまさしく逆説的な営みだったが、小林はそのとき決して曖昧ではなかった。懐疑によってのみ価値をもつ「確信」から見て懐疑を否定することにはいかなる逆説もない。それは端的に曖昧である。

もちろん、これは小林が国策的あるいは右翼的な政治イデオロギーとしての「日本主義」を信奉するようになったということではない。小林の「確信」はあくまでも彼自身が感じる「信念」であり、それは政策的なイデオロギーとして喧伝できるようなものではなかった。回帰すべき「伝統」など存在しないことは小林にとって明らかだったのである。

僕は伝統主義者でも復古主義者でもない。何にに還れ、彼にに還れといはれてみたところで、僕等の還るところは現在しかないからだ。そして現在に於て何に還れといはれてみた処で自分自身に還る他はないからだ。

しかし、この回帰する対象としての現在の「私」のなかに「伝統」が存在することを小林は発見する。

伝統は何処にあるか。僕の血のなかにある。若し無ければ僕は生きてゐない筈だ。こんな簡単明瞭な事実はない。こんな単純な事実についていろいろな考へ方があるわけはない。だから若し近代人たる僕が正直に自分を語つたら、伝統性と近代性との一致について何等かの表象を納得する筈だ。若し納得出来ないなら、それは正直さに就いて僕は何か欠けるところがあるからに過ぎぬ。といふ風に問題を簡単にしてみれば議論の余地は無い。

「正直さ」に対置されるのがインテリの観念的焦燥である。「血」とはなにか、「伝統」を語るのは反動的ではないか、といった懐疑に頭を悩ますインテリたちを小林は罵倒する。しかし、「正直」になったときに得られるはずの「伝統性と近代性との一致」の表象というものは、この両者の矛盾を創造と解析の相克として生きてきた青年文学者にとって本質的に無縁なものであろう。かつては「矛盾」の方が強調されたが、ここでは「一致」の方が前景化している。「文学の伝統性と近代性」というテクストが、例えば小林のドストエフスキー論と比べて批評的に後退しているという印象はやはり否めない。たしかに、国策イデオロギーとしての「国粋」を否定し、自分の「血」のなかに「伝統」を発見しようとする小林の姿勢は、ドストエフスキーをはじめとする一九世紀ロシアの作家たちのものでもあった。

僕はドストエフスキイを調べたお蔭でロシヤの十九世紀文化の性格に就いてほゞ納得する所があつた。そこには真の民族的自覚といふものは無かつた、数々の天才等が西欧と母国との私生児たる不安の意識の下に、各自てんでんばらばらにオリジナルな民族的自覚に到達したに過ぎない。

小林は、これを二〇世紀日本の知識人の悲劇でもあると断言するが、注意すべきことは、このようにしてオリジナルに到達された「民族的自覚」が「一般読者」という回路をとおして「民衆」という社会的次元へ接続されることである。「彼等の声は残酷だ」と小林は言う。彼が青年インテリ文学者たちによる従来の文学を観念的として否定するのは、なによりもそれが読者の関心を惹かなかったからである。「新人Xへ」の一節（三、一四九―一五〇）にもあったように、この時期の小林は、一般読者による作品評価の基準を日常生活のなかに潜む伝統的審美感のうちに求めはじめており、そこからはずれたあらゆる「観念的文学」を「リアリテイの紛失」という病弊に冒されたものとみなしていた。しかし「文学の伝統性と近代性」では、議論はさらに「一般読者」から「民衆」の方へと微妙にずれていく。彼は連載第二回目に「社会の制約性は伝統の制約性に外ならぬ。民衆とは伝統の権化である」と書いたが、その直前に先ほどの「新人Xへ」の一節[2]を引用した。しかしそのさい、オリジナルにあった「一般の人々」という表現は「民衆」という言葉に断りなしに書きかえられた。もちろんこうした改訂に過大な意味を与えてはならないだろう。しかし少くとも、小林にとって社会性の問題が「一般の人々」という言葉の示す「一般読者」の問題から徐々にずれはじめているのは確かである。小林は文学に固有の次元から「民衆」の方へといわば無意識的に移行しはじめている。なるほど「一般読者」の大部分は日本の「民衆」が占めるのだから、両者は実体としては一致する。しかし、「民衆」という表現を用いることが問題を文学の領域から政治的、社会的な領域へとなし崩し的に拡大していったことも否定できない。このような用語の転換のために、小林の「伝統回帰」は「表現」の獲得という本来の問題から離れて、政治的、社会的な色彩を不可避的に帯びることになるのである。

ところで、連載最終回の結論部分には次のように書かれていた。

伝統は決して死んでない。時代がどんなに混乱しても、民族的自覚がどんなに不明瞭になつても、民衆が民族的感覚を失つているとは考へられないからである。少なくとも文学者にとつては、さういふ感覚はいゝとか悪いとかいふものではない。彼の仕事は常に民衆のさういふ感覚によつて批判されざるを得ないからだ。かういふ批判に対して、凡人間の仕事で芸術ほど無力なものはない。そして無力であつて構はないのである。構はないといふ自覚が文学者に持てたなら、批評家の知的好奇を満足させる為に小説を書くなどといふ馬鹿気た事もやれまいし、文学者のこの無力に対して残酷な評言に不安を覚える必要もなくなる筈だ。さういふ時、伝統は、自分の個性を通して新しく誕生する筈である。

回帰すべき「伝統」の不在を確認することから出発した小林は、自意識の懐疑を遠ざけ自分に「正直」になることで、自分の「血」のなかに「伝統」を再発見する（「伝統」は「発明」されるのではなく「発見」されるのだと、小林は言う（第五回）。他方でそれは「民衆」のなかに「民族的感覚」として眠っているものと結びつけられる。近代日本において喪失されたかに見えた「伝統」は、こうして文学者が自己の「血」のうちに「民衆」の「民族的感覚」を感じることで「表現」として新しく再生（「誕生」）するのである。これが小林の「確信」の内容である。この「信念」の曖昧さは小林自身が認めるところであり（第三回）、またすでにくり返し述べたように、それが「表現」を獲得するための「覚悟」といったものであることも忘れてはなるまい。小林は、「伝統」と「民衆」によって「表現」を獲得した、と言っているのではなく、そのようなものを信じる以外に近代日本において「表現」を得る道はないという「信念」を述べているのである。その意味で彼の「伝統回帰」は、政治的スローガンとしての「日本主義」ではありえないし、最良の場合には、ドストエフスキー論で考察されたような「問題」としての「混乱」を「創造の場所」として信じるという立場であるように見えなくもない（第五回）。

しかし小林は、「問題としての問題」のうちにとどまることで「表現」の獲得を目指すという、文学者としての課題を保ちつつも、そこから微妙にそれていく。前章で述べたような意味での「問題」は「解決」としての「表現」を予定調和的に保証するものではなかった。しかし、「伝統」に回帰する以外に「表現」を獲得する道はないという逆説的に得られた「信念」は、「伝統」や「民衆」のナイーヴな肯定へと横滑りしていく。そのときそれらはそのままで「表現」を保証するものであるかのように現れるのである。これはもはや「問題」ではなく「原理」である。少くとも小林は、「問題」と「原理」のあいだ、「信念」とナイーヴな「肯定」のあいだにあって、きわめて曖昧ではないだろうか。逆説的な批評家として小林がもっていた批評の射程はここで大幅に縮減されているように見える。

僕は大勢に順応して行きたい。妥協して行きたい。びく〳〵妥協するのも堂々妥協するのも、順応して自分を駄目にして了ふのも、生かす事ができるのも、たゞ日本に生まれたといふ信念の強さ弱さに掛つてゐると考へてゐる。

問題は「伝統回帰」や「日本回帰」であるよりも、そうした「回帰」に伴って「問題としての問題」の含む多数多様性が「内面化」され、近代日本の「混乱」の現実性から乖離してしまうことである。この一節で語られる「信念」も、表現獲得のための窮余の策であるというよりは、「表現」を保証する「原理」を肯定する身振りであるかのように見えてしまう。それは本多秋五の言う意味での「現実の絶対化」であるが、[3]「現実」は「絶対化」されているだけではなく、それ以前に「表現」を生むものとして「内面化」されてもいるのである。日本の現状に不満をもらす戸坂潤や中野重治を批判する小林は、批評意識を停止し日本の「現実」をそのままで肯定しようとする。そこで肯定される「現実」はもはや「問題としての問題」が含みもつ「混乱」とは無縁である。それは作家の「血」あるいは「民衆」の日常生活に潜む「伝統」によって、かりに表面上は混沌としているように見えようとも、あらかじめ「解決」を約束されているように見える。「順応」や「妥協」という言葉は、ここで言われる日本の「現実」がもはや表現者の身を裂くような過酷なものではないこと、つまり予定調和的に「内面化」されたものであることを示しているのではないだろうか。これは小林が実際に書きついだドストエフスキーの作品論と比べると大きな懸隔をなしているはずである。

小林秀雄において「民衆」は、本来的には近代日本においていかに「表現」を獲得するかという問題を離れて存在しない。彼が「民衆」を信じ肯定するのは、「表現」を獲得するためのいわば窮余の策としてであった。しかし小林は、ときに「民衆」を文学的課題とは無関係に肯定しているかに見えることがある。そのとき文学に固有な問いの答として獲得されたものは、なし崩し的に社会的、政治的な領域へと移しかえられてしまう。こうした「文学主義」において小林はきわめて曖昧である。しかし逆に、後に検討する社会批評において彼が示す極度の確信は、それがそもそも文学的な探究に由来するものだからこそ可能になったのである。(4)

文学と「日本的なもの」

「日本的なもの」をめぐる動向

ところで、中島健蔵は「文学と民族性に就いて」(『改造』昭和一二年三月号)のなかで、文学における民族性の問題を保田與重郎、亀井勝一郎、横光利一、河上徹太郎と順に概観した後、「しかし、それを正面から文学者のトピックとしたのは、昨年暮の小林秀雄氏の文藝時評であつた」と述べている。もちろん政治的局面においては、昭和六年の満州事変を経て昭和一二年の日中戦争にいたる一連の軍事的侵略やそれに伴って台頭したさまざまな天皇制ファシズム・イデオロギーを背景として、(5)日本の民族性を称揚するいわゆる「日本主義」はすでに大きな潮流になっていた。「国体」概念も、昭和一〇年に生じた美濃部達吉の天皇機関説問題をめぐり、政府が機関説を否定するためにいわゆる「国体明徴声明」を発したことを契機として、例えば昭和一二年五月に文部省教学局が発行した『国体の本義』(6)などによって公式に明確化されていったことも周知のとおりである。文壇にかぎって言っても、それは昭和九年のコップ解体といわゆる「文藝復興」を背景とした「転向文学」の時代であり、また保田や亀井ら「日本浪曼派」の一連の批評活動と雑誌『日本浪曼派』の刊行(昭和一〇年三月)、『青年』(昭和九年刊)や『浪漫主義者の手帖』(昭和一〇年刊)から『壮年』、「新日本文化の会」にいたる林房雄の活動、昭和一一年二月から九月にかけての横光の渡欧と『欧州紀行』、『旅愁』の連載など、時代は確実に「日本的な

「もの」の問題圏へと推移していた。島崎藤村の『夜明け前』の出版とこの小説をテーマとした『文学界』座談会（昭和一一年五月号）、またこれに関連して書かれた小林の「『夜明け前』について」などもこうした動向と関連している。このようななかで小林の「文学の伝統性と近代性」は、中島健蔵の言うように「日本的なもの」にまつわる諸問題を文壇の話題として大きくクローズ・アップする決定的な契機となったようである。昭和一二年一月一三日から一五日にかけて『報知新聞』に連載された「本年度思想界の動向」で、戸坂潤は小林のこのテクストを念頭におきつつ、痛烈な皮肉を込めて次のように書いている。

> 外部からいふと、社会思想における日本主義は、あまりの馬鹿々々しさに、つひにインテリの好みを満足させることが出来なかつたが、しかしファッショとか反動団体とかいふ文学インテリとはあまり関係のない世界でたとひいはゆる日本主義の体系が恥をかいても、この日本主義はまだ文学思想界に向つては処女地をもつてゐたわけである。〔……〕
> 処が何より好都合だつたことはブルジョア文学と転向『プロレタリア』文学とにおける例の文学主義の横溢だつた。——かくて日本型ファシズムの個有《（マヽ）》なイデオロギーたる日本主義は、駸々乎としてこの文学主義の土壌の上に繁茂し出した。〔……〕最近の文学的日本主義に読者は注目すべきだ。(7)

戸坂の言う「文学主義」についてはあらためて問題にするが、「この傾向は一九三七年度の文学思想界の支配的な表面現象となるだらう」という彼の予言はまさに的中した。実際、この年の三月から五月を中心として「日本的なもの」の議論が各誌を賑わすことになる。(8) ジャーナリズムにおける論争の常としてこれは建設的な議論であったとは言いがたく、またそもそも「日本主義」がなにを意味するのかについて共通の理解があったわけでもない。むしろテーマのもつ喚起力が、さまざまな批評家の発言を触発したといった観が強いのだが、ただ「日本的なもの」という言葉が現在のわれわれに漠然と想起させるものを一度相対化しておくためにも議論をひとわたり概観しておきたい。

　このうち小林も「文学の伝統性と近代性」のなかで引用している佐藤春夫の「日本文学の伝統を思ふ」は、文献学的国文学研究の批判として現れた岡崎義恵の『日本文藝学』（昭和一〇年一二月刊）に依拠しつつ、日本文学を「もののあはれ」のさまざまな発現様式として捉え、おもに江戸文学から鷗外などを経て同時代の文学に及んでいる。佐藤によれば「もののあはれ」とは「極度の親切な感情を以て人生に臨む」ことであり、「即ち対象と同化し切つて、同じ涙を深く蔵しながら殆ど同じく泣き濡れようとする一歩手前で辛うじて踏みとどまつて客観を維持している微妙な一線に日本文学の独自な視野がひらけてゐる」のだということになる[9]。

　「日本的なもの」の主導者と目されていた作家はもちろん佐藤だけではない。昭和一一年に『英雄と詩人』や『日本の橋』を刊行した保田與重郎の名も挙げなくてはならない。独特の危うさを含んだ彼のテクストはすでに左翼批評家から「ファッショ」と批判されていたが、それに対する保田の答はひじょうに興味深い。「ファッショとは強権によつてものを抹殺することである、そのとき日本史と日本文藝史を考へた僕は、さういふ種類のファッショでない。僕は抹殺されてゐた歴史の復活を始めるからである[10]」。保田の歴史認識は少くとも二つの屈折を内包していた。彼は一八世紀の江戸町人文化によって本来の日本文化が抑圧されたと考えたが、この「一八世紀」の克服は「明治の精神」によって企図されたにもかかわらず、日露戦争を越えて継続されることはなかった。保田のいわゆる「文明開化の論理」とは、「明治の精神」が無気力化した結果陥った堕落した近代精神のことであった[11]。これが彼の批評を支える基本的な認識である。

この保田の「「日本的なもの」批評について」は、青野季吉の「「日本的なもの」と我等」に対する批判として書かれたものだった。青野はこの論文のなかで「ファッショの流れ」が「日本的なもの」の考察へと導いたのならこの流れに感謝してもいいと述べ、『源氏』より『アンナ・カレーニナ』が、また能よりもイプセンが面白いと感じてしまう自分たちを、貴族文化としての「日本的なもの」には異邦人同然だと認めたうえで、なお自分たちのなかには「民衆の創造的精神」としての「日本的なもの」が息づいていないだろうかと問い（この論点は小林に通じる）、最後に「祖国の貴族文化にとつては異邦人にもひとしいわれ〳〵が、不備・不完全、短日月の出来そこないの「教養」を以つてして、なほ且つ文学の世界性を今日の程度まで身につけることが出来た事実は、少し大げさになるが、これこそ文化史上の奇蹟としなければならぬであらう[12]」と結んでいる。保田が批判するのは青野が日本文化の現状を肯定しているからである。「日本文化（現代の）はまだ一八世紀の克服を行つてゐないと僕は信じている。日本文化には世界性の高次がないと僕は考へるのである。このところから、僕は日本の芸文が世界性をもつた日の系譜の樹立を考へる[13]」。したがって保田にとっては、明治維新を除く日本近代と一八世紀江戸文化を批判しつつ、万葉集以来の日本古典の「系譜」を考えることが、日本文化の「世界性」を確立するために不可欠なプロセスだったのである。

「明治維新」と「世界性」

「伝統」の喪失と発見をめぐるドラマは萩原朔太郎にも見られる。『日本への回帰』（昭和一三年三月刊）によれば、西洋文明導入の夢から覚めるとともに、彼らは自分たちが近代化の過程で「日本的なるもの」を喪失した「漂泊者の群」であることを自覚するのだが、にもかかわらず伝統は自分たちの血脈のうちにやはり生きているのだと言う。「僕等が伝統の日本人で、まさしく僕等の血管中に、祖先二千余年の歴史が脈搏してゐるといふほど、疑ひのない事実はないのだ」。朔太郎のこうした極度にアイロニカルな立場は『氷島』の「我れは何物をも喪失せず／また一切を失ひ盡せり」という詩句に要約されている。しかし、朔太郎にとって問題だったのは伝統だけではない。彼は、西洋的知性を摂取しつくしたうえでなされうる「新日本の創設」という、明治維新の精神につらなる企図を述べているからである。「今や再度我々は、西洋からの知性によつて、日本の失はれた青春を回復し、古の大唐に代るべき、日本の世界的新文化を建設しようと意志してゐるのだ」。もちろんこの企図は他方で絶対的な喪失感と隣りあわせでもあった[14]。こうした喪失と再興の弁証法、いいかえるなら、そのような喪失感によって昭和一〇年代までの近代日本の状況を捉え、それを「明治維新の精神」を媒介項にして批判するという姿勢は保田や朔太郎のみならず林房雄などにも共有されていた。ニュアンスの差を含みつつも、それは「日本的なもの」をめぐる論議のひとつの軸となっている。

「日本主義論争の鍵」（昭和一二年五月）で林が「我々現代の知識階級は、明治を知らず、明治なき大正昭和期の人となつた」と言うとき、それは自分たちが「崩壊期の子、頽廃期の子」であることを意味していた。林が日本を考えるさいに提出する基本的な論点は、日本が江戸末期において植民地化されず、明治維新を敢行していまや列強に対峙するまでにいたったという事実である。「日本主義論争の最も簡単な鍵はこの事実の中にある。明治以来七十年間のこの大飛躍を無視して日本を論ずることはできない。「日本的なるもの」を方々の書物から拾ひあげて来て、これをいくら解剖し分析してみても問題は解決しない。「もののあはれ」や「さび」の語意にいくら別け入つても日本を理解することはできない。半世紀間に、世界歴史始つて以来の大飛躍をした事実から出発して、我が民族性の秘密を探らなければならないのだ[15]」。こうした企図のもと林はすでに『青年』を書いていた。それは、四国連合艦隊による下関砲撃（馬関戦争）をめぐって、開国派の若き伊藤博文（伊藤俊輔）と井上馨（志道聞多）が長州藩主流の攘夷派を説得するという筋を中心にして、新日本建設への二人の「理想に憑かれた」姿を描いたものであった。林は、昭和一一年にはその続篇である『壮年』第一部を、昭和一四年にはその第二部を出版することになる。

保田、朔太郎らの議論に見られるもうひとつの側面、すなわち日本文化の「世界性」という論点も、「明治維新」と並んでこの時期の「日本主義」のひとつの軸をなすものだった。例えば『新潮』昭和一二年五月号に載った座談会「古典に対する現代的意義」で舟橋聖一は、「単なる日本至上主義とか単なる日本的物識りとかいふものでない、日本文藝をつかんで、すすんでいくと、そこからもつとコスモポリタンな文藝性に徹底出来るといふ自覚が出来たのが、今日の日本精神なのです」と述べ、左翼が日本回帰をファッショ化の現れと見ていることに反対している。[16] 河上徹太郎もその前月の座談会「日本精神及び文化とは何か」のなかで、「日本主義」を政治的局面でのみ問題にすることに反対し、それを「一種の文学主義の運動」と規定したうえで、「やはり文学精神といふことは一種のインタアナショナリズムですからね。例へば保田與重郎の論文なんか、題材自身、日本の古典なんかを取入れて、やはりあれはインタアナショナルの精神から、つまり西洋的な精神でやつてゐるんですね」と述べている（ただし「インタアナショナリズムといふものは文壇の特有性でなくて、最も右翼的のファッショの者でも、日本主義といふものを、世界の平和といふようなことでやつてゐるんだ。インタアナショナリズムの思想そのものを取入れてゐるんです」という杉山平助の指摘は銘記しておく必要がある）。[17] しかし、ここまで来ると「日本主義」の語る言葉は、三木清のような批評家の言葉とほとんど選ぶところがなくなる。「知識階級と伝統の問題」（昭和一二年四月）のなかで三木は、復古主義的な伝統観を批判して「日本的なものの世界性」を求める必要性を強調しているからである。「今日、日本が、強国日本として世界史の舞台に登場した時、我々にとつて問題となるのは何よりも我々の文化の世界性である。それは単に懐古的な態度においてでなく、寧ろ新しい文化を生産する立場において問題になつて来ることである」[18]。

「日本主義」を「世界性」という「普遍的な」観点から捉える立場と関連して、「日本主義」をヒューマニズムと結びつける議論が存在したことも忘れてはなるまい。林房雄や浅野晃の議論がそれである。林によれば「新日本主義」の動きは、前年（昭和一一年）までの文壇の話題であった「ヒューマニズム論議」の「正常にして当然の発展」だということになるし[19]、「日本浪曼派」にも属した浅野によれば、「現在に於けるヒューマニズムの要求と「新日本主義」の要求とは本来別個のものではない。公式への隷従からの解放と云ふことであり、やがては日本人として新たに文化的に出直すと云ふことである。「日本的なもの」の問題、と云ふよりはむしろ運動の核心はまさに此処にある」のだということになる（ただしこの「ヒューマニズム」としての「新日本主義」は「その最後の拠り所」を「民族」にもっており、「従つて必然に「西洋」に対する批判の要求を内在」させている。浅野は日本民族が自発的、能動的に世界史に参入することを求めているのである。彼は後に「階級」ではなく「国民」を称揚し、いわゆる「国民文学」を提唱することになるだろう[20]）。

こうして、素朴な伝統回帰論、古典回帰論を「日本主義」の仮説上の一端とし、左翼批評家によるその批判をもう一方の極とすれば、「日本的なもの」をめぐって実際に語られた言説は、「明治維新」以後の日本近代に対するアイロニカルな評価や、日本文化の「世界性」、ヒューマニズムとしての「日本主義」などいくつかの論点によって、この両極のあいだにさまざまなかたちで偏差しつつ存在していたことになる。「日本的なものの将来」（『新潮』昭和一二年三月号）における亀井勝一郎の議論も単純な日本回帰論ではない。彼は「「日本的なもの」の再考察を云々する時、いきなり万葉以来の日本古典や明治維新へととびつく態度に賛成出来ない」として暗に保田や林らとのちがいを強調し、「「日本的なもの」の再考察の基点を現代におかねばならぬ。現代における「日本的なもの」をまづ考察せよ」と主張する。

通説によれば亀井が日本回帰するのは昭和一二年一〇月の奈良旅行以降であるが、三月の時点で彼は、少くともこのテクストについて見るかぎり、考察の基点をまだ「現在」においている。亀井にとっての「現代の日本」とは「民衆」であり、また「現代教養の混乱」である。彼は第一に「民衆」のなかに「伝統」ではなく、「世界のあらゆる民衆に合流しうる」「新しい性格」としての「同胞愛」を見出すべきだとし、また知識人の教養の混乱に関しては、その「征服」が「所謂「日本的なもの」への帰還によつては不可能である」として、むしろ「西欧文学そのものの由来する淵源にまで執拗に訪れる」べきだとする。[21]

民衆の新しい性格——無限の同胞愛が、世界人としての文学者にその表現をみい出した時、日本は世界文学を生み出すであらう。その力を、「日本的なもの」のうちに発見しえないもの、形成しえないものは、国賊である。[22]

「国賊」という言葉の使用は、日本文化の「世界性」の議論が結局はナショナリズムに回収されたかたちでしかなされえないことを示唆しているが、いずれにせよ日本の現在に沈潜しようとする亀井の議論は、彼の文学的観点とあいまって、小林の姿勢に通底するものをもっている。小林も現代の混乱のうちに「身を横へる」ことで近代日本における「表現」の獲得を求めていたからである。

左翼による批判

以上のように「日本主義」の内実は必ずしも素朴な伝統回帰論でなかった。しかし、左翼批評家の批判は、論争の常として基本的にそのようなニュアンスを考慮しないものであった。回帰すべき日本が存在しないことを保田も朔太郎もはっきりと自覚していたが、左翼批評家たち（とくに大森義太郎や向坂逸郎）が批判したのはほかならぬそのような「日本的なもの」や「伝統」、「民族」の実体化だったからである。しかし他方で「日本的なもの」の探究がどのような意匠を纏おうと、それがナショナリスティックな情熱を糧にしていたことには疑問の余地がないし、最終的には時局の流れにそって体制追随的な言説に変質していったことも確かであり、その意味では杉山平助が先の座談会で危惧したとおり、文学者の運動としての「日本主義」はその態度をよほど明確に示さなければならなかったのである。[23] ただ「歴史的反省」という名において「日本主義」を考えるさいに、それがたんなる過去の断罪にならないためには（過去の断罪はいつでも容易である）、「日本的なもの」が当時の文学者たちにとって新しい可能性として現れていたことを忘れてはならない。小林が日本の「伝統」や「民族」を語る言葉の意味も、それが「文学の社会化」という企図をもって発せられたものである以上、そうした時代の言説状況を離れて考察することはできないだろう。

マルクス主義的な批判のうち、『中央公論』昭和一二年三月号に掲載された甘粕石介の「芸術に於ける日本的なもの」は、詩吟、生花、書道、角力、碁、将棋、日本舞踊、邦楽などの「日本的なもの」の勃興を「満州事変後における一応の民衆の動向の現はれ」とする一方、これが一時的現象や流行的話題ではなく真剣な探究を必要とするテーマだとし、そのうえで甘粕によれば日本浪曼派や朔太郎が述べているという「血統」や「原始の純粋性」に基づく「感覚的、装飾的な万葉―白鳳・天平―桃山の理念」や、佐藤春夫や岡崎義恵の王朝的「もののあはれ」による「詠嘆的な王朝時代―西行―芭蕉的理念」を批判して、芸術の日本的特性を明らかにすることは必要であり可能でもあるが、この二つの立場では無理であると結論する。しかし、甘粕自身の意見は結局明らかにされていない。

小林が「「日本的なもの」の問題」でも引いている大森義太郎の「日本への省察」（『中央公論』昭和一

二年四月号）は、まず「日本的」であるとされるものの一覧（「自然愛」など二四項目）をあげ、「日本的」がどうにでも規定できるもの、つまり「無規定」であることを示し、ついでよく「日本的なもの」として挙げられる「封建的日本的のもの」も「封建的」と限定詞がついている以上「日本的なもの」そのものではないとしたうえで、さらに外来のものを一切取り除いて日本本来のものを発見しようと上代へ遡行していくが、そこには結局「茫々たる神話の世界」のみが見出されるだけだという結論にいたる。そこで方法をかえて、「日本的なもの」に共通するものを社会的関係と自然的関係（地理的関係と人種的関係）のうちに探るが、結局抽象的な形式しか見出すことができないと結論する。大森はこうして本質としての「日本的なもの」とは実在しない虚構にすぎぬことを論証してみせるのだが、結論としては「各民族の特殊と世界の普遍とを合せたもの」が「社会主義の世界像」となるだろうと述べて歴史的存在としての「民族」の存在は認めている。大森は、日本を特権化することで西欧との対決が先鋭化され、資本主義という真の「敵」が隠蔽されることを警戒しているのである。『新潮』五月号に掲載された「文学と民族性の交渉」によれば、民族性とは「限定されたる時代の限定されたるひとびとについてのみ云はれる」ものであって、「日本民族性そのものを現はすとすることはできない」のである。(24)

小林は『改造』四月号に発表された向坂逸郎の「政治と文化の相克」にも言及しているが、向坂はそこで「日本」のかわりに「社会構造」つまり「階級」を考えることを提案した。向坂は大森とちがい、そもそも「民族」の存在を認めない。彼によれば、「国民文化」というのも「市民文化」であって、階級性の意識が生じた現在では「国民」は存在せず「階級」のみが存在する。これに対してファシズムは「民族のない所に、民族文化を作らう」としているが、真の問題は「被支配階級」の文化の方であり、それは自国のみならず他の文化からも批判的に養分を摂取するものだとされるのである。こうした公式主義的な極論は、「日本的なもの」を「アジア的立後れ」に還元して済ませてしまう猪俣津南雄の「日本的なもの〻社会的基礎」(『中央公論』昭和一二年五月号)などにも顕著に現れている。

「表現」と「日本的なもの」

小林の「「日本的なもの」の問題」はこうした状況のなかで昭和一二年四月一六日から一九日にかけて『東京朝日新聞』に連載された。小林は、保田のように過去の抑圧された文化をアイロニカルに復興するという企図を抱くこともないし、林房雄のように「明治維新の精神」の研究を通じて日本の民族性にいたろうともしない。(25) また左翼批評家たちのように民族性を否定しようとするわけでもない。小林の議論は「日本的なもの」を近代日本における「表現」獲得の問題として捉えており、その意味では少くとも首尾一貫しているのである。

小林は、大森が「日本への省察」で失敗してみせた「日本的なもの」の定義をめぐって、たしかに理屈としては「共通者日本の概念は空虚な形式に過ぎない」が、例えば大森がほかならぬ大森であり小林秀雄ではないという意味での個別性の問題はなくならないとして、「日本的なもの」の存在を主張している。自意識の解析の果てに作家の「宿命」(個別性、特異性 singularité)を見出す小林の批評原理が、ここで民族性の把握のために用いられていることに注意したい。他方、「民族」や「国民」は実在せずただ「階級」があるだけであり、ファシストは「民族」をでっち上げようとしているという向坂の論文には、「成る程氏の理想が天翔つてゐる事は納得出来るが、さて冷静に考へて見れば、階級対立が民族性を消滅させるとも誰も思はぬし、民族の無い処にどんなファッシストにも民族性をでつち上げる力があらうとも考へられぬ」(四、一九〇)と述べ、日本の民族性が「実感」としてはっきり存在すると考えている。たしかにほとんどの「日本人」が自らのアイデンティティを託す対象は、明治維新以降、制度的にもイデオロギー的にも近代国家として構築されてきた「日本」にほかならないだろう。ベネディクト・アンダーソンによる「想像の共同体」の議論を援用するまでもなく、「日本」という民族性は共同幻想というイマジネールなものとして実在している。「民族とは近代において作りだされたものである」という意味での虚構性はイマジネールなものの実在性と矛盾しない。その意味では向坂の議論は誤りである。大森の場合は、「民族」がイデオロギーとしてファシズムに利用されることを警戒してはいるが、「民族」の存在そのものを否定するわけではない。大森と小林との相違は、むしろ民族性と文学の関係をどう評価するかにあった。

『新潮』五月号に掲載された大森の「文学と民族性の交渉」は、発売日などから考えておそらく小林の議論をふまえてはいないと思われるが、議論の上でははっきりとした対照をなしていて興味深い。大森は「民族性はいかなる文学作品をも色づけてゐる。〔……〕どのやうな作品にも、すなはち価値高き作品にも低き作品にも、民族性は現れてゐるとすれば、かかる民族性を具へてゐるといふことは、その価値決定になんらあずからぬ要素であると云はなければならぬ」と述べ、したがって民族性を文学において問題にすることは無意味だとしたうえで、次のように主張している。

ここにいふ民族性は、これまでのところによつても充分に察しられるごとく、漠然たるものであり、確たる形態をもたず、補足しがたいものである。だから、これを意識の底にもち、それと自然に結びつくことはできる。そして、この事実を考へることはできる。しかし、真実の意味において結びつく、――これを明確に意識の表てにうかべ、それと結びつくといふことは不可能である。(26)

大森が言うこの民族性は「不動」ではないが十分に「永恒的なもの」である。それは言うなれば実感されるものであろう。民族主義者の主張が説得力をもつのも、そのような民族性を人々のうちに喚起するからである。しかし、彼らの議論には「からくり」があると大森は言う。

民族主義者は、上のごとき漠然たる確たる形態をもたず、補足しがたい民族性を、いつのまにか、一定の制約された内容の民族性とすりかへる。そして、第一の意味の民族性にのみ許される永恒性を第二の意味の民族性に、そつと移してしまふ。かくして第二の意味の民族性が永恒的のものであり、我々はこれから離れることができず、文学がここに基礎と出発点をもつべき旨を宣言するのである。[27]

「日本的なもの」とされる「もののあはれ」も、王朝文学における限定された民族性、つまり大森の言う第二の意味の民族性を表すものにすぎない。

このように大森が漠然と実感される民族性の存在を認めつつも、概念的把握の不可能性を指摘することでそのイデオロギー化を批判し、また民族性を考慮することが文学作品の制作にとって無意味であることを主張するのに対して、小林はほかならぬこの曖昧な民族性を文学的創造に必要なものとして評価するのである。小林は大森や向坂を批判して次のように述べている。

確に、日本的なものといふ様な言葉から、理論的には抽象的な形式しかひき出せないのだが、作家達にこの言葉が気にかゝるのも、その形式が心の裡に生きてゐればこそだ。日本的なものといふ言葉も例へば作品のリアリテイといふ言葉と同様に、その計量的性格は甚だ曖昧で、強ひて割切らうとすれば形骸を得るに過ぎぬ、だが直観の上では誰にも明瞭な文学的観念の一つである。いや明瞭過ぎて誰も気に掛かる人はどこか悪いに違ひない。

心臓の在り場が気に掛かる奴は心臓病患者に決つてゐるのである。民族性といふものが生き生き呼吸してゐる社会にあつて、尋常な芸術が、己れの民族性で苦労する筈はない。いずれ現代の文学者達は多少どうかしてゐるのだ。そしてまさしく日本的なるもの丶問題は、どうかしてゐる連中の間に起つてゐる。（四、一九一）

ここで小林は、日本の民族性を「正常」な「健康状態」として設定し、民族性を懐疑する批評家を「病者」として批判している。民族的感情は「日本人」が健全であれば当然もっているものとして肯定され、文学者は、このように人々のなかに生き生きと存在する民族性を「明瞭な文学的観念」としてもっているのだと言う。この議論は「文学の伝統性と近代性」で検討したものと通底している。

しかし、小林のこの言葉が「表現」の探究の帰結であったことは思い出されてよい。「日本的なもの」をめぐる発言は、小林の関心の中心を占めていた「表現の危機」と表裏一体の関係にあった。『自由』昭和一二年五月号に発表された「文化と文体」で、小林は問題を次のように定式化している。

作品といふものは混乱した言語では作れない。さうかと言つて、秩序ある言語でも社会的に死んだ言語では又作品は作れない。だから現在混乱しながら生活のうちに生きてゐる言葉を土台にして、秩序ある言語の世界を創り出さねばならぬ。（四、二三一）

現代文学者の言語の使用法は大体リアリズムといふ技術で統一されてゐると前に書いたが、実は今日ではもはやこの技術は危機に瀕してゐるのである。この技術を統一するもう一つ何かを必要としてゐる。そしてその何かが容易に見付からぬ状態になつてゐる。文化の混乱はもはや公式的思想をはみ出して了つてゐるし、内的リアリズムの手法にさんざん掻き廻されて了つては、作家はもはや自分の明確な資質といふやうなものも捕へ難い。作家等は、正確に見よといふリアリズムだけを提げて立つてゐるのだが、見る対象の甚だしい混乱は、正確な観察ではもはや文体をなさぬ程度まできて了つてゐる。今日新しい作家達は本質的な意味での文体の確立に迫られてゐる。混乱した文化を文学に客観化するために、作家各自が内的に独力で新しい思想を生み出す必要に迫られてゐるのだ。

（四、二三五、傍点引用者）

「日本的なもの」とは、このような「文体確立」のために要請されたものである。(28)

谷川徹三は、「日本的なもの」をそれまでインテリが抱いてきた西欧志向に対する反動と捉え、いわゆる「平衡運動」説を唱えたが、三木清は「知識階級と伝統の問題」でこの谷川の考えを批判した。小林はそれを受けて、問題はむしろ「文化の不均衡」であり、そのようななかで「文学作品のリアリティの均衡を得る必要に迫られてゐる」作家たちが「身体の節々」に感じている「痛み」の方だと言う。

今日の日本的なもの〻問題は、文学者達にあつては、彼等の本質的な意味での技術上の病理を離れては考へられぬ。評家はそこまで下りて来なくてはならぬ。

僕は、今日の日本的なものの問題も、現代の不安といふ問題の一環として考へざるを得ない。純粋小説、行動主義、ヒュウマニズムと次々に文壇的問題が消え去るが、底を流れてゐる新しい文学の樹立といふ人々の焦燥乃至は努力は一貫してゐて消え去りはしない。（四、一九二、傍点引用者）

このように、「日本的なるもの」は「新しい文学の樹立」の「焦燥乃至は努力」、すなわち従来からの小林の課題である「表現」の探究から帰結するものだったのである。したがって、これは政治的な「日本主義」、「愛国主義」、「国家主義」とは別のものである（一九四）。例えば「文藝批評の行方」（昭和一二年八月）には、社会的、政治的問題としての「民族」から文学的問題としての「民族」を峻別しようとする小林の姿勢をはっきりと認めることができる。

> 「日本的なるもの」の問題が、如何に曖昧な形で提出されたにせよ、先づ何を置いてもこれは文学的な問題なのだ。その発生の姿には、民族性が生き生きと呼吸し難い時代に却つて民族性についての意識が掻き立てられるといふ病理学的なもの[29]はあるが、それが作家の本質的な意味での技術の問題に関連して発生してゐる以上正当な文学的問題なのである。「日本的なるもの」の問題は、作家の個性的なイメージを離れて文学的問題とはなり得ないのだ。（三、一七七―一七八）

「日本的なるもの」が文学的創造を可能にする様子を、小林は林房雄のうちに見た。「民族性がどうの伝統がどうのと議論してみても、文学者がさういふものについて己独特の文学的イメージを抱いてゐなければ空論に過ぎまい。日本といふものゝ自分独特のイメージを信じ、これを作品によつて計画的に証明しようと努めてゐる作者は、少くとも新しい文学者の間では林房雄一人きりだ」。林を「伝統主義」や「復古主義」と批判するのは無意味である。注目すべきは林の「心を燃え上らせてゐるもの」、つまり「文学者としての彼の日本についての創造的なイメージ」の方で、林はただこの「創造的なイメージ」を「燃え上らせる機縁として歴史観察（而も彼の歴史観察には空想的なものは混つてゐない）を必要としてゐるだけ」なのである。「恐らく彼はどこにも還つて行かないだらう、自分自身に還る一途だらう」（四、一九三―一九四）。だがこのように言うとき、小林が林のうちに見ているものは多かれ少かれ自己の似姿である。

「私小説論」と「日本的なもの」

「日本的なもの」の問題はここで「私小説論」の問題圏と交錯する。このことは十分に注意されていい。林房雄について「自分自身に還る一途だらう」と言われているのも偶然ではないのである。「林君の「壮年」にしろ、作者が日本人だから自ら日本的なものが顔を出したといふ様な体裁には決して出来上つてゐない」と言うとき、小林はこの「日本人だから日本的なもの」という単純な図式のうちに、伝統的私小説における素朴実在的な作者と作品との関係を見出している。林にとって「彼の日本的なものゝ観念と在来の日本的な私小説への反抗と」は「切離す事が出来ない」と言われるのもそのためである。「日本的なもの」とは、先ほどの「文化と文体」にもあった文体確立のための「新しい思想」であり、作家が実生活で死んで表現主体として新たに生まれ変わるときに、生き生きとしたかたちでもつはずの創造的なイメージにほかならない。

ただし、ここで「日本的なもののイメージ」へと収斂してしまった表現主体としての「私」の問題は、「私小説論」の段階ではジイドとドストエフスキーと日本的伝統の三者のあいだにあってなお開かれていたということは銘記しておく必要がある。ポリフォニーはホモフォニーへと収斂する。創造性の不毛に蝕まれ分裂した主体を強いられてきた青年文学者は、混乱した現代を混乱した言語で「表現」するという困難を生きるなかで、「日本的なもの」による表現主体（「私」）の確立を試みるようになっていった。小林はこれを「強ひられた」営為であると考える。林房雄の場合も「日本的なるものゝイメージをかき立てる事を強ひられこれを執拗に逆説的に追求した結果がああなつたのである」と彼は書く（四、一九四）。これは、「日本的なもの」以外のものによっては当時の日本の状況で「表現」を成立させることは不可能だと言うのに等しいが、その追求が「逆説的」だというのは、小林がそこに「知性をもつて知性を殺す」（一、二一三）ような自意識の徹底的な懐疑のプロセスを読みとっているからにほかならない。

> 従つて日本的なもの〻問題も、今日まで新しい文学者達が、結局は自己証明の為に（たとへ自己以外のもの〻証明の為にといふ外見を屡々とつたにせよ）重ねて来た逆説の果てに現れた問題と解するより他はない。そこに日本的なもの〻イメージが顔を出さゞるを得ないのも、個性といふものと民族性といふものとの間の本質的な類推関係によるのだ、と解する他はないのである。（四、一九五）

したがって、「日本的なもの」とは「私小説論」の、唯一ではないにせよ、ひとつの真正な帰結である。青年インテリゲンチャ特有の創造と解析の矛盾に引き裂かれた「私」は、その不毛性にもかかわらずこの矛盾と混乱を「創造の場所」とすることで、自己に固有の「表現」を獲得しなければならなかった。それが小林の言う「逆説的」な「自己証明」の意味するところである。「日本的なもののイメージ」はこのプロセスにおいて見出されるものと考えられている。

小林は民族性が出現する理由を個性と民族性とのあいだの「本質的な類推関係」に求めた。「自分自身に還る」ときに見出される「私」は、混乱した「問題としての問題」であったのだが、この内部の多様な混沌は「日本」の「民族性」と「類推関係」におかれ、最終的には「内面化」されてしまう。小林の転向論に見られた事情がここにも現れている。林房雄に関して述べられた「日本人だから日本的なもの」という私小説的図式の否定は、「逆説」的追求のプロセスをへて、「私」と「日本的なもの」の「類推関係」という出発点に戻ってくる。そして、その価値はこのプロセスを経るなかで生きられた時間の重さに依存するはずなのだが、それが発見されたものの素朴な肯定へと転化してしまうのもすでに見たとおりである。ここでは、さらに次の点に注意しておきたい。「日本的なもの」とひと口に言っても、例えば、「私小説論」で述べられた伝統的審美感と林房雄の言う「明治の精神」に秘められた「日本民族」の秘密とでは明らかにかなりのちがいがある。しかし、小林はそうしたものを、表現者が「表現」を獲得するために必要なものとして、また他方では、健全な日常生活を生きる一般読者が真に求めるものとして、区別なく肯定しているのである。

> 新しい文学は、これまで「日本的なるもの」の克服の為に出来る限りの事をして来た。この戦の為に僕等が使つた剣があまり切れ過ぎた。切れ味に酔つて何を切つたのだかどういふ剣を使つたのだかよく判らなくなつた状態が「純文学の貧困」といふ事実となつて現れたのである。「純文学の貧困」といふものを貧困した文学者が進んで自覚したのではない。寧ろ本を買はぬ一般読者が文学者に自覚を迫つたのである。そして「日本的なるもの」の問題が、さういふ反省の上に立つた問題である以上、一般大衆とか与論とかいふもの〻姿が理論的にではなく実際に明瞭に作家達に映つて来る様にならぬと明瞭になり難い問題だ。（三、二一九―二二〇）

これは昭和一二年三月の「文藝月評V」[30]の最後の一節である。ここでも自意識の懐疑が「日本的なもの」を克服しようとしてついに「日本的なもの」を見出したという「逆説的追求」が語られているが、結局は、一般読者に売れる作品を書くことが「日本的なもの」によって書くこととほとんど同一視されている。それは低級な意味で読者に迎合することではないにしても、「問題」としての「私」を一般読者の生活感情という「原理」へと還元し「内面化」することにほかなるまい。しかもそのとき、一般読者は「日本民族」に等しい。こうして「日本的なもの」は、表現者の側からは「表現」を可能にする

「創造的なイメージ」として、また読者の側からは作品の社会性を評価する絶対的な基準として、小林に肯定されることになったのである。

「文学主義」――戸坂潤との論争

論争の発端

このような小林の議論は戸坂潤の厳しい批判を惹起した。小林の「文学の伝統性と近代性」(『東京朝日新聞』昭和一一年一二月二五―二九日号)は、戸坂の「ナチス芸術統制」(『東京日日新聞』昭和一一年一二月一―三日号)や『文学界』の座談会「現代文学の日本的動向」(ただし発表は翌年二月号)を受けて書かれていたが、戸坂の「本年度思想界の動向」(『報知新聞』一月一三―一五日号)はそれに対する批判だった。小林の「戸坂潤氏へ」は戸坂への再反論として『報知新聞』に一月二八日から三〇日にわたって掲載されたものである。戸坂の「日本の民衆と「日本的なるもの」」(『改造』四月号)は以上の論争をふまえて書かれており、これについて小林は「「日本的なもの」の問題」の末尾で基本的には賛成の意を表明しているが、両者の認識は深く食いちがっていた。ここでは両者の論争を、「表現」や「私小説論」との関係において再検討してみることにしたい。

「ナチス芸術統制」で戸坂は、昭和一一年一一月に発表されたナチス・ドイツによる芸術批評の禁止を取りあげ、文化統制が文化破壊につながることを指摘したうえで、この禁止の直前一一月二五日に発表された日独防共協定にふれて、日本がナチスなみの言論統制に向かいつつあることを批判している。戸坂は、「人民戦線」という言葉自体が日本の「国体」に悖るという内務大臣の「文法的非合法性」の見解を取りあげ、しかしそのような文法的解釈をせずとも「元来日本には、人民などといふものが存在してはゐない」のだから「日本における人民戦線といふものが、日本そのものと相容れないといふことは、初めから当然で必然な事実なのである」と皮肉ったが、彼はそこからさらに大衆の不在、与論の不在について批判的な意見を展開した。「与論をなし、批評をなす処の人民も民衆も大衆も、日本にはないし、又あつてはならぬわけだ。日本の社会は人民などから出来てゐるのでもないし、又人民のために存在してゐるやうにも見えない。／日本の芸術批評が批評として重みをもち得ないのも、決して偶然ではない。そこには元来、批評らしい批評、民衆による社会的批評なるものは殆どないのが当然だからだ。日本では禁止すべき「無責任」な芸術批評さへが、ないのではなからうか。で、防共文化の日独協定の方は多少髀肉の嘆に耐へぬものがあるかも知れぬ」。日本には取り締まるべき世論がそもそも存在しないというわけである[31]。

小林はこの戸坂の議論を、中野重治[32]が同じく日独協定にふれて述べた「日本は延びる、私はしぼむ」という言葉とともに、現実に絶望する「進歩的批評家」の病弊として批判することになる。「文学の伝統性と近代性」で「僕は大勢に順応して行きたい」と現実を手放しで信じる姿勢を示した小林にとって、戸坂の態度は理論による現状分析が生み出す絶望にすぎなかった。それはインテリゲンチャの悪癖でしかない。「現代の進歩的評家は並ひも並つて現代日本文化のインチキなる所以を分析しこれを大衆に宣伝してゐる。それで評家たる義務を果し指導者面をし、思ふ様に仕事が出来ないのも文化が悪いのだといつてゐる。さういふ面に果してインチキがないのか。その点に僕の疑惑は存するのである」[33]。同じ箇所で小林は、『文学界』の座談会で戸坂から「曖昧模糊たる日本の信念なぞでは仕方がない」と批判されたと述べているが、実際「現代文学の日本的動向」座談会では両者が日本の現実への対応をめぐってかなり長い議論を戦わせていた。

「現代文学の日本的動向」座談会

この座談会は小林のほか岸田国士、林房雄、河上徹太郎などを一方の論陣に、他方に戸坂や村山知義をおいて展開されたが、冒頭岸田は、最近の読者は文学からいかに生活するかではなく、いかに書くかを学ぼうとするという河上の意見を引き、議論の方向を大衆の文化的成熟度や文学の社会化の問題に設定した。その流れのなかで、そもそも「大衆がないからほんとの文化、ほんとの思想や本当の教養といふやうなものが育つ地盤がなかつた」と自説を開陳した戸坂に対して、林は、読者は現在の文学を軽蔑しているが生活の糧になるような名作（例えば岩波文庫など）は買って読んでいる、したがって「これらの良質の読者に応じるために、僕らは何んとか対策を講じなきやならないんだ」と述べ、また続けて小林も「それは文壇解消論といふことになるね」と応じ、「良質の」読者の存在に関して意見の相違を際だたせている。[34]ついで、一般大衆読者やさらには「裁判官」、「実業家、官吏、軍人」の興味にも応じる問題を「二年でも三年でも徹底するまで論じ」るべきという林の意見を中心に、議論は文学の社会化をめぐって繰り広げられたが、ここで当然問題になる日本の現実に対する態度について岸田は、「現在の日本といふものに対する絶望的な気持ちから出発した文学なり評論なりといふものが圧倒的である現象」を指摘し、これが大衆の文学離れを助長していると批判した。[35]議論の焦点は日本の現実をどう捉え、どう評価するかであったが、日本社会になお残存するゲマインシャフト的要素（例えば封建的家族制度）はだんだんと崩壊し「ヨーロッパの形態に近づくので、おくれてるともいへる」と戸坂が述べたのに対し、林は日本が開化後五〇年を経てもなおそのような要素を残存させていることに日本の特殊性と可能性を見出し、また唯物論研究会は「日本への絶望」を根底にもつものだとも述べて、戸坂を批判している。[36]

日本の社会的改革を求める戸坂にとって、日本は「一元的」ではなく「二元的」に捉えられるべきものであり、現在の日本の政治的文化的状況を否定しつつそれを転換させていくことが彼のマルクス主義者としての企図であった。「本年度思想界の動向」に戻って言えば、「二元性」とは「階級対立」のもたらす「矛盾」のことである。「日本の文化そのものが、そして日本そのものが、文化的ばかりでなく社会的・政治的に、二重性を持ってゐるのである」。問題はこの対立の「動いて行く方向」を考えて、対立のどちらの側に立つかであり、そのような実践をとおしてのみ「矛盾」は指摘できる。逆に言えば、対立の方向性や自己の立場（階級性）の自覚がなければ、そもそも「一切のものはそれがあるといふことにおいてすでに必ず一元的なものだから」「矛盾も二重性もありはしない」ことになる。戸坂はこうして小林のことを、現実を「一元的」にしか見ない「糞の上に坐り込む」リアリストとして批判した(37)。戸坂自身は自分が日本の現状を批判しつつも日本の「好転」を信じる「楽天家」であると述べているが(38)、小林はそのような態度を「未来を基として現在の限界を見(39)」、日本の現在を信じることができぬものとして批判する。いいかえるならそれは、「論理」によって将来のあるべき姿を描き出す「予言者」が現在に対して突きつける「絶望」にすぎない。しかし小林がこのように批判するのは、作家は現在を肯定せずには「立派な作品」を作ることができないと信じているからであった。ここでも小林は「表現」の探究という自己の課題に基づいて発言しているのである。

ここには一見したところ明らかな対立があるが、その関係は実はもう少し錯綜している。戸坂が求める、「現在のもの」からの「抽象」によって「思想」を生じさせるという営為は、「思想と実生活」論争を通じて小林が述べていたことでもあるからである。

あらゆる思想は実生活から生れる。併し生れて育つた思想が遂に実生活に袂別する時が来なかつたならば、凡そ思想といふものに何の力があるか。大作家が現実の私生活に於て死に、仮構された作家の

顔に於て更生するのはその時だ。(「作家の顔」、四、一五二)

現在に拘泥してる限りはそれはなんらかの作品にはなつても、思想をもつた文学作品にはならない。だから絶望することも一つの思想であるので、さういふ点については僕は作家に要求していゝと思ふ。要求通りの、自分の思つた作品が書けるかどうか僕は知らない。しかしとにかくそれによつて客観的に意味のある作品が生れる。それが優れてゐるかゐないか、それは別としてね。非常に意味のある、読んで損をしない作品が生れる。それはあくまで現実からの抽象力といふ、さういふ思想なるものにあるんだと思ふ。(40)

後者は座談会での戸坂の発言である。これに対して河上は、それは「西欧の理論」であると非難したが、戸坂は理論に西洋も日本もないと応酬した。小林はこの「理論の国際性」に関しては戸坂に同意している。これは初期評論以来、自意識と理論の問題を批評の中心に据えてきた小林にとっては当然のことであった。しかし注意すべきは、この座談会での小林の姿勢には「思想と実生活」論争にいたるまで厳然と存在していた「科学的解析」の要素が欠落していることである。「私小説論」によれば、作家が実生活において死ぬとされたのは「非情な思想」である実証主義思想によって自我が解体にいたるまで分析されるからである。作家はそのような虚無から発して「鮮血淋漓たる」「第二の自我」を作品の上に実現した(四、一五〇)。したがって小林の考える創造のプロセスには科学的解析性が含まれていたのである。(41)まったく同時期(昭和一一年九月—翌年二月号)に発表された『ドストエフスキイの生活』の「作家の日記」においても、ドストエフスキーが「身を横へた」のはナロードという現実ではなく、ナロードとインテリゲンチャのあいだの矛盾という社会的現実であり、その意味で「理論」的要素は不可欠であった。「問題としての問題」は、創造と解析、情熱と理論の相克をその場所としているのである。

そのように考えれば、戸坂とはちがう意味にせよ、小林においても「現実」は「一元的」ではなく「二元的」であったはずだ。そして、そのような「現実」から「思想」や「表現」を生み出さねばならないとする点で、少くとも理論的、形式的には、小林はそもそも戸坂と同じことを述べていたのである。たしかに、理論的な分析によって社会時評をするといういわば戸坂を最良の事例とするような批評方法は、小林とは本質的に無縁である。小林は「表現」の獲得という彼固有の問題がほかならぬ近代日本社会における創造の問題であったからこそ社会を語ったのであって、社会を理論的観点から分析することは本来小林の批評的課題ではなかった。しかし、矛盾した「現実」から「思想」や「表現」を紡ぎ出すという点で両者は一致する可能性があった。その一致を妨げたのは、小林の側の変化である。インテリの理論信仰を批判する過程で、「創造の場所」を成り立たせていた「矛盾」の一方の契機、つまり「科学的分析」の契機が脱落してしまった。このため、豊饒な可能性を秘めていた「問題」としての（内的な、また社会的な）「現実」は「一元化」され、独断的な「原理」から主観的にも客観的にも区別できなくなってしまう。こうなると戸坂との相違は決定的である。

「伝統」や「読者」が文学の「基準」ないし「原理」として取りあげられるようになるのは、以上のようなプロセスによってである。この「原理」は、文学から社会的問題の領域へと断りなしに移しかえられ、濫用される。小林の社会時評にしばしば見られる無責任な言説はそうした移行と濫用の結果である。しかし、小林があくまで「表現」の獲得を固有の問題としていた以上、彼のこのような姿勢は社会批評家としてではなく文藝批評家として批判されなければならない。つまり問題は、彼の文藝批評家としての「問題」がいま述べたようなかたちで「原理」へと矮小化されたこと、また彼が文学的課題の追求の果てに見出した「原理」を社会的領域へと独断的に拡大解釈していることなのである。座談会での次の対話はこのような経緯を典型的に示している。

小林　偉い奴は現在の人なんだ。事実みんなそうなのだね。
三木　大きな作品をつくる人はさうだね。
小林　うん、大きな作品をつくる人は現在を基とした人だ。
三木　現実肯定者だね。
小林　つまり予言者といふものは作品をつくりえないんだ。
戸坂　しかし現実を出発点とし基とするといふことゝ、之を肯定することゝは別なんだね。
小林　それはどつちでもいゝんだよ。とにかく現在のトーンを実によく知つてその犠牲になることを甘んじた人だよ。問題はそれだけだと思ふんだ。たとへば帝国大学はいかんといふだらう、ところが帝国大学といふものは帝国大学だけ日本にあるんぢやないんだからね、帝国大学のうしろには日本の民衆がゐるんだ、帝国大学が悪ければ民衆も悪いんだ。
戸坂　しかし帝国大学にはいれない民衆が多いぢやないか。
小林　それははいりたいと思つてゐるんだよ。(42)

小林の議論は作品創造の問題から帝国大学と「民衆」という社会的問題へとなし崩し的にずれていき、「民衆」を文学の問題としてではなく社会的問題の領域において肯定している。このようにして語られる「民衆」や「現実」は結局捏造された「一元的原理」と区別できない。(43)

「文学主義」

戸坂は「本年度思想界の動向」でこの小林の姿勢を「文学主義」として批判した。

文学自身の内部側からいふと、少なくとも不安文学の提唱の頃から、文学主義といふべき現象が目立ち始めたのだつた。文学主義とは文学至上主義のことではない。寧ろ文学以外のものをさへ文学的性格に引き直して話しをつけようといふ、一つの論理上の態度を指すのである。(44)

これに対して小林は、戸坂潤への駁文(「戸坂潤氏へ」)のなかで戸坂が批判する「文学主義」を逆手にとって、自分は「文壇主義」を解消して「文学主義」へ進展させるのだと開き直ってみせた。

『文学界』の改組以来、文学者達は各自の立場を犠牲にしても、共通な意欲を発見し合はねばならないといふ考へを僕は捨てない。従来の文学者達が守つて来た各自の立場なるものが、いかに多くの一般読者の関知せぬ文壇的論議を氾濫させ、文学が世間をせばめたかを省り見れば呉越同舟なぞといふ非難を聞いてゐる時ではない。戸坂氏はかういふ傾向を文学主義といつて非難してゐるが、文壇主義が文学主義に進展した事は結構な事である。健全な文学主義は今その端緒についたばかりだといふのが今日の純文学界の実状なのだ。社会の一般の解釈を文学者の立場からするなどといふ己惚れを捨てよと戸坂氏はいふが、そんな己惚れが持てる程今の社会はやさしいかどうか考へてみればいゝではないか。文学者は、文壇的専門化と思想的公式性によつて貧しくなつた健全な常識を取戻さうと努めてゐる。文学主義も科学主義もへちまもあるもんか。(四、一八六―一八七)

小林が「文学主義」という言葉に感じている肯定的なニュアンスは彼がそれまで没頭してきた「表現」の探究に由来している。小林はそれを、文学者が文学者としての「覚悟」を定めることと理解していただろう。しかし贔屓目に見ても、小林は戸坂の批判を理解しているようには思えない。たしかに小林にとって、「文学者は文壇的専門化と思想的公式性〔つまり私小説とプロレタリア文学〕によつて貧しくなつた健全な常識を取戻さうと努めてゐる」のだから、社会を文学者の立場から解釈することなど不可能なように思われた。この場合「不可能」だというのは、端的に作家の書くものが一般読者の関心を惹かない――売れない――ということである。この「健全な常識」への志向も、作品制作を企図する表現者が、その創造のために必要とする「信念」としては正当なものだろう。しかし、「日本」や「大衆」を「ひとり文学者の問題ではない」(一八八)と考え、それを文学的領域から離れて論じるとき、小林の姿勢は「文学主義」となる。「民衆」の「健全な常識」を評価する小林は、明らかに社会を文学者の立場から解釈しているからである。それはいわば越権的な拡張である。

戸坂には小林の言う「民衆」が決して現実の民衆と一致しないものであることがよく見えていた。「日本の民衆と「日本的なるもの」」のなかで、戸坂は「民衆」を文学的自我との関係において考察し、「私小説論」以来の小林の議論をふまえつつ批判している。戸坂によれば、明治以来のブルジョワ文学は漱石や芥川に代表されるように「自我に就いての一種の探究」であったが、小市民的自我の行きづまりが自覚されるとともに窮地に陥ってしまった。プロレタリア文学は自我の破産を前にして自我のかわりに「社会」をおいたが、やがて起こった「転向文学」は自我の問題をふたたび前面化させ、「本当の「自分自身の自我」」の探究をひきおこした。戸坂はここで問題を整理し、社会的現実存在としての自我と「文藝的認識上の機能の一環」としての自我との区別を提案する。この区別がなければ、「小市民は遂に小市民的な自我を小市民的自我によつてしか問題になし得ないといふやうな、機械的な宿命論」

に陥るからである。ただこの「文藝的認識上の機能」としての自我はいまだ抽象的であり、具体化されなければならない。横光の「純粋小説論」も小林の民衆論もそのような自我の具体化の要求から起こったのであるが、戸坂自身はこの文学上の自我を「階級性によつて支へられた自分自身の立場」というかたちで具体化しようとするのである。(45)

戸坂による現状分析は「私小説論」などで展開された小林の認識と大差ない。(46)それは戸坂がここで、民族性の問題をファシズムといった外部的要因からではなく、小林と同様あくまでも文学内部の自我の問題として考えているからである。小林が「伝統」や「民衆」へと向かったプロセスも正確に捉えられており、小林自身この点に関しては「「日本的なもの」の問題」のなかで同意している（四、一九五）。しかし、これは二人の認識が一致したということではない。むしろ戸坂が明らかにしたことは、作家がごく素朴にもっている「日本人」という感覚が文学的自我を具体化してゆくなかで一般化される過程であり、その結果として実際の民衆とは関係なく「日本的なもの」が文学的に捏造されるプロセスなのである。社会批評家としての戸坂にとって、民衆はまず階級として実在するものである。「日本的なもの」もこの階級としての民衆が「日常利害に基く実際活動」を行っていくなかで創造されるものでしかありえない。たしかに作家の役割は民衆に階級としての自己意識をもたらすことであり、その意味では民衆に「科学的精神」をもつことを要求できるのだが、他方で作家は自己の自我を曖昧な文化人やインテリなどのあいだにではなく、はっきりと民衆の立場におかなければならないのである。(47)「民衆」のなかに入っていくという小林と戸坂の態度は、言葉の類似にもかかわらずまったく異なっている。

若し氏の言ふ様に、問題は作家自身の「自分」とは何かに帰するのなら、元来が扇動や強制によつて決して成功し得ない文学といふ仕事が、日本的な問題に関して氏の恐れる様な方向に歩き得ようとは

思はぬ。（一九五）

これは「日本の民衆と「日本的なるもの」」の末尾で戸坂が「で問題は、諸君自身の「自分」とは何かといふことになる。／そこが話しの分れ目だ」と述べたことに対する小林の返答である。戸坂の言う「自分」とは「正に階級性によつて支へられた自分自身の立場」[48]のことであったが、小林が「自分」と言うときにはもちろん民衆の階級性は含まれていない。小林が「民衆」を必要としたのは「問題」としての「私」において「表現」を獲得するためのいわば窮余の策としてであって、「民衆」は文学的リアリティの保証を与えるかぎりにおいてのみ要請されるからである。それはせいぜい読者としての「民衆」であって、現実の政治経済的な矛盾を生きる社会的存在としての民衆ではない。

　小林にとって「民衆」も「日本的なもの」もなによりもまず文学的リアリティの追究の果てに見出されたものであった。だからこそ、先の引用で小林はそれをファシズムと区別してみせることができたのである。しかし、たしかに文学的リアリティは国家主義的な「扇動や強制」によっては実現不可能だが、そのようなファシズム的傾向に対して社会的にどう向き合うかという政治的問題は手つかずのまま残っている。小林が（おそらく故意に）見ないのはこの点である。彼は思想弾圧に関して、

　何でも勝手にいへといはれたら世の常識を驚倒させるやうな思想のシステムが語れるといふのか。そしてそれが空論ではないといふ自信があるのか。僕は甚だ疑はしく思つてゐる。（四、一八六）

と述べた。たしかに、弾圧がなくなったからといってすばらしい思想が得られるわけではない。思想や「表現」の獲得は、どのような自由な社会においてもやはり困難な事業であろう。しかしもちろん、だ

からといって思想弾圧が正当化されるわけではない。小林は、政治的問題が「表現」獲得の役に立たないという自明の理を語ることで、そもそも政治的問題が存在しないかのように論をたてている。文学と政治を峻別し文学の立場から発言することが、政治的問題を政治的に問題にするような批評の可能性をあらかじめ排除してしまう。これが「文学主義」のいわばネガティヴなあり方である。

これに対して、よりポジティヴな「文学主義」では、政治に固有の問題が文学的に表象されることになる。

僕が政治問題には暗いのは事実であるが、かう政治問題が複雑になつて来ては暗いも明るいもない。政治消息通が僕等政治の素人より政治について知つてゐるともいへなくなるのだ、と僕は考へてゐる。〔……〕あの政治消息通の消息通的談義のうちに、広い意味での政治思想といふものを触発する何物もないのだ。しかも学者達の書く政治論文や経済論文の多くは皆しち面倒臭くて小むづかしくて、素人読者の興味なぞから超然としてゐるからには、民衆の政治的関心はたゞ消息通的関心につながらざるを得ない。

かういふ奇妙な文化の歪みについて文学者等は文学者らしい鋭敏さを以つて感じてゐるものをどしどしいふべきだと思ふ。政治的智識の不足なぞを恥じてゐる必要はない。思想的議会たる事を止めてゐるやうな議会が文学者の政治的無智なぞを軽蔑する権利なぞあるものか。かういふ心持ちは文壇主義を捨てゝ文学主義を選んだ文学者達は皆持つてゐると思ふ。(四、一八七―一八八)

ここには図らずも小林が「政治」という言葉で理解していたものが現れている。それは「思想」であった。学者や議会は「民衆」の「政治的関心」から遊離したものとして批判され、なんとか「民衆」の関心をつないでいる「政治消息通」にも「政治思想」がない。小林がこう言うとき、彼が学者や議会を純文学の作家に、政治消息通を大衆小説作家になぞらえていることは明らかである。小林が「政治」として求めているのは、いわば「民衆」の関心に合致する政治的「表現」なのである。この「表現」がいまだ獲得されていない以上、政治の世界は文学の世界と同じ状況にある——これは「表現」獲得に苦しんできた文学者の「鋭敏さ」によって感じられるものであり、「表現者」であるべきはずの政治家はそうした問題をまだ意識していない。だからこそ、「表現」の問題に腐心してきた文学者として政治を語ることに意味があることになる。社会時評における小林の自信はこうした認識を背景としていたのである。

「表現行為」の「表現」

「純粋な文学の像」——批評についての反省

小林は「表現」の探究という文学者としての課題につねに自覚的だった。文学を政治から峻別しようとする試みは、こうした自覚と密接に関わっている。しかし、小林は政治を政治としては考察せずに、それを文学的課題の一環として取り扱う。こうした小林の「文学主義」は昭和一二年に日中戦争が勃発すると、戦争にも適用されることになるだろう(49)。

しかし、問題は、文学的課題を政治へと拡張する（カント的な意味での）越権行為だけではない。批評家としての小林を「批評」するという観点から見て重要なのは、小林の言う「現実」が、戦争の進展とともに、「問題としての問題」から内面化された「問題」へと変質していき、ときに「民衆」や「伝統」といった一元的な「原理」にまで矮小化されてしまうことである。本来、分析と創造の相克を「創造の場所」とする小林的な表現者にとって、「表現行為」とは、内なる無秩序と「表現」という秩序を媒介するもの――「中間」において生起するもの――であった。このことは、たしかに概念としては、彼の批評活動全体を通じてかわらなかったと言えるかもしれない。しかし、「現実」が「内面化」されるのと軌を一にして、「表現行為」も不可避的に「内面化」されることになる。なるほどそれは、「民衆」や「伝統」がときにそう見えるように、単純な「原理」ではない。ドストエフスキー論や『無常といふ事』など昭和一〇年代の小林の最良の仕事には、たしかに「問題として問題」が存在しているように見える。しかし、それはいわば概念としてであって、小林は、「表現」創造にさいして作家が生きる「問題」からは距離をおき、離れた位置から批評を行っている。いいかえるなら、小林の構想する「表現」は、当時の混乱した文学状況において同時代的に実現されるべきもの――いまだその可能性が明らかではないもの――から、過去においてすでに遂行された「表現行為」をモデルとするようなものへと横滑りしていくのである。ここでふたたび問題になるのが小林のドストエフスキー論である。

　これまでの議論では、近代日本を生きる青年文学者による「表現」の探究という観点から小林のテクストを検討してきたが、そのさい表現形式のちがいを必ずしも考慮に入れてこなかった。「Xへの手紙」の企てなどからも分かるとおり、それは少くとも当初は小説形式によるものを含んでおり、自己の表現形式として小説をとるか批評をとるかは、ある時点まではっきりと区別されていなかったからである。小林は自分自身の「表現」を求めていたのであり、それは小説による探究が挫折した後も残り続け、やがて『ドストエフスキイの生活』というかたちで批評的に試みられることになる。それは彼のいわば「私小説」だったのである。しかし、近代日本の混乱のなかで自分自身が秩序ある「表現」を獲得するという課題と平行して、あるいはむしろそれにとって代わるかたちで、対象となる作品のなかに明確な文学的リアリティを求め、それを基盤として批評を行おうとする批評家としての欲望が生じていたことも見落としてはならない。もちろん、他者のうちに「表現」を求めるこの欲求がすぐ満たされることはない。当時現実に書かれていた作品にはそもそも「表現」が存在しないというのが小林の批評の出発点だったからである。「批評について」(昭和八年八月)には小林の不満がはっきりと語られている。

> 他人の作品に、出来るだけ純粋な文学の像を見ようとして、賞讃したり軽蔑したりしつゞけて来た事が、何か空しい事であつた様な気がしてならぬ。文学でもなんでもないものを強ひられて、文学でもなんでもないものゝ為に辛労して来た様な気がしてならぬ。(三、三八、傍点引用者)

このような時評に対する不満は昭和一〇年一月の「文藝時評に就いて」でもくり返されている。その冒頭には「文藝時評といふものが近頃書き難くゝつてたまらぬ」(一〇〇)と愚痴が述べられているが、これは作品自体の混乱に由来するものだった。「今日文学を論ずるのは困難だ。何故か。今日の文学がやくざだからである。批評の困難は、批評する材料の混乱を意味する」(一〇二)。実際、まわりの作品に見られるのは文学そのものではなく、「文学といふ薬味を利かされ」た「社会の顔、文壇の顔、個人の顔」であり、「作品」にはほど遠い「楽屋話し」にすぎない。責任は作家の方にある。「嘗て広津和郎氏の「風雨強かるべし」を評した時、作者から不親切な批評だと叱られた。〔……〕だが少しひねくれて考へてみると、今日の作家等は一体批評家にどんな親切をしてゐるだらうか。作家が批評家にしてくれる親切は常にたつた一つしかない。批評の土台を確立してくれる事だ。出来るだけ純粋な文学の像を提供してくれる事だ。処で今日作家等はこれと反対な事を止むを得ずしてくれてゐるのではないか」。小林はこうして成熟した批評表現を得られぬ不満を作品表現の未熟にぶつけることになる(一〇五―一〇六)。

小林の批評家としての課題は、青年インテリゲンチャの姿を同時代的に「表現」することから、作品の「純粋な文学の像」に基づいて批評的「表現」を実現することへと、ある時点で移行してしまったように思われる。前者は形式のちがいはあれ作家の「表現行為」と厳密に同質なものだが、後者には批評に特有の性質がある。そのさい、作家の「表現行為」が完遂されたところから出発するという批評の特異性に自覚的だった小林は、にもかかわらず、批評を創作と意図的に重ね合わせようとした。こうした小林の曖昧さのなかに、彼の批評概念の可能性と限界とが同時に含まれていることに注意しなければならない。『ドストエフスキイの生活』の連載が開始された昭和一〇年、小林はこのテクストを書くことによって批評家として自己固有の「作品」を獲得しようと試みたのだが、「再び文藝時評に就いて」（昭和一〇年三月）の次の一節は、批評と創作とを区別しつつ重ね合わせる小林の身振りをはっきりと示している。

> 若し作家が彼の思想を人に訊ねられたら、その作品を示すだらう。では批評家がその思想を示せと言はれたらその批評的作品を示すべきではないか。批評的作品を読まなくても、彼の思想はわかつてゐるといふが如き批評家があるとすれば、そんなものは思想とは言へぬ。彼はたゞ批評の方法を心得てゐるに過ぎぬのである。若し作家に現実を眺めて、人間典型を自在に夢みる事が許されてゐるなら、批評家も文学を検討して自由に作家の人間像を夢見てゐゝ筈だ。作家の旺盛な制作力が自然の模倣を越える様に、豊富な批評精神は可能性の世界に働いてゐゝ筈だ。〔……〕作家がその思想を獲得するのには、世間を観察するだけでは足りないのであつて、自分の身を世間の或は自らの実験材料に供しなければならぬだらう。批評家がこの運命を逃れてゐゝ理由はあるまい。言はゞ批評精神の積極性ともいふべきものは、自分の身が或る論理にどの程度まで、どういふ風に堪へられるかを、批評家自ら

材料となつて実験しなければ、決して現はれて来るものではないのである。

僕がドストエフスキイの長篇評論を企図したのは、文藝時評を軽蔑した為でもなければ、その煩に堪へかねて、古典の研究にいそしむといふ様なしやれた余裕からでもない。作家が人間典型を創造する様に、僕もこの作家の像を手づから創り上げたくてたまらなくなつたからだ。誰の像でもない自分の像を。僕にも借りものではない思想が編みだせるなら、それが一番いゝ方法だと信じたが為だ。僕は手ぶらでぶつかる。つまり自分の身を実験してくれる人には、近代的問題が錯交して、殆ど文学史上空前の謎を織りなしてゐる観があるこの作家が一番好都合だと信じたが為である。無論己れの教養のほども省みず、かういふ仕事に取附く事の無暴さはよく分つてゐるが、僕等に円熟した仕事を許す社会の条件や批評の伝統が周囲に無い事を思ふ時、僕は自分の成長にとつて露骨に利益を齎すと信ずる冒険を喜んで敢へてするのだ。駄目かも知れぬがやつてみる。どんな人間を描き出すか自分にもわからないが、どんな顔をでつち上げたとしても、僕が現代人である限り、人々に理解出来ぬものが出来上る気づかひはない。それで僕には沢山だ、果して乱暴な批評家か。それとも何かもつとうまい理屈でもあるといふのか。うまい理屈には飽き飽きした、僕は今はじめて批評文に於いて、ものを創り出す喜びを感じてゐるのである。(三、一一七―一一八、傍点引用者)

これは『ドストエフスキイの生活』連載にあたってのいわば決意表明であるが、述べられている内容は注意深く解きほぐしてみる必要がある。ひとつ目の段落から明らかなように、小林はここで批評家としての「表現」の探究を作家としての「表現」の探究とパラレルに捉え、基本的には同質の試みとして理解している。それは特に段落の後半部で、作家も批評家も自分自身を「実験材料」として創造する、いいかえるなら「問題としての問題」である「私」から出発して「表現」を得るとされていることからも

	小説		批評
1	作家 ⟶ 作品	∽	批評家 ⟶ 作品
2	現実 ⟶ 人間典型	∽	文学 ⟶ 作家の人間像

明らかである。両者の差異は、作家が「現実」から「人間典型」にいたるのに対して、批評家は「文学」（作品）から「作家の人間像」にいたるという点にあるが、小林はこの差異を認めたうえでなお批評的表現行為を作家の表現行為になぞらえるのである（上図参照）。

1は小説と批評がひとしく本来の意味での「表現行為」であることを示し、2は両者の相違を表しているが、小林はこの二つをパラレルにおくことによって、批評的表現行為を小説的表現行為の方に引きつけている。このような批評の概念によれば批評家は、ドストエフスキーの作品に見られる完成された「文学の純粋な像」（「表現」）から出発して、その創造の秘密に迫ることになる。図式化すれば、作家が「現実↓表現行為↓表現」とたどることで遂行したプロセスを批評家は逆にたどり、「現実」ではなく「作家の人間像」へと到達するのである（「文学（表現）↓表現行為↓作家」）。

「文学の純粋な像」への固執は、後に語られることになる「美しい形」と同じく、小林の批評の重要な契機をなしている。しかし批評を、完成された「表現」から出発するものとして再定義し、それを創作と重ね合わせることには、少からぬ問題が伏在している。作家の「表現行為」は無秩序である「現実」から「表現」を文字どおり創造することであったが、いま述べたような批評の概念では「表現」はすでに実現されたものとして与えられており、その場合、作家の出発する「問題」も、たとえ「謎」に満ちているにしても、この完成された「表現」との関係においてのみ理解されることになるからである（それは同時代の作品ではなく、評価の定まった過去の大家の名作のみを扱うことにつながるだろう）[50]。小林の意図に反して、それは「創造」ではなく「創造」の概念であり、「表現行為」ではなく「表現行為」の影である。批評が本来の意味で「表現行為」たりえるのは、完成された作品の「表現」を括弧に入れ、作家の「表現行為」を自己のうちで「問い」として受けとめることによって批評的テクストを紡ぐときだけであろう。しかし逆説めいて聞こえようとも、これは小林が実践していたことである。とりわけドストエフスキーをめぐる作品論は、作家の「表現行為」を自らの「問い」として生きることで書かれており、完成された作品の「表現」は「問い」としての「表現行為」を示唆する指標にすぎない（こうして、例えば傍点への関心が生じる）。いいかえるなら、作家の「表現行為」を、実現された「表現」の「形」になぞらえて縮減せず、本来の豊饒さと複雑さをはらんだ「問い」として、そこからテクストを紡ぎだそうとするとき、批評は創造的になりえるだろう。作品から出発すると宣言したとき小林の批評概念はこうした可能性を含んでいたはずであり、また実際に実践されてもいたのだが、昭和一〇年代に彼が歩んだ主要な道は「文学の純粋な像」に固執し「美しい形」を称揚することであった。小林の曖昧さのなかには、彼の批評概念の可能性と限界とが同時に含まれているというのは、このような意味においてである[51]。

出来事としての「表現行為」

この問題を考えるために、もう一度「表現行為」に理論的検討を加えることにしたい。小林の批評の論理においては、作家が出発する「現実」は「問題としての問題」であり、混乱した近代社会のみならず分析と創造の矛盾に分裂した近代精神をも意味していた。作家はそうしたものを総体として受けとめ、そのなかに「身を横へる」ことで創造を試みる。この「現実」は例えば社会環境や伝記的事実といった「事物のレベル」とはまったく異なる。「事物のレベル」はそのものとしては「創造の場」としての「問題」たりえない。すなわち、「表現」を環境や伝記的要素へ解体しても、「表現」が「問題」の「解決」として実現されたという出来事の固有性（「表現行為」の固有性）は理解できない。いいかえるなら、「表現行為」はそれが実際に遂行されるものである以上たしかに「事物のレベル」（社会、経済、政治、日常生活、人間関係など）に依存するが、そこへは還元不可能なある特異性を含んでいる。したがって、「表現行為」を考えるためには、「表現」が生成する場としての「問題」に目を向けなければならないのである。文脈は異なるが、「文学者の思想と実生活」の次の一節はこの点で示唆に富んでいる。

問題は、トルストイの家出の原因ではない、彼の家出といふ行為の現実性である。その現実性を正しく眺める為には、「我が懺悔」の思想の存在は必須のものだが、細君のヒステリイなぞはどうでもいいのだ。どうでもいいといふ意味は、思想の方は掛替へのないものだが、ヒステリイの方は何にとでも交換出来るものだといふ意味だ。（四、一七五）(52)

「彼の家出といふ行為の現実性」は妻のヒステリーという伝記的事実からは説明することができない。白鳥に抗してそう言うとき、小林は「行為」を「事物のレベル」に還元することなく、あくまで出来事のレベルで理解しようとしている。トルストイの家出は、少くとも文学の問題として捉えるならば、還元不可能な固有性をもつ出来事としての「表現行為」であり、したがって、そのような「表現」が生成した場としての「問題」を探りあてることが重要なのである。そのときトルストイの「思想」は「事物のレベル」に還元できない「問題としての問題」として現れてくるはずである。

このように「表現行為」とは、「事物のレベル」とは区別された場（「問題」）において生成する出来事である。このことが意味するのは次のようなことだ。すなわち、「問題」は生成する出来事を十分に規定しているが、だからといって出来事は「問題」の唯一の「解決」ではないし、また両者のあいだに一義的な因果関係があるのでもない。また「問題としての問題」はあらかじめ存在する命題をその「解決」とするように措定されるものでもない。「解決」として出来事は「問題としての問題」から切断され、凝固した命題として「表象＝代理」représentation の次元に位置づけられることが多い。しかし、「問題‐解決」とは、むしろ「事物のレベル」と「表象＝代理」の「中間」に位置するものである。[53] そのとき「問題」と出来事としての「解決」の関係は創造的な関係であり、そこには既存のあらゆるプログラムから逸脱する未知の要素が介在する。具体的に言えば、「問題」の「解決」として「表現」（「文学」）を実現できるかどうかを作家はあらかじめ知ることができない。作家にとって「表現」は、作家自らが「現実」（「問題」）のなかに身をおくことで創造しなければならないが、それは作家がいまだ「表現」の存在しない「現実」に直面せざるをえないということにほかならない。

これに対して、批評家が向き合うものはまず第一に作品、つまり「問題」の「解決」としての「表現」である。批評家にとっての「問題」は、作家の「解決」を前にしてはじめて設定可能になる。

批評家は〔作家の創造する〕この「充分な解決」を前にして、新に問題を仮定し、これを別様に解決する。こゝに作家と批評家との間の尋常な正当な主従関係があると私は信じている。批評は作品を追ひこす事はできない、追ひ越してはならぬ。（「批評について」、三、四〇）

批評家は作家において「表現」が創造されたという事実、すなわち「表現行為」の固有性をかぎりなく尊重しなければならない。批評は「表現行為」が出来事として生成したことの現実性を肯定し、それに内在するかたちで展開されねばならない。小林秀雄の批評は内在的批評として厳密に規定される。しかし問題はここで言う「内在性」の意味である。なぜ批評は作品を追い越してはならないのか。それは、

「超越的」あるいは「外在的」な原理によって作品を分析しても、作家の「表現行為」の固有性を理解できないからである。では、なぜ内在するだけで十分ではなく、さらに批評的テクストを書くというさらなる「表現行為」が必要になるのか。[54] それは、作家の「表現行為」が「問い」であり続けることをやめず、あらたな「解決」へとたえず読者を誘うからである。小林にとってドストエフスキーは「近代的問題が錯交して、殆ど文学史上空前の謎を織りなしてゐる」作家だった。混乱を極めた実生活と小説史上最高の質を誇る作品群とをつなぐ線は容易には想像できない。ドストエフスキーの「表現行為」は、つねに「謎」にとどまっており、小林に「問い」を突きつけることをやめなかった。小林は自分とこの「問い」とが交錯する地点に「新に問題を仮定し、これを別様に解決」しようとする。彼のドストエフスキー論はそのようにして書かれていたはずだ。「表現」の完成度（「充分な解決」、「明確な文学の像」）は、ここでは「表現行為」という「問い」を示唆するものにすぎず、ドストエフスキーを実際に論じる小林は「解決」と「問題」の「中間」を彷徨しつつ、この「問い」に自分なりの「解決」を与えようと努めていたのである。

「内面化」される批評

しかし、このような内在的批評は「内面化」の欲望にも曝されていた。ここに見られるのはやはり小林の「曖昧さ」である。そのとき批評は「表現行為」ではなく、完成された「表現」のレベルに内在する。それは「問い」と出来事が生起する「中間」の領域ではない。その結果、「表現」が生成する場としての「問題」は、逆に生成した「表現」の方から規定されることになる。作家の出発する「問題」がつねに「表現」の生成に対して先行しており「表現」とはレベルを異にしていたのに対して、ここで批評家が仮定する「問題」はすでに生成した「表現」との関係において捉えられた「問題」である。いいかえるなら、「問題」は与えられた「表現」の相関項として「表現」の方から把握されることになる。作家は、「問題」に身をおいて「表現」を創造するが、批評家は創造された「表現」のレベルに「問題」を仮設し、そこから「表現」や「表現行為」を理解しようとする。もちろん、批評において仮設される「問題」も、生成した「表現」に対して一義的な原因であったり、目的論的に理解された起源であったりするわけではない。また第五章で見るように、「表現」もたんなる「表象＝代理」ではない。しかし、「問題」を「表現」の方から指定することは、やはりそれを「内面化」することになる。

「内面化」されるとは、出来事や「問い」のもつ力や多様性が消去されることである。完成された「表現」から遡行的に見れば、「表現行為」はその創造としての性格を失うし、作家も「表現」の完成者として多かれ少かれ明確な像のもとに現れることになる。これに対して、「表現行為」とは本来、「外部」において生成する出来事であり、作家の創造した「表現」を越えて「問い」（「謎」）としての力を保持し続けるものである。前章で見た小林のドストエフスキー論は、そうした「問い」に向けて書かれていた。とりわけ、『ドストエフスキイの生活』が作家という焦点をもち、それゆえ比較的容易に完結しえたのに対して、作品論の方は「表現」と「問題」の「中間」領域をめぐって彷徨し、その多くが未完に終わった。こうした批評の実践は、それを語る小林の言葉と必ずしも一致しない。『ドストエフスキイの生活』に序論としてつけられた「歴史について」（これについては後でふれる）やその他の批評文のなかで小林がドストエフスキーを扱う自分の姿について語るとき、言葉は読解の作業を正確には語っていないように見える。例えば、後年のテクストになるが、「伝統」（昭和一六年六月）には次のように書かれている。

僕は、嘗つてドストエフスキイの文学を綿密に読んだ事があります。彼の生活や時代に関する文献を漁つてゐると初めのうちは、いかにも彼の様な文学が出来上つた、或は出来上らざるを得なかつたと覚しい歴史条件がいくらでも見付かる。処が、渉猟をする文献の範囲がいよいよ拡がるにまかせて、徹底して仕事を進めて行くと、なかなかさう巧くは行かなくなる。どう取捨したらよいか、どう理解したらよいか、殆んど途方に暮れる様な、をかしな矛盾した諸事実が次から次へと現れて来るのである。どうも其処まで行つてみなければいけない様です。中途で止つて了ふから謎は解けたと安心して了ふのである。実は自分に理解し易い諸要素だけを、歴史事実のうちから掻き集めたに過ぎないのです。そればかりではない、この安心が陥るもつと困つた錯誤は、作品が成立した歴史条件が明瞭になつたと信じた時、分析によつて得たこれらの諸要素を、逆に組合せればまさに作品の魅力が出来るとまで信じ込んで了ふ処にあるのです。〔……〕

仕事は徹底してやつた方がいいのです。多過ぎる文献の混乱に苦しみ、歴史事実の雑然たる無秩序に途方にくれる、さういふ経験を痛切に味ふのはよい事だ、途方にくれぬと本当には解らぬ事がある。一方には、歴史の驚くべき無秩序が見えて来て、一方には作品の驚くべき調和なり秩序なりが見えてゐる。どうしてこの様な現実の無秩序から、この様な作品の秩序が生れたか、僕等はこの二つの世界を結び付ける連絡の糸を見失つてただ茫然とする。だが、茫然とする事は無駄ではないのです。僕等は再び作品に立ち還る他はないと悟るからです。僕等は又出発点に戻つて来ます。全く無駄骨を折つたといふ感じがするのであるが、この感じも亦決して無駄ではないのだ。出発点に手ぶらで戻つて来て、はじめて僕等は、はつきりと会得するのである、僕等が手が付かぬままに残して来た作品成立の諸条件の混乱した姿、作品成立の為に必然なものと考へた部分も偶然としか考へられなかつた部分も、悉くが、其処に吸収されて、動かせぬ調和を現じてゐる不思議な生き物である事を合点するのであります。謎から出て一と廻りして来たが、謎は解けぬままに残つたわけだ。だが、謎のあげる光は増し

美しさは増したのである。(55)(七、二二九―二三〇、傍点引用者)

ここには「表現」に内在する批評がいかなるものであるかが集約的に述べられている。いままで論じてきたことの要約をかねて、それをまとめてみよう。まず、創造された「表現」は歴史的事実によって説明されることができない。歴史の「現実」は秩序ある「表現」を説明するにはあまりにも無秩序であり、また「事実のレベル」は決して「表現」が生まれたことの出来事性を説明しえないからである。作家はこの無秩序な「現実」に身をおいて「表現」を作り出す。作家がこの無秩序を生きるときに生起させるものが本来の意味での「問題としての問題」である(その意味で、それは「現実」そのものではない)。批評家としての小林は、この無秩序たる「問題」と秩序だった「表現」(作品)を結ぶ「連絡の糸」――「表現行為」という出来事の理解可能なイメージ――を見つけられずに「茫然」とするが、そのとき彼は創造された「表現」に立ち返り、それを絶対的に肯定する。すると「問題」は、その無秩序さを保持しながらも、創造された秩序ある「表現」へと「吸収」され、「表現」が生成したという出来事の「謎」を輝かせる。混乱も無秩序も作品の秩序にひきつけられ、すべては「動かせぬ調和を現じてゐる不思議な生き物」となって現れる。ここで小林が、ふたつの「問題」を区別し、批評において見出される表現内在的な「問題」を語っていることは明らかである。たしかに小林は、ドストエフスキーの「表現行為」という出来事をめぐって彷徨を重ね、そこから自己の「表現」を紡ごうとしていたが、少くともこの「伝統」の一節は、そうした彷徨を結局、完成された「表現」に従属させてしまっている。しかし、このようにすでに創造された「表現」に内在する態度は、作家とはもちろんのこと、ドストエフスキーを実際に論じる小林とも無縁である。これが小林の批評の「曖昧さ」にほかならない。

「表現」が創造されたという出来事を絶対的に肯定する小林の内在的批評とは、作家の「表現行為」

を批評において「表現」すること、つまり「表現行為の表現」である。ドストエフスキー論に関わるなかで、青年インテリゲンチャの「表現」を同時代的に獲得するという小林の当初の課題は、こうした他者の過去の「表現」の秘密を探る試みへと変化していったように思われる。その転換点は昭和一〇年前後であり（先ほど引いた「再び文藝時評に就いて」は『改造』昭和一〇年三月号に発表された）、小林は一方で「作家と批評家との間の尋常な正当な主従関係」を語って、この区別を絶対としているが、他方ではそれぞれの表現行為をパラレルな関係において、同質のものとして混同する。ここに、「表現」の探究を課題とした初期の批評テクストと『ドストエフスキイの生活』に始まる昭和一〇年代の批評テクストとの転換点が存在するのである。批評と創作とを同一の「表現行為」と捉える視点は、小林自身が自己の批評行為を一貫して「表現」獲得のための営為として理解していたことを示すが、他方で批評の特異性の自覚は、生成した「表現」に内在する批評の立場に彼を向かわせることになった。ドストエフスキーへの関心も、いままで見てきたように、小林自身を含む青年文学者の自己表現探究の一環として生まれたはずだが、やがてドストエフスキーの創造行為そのものへと関心の焦点は移っていく。こうした内在的批評は、「問い」であることをやめない出来事としての「表現行為」にではなく、すでに完成された「表現」のなかに定位するとき「内面化」され、「問題としての問題」や「表現行為」がはらんでいた現実性を捨象することになる。小林のドストエフスキー論は、彼がこの営為を語る言葉とはうらはらに、そうした「内面化」を免れているが、「歴史について」から「無常といふ事」を経て「モオツァルト」にいたる小林の批評が、はっきりとした「美しい形」に視線を合わせるとき、それは「問題」や「表現行為」を秩序ある「表現」の方から捉え直す「内面化」された内在的批評となるのである。

「表現行為」から「表現産出性」へ

「表現」に内在する批評にとって、作家の表現主体はもはや問題にはならない。これは小林が「作家の人間像」を語っていることから考えると、やや奇妙に聞こえるかもしれない。しかし、作家の表現者としての主体性は、「問題」と「表現」とを媒介するそれ自体が出来事性を帯びた――つまり、先在するいかなるものによっても説明されない創造性を帯びた――「表現行為」によって成立する以上、すでに生起した「表現」に内在する批評家は、「表現」の生成過程においてのみ生じる作家の主体性を問題にすることができない。実際に創作する作家にとって「表現行為」とはそれ自体が出来事であって、作家の表現者としての主体性は、厳密には「表現」が成立した後に、そのような「表現」を可能にしたものとして事後的に見出されるものである。その意味では、われわれは作家の表現者としての姿をはっきりと描き出すことができない。作家は、「表現」という出来事が生起したとき、それと同時に誕生するからである。こうした事情は、作家の「表現行為」を「問い」として受けとめ、それと自己との交錯点にあらたに「問題」を設定して批評表現を紡ぐ批評家においてもかわりはない。これに対して、すでに生成した「表現」の領野に内在する場合、作家は、「表現」と「問題」とを媒介し、無秩序から作品という秩序を作る上げる確固で自律的な表現行為者として現れる。この点で興味深いのが、『ヴレーミヤ』（三笠書房版『ドストエフスキイ全集』月報、第五号（昭和一一年二月））[56]に発表された中山省三郎宛の「私信」である。

僕は、自分の批評的創作の素材として、ドストエフスキイを選びました。近代文学史上に、彼ほど、豊富な謎を孕んだ作家はゐないと思つたからであります。僕は彼の姿をいさゝかも歪めてみようとは思ひません。又、歪めてみようにも僕にはその力がありません。彼の姿は、読めば読むほど、僕の主観から独立して堂々と生きて来るのを感じます。すると僕はもはや批評といふ自分の能力に興味が持てなくなる、いやそんなものが消滅するのを明らかに感じます。たゞ、ドストエフスキイといふ、いかにも見事な言ふに言はれない人間性に対する感覚を失ふまいとする努力が、僅かに僕を支へてゐるのです。僕は彼のどの様な姿を、遂に書いて了ふであらうか、自分でもよくわかりません。しかし、さういふ風に仕事をして行けば、歴史を築き上げてゐる因果律のうちに、彼の姿を埋めて了ふ様な事にはなるまい、歴史家の仮定した地図の上にではなく、彼が実際に生きてゐた現実の上に、どの様な傷を残して死んだかを描き出す事が出来るであらうといふ、漠然たる希望を抱いてをります。
（五、二〇三―二〇四、傍点引用者）

これは『ドストエフスキイの生活』について述べられた言葉であるが、ここでドストエフスキーは「豊富な謎」をはらみつつ小林の「主観から独立して堂々と生きて」いる存在とみなされている。それは、それ自体歴史的に生成する主体性ではなく、いわば歴史を超えて存在する「表現者」を表している。完成された「表現」に定位するとき、それを産出する作用（「表現者」）も同時に措定され、それは「表現」と同様はっきりとした姿をとるのである。これはプロセスとしての作家の主体性とは関係ないし、出来事としての「表現行為」に内在し、自身もあらたに出来事として生成しようとする批評でもない。しかし地方で、いま引いた一節には、小林の「曖昧さ」も現れている。「僕は彼のどの様な姿を、遂に書いて了ふであらうか、自分でもよくわかりません」と言うとき、彼は「表現行為」のレベルに身をおいている。この場合、批評はそれ自体が出来事である。独立した作家の姿などはせいぜいある種の手がかりとして役立つにすぎない。しかし結局は、自己の批評について語る小林の言葉は、そうした独立した作家の姿に焦点を絞っており、「無私」となってそれをそのままのかたちで描き出すことを求めている。そのとき作家主体は、「表現」を産出する超歴史的なある種の「原理」へと変質してしまうのである。「表現行為」は出来事として性格を希薄化させ「産出原理」の方へと横滑りする。それが批評家の主観から独立しているのは当然であろう。

ところで、「川端康成」（昭和一六年六月）には次のような一節がある。

> 僕は、ドストエフスキーの作品を精読した時、はじめはパラドックスめいて感じ乍ら、遂に否応なく納得させられた一事は、彼の個性の驚くべき単純さであつた。彼の作品の複雑さに眼を見張つて兎や角言ふ人は、彼の作品といふ複雑な和音が、単声に聞えて来るまで我慢の続かぬ人だけである。
> 　自分が信じた或る名状し難い、極めて単純な真理を、一生を通じ、あらゆる事に処して守り遂せようとした。その為に彼がめぐらさねばならなかつた異常な工夫、それが、彼の作の異常な複雑さに他ならない。複雑な人生図なぞ描写したわけではない。そんなものは、無ければ、無くて済ましたかつたであらう。世渡りとは綱渡りの様なものであり、綱を渡るのに、彼が払はねばならなかつた注意や戦の一切が、彼の作に他ならぬ。僕にはさういふ事が、はつきり解つた。（七、二七二、傍点引用者）

このテクストは先ほど引いた「伝統」とほとんど同じ時期に発表されたが、両者は一見したところ矛盾しているように見える。先ほど小林はドストエフスキーの作品のもつ調和や秩序を語っていたが、ここではその「異常な複雑さ」が述べられるからである。しかし、それは表面上の矛盾にすぎない。小林の言うドストエフスキーの「極めて単純な真理」とは「産出原理」としての「表現行為」[57]であり、それが「現実」と関わるとき、さまざまな「表現」が創造される（小林の実際のドストエフスキー論はポリフォニーとしての性格を失っていないが[58]、それを語る小林の言葉、そしてその延長線上にある戦中期の批評はバフチンの対極にある)。「異常な複雑さ」とはその結果にほかならない。これまでの議論をふまえて言えば、そもそも批評にとっての「表現行為」が「産出原理」として捉えられたのは、創造された「表現」を肯定し、それに照らし合わせて見ることによってであった。そのような「表現行為」は生成した「表現」の相関項にすぎず、完成された秩序ある「表現」から遡行して見られるとき「単純な」ものとして現れる。小林はついで、このようにして措定した「単純な」「産出原理」に引き比べて、逆に創造された個々の「表現」の多様性を述べることになる。したがって、アクセントのおかれる位置はちがうにしても、小林は結局、同じ批評理論のうちにいるのである。

ここで述べられているのはさまざまな「表現」を創造しうる作家の「表現力」だが、それはもはや個々の「表現」を生む個別具体的な「表現行為」ではなく、例えばドストエフスキーやモーツァルトといった芸術家を貫いて存在する持続的なある作用である。このように理解された「産出原理」としての「表現力」は、たとえ作家の名前をもつにしても、作家が現実に行う「行為」とは無関係である。先ばしって言えば、むしろ歴史を超えた非人称的な「表現産出性」が作家を貫いて現れるのであり、作家の名前はこの「産出性」のもつかけがえのない特異な出来事性を表すにすぎない。

例へば、万葉を読んで、僕等に成る程大伴家持といふ作者は浮んで来る。併し、大伴家持といふ永遠の詩人が浮んで来るのであつて、奈良時代を六十年ほど生き、今は確かに死んでゐる家持といふ個人が浮んで来るわけではない。そして永遠の詩人は、眼の前に在る抜き差しならぬ歌の形として生きてゐる。(「伝統」、七、二二八、傍点引用者)

やがて「モオツァルト」に典型的に現れるように、それは例えば「音楽といふ霊」といったものになり、モーツァルトの生身はこの「表現産出性」と関わるなかでついに滅びることになるだろう。そのとき芸術家は「表現産出性」の生み出すものをただ虚心に受け入れる媒体となる。小林の批評は、過ぎゆく生を超えた常なるものとして死に属す非人称的な「表現産出性」につきあたる。問題は、こうした「産出性」が必ず「表現」の「形」(「歌の形」)の方から捉えられることである。小林の「形」の概念が、秩序と無秩序とをともに含みこんだ動的なものだとしても、それはやはりはっきりとした明確な像として捉えられている。つまり「表現」の生成という出来事は、生成した「表現」の方から把握される。そこに見出されるものは出来事ではなく出来事の影である。「表現産出性」とは出来事ではなく、その概念にすぎない。

古典と歴史

歴史概念の変遷

このように捉えられた「表現」は結局「古典」とみなされるほかはない。前節でも引いた「批評について」のなかで批評の土台となる「純粋な文学の像」を求めたとき、小林はすでに、「批評家をもつて任ずる人々は、よろしくその重厚正確な仕事を自由に発展させる場所として、文学史とか古典の研究とかを撰ぶのが当然であり、文藝時評の如きは余技と心得て然るべきではないかと思ふ」(三、四一)と述べていた。ドストエフスキーという他者の「表現行為」を「表現」することを試みるなかで、小林の視線は必然的に過去の「表現行為」へと向けられていく。なぜなら、他者のすでに実現された「表現」——はっきりとした明確な「形」——だけが小林の関心を惹くようになったからである。近代日本において同時代的に「表現」を獲得しようとした小林の企図は、『ドストエフスキイの生活』という「伝記」

を書きつぐプロセスにおいて、すでに創造された過去の「表現」を肯定し、それを現在の自己の批評的営為のなかに蘇生させようとする試みへと次第に変質していく。いわば批評は「歴史化」されるのである。

もちろんこの過程にはいくつかの紆余曲折があり、「歴史化」がなにを意味するのかも明らかにする必要があろう。昭和一二年以降、小林が「古典」や「歴史」について語ったおもなテクストには、「文藝批評の行方」（昭和一二年八月）、酒井逸雄の批判（「科学と文学との対立は成り立つか――文学主義の潮流について」）に答えた「酒井逸雄君へ」（昭和一二年一〇月）、「志賀直哉論」（昭和一三年二月）、「島木健作の「続生活の探求」を廻つて」（昭和一三年八月）、『ドストエフスキイの生活』に序文としてつけられた「歴史について」などがある。「歴史について」は第一、二節が『文学界』昭和一三年一〇月号に発表され、ついで『文藝』の翌年五月号に全五節が掲載されたもので、『ドストエフスキイの生活』が単行本として刊行されたのも同じ五月のことであった。小林の姿勢は一貫しているように見えるが、「文藝批評の行方」から「歴史について」にいたる道程で彼の歴史概念はかなり変化している。そこには「古典」や「歴史」をめぐって批評が「内面化」していくプロセスが読みとれるのである。

しかし、具体的な検討に入る前に全体の議論を概観しておこう。小林は、テクストによって「歴史」や「歴史的限界性」という言葉の意味を（おそらく無意識に）変えているので、あらかじめ議論を図式的に整理しないと誤解の恐れがあるからである（次頁図参照）。

「事物のレベル」とは、物質的な運動として捉えられた自然のことであり、そこではすべてのものがただ過ぎ去るだけである。これをかりに「変化」と呼ぶが、それは人間が関わらないかぎり「歴史」になることがない。このように「変化」する自然を把握しようとして人間が反復する規則的な法則性を見出すとき、それは科学となる。他方、あらゆるものはこのような「事物のレベル」の「変化」を免れな

事物のレベル	自然	変化	科学	歴史的限界性1
問題1（現実－「私」）のレベル	歴史1	現在	創造	歴史的限界性2
「内面化」された問題2			芸術	
解決（表現）のレベル	歴史2	過去の愛惜	批評	歴史2と古典の創造

いから、その意味で「歴史的限界性」をもつと言える。

「問題1（現実－「私」）のレベル」は、「事物のレベル」に根ざしつつ、そこに張りわたされた表現者の「創造の場」のことである。表現するためには「問題1」に身をおかざるをえないという意味で、表現者はつねに現在に位置し、そこで歴史を生きる。このように表現者が現在に身をおきつつ、たえずあらたなものとして経験するものが「歴史1」であり、そのように生き表現するかぎりにおいて、表現者は「歴史的限界性2」をもつことになる。

「解決（表現）のレベル」は、表現者が「問題1のレベル」に根ざしつつ創造を行うときに生成するものであるが、「内面化」された批評はこのレベルに内在し、それに相関するものとして「内面化」された「問題2」を仮構する。批評家はすでに創造されたこの過去の「表現」を愛惜し、それを現在において蘇生させようと願う。そこには想像力の自由な飛翔が介在し、表現者が直接生きるものとはちがった意味で「歴史2」が作られることになる。「古典」が日々あらたに生きかえるのもこの「表現のレベル」においてである。

結論から言えば、小林は「歴史的限界性1」を「歴史的限界性2」へと転換させることで「科学的分析」の契機を排除し、ついで「歴史1」を「歴史2」に置きかえることですべてを「表現」のレベルに内在化させ、歴史を「内面化」する。重要なことは、こうしたプロセスのなかで、前節で示唆したような批評の可能性――ともに豊饒な歴史認識の可能性――が消えてしまうことである。「歴史2」においては、過去の「表現行為」が「形」として捉えられる。つまり過去の出来事（「表現行為」）は、そうした「形」によっていわば縁取られてしまう。そのとき過去の出来事が含む多様性の「問い」としての力は縮減されることになるだろう。

古典と歴史の関係

まず「文藝批評の行方」の最終節を検討することにしよう。

> ある時代にあつたがまゝの性格で古典は長生きするのではない。後世がこれに附加するものによつて生きる。何を附与するか。後世は古典に種々な陰翳の完璧性を附与するのだ。古典が作品として完璧であると先づ仮定しなければ、観賞といふ芸術的経験は決して始まらない。そして批評とはこの一たん附与したものを捨てゝ作品の歴史的限界性の発見を目指すのではない。作品の歴史的限界性とは、僕等が分析によつて近似的に想像し得る二度と還らぬ絶対的な性格だ。作品の完璧性とは、二度と還らぬものに動かされる為に、僕等が附加する未来への憧憬だ。僕等は文藝批評の出発点からしてすでに十字路にゐるのであり、そこに止まつて成熟するより他、僕はいかなる批評の簡便法も信じないのである。（三、一八〇―一八一、傍点引用者）[59]

小林は、まず「古典」を「事物のレベル」から区別している。「ある時代にあつたがまゝの性格」とは、物質的に規定されたかぎりにおける作品について言われるものであり、先に述べた第一の意味での「歴史的限界性」をなすものである。これは「分析」によってかろうじて想像される作品の「一回性」のことを示しているが、「古典」はそれに加えて、それぞれの時代が賦与する「種々な陰翳の完璧性」を内包している。いいかえるなら、どんな「表現」も創造された後にはモノとして「事物のレベル」に属して湮滅する運命にあるが、批評は生成した「表現」を完璧なものとして肯定し「表現のレベル」において蘇生させようと試みる（『全集』では引用中の「動かされる為に」が「新しい命を与へる為に」となっている）。「古典」はそのような作業によって生まれるのである。

注意すべきは、このテクストで小林が批評精神の「中間的性格」を指摘していることである。批評精神とは「科学的分析と創造的な意慾との間に引さかれてゐる精神」（三、一八一）のことにほかならないが、こうした捉え方は小林がもともと行っていたものである。科学的分析はマルクス主義的な意味で作品の唯物論的な諸規定を明らかにし、その「歴史的限界性」を見出すが、他方で創造的な情熱は作品を古典として蘇生させようと試みる。批評は従来の小林の定義どおり、この二つの背反する能力の矛盾（「十字路」）を成熟の場所とするのである。

しかし、小林がその後にたどる道はこのような分析性を排除していくことだった。「島木健作の「続生活の探求」を廻つて」はその意味で興味深い。たしかにこのテクストでも「作品の歴史的限界」は、「既に出来上つて了つた過去の作品を、過ぎ去つて了つた過去のうちに置いて見た上ではつきりわかる事」とされ、「己を空しくして対象に向ふ」ような自然科学者的視線によって見出されるものだと考えられている。この議論は「文藝批評の行方」に直接つながるものではあるが、ここではむしろ批判の対象である。というのも、「作家は、現に生きつゝある識らない自己の裡に、つねにその創作力を汲みとつてゐる」ので、自分の「仕事の歴史的限界なぞを明瞭に意識するものではない」、すなわち科学的分析が見出す「歴史的限界性」などは創造する作家にとっては無縁のものだからである。しかし、このことは作家の仕事が歴史に根ざさぬということではない。小林はここに先ほどとは別の「歴史的限界性」を見出すのである。

過去の立派な作品には、下らぬ作品に比べて歴史的限界といふものが一層はつきり現れてゐるだらう。それは立派な作家は、その時代を一層痛切に生きたが為に他なるまい。(四、一二〇)

作家の仕事は厳密に言つて主観的なものだからこそ、彼の仕事は深く歴史に根ざすのだ。(一二一)

作家はせいぜい私の真理を摑むだけだ。尤も私の真理なぞといふ言葉からしてをかしなもので、私の生命の格好に衝き当るだけだとでも言つて置いた方がいゝかも知れない。だからこそ彼の仕事の現実性は時代時代の色を否応なく帯びるのである。(一二二)

ここで小林が区別しようとしているのは、「事物のレベル」にある「歴史的限界性」と、「問題のレベル」において創造する表現者が不可避的に帯びる「歴史的限界性」である。「作品の統一原理」としての「作家の自己」は、「問題」としての「現実」を「創造の場」とするからこそそれによって限定されざるをえない、いいかえるなら「歴史的限界性」を帯びる。ただし、もともと小林における「問題としての問題」は、科学的分析性と芸術的創造性との相克を内包していたが、この島木論ではあらかじめ第一の意味での「歴史的限界性」が科学と結びつけられて批判されており、また作家の生きる「問題」が一般人の「生活」(一二二)に結びつけられていることから言っても、ここでの「問題」にはそのような矛盾が内包されているようには見えない。「古典」を考察する小林の批評は、ここで「問題としての問題」を「日常生活」へと還元しているように思われる。「生活」がある種の困難を含むとしても、それは分析と創造の矛盾とは別のものである。例えば、「志賀氏の作は既に古典だ」(一一二)と小林が言うとき、この古典性は、作家がたんなる「冷静な観察」を越えて、「日常生活に於ける人と人とのほんたうの関係」におけるように「愛情」、「友情」、「尊敬」といった感情を相手に払うことから生じる（一一三）。この場合、「表現」を実現するときに作家が直面する困難とは、分析と創造の相克ではなく、むしろ相手に対して強い「愛情」や「尊敬」を抱くことの難しさに由来するものなのである。

しかし、この島木健作論の問題はこれだけにとどまらない。このテクストにはある種の難解さが見られるが、それは小林が作家にとっての歴史と批評家にとっての歴史を区別せずに論じているからである。歴史の現在を「痛切に生きる」ことで創造する作家について語る論述のなかに、ふいに次のような一節が現れる。

〔僕等は〕歴史から離れて歴史を考察する事が出来ない。僕等は現在といふ歴史の流れの或る場所から過去を観察してゐるに過ぎない。そして現在といふ観察の立場は、将来はやがて過去になるべき不安定な立場に過ぎない。だから歴史は時代時代によつて不断に書き変へられるといふ性質をその本質に持つてゐる。歴史は人々が考へてゐる以上に、科学より文学に似てゐるのである。（四、一二一）

これは「歴史について」にそのまま直結する論点である。作家にとっての歴史がそれ自体たえず生成するものとして「現在」に依拠するものであったのに対して（「歴史1」）、ここで言われる歴史は、批評家が「現在」から「過去」を蘇生させるときに現れる歴史（「歴史2」）である。小林は両者をはっきりと区別せずに論述をすすめているが、このことは、批評と創作を区別しつつ混同するというすでに述べた小林の傾向に厳密に合致している。

「歴史について」になると、このような曖昧さはすでに解消されている。小林は明確に「歴史2」の立場になっており、作家の「表現行為」は過去の営為としてのみ考察されることになる。それは作家の作品を「古典」として扱うことであり、作家の「表現行為」を「伝記」として描き出すことであった。「文藝批評の行方」と島木健作論の差異は作品の歴史的限界性の概念をめぐるものである。つまりそれが科学的分析によるものから、作家が歴史の現在を生きるときに帯びるものへと変化したことである。島木論と「歴史について」の差異は、前者において曖昧だった歴史の概念が、後者において批評家の視点によるものへはっきりと移行したことにある。このような二重の操作によって、近代文学を特徴づけるものとされた解析と創造の相克は、「自然」と「歴史」、あるいは「科学」と「文学」というかたちで截然と分離され、作家の「表現行為」も現在において生成するものから批評家が蘇生させるべき過去の出来事へと変質することになる。

しかし、たしかに視線が過去へと固定されたというだけでは、批評が「内面化」されたとは言えない。問題は、小林の歴史論がなにを排除しているかである。あるいはむしろ、その可能性と限界とを同時に読み解くことである。そのためにも「歴史について」をあらためて検討しなければならない。

歴史叙述と「表現」

「歴史について」

「歴史について」において「自然」と「人間」は対立的に捉えられている。「凡ては永久に過ぎ去る」(「変化」)というのが自然の本質であり、それは非人間的なものである。人類が現れたこと自体が「自然にとつて一偶然事に過ぎない」。われわれはこのような自然を統御するために自然科学を発達させたが、それは自然を「外物」として徹底的に対象化し、人間のかわりに明確な検証手段だけをもつ主体を仮構することで成立するものだった。それはいわば「人間を自然化しようとする能力」を表している。歴史史料も結局は物質である以上、本質的には自然に属するものにすぎないが、しかし人間はそこに歴史を読みとることができる。それは逆に「自然を人間化しようとする能力」の存在を示しており、自然科学の検証にはたえぬという意味で「曖昧な力」、「非合理的な力」ではあるが、「生き物が生き物を求める欲望」に根ざしており、「確実な智慧」に関わるものなのである（五、一二―一三、一六）。小林はこのような力が自由な想像を通じて歴史を作り出すと考える。史料はそのとき想像力に対する外的で消極的な制約性を示すにすぎない。歴史とは史料によって制約された「神話」なのである。

生き物が生き物を求める欲求は、自然の姿が明らかになるにつれて、到る処で史料といふ抵抗物に出会ふわけだが、欲求の力は、抵抗物に単純に屈従してはゐない。この力にとつて、外物の検証は、歴史の世界を創つて行く上で、消極的な条件に過ぎないので、どんなに史料が豊富になつても、その網の目のなかで僕等の想像力は、どこまでも自由であらうとするだらう。

僕等の日常の生命が、いつも外物の抵抗を感じて生きてゐる限り、歴史にあつても同じ事だ。既に土に化した人々を蘇生させたいといふ僕等の希ひと、彼等が自然の裡に残した足跡との間に微妙な釣合ひが出来上る。（一四）

しかし、人が歴史として蘇生させたいと願うものはもちろん自然そのものではない。

歴史は繰返す、とは歴史家の好む比喩だが、一度起つて了つた事は、二度と取返しが付かない、とは僕等が肝に銘じて承知してゐるところである。それだからこそ、僕等は過去を惜むのだ。歴史は人類の巨大な恨みに似てゐる。若し同じ出来事が、再び繰り返される様な事があつたなら、僕等は、思ひ出といふ様な意味深長な言葉を、無論発明し損ねたであらう。後にも先にも唯一回限りといふ出来事が、どんなに深く僕等の不安定な生命に繋つてゐるかを注意するのはいゝ事だ。（一五）

ここで過ぎ去るものとされるのは、自然において「凡ては過ぎ去る」と言われていたもの（「変化」）ではない。それは一回かぎりの固有性をもって生まれ出る人間的な出来事である。これに対して「自然」においては「変化」があるだけで、なにものも出来事として「生まれ出る」ことはない。自然事象においてはただ「頻度」が問題になるだけであり、事象の「希少性」も条件の複雑さの度合いや確率論的な議論によって規定されるものにすぎないから、「稀有な事件と月並みな事件との間に〔……〕本質的には区別はな」いのである（一六）。したがって、作品や思想を創造する「表現行為」はこのような「自然」のレベルとは別の次元で生起する。それを厳密に言えば「問題‐歴史1」のレベルということになるが、小林は「歴史について」で必ずしもその存在を明示してはいない。小林の批評が目指すのはむしろ、すでに生成した「二度と還らぬ」出来事を、批評家の立つ「永遠の現在」においてふたたび「呼覚ます」ことである。日常的になされるこのような想起は、現在のうちに過去を呼び覚ますという「矛盾」に満ちた行為だが、われわれはそのようにして人間的「時間」を作り出しているのであり、そこにはなにも疑わしいものは存在しない。「謎のなかにゐる者にとつて謎はない」のである（一七―一八）。こうして伝記や歴史を書く智慧は、あの有名な死児を思う母親の技術のなかに含まれていることになる。

子供が死んだといふ歴史上の一事件の掛替への無さを、母親に保証するものは、彼女の悲しみの他はあるまい。どの様な場合でも、人間の理智は、物事の掛替への無さといふものに就いては、為す処を知らないからである。悲しみが深まれば深まるほど、子供の顔は明らかに見えて来る。恐らく生きてゐた時よりも明かに。愛児のさゝやかな遺品を前にして、母親の心に、この時何事が起るかを子細に考へれば、さういふ日常の経験の裡に、歴史に関する僕等の根本の智慧を読取るだらう。それは歴史事実に関する根本の認識といふよりも寧ろ根本の技術だ。其処で、僕等は与へられた歴史事実を見てゐるのではなく、与へられた史料をきつかけとして、歴史事実を創つているのだから。この様な智慧にとつて、歴史事実とは客観的なものでもなければ、主観的なものでもない。この様な智慧は、認識論的には曖昧だが、行為として、僕等が生きてゐるのと同様に確実である。（一六、傍点引用者）

歴史叙述へのこうした反省は、よく知られているように「客観的歴史の世界」（五、一六）、あるいは弁証法的な発展といった概念に依拠する「唯物史観」を批判する意図でなされた（客観主義の批判という観点から言えば、それは素朴反映論的な実証主義にもあてはまるだろう）。たしかに小林は、歴史学上の過度の科学主義、主知主義に対して「人間的な時間」の復権をはかっているように見えるし、そこに日中戦争開戦後の混迷した現実から退行しようとする姿を読みとることも必ずしも誤りではあるまい。例えば本多秋五は戦後すぐに、「歴史について」において小林が歴史の実在を自己の主観に依存させようとしたと考え（だから歴史は「小林秀雄という存在が消失すれば消失してしまう」）、そこから逆に「小林秀雄がどう考えようと、太平洋戦争の三ヶ年半は経過し、日本は完敗したのである。これが「歴史上の客観的事実」である」と批判した[60]。柄谷行人も「歴史について」の企図を、「ベルグソン＝デカルト主義」によって「新たな形をとったヘーゲル主義」を批判する試み――「空間化された時間に対して、持続としての時間を立てること」――と捉えたうえで、それは結局、一種の「主意主義」、すなわち「現実的な強制力、因果的な必然性に対して、それをあたかも個々人の「決断」によるかのように思いこむことでしかなかった」と述べている。[61] こうした批判を引き受けつつ、小林を擁護しようとする前田英樹は、「歴史について」の思想を、歴史事実は死児を想う母親の愛惜の念によって作られるといったかたちに単純化するとともに、これは小林が熟考していた思想ではないと否定し、子供の死という出来事は愛惜の念によって生まれる「心的必然」などではなく「避けることのできない潜在的な出来事として、あらかじめ実在」しているものであり、それに対する母親の抵抗が歴史の必然を感じさせるのだとする。[62] しかし大切なことは、自身をも含む青年インテリゲンチャの同時代的な「表現」の探究から出発した小林が、紆余曲折を経た後に、「歴史について」において「表現」の問題を歴史叙述との関わりで考察するにいたったプロセスである。そうした観点から言えば問題は、批判や擁護を行う前に、まず「歴史について」を歴史叙述論として正確に評価し、そのうえで、それが「表現」の問題圏において一体どのような意味をもつかを明らかにすることである。

そもそも前田が要約した「歴史について」の思想はテクストに正確に沿うものではない。なぜなら「歴史について」は素朴な「主意主義」を顕揚し擁護するテクストではないからである。長原豊が的確に指摘したように、小林の歴史叙述論は、いわゆるポストモダニズムの「言語論的転回」を契機として、おもに八〇年代以降ヘイドン・ホワイトやカルロ・ギンズブルグなどを中心にして巻き起こったさまざまな歴史叙述論と「共振する」。[63] また池上俊一も「歴史は神話である」(五、一四)という言葉にはなんら奇矯な響きはないとし、その理由として「今日では、自然科学者が自然に向き合うと同様に史料にむかって歴史的事実を客観的に取りだすことができる、と盲信するような素朴な実証主義者はほとんどおらず、歴史叙述の物語性やレトリックが人気のテーマとなっているほどであるから」と述べている。[64]「歴史について」は歴史論として見るかぎり、認識論的な問題に極度に敏感な現代歴史学に照らしても、決して奇異な歴史方法論ではないのである。

歴史と物語

歴史書を、歴史事実との（素朴な意味での）対応関係においてではなく、小説と同質の喩法構造をもつテクストとして解明しようとするホワイトの議論[65]——その起源は少くともヴァレリーにまで遡り[66]、デリダやバルト[67]の少からぬ影響下に形成された歴史叙述論——は、たしかに「歴史は神話である」と述べる小林の議論と通底している。ホワイトの立場に対しては、ギンズブルグが歴史事実を否定する相対主義的懐疑論と決めつけて批判したことから論争が生じ[68]、歴史叙述をめぐるさまざまな理論的反省が惹起された。ホワイトらが依拠するテクスト論はテクストの「外部」を理論的に否定するものだったが、それを歴史叙述論へと単純に応用し、事実ではなくただ事実についての言説が存在するだけだとする極端な相対主義（「テクスト・アナロジー」[69]）が、ときにアウシュヴィッツの存在などを否定する歴史修正主義とも関わることから[70]、論争は学問的のみならず政治的な関心をも含みつつ進行した。歴史書を物語叙述として分析する立場は必ずしもそのままで歴史事実の実在を否定することにはならないし、またもちろんギンズブルグにしても素朴な反映論に基づく歴史を考えていたわけではない。「資料は実証主義者たちが信じているように開かれた窓でもなければ、懐疑論者たちが主張するように視界をさまたげる壁でもない。いってみれば、それらは歪んだガラスにたとえることができる[71]」。さまざまな要因——そこにはもちろん諸々の権力関係も含まれる[72]——に由来する史料の「歪み」を考慮することが事実に近づく第一歩となるのである。歴史叙述はこうした「現実原則[73]」のもとにあるが、史料の欠落部分を推測によって補完するときには物語的な容貌を帯びることもある[74]（もっとも、その作業はつねに推測であることが指示されるという点で純粋なフィクションとは異なる。それは損傷した絵画を上塗りによって修復する方法ではなく、剝落部分を線条によって指示する修復法に喩えることができる[75]）。また、ギンズブルグは必ずしも強調しないが、史料を選択し、それをまとまりをもった叙述に仕立て上げる過程で、歴史書は不可避的に物語的な要素を含むことにもなるはずだ。

ポール・ヴェーヌなら、「歴史は出来事の物語《レシ》である。〔……〕復元といっても小説の域を超えない。〔……〕小説と同じで、歴史はふるいにかけ、単純にし、組み立てる。一世紀を一ページに凝縮してしまう」[76]と言うだろう。すなわち歴史の作業には、史料の解読と批判に加えて、出来事をある因果の系列（「筋書き」）に仕立てる語りの契機が含まれる。この系列は無数に設定可能で（だから大文字の「歴史」、唯一の「歴史」は存在しない）、歴史的な出来事はこの「筋書き」の上ではじめて存在を獲得する。なぜなら、出来事の「原子」というものは存在せず、どんな出来事ももっと小さな無数の出来事に分解できるので、「筋書きのなかで出来事を見ることにしないと、無限小の深淵に吸いこまれてしまうから」である[77]。「筋書き」の選択が歴史家の自由であり、しかもさまざまな観点の積分である大文字の「歴史」が存在しないのであれば、結局「いっさいの歴史記述は主観的だ」ということになる――これはくり返すが、歴史事実がフィクションだということではない、それは「完全に客観的なもの」である[78]。こうした歴史認識論は、歴史に科学的な意味での「法則」を探し求める方法論（史的唯物論など）を否定し、史料批判に基づきつつより蓋然的な過去の説明を求めることに歴史学の本質を見る。「方法」が制作の役に立たず、理論的なものの力をかりずに史料から「すぐれた設計図」を作らねばならない点で、歴史書はまさに芸術作品なのである[79]。

歴史の物語性を指摘する例はこの他にも挙げられるが[80]、いずれにせよ、「どんなに史料が豊富になつても、その網の目のなかで僕等の想像力は、どこまでも自由であらうとするだらう」、あるいは「僕等は与へられた歴史事実を見てゐるのではなく、与へられた史料をきつかけとして、歴史事実を創つてゐる〔……〕」。この様な智慧にとつて、歴史事実とは客観的なものでもなければ、主観的なものでもない」といった小林の言葉は、以上のような議論を参照するとき、ごく穏当な歴史叙述論となるはずである。

小林は『ドストエフスキイの生活』執筆にさいしては多くの史料を渉猟し、史料と想像力とがいわば釣り合う地点を模索していた。それが書くということだったのである。そうした作業のプロセスでは、「哀惜の念」も作家への「尊敬」も、それだけで端的に批評の退行を示すものではなく、むしろ事実を理解しようとする積極的な作用をもっていたはずだ。問題は、小林の視線が過去へと固定されたことにあるのではない。歴史叙述における想像力の役割を強調したことにあるわけでもない。問題は「悲しみが深まれば深まるほど、子供の顔は明らかに見えて来る。恐らく生きてゐた時よりも明かに」という一節にある。なぜならここで小林は、出来事が過去へ過ぎ去るとともに明確な「形」をもつようになると述べているからである。前田英樹が小林の歴史思想を正確に表しているとした「歴史と文学」においても、ポイントは「動かし難い子供の面影が、心中に蘇る」（七、二〇七）という点にある。小林が「実証的な事実の群れ」を排除するのは、それが明確な「形」――まざまざと現れる子供の面影――を作り出さないから、つまり「表現」は「事実のレベル」には還元できないからではないだろうか。ここには初期以来、「表現」の獲得を求めてやまなかった小林の批評家としての欲望が現れている。

　そうは言っても、こうした読み方が小林の批評のもつ「曖昧さ」をある意味で切断し単純化していることも確かである。母親の「愛情」や「哀惜の念」を語るとき、小林はおそらく歴史叙述の「外部」において生じる（本性上）記述不可能な出来事の出来事性あるいは単独性――まさにその出来事が出来したという事実――を感じる必要性を述べていたとも読めるからである。その出来事は「唯一回限り」しか起こりえないからこそ、われわれはそれを惜しむ。叙述が始まるのはそうした直観の後であり、この直観なしにはどんな記述も分析も空虚である。「子供が死んだといふ歴史上の一事件の掛替への無さを、母親に保証するものは、彼女の悲しみの他はあるまい。どの様な場合でも、人間の理智は、物事の掛替への無さといふものに就いては、為す処を知らないからである」。冷静な事実関連の調査や分析、事実のなかに法則性を探す理論的な視線は、出来事の出来事性を知ることができない。知解される以前の出来事は表象されず、われわれはそれに遭遇して、ただ驚き、狼狽し、悲しみ、あるいは喜ぶといったほとんど身体的な反応ができるにすぎない。あらゆる叙述は、そうした体験なしには空虚だろう。だから小林はたしかに正しい。「愛してゐるからこそ、死んだといふ事実が、退引きならぬ確実なものとなるのであつて、死んだ原因を、精しく数へ上げたところで、動かし難い子供の面影が、心中に蘇るわけではない」という「歴史と文学」の言葉は正しい。「母親にとつて、歴史事実とは、子供の死といふ出来事が、幾時、何処で、どういふ原因で、どんな条件の下に起つたかといふ、単にそれだけのものではあるまい。かけ代へのない命が、取返しがつかず失はれて了つたといふ感情がこれに伴はなければ、歴史事実は歴史事実としての意味を生じますまい」（七、二〇六）という言葉もたしかに正しい。しかし、小林がこうした出来事に対する直観から出発して明確な「形」へと向かうとき、あるいはそうした直観（愛情、哀惜、悲しみ）を「形」への欲望に従属させるとき、彼は出来事の出来事性を縮減しているのである。

「形」と出来事

なぜなら、出来事は「形」をもたないからである。たしかに「実証的な事実の群れ」は出来事性を直観させる役には立たない。しかし、出来事に遭遇したとき、あるいは過去の出来事を知ったとき、われわれは出来事が突きつけるさまざまな「問い」に対して自分なりの答を出そうとする。例えば、交通事故で子供を亡くした親は（それは母親だけではあるまい）、子供を愛していればいるほど、子供がどのような状況でなぜ死んだのか（それは誰かの過失だったのか、それとも偶発事だったのか）を知りたいと思うはずだ。それは死んだ子供の面影を偲ぶことを越えて、さまざまな要因が複雑にからみあう現実へと視線を向けることにつながる。小林がくり返し述べたように、「実証的な事実の群れ」は出来事性の直観には役立たないが、しかし、この直観は「実証的な事実」を含むさまざまな事実連関へと否応なしに視線を向かわせるものなのである。そうした営為は、出来事に対する直観に忠実である唯一の道である。なぜなら、出来事は「形」をもたないから、それと遭遇し、その「問い」を突きつけられたとき、われわれは出来事の無定形な相貌を可能なかぎり踏査してみることによってのみ、かろうじてそれを叙述し理解することができるからである。死んだ子供の面影を母親がまざまざと思い浮かべることに小林は執着する。しかし、亀井秀雄とともに、子供を喪った母親ではなく母親を喪った子供のことを想像してみる必要があるだろう。「生み育て、悲しい死に至るまでの息子の生活史を知悉し、再び想像内で生き生きと思い出すことのできる母親の立場に対して、両親の生活史を理解するためにさえそれを知る手がかりとイメージの不足に苦しまざるをえないという、言わば先験的な記憶の決定的欠如を、息子は、みずからの出発条件としなければならない[81]」。その場合、出来事の「形」は母親の場合とはちがって先験的には存在しない。さらに言えば、戦争の「形」とはなにか。アウシュヴィッツの「形」とはなにか。そのような明確な「形」など存在しない。子供が死んだという出来事は、小林の言うように「子供の死」という「実証的な事実」ではないが、かといって「死んだ子供を意味する」わけでもない（七、二〇七）。出来事はそうした「人間化」には収まりきらないもの、いわば無定形なもの（「形」に収まらぬもの）である[82]。

歴史叙述は記述不可能な出来事に「表現」を与えようとする文字どおり「逆説的な」営為である[83]。「形」にならぬ同時代のインテリの「表現」を模索した小林、史料を渉猟してドストエフスキーの「表現行為」を批評的に「表現」しようとした小林が、そうした「逆説」を知らなかったはずがない。「表現」や「形」は探究の彷徨のとりあえずの結果として生まれるのであり、ドストエフスキー論はそのようにして書かれたのではなかったか。作品論の多くが未完であることには理由があるはずだ。しかし、「歴史について」は、出来事への直観を語りながらも、同時にそれをあらかじめ「形」に刈り込もうとする小林の欲望を示してもいる。そのとき子供が死ぬという出来事は、脳裏にはっきりと浮かぶ面影へと従属させられ、出来事としての「表現行為」も完成された「表現」の方から捉え返されることになる。歴史叙述の「逆説性」も、「表現行為」の「逆説性」も消滅する。なぜなら、完成された作品として、あるいは母親が悲しみのなかでたえず蘇らせる面影として、「形」はあらかじめ与えられているからである。

前節で検討した「歴史化」した批評のシステムは、こうした「形」の優位のもとにおかれるとき、「内面化」された批評の装置として作動しはじめる。このとき歴史とは「形」の世界にほかならない。もちろん本来、出来事とはたえざる「問い」であり、過ぎ去ったからといって明確な輪郭を獲得するわけではない。あるいはむしろそれは「過ぎ去ろうとしないもの[84]」である。ドストエフスキーの作品の生成、彼の「表現行為」は、過去のものにもかかわらず、小林にさまざまな「問い」をたえず突きつけるものではなかったか。しかし、小林は過去と「形」を直接的に結びつけようとする。母親は子供の顔を「恐らく生きてゐた時よりも明かに」見るのである。やがて「無常といふ事」には、生きている人間よりも死んだ人間の方が「はつきりとしつかりとして」おり「まさに人間の形をしてゐる」と書かれることになるだろう(八、一九)。「形」があらかじめ存在しているのであれば、もはやそれを自らの手で作り上げる必要はないし、そもそもそんなことは倨傲に満ちた行いとなる。現在のであれ過去のであれ、本性上無定形な出来事のさまざまな「問い」の力を受けとめ、自己と出来事が交錯する地点に自分なりの「問題」を設定したうえで、その「解決」としてあらたな「表現」を作り上げようとする「逆説的」で創造的な批評の可能性は潰えてしまったように見える。これ以後、小林にとって重要なことは「無私」となってあらかじめ存在する「形」をまざまざと見ることにすぎない。すべては「形」に従属する。「表現行為」という出来事ではなく完成された「表現」が最終的な審級となる。そこでは「表現行為」はいわば影として、あるいは概念として問題になるにすぎない。そして、戦火をますます激しくしつつあった戦争にも「形」を見ようとするとき、小林の批評は状況追随的な政治性を帯びつつ、はっきりと「内面化」されることになるのである。

第五章　美と戦争

戦争と文学者

時局への視線

昭和一二年七月七日、盧溝橋事件をきっかけにして日中戦争が勃発した。昭和六年の満州事変以来緊迫していた日中関係は、当初不拡大の方針があったものの、結局は大規模な戦争へと発展する。小林のテクストにも、昭和一二年を大きな転換点として、戦争をめぐる発言が目立つようになっていく。彼は政府・軍部の行う政策にはほぼ全面的に批判的だったが、太平洋戦争にいたる一連の戦争そのものについては肯定的な姿勢を貫いた。しかし、小林は批評家として誠実に自己の信じる道を進んだのであって、体制に迎合するために戦争を肯定したわけではない。したがって、外在的な価値基準によるイデオロギー批判を行うのではなく、戦時中に彼が信じた批評の内実をあらためて考察してみるというごくあたり前の作業が、結局は戦時期における小林の批評の問題点を明らかにするはずである。

はじめに概括的に述べておけば、戦争（及び政治）と文学を峻別しつつ、文学とは本質を異にするものとして戦争を肯定する小林の挙措は、そうした峻別にもかかわらず、実はきわめて「文学主義」的であり、しかも、戦争を語る小林の言説はすでに「内面化」された批評の原理に依拠している。すなわち、小林が文学から区別して肯定する戦争とは、大局的に見られた政治のオプションとしての戦争ではなく、兵士一人ひとりが戦場の困難を乗り越え任務を遂行するさいに生きる個人的体験としての戦争であり、後に詳しく見るように小林はそれをひとつの「表現行為」として捉え、さらには「内面化」するのである。問題は、戦争を肯定する小林の言説を性急に批判したり、あるいは逆になんらかの隠れた意図を仮構して擁護することではなく、彼の言説を内在的に「批判」することである。戦争の「文学化」(「表現行為化」)と「内面化」のプロセスを内在的に跡づけることで、小林が確信をもって完成させた批評が状況に対して奇妙なまでに親和的となった理由を理解することが可能になるはずである。

しかし、そのような分析に入る前に、まず小林の時事的な発言に見られる軍部観を見ておきたい。日中戦争開戦を遡ること数ヵ月、『文学界』昭和一二年三月号に掲載された「文学と政治」座談会で小林は軍部内閣待望論を語った。座談会が実際になされた時期は明らかではないが、おそらく広田弘毅内閣の末期であろう。広田内閣はやがて倒れ、二月二日には反政党色の強い林銑十郎内閣が成立する。歴史的には周知のとおり、五・一五事件で政友会の犬養毅が暗殺されるとともに政党内閣は消滅しており、これ以降は斉藤実、岡田啓介、広田弘毅など軍部出身者が首相となって、政党・官僚・軍部の三者の微妙なバランスの上にいわゆる「挙国一致内閣」を組織していた。反政党色の強い林内閣は組閣後議会を解散したが、政友会・民政党が選挙で勢力を維持したため結局総辞職を余儀なくされ、六月にはふたたびこの三者の微妙なバランスの上に近衛文麿が首相に任命されることになる。こうした状況のなかで、小林がとったポジションは官僚を批判して軍部内閣に期待するというものであった。

小林　僕たちの学生時代を考へてみると、今政治方面にいつてる人達、あゝいふ人達で僕達の学校のときに友達の事を考へてみると一般にみんなごく普通の勉強家でもつて秀才でね、つまり学校に反逆しなかつた奴ね、みんなさうだらうね。

林　官吏になつたんだらう、政治家でなくて。
小林　うん。
林　それが今の官僚だ。
芹沢　技術屋になつたんだな。
河上　それは朝日の座談会で中野正剛がいつてる。
小林　だからあゝいふのがいまに大臣になつたつて別に面白くもない、といふ事が一種の実感として
わかる。三つ子の魂百までさでね。（笑声）(1)

観念操作に長けただけの秀才として官僚を批判する議論は、かつてマルクス主義者に向けられたのと同じものである。議論の論理的な整合性は現実と切り結ぶことがないという認識は、ここでは官僚批判のために用いられている。河上の挙げた「朝日の座談会」とは、『東京朝日新聞』昭和一一年一二月二三日号から翌年一月一四日号に連載された「明日の政治を語る座談会」のことであるが、そのなかで中野正剛(2)は官僚と既成政党を批判し、単純な軍部政治肯定＝議会政治否定ではないと断りながらも、ヒトラーのような決然たる政治主体が全体を包容・統制する政治体制の必要性を主張していた。(3)結局、小林や中野の議論で問題になっているのは、近代的議会政治のもつ「表象＝代理」制の危機である。これはカール・シュミットの議論とも交錯するが、(4)彼らの批判が向けられる先は、大衆と離れた場で際限なく続けられる党派間の利害調整や自己目的化した官僚の行政手続であり、そうしたものを超越する「決断者」が政治をはっきりとした手つきで取り扱うことが求められたのである。こうして小林は「俺は軍部に内閣を作らせてみろといふ馬場恒吾の説(5)に賛成だ(6)」と述べることになる。せいぜい頭がよいだけの政党人や官僚とは異なり、軍人は「決然たる行為者」であるとみなされる。こうした小林の軍人観は、後

の議論にも関係する重要な論点であることにあらかじめ注意しておきたい。

体験としての戦争

さて、日中戦争開戦後の昭和一二年一〇月一六日、小林は『東京朝日新聞』「槍騎兵」欄に「戦争と文学者」と題する小文を発表した。[7] これはごく短いテクストだが、その後の小林の戦争論を理解するうえで欠かせないいくつかの論点を簡潔に示している点で注目に値する。このなかでまず小林は、戦争を「冷静に批判的に」論ずる批評家たちに対して、「生まれてから戦争なぞ一ぺんも実地に経験した事はないのだ、といふ事を忘れては駄目である」とクギをさす。恋愛したことがないのに恋愛とはこういうものだと言うのが滑稽なように、戦争の経験なしに戦争を論ずるのはたしかに滑稽である。しかし、戦争を「体験」へと還元する小林の議論は、戦争を政治、経済、外交といった複眼的な視点から客観的に理解する可能性をあらかじめ奪われている。「体験」としての戦争、これが小林の戦争論の第一の論点である。次に小林は、戦争を絶対的な「現実」として規定する。「今日の戦争は昔の戦争と異つて、その動機なり目的なり複雑になり、文化的色彩が強くなつて来た事は確だが、言語を絶した人間の異常な営みである事に変りはない」。人は戦争において、複雑にからみあった動機や目的を越えて、端的に強烈な「現実」を「体験」するのである。そしてこのように経験される戦争は、最後に文学へと結びつけられる。テクストは次のように終わっている。「戦争文学を書く為に戦争に行く人はない。併し傑れた戦争文学は、戦争に行つた人でなければ出来た例しはなし、将来もさうであるより他はない、といふ簡単な事実を忘れて了つた様な顔で、文学者が戦争について喋る事はよくないのである」。これが「表現」の探究に対するひとつの処方箋になっていることに注意しよう。戦争は、文学者が「表現」(「傑れた戦争文学」)を獲得することを可能にするような「現実」として規定される。もちろん小林の言うように、誰も作品を書くために戦争に行きはしないが、戦争をめぐる小林のディスクールは、これ以後「表現」の可能性をめぐって展開されるようになる。

しかし、このような戦争の「文学化」の内実は実は必ずしも単純ではない。小林は一見したところ戦争と文学を截然と区別しようとしているからである。同じ時期、『改造』昭和一二年一一月号に発表された「戦争について」には次のような有名な一節がある。

僕には戦争に対する文学者の覚悟といふ様な特別な覚悟を考へる事が出来ない。銃をとらねばならぬ時が来たら、喜こんで国の為に死ぬであらう。僕にはこれ以上の覚悟が考へられないし、又必要だとも思はない。一体文学者として銃をとるなどといふ事がそもそも意味をなさない。誰だつて戦ふ時は兵の身分で戦ふのである。

文学は平和の為にあるのであつて戦争の為にあるのではない。文学者は平和に対してはどんな複雑な態度でもとる事が出来るが、戦争の渦中にあつては、たつた一つの態度しかとる事は出来ない。戦は勝たねばならぬ。そして戦は勝たねばならぬといふ理論が、文学といふものの何処を捜しても見付からぬ事に気が付いたら、さつさと文学なぞ止めてしまへばよいのである。(8)(四、二八八)

そして小林は戦争に勝たねばならぬ理由を次のように説明する。

観念的な頭が、戦争といふ烈しい事実に衝突して感じる徒らな混乱を、戦争の批判と間違へないがいゝ。気を取り直す方法は一つしかない。日頃何かと言へば人類の運命を予言したがる悪い癖を止めて、現在の自分一人の生命に関して反省してみる事だ。さうすれば、戦争が始つてゐる現在、自分の掛け代へのない命が既に自分のものではなくなつてゐる事に気が付く筈だ。日本の国に生を享けてゐる限り、戦争が始まつた以上、自分で自分の生死を自由に取扱ふ事は出来ない、たとへ人類の名に於ても。これは烈しい事実だ。戦争といふ烈しい事実には、かういふ烈しいもう一つの事実を以て対するより他はない。将来はいざ知らず、国民といふものが戦争の単位として現在動かす事が出来ぬ以上、そこに土台を置いて現在に処さうとする覚悟以外には、どんな覚悟も間違ひだと思ふ。(二八九)

このように小林は戦争を文学とは性質を異にするものとして区別するが、彼の議論はひとつの独立した戦争論として見てしまえば、明らかに多くの問題を含んでいる。最初にごく容易に指摘できる点を述べてしまおう。まず第一に、これはかなり極端な状況追随論である。たしかに日本が交戦状態になれば、日本人の命が危険にさらされる可能性はひじょうに高い。その意味で日本人は自分の生死を自由に扱えない状態におかれてはいるが、激戦を戦う兵士ならばともかく、小林が言う日本人一般の生命の危機は昭和一二年当時の戦況であればやはり相対的なものであろう。小林は交戦状態に必要以上に重い意味を与え、さまざまな要因を捨象して戦争をいわば生きるか死ぬかの絶体絶命の危機へと還元する。そのため戦争への批判的考察を封じこめられ、状況にただ追随することが「覚悟」と取り違えられることになる。したがって第二に、小林の戦争把握はきわめて単純である。日本人の生命の(相対的な)危険からただちに戦闘の覚悟を導く小林にとって、戦争はたんに「勝たねばならぬ」ものにすぎない。国家のとりうる政策のひとつとしての戦争は、将棋のように単純に勝つか負けるかの勝負ではなく、どの程度の戦況でどのように終結させるかといった高度な外交戦略を軸として遂行されるものであって、必勝を期す一兵士の立場によって覆いつくせるようなものではない。こうした小林の戦争観は、昭和一三年一月のいわゆる「国民政府を対手とせず」とする近衛声明が講和の相手国や条件をみずから消滅させ、目的の曖昧な戦争へと突入していった状況において、政治的批評としては無意味な態度だったと言える。そして第三に、小林の戦争論には他者が不在である。戦地に実際に赴いていない昭和一二年段階の小林は、現実に戦っている日本の青年兵士が遭遇したであろうさまざまな困難や苦悩を想像せずに戦争の「覚悟」を説いているように見える。それは結局、安全な銃後で行われる自分勝手な決意にすぎず、もし戦場の現実をリアルに見ようとする意志をもっていたならば、小林の戦争論はかなりニュアンスを変えたのではないか。さらに言えば、小林にとって戦争はせいぜい「日本の資本主義」と「日本国民全体の受ける試練」(二八九—二九〇)にすぎなかった。植民地戦争としての一五年戦争(この時点では日中戦争)がアジアの民衆の生命と財産を蹂躙しているという意識は——彼がそうしたことを知らなかったはずはないが——ほとんどテクストに現れない。他者の不在は、そのまま戦争の加虐性の無自覚につながっているのである。

戦争と文学

しかし、以上のような批判は、小林の戦争論を彼の文藝批評からは独立したものとして扱っている点でまったく不十分である。小林自身もおそらくそうした批判の前には肩をすくめるだけだろう。「文学」という契機を含まない批判は、小林の本質を突かないという理由で表層的なものにとどまる。いわば小林の痛いところを突くことができないのだ。したがって戦争をめぐる小林の言説は、彼の文藝批評との関わりのなかで考察されなければならない。そのとき、小林における戦争は「内面化」された「文学主義」の対象として現れるはずである。そのためにも文学と戦争、あるいは文学と政治を峻別する小林の議論をもう少し詳しく検討する必要がある。やや長くなるが、まずふたつのテクストを引用しておきたい。ひとつ目は開戦とほぼ同時期、『中央公論』昭和一二年八月号に掲載され、翌年『文学』に収められた「文藝批評の行方」の一節である。そこで小林は、政治理論に依拠して行われる批評や制作を容易だとして、次のように言っている。

何故容易になるかは原理上非常に簡単であつて、文学者達が、文学の思想性を文学の政治性といふものに極限して疑はないからである。この場合文学による政治批判は当然活発になるが、それは飽く迄も外観上の活発であり、言葉を代えれば、或る立場の政治が、文学の名を借りた或る立場の政治から批判されてゐるに過ぎない。成る程、凡そ政治批判なるものが、現実的な価値を持つ為には、現在ある或る政治的立場に立つての批判でなければならないだらうが、文学は或る政治的立場からの批判といふアクチュアルな立場に止まり得ない。文学は進んで政治そのものを批判しようとする理想を捨てる事が出来ない。この理想こそ文学の思想の中核をなすものであり、文学者の思想の内的創造力の糧となるものだ。

暴力を是認しない処に古来政治はなかつたし、これからもあり得ない。政治の取扱ふものはいつも集団の価値だ。個人の価値に深い関心を持つたあらゆる政治思想は決して成り立たないところに、この思想の根本的な欺瞞があり、その欺瞞を現在から計算した近い将来の目的故に是認するところに、政治思想本来の現実的な現在的な価値が生ずる。だが文学は、総じてさういふ政治の止むを得ない欺瞞には堪へられないものだ。文学的思想が、種々な条件から、どんなに政治的思想と歩を合はせようとしても、根本的な点で一致する事は出来ない。どんな傑作も蟻一匹殺す事は出来ないし、一人の人間の飢ゑを充たすことは出来ない。その意味で文学的思想の価値は現実的価値ではない、象徴的価値だ。アクチュアルなものから永続的なものへの憧憬のないところに文学といふ仕事を考へる事は不可能である。文藝批評の真の困難はそこにあるのだ。(9)(三、一七九、傍点引用者)

ふたつ目は「戦争について」の結末にある次の文章である。

目的の為に必ずしも手段を選ばない、とは政治に不可欠の理論である。戦争がどんなに拙劣な手段であらうとも目的は手段を救ふと考へねばならぬ。だがこの政治の理論を、文学に応用する事は断じて出来ない。文学者の仕事は、例えば大工が家を建てる様なものだ。手段が拙劣なら目的なぞナンセンスである。文学者たる限り文学者は徹底した平和論者である他はない。従つて戦争といふ形で政治の理論が誇示された時に矛盾を感ずるのは当り前な事だ。僕はこの矛盾を頭のなかで片付けようとは思はない。同胞の為に死なねばならぬ時が来たら潔ぎよく死ぬだらう。僕はたゞの人間だ。聖者でもなければ予言者でもない。(四、二九二)

文学は目的と手段が不可分な技術であり、「永続的なものへの憧憬」に基礎をおくものだが、政治は近い未来の目的のために現在を犠牲にし、しかもその手段の如何は目的が達成されるのであれば重要ではない。政治が集団を対象とする「現実的価値」を扱うのに対して、文学は個人を対象とする「象徴的価値」を求める。文学は政治とは本質的に異なり、したがって政治的価値に対する根底的な疑念を提出するものなのである。こうした区別はまさに小林の言うとおりである。しかし彼はそれをつねに維持しただろうか。政治は「現実的価値」に基づくと正しく認識しながらも、他方で「同胞の為に死なねばならぬ時が来たら潔ぎよく死ぬだらう」と覚悟を述べる小林の態度には、なにか曖昧なものがある。それはひとつには、すでに指摘したとおり、一兵士の決死の覚悟は現実の政治も実際の戦争も決して覆いつくすことができないからだが、それにもましてこうした覚悟は少からず「文学的」に響くからである。

政治と文学の区別に私がこだわるのは、少くとも「文藝批評の行方」において、小林が文学による政治の批判を語っているからである。この「批判」は、小林が言うように、文学の意匠を纏ったある政治的立場から別の政治的立場を対象化するようなものではなく、端的に政治そのものを問題化する視点を含んでいる。もちろんそれは、文学によって政治を超克することでもなく、政治から文学へとノスタルジックに退行することでもなく、文学と政治の差異の自覚を政治そのものを問題化する批評的視角として利用するという意味である。つまり、文学と政治の本質的な差異を自覚することが、政治を総体として「批判」し戦争のさまざまな現実に目を向けさせること、さらには「政治的なるもの」の場そのものを分析・批判することを可能にする。少くとも小林の議論はそのような可能性をもっていたはずである。しかし、彼の批評の実際の歩みは、文学と政治を区別しつつ混同することであった。両者はそのちがいを強調されつつも、実際には境界線を曖昧にし奇妙なまでに混淆する。その結果、政治的現実は文学が肯定されるのと同じように肯定の対象となるのである。

戦争報道とリアリズム批判

このような「汚染」の例を、例えば「戦争について」のなかに見出すことができる。小林はまず上海をまわってきた林房雄の感想を取りあげて戦地での体験に言及した後、次のように述べている。

> 僕は事変のニューズ映画を見乍ら、かうして眺めてゐる自分には絶対に解らない或るものがあそこに在る、といふ考へに常に悩まされる。（四、二八六）

小林は映像や音声によってますます「正確な」報道に向かう新聞、雑誌、ニュース映画などを批判し、そうした正確なだけの「模写」は「事件の体験者が抱く真実の一切を切捨てゝ」おり、「実際に戦ふ人々の生活感情と僕等の生活感情との間に当然あるべき開きを糊塗して了ふ」のだと言う。戦争を正確に知ろうとする人々の「好奇心」が含む「奇怪な冷静さ」は、こうした「心理的錯覚」から生まれるものである以上、実際に戦う人々を本当に理解できるものではない。レマルクの『西部戦線異状なし』やドルジュレスの『木の十字架』を引きながら、小林は「戦争を実際にやつた」者と「戦争の話を聞き度がつてゐる人々との間」にある「乗り越え難い開き」、あるいは「体験者の人には明かし難い戦争に関する知識と傍観者の理解の軽薄さとの対照」といったものを語り、ニュースの氾濫が「戦争に関する僕等の直覚力や想像力を、この異常な人間経験に対する僕等の率直な尊敬の念を麻痺させて了ふ」と結論づける（二八七—二八八）。すでに見た文学と戦争の峻別が語られるのはこの直後である。[10][11]

まずごく常識的に言えば、報道を排除して直覚力や想像力にうったえることを主張する小林の議論は、政府・軍部の行う情報統制が状況を批判的に検討する可能性を封じていた戦時期においては、そのままで体制の肯定につながるものであると言える。しかしここで注目したいのは、彼の報道批判が文学的リアリズムの批判と軌を一にしている点である。小林の文学者としての課題が近代的リアリズムの超克にあったことを思い出そう。いわゆる近代的リアリズムとは「文体」ではなく「正確な観察」にすぎず、そのさい言葉は「観察者と観察対象との単なる中間項の様なもの」になっていた。この「言語の事物化」は近代の文学者がみな遭遇した問題であり、それにどのように対処して「表現」を獲得するかに文学者の特性が現れると小林は考えた。例えば、サンボリストたちは「言語の事物化」に反抗して言語を「純粋化」することで近代詩の可能性を探った。これに対して批評家はあくまで「言語の論理的造形性」に依拠することで「文体」を得なければならない（「言語の問題」、四、二一五—二一七）。小説家に関しては昭和一三年二月の「志賀直哉論」が参考になる。小林はそこで志賀文学を近代的リアリズムとの関係で捉えていたからである。

「僕は御覧の通りケチな男だ、併し世の中は客観的に正確に観察はしてゐる積りだ」、さういふリアリストの数は非常に多い、現代作家心理学を必要と感ずる程多い。さういふリアリストの小説は、作者が生きてゐるから小説が在るといふ当り前な理屈が逆になつて、世間があるから小説が在るので、而も小説が在るから作家があるとは限らないと言つた風な理屈で出来上る。(一〇七)

こうしたリアリズムは混乱した現代社会を「表現」するさいに大きな困難に逢着する。無秩序な対象を描いて「作品の統一を図る為には、何か自分の持つ内的な力に頼らざるを得ない」。志賀がもつのはこうした「烈しい心の統制」や「独特の詩」なのであり、逆に「若い作家達」が失ったものは「精神力」や「心の深さ」といったものである。「観察された或る事実が、動かし難い無二の現実性を帯びる為には、観察者のその時一回限りの感動といふものに、その事実が言はば染色されてゐなければならない」。このような経験は芸術家だけに特権的なものではなく、「普通人一般の経験」でもあり、「傑れたリアリズム小説といふものも、この僕等の素朴な経験を深化し純化したもの」なのだと小林は言う(一〇六—一〇九)。

このように見てくると、戦争体験と戦争報道との区別は、小林の内的論理においては、「表現」を可能にする作家の「感動」と技法としてのリアリズムとの区別に完全に対応していることが分かる。ニュースは「実際に戦ふ人々の生活感情と僕等の生活感情との間に当然あるべき開きを糊塗して了ふ」と小林は述べた。その意味するところは、「僕等」日常生活者の「生活感情」が近代的リアリズムの迷妄に陥っているのに対して、兵士の「生活感情」は作家の「感動」と同質のものなのだと解釈することができる。だからこそ、本質的にリアリズムに依拠せざるをえない報道は、戦場の兵士たちのことを決して理解することができず、ただ直覚力や想像力だけがそれを捉えることができるのである。直観的に作家の人間像に参入する小林の批評の方法は、ここでは兵士に対して用いられている。兵士の体験は作家の「感動」と同質のものとなるのだ。戦争の体験が小林のテクストにおいて容易に戦争文学と結びつくのはこうした理由によっている。

体験者だけが持つてゐる人に伝へるのに非常に困難な或る真実、これがあらゆる傑れた戦争文学の種だ。戦争文学には限らない本当の意味での一般ルポルタージュ文学の秘密だ。(12)(四、二八七)

峻別を試みられた文学と戦争はこうして混淆を余儀なくされる。「戦は勝たねばならぬといふ理論」は文学のなかにはなく、誰も文学者としてではなく「兵の身分」で戦うのだとする小林の議論が、ひとつの独立した戦争論としては欠陥だらけであるのもそのせいであろう。なぜなら、そこでは戦争も戦闘行為もあらかじめ「文学化」されているからである。しかしこれは、戦争が美化されているという意味ではない。そうではなく、戦争を遂行する行為が文学的な営為、つまり「表現行為」として把握されているということである。小林がこのことにどの程度意識的だったかは分からない。しかしいずれにせよ、戦争と文学を区別しつつ混同する彼の身振りの現実性ははっきりしており、それがテクストを曖昧なものにしていることは明らかだ。逆に言えば、そのような曖昧さは、小林の両義的な身振りを措定せずには理解することができないのである。

非常時と尋常時

中国へ

昭和一三年三月から四月にかけて、小林は『文藝春秋』特派員として、上海から杭州、南京、蘇州をめぐっている。訪中の目的は、杭州で火野葦平に第六回芥川賞を渡すことであり、授与式は三月二七日に陣中で行われた。その祝宴では、挨拶のなかでこれからも「日本文学のために」がんばってほしいと述べた小林の言葉を捉えて、ある下士官が抜刀して「兵隊の身体は陛下と祖国にささげたもの」であり「文学のために」とはなにごとかと息巻いたと伝えられるが[13]、小林のテクスト「杭州」には西湖に船を浮かべて火野と酒を飲み交わすのどかな場面が描かれている（四、三一二―三一五）。この場面の意味については後に考えることにするが、ともあれ中国旅行の感想は、いま挙げた「杭州」以下、「杭州より南京」、「支那より還りて」、「蘇州」、「従軍記者の感想」などのテクストにまとめられた。また、同じ年の一〇月から一二月にかけて小林は朝鮮、満州、華北などを旅行し、翌年には「満州の印象」を発表している。小林の中国論の全体的な性格についても次節で検討するが、ここではおもに「支那より還りて」によりながら「非常時」と「尋常時」をめぐる彼の考察を取りあげ、文学と戦争の「混淆」の様態をいましばらく考えることにしたい。

小林は次のように感想を述べている。

僕は還つて来て考へ方が変つたとは意識しない。寧ろ反対に、平和時に文壇の一隅で独りで考へて来た事が、異常な事柄を見たり聞いたりしても、少しもぐらつかなかつた事を発見して気持よく思ひ

自信が出来た様に思つた。(四、三四七)

そして、考え方は変わらなかったが「心の裡のなにかゞ新しくなつた事はしつかりと感じられる。それは一種の精気の様なものとして感じられる」と言う(同前)。戦地で小林が確信を深めたものとは、非常時には決して育まれることのない尋常時の思想(常識)の力強い作用であった。事変は国民のみならず政府にとっても「不意打ち」だったとしたうえで、小林は次のように言う。

非常時の政策といふものはあるが、非常時の思想というものは実はないのである。強い思想は、いつも尋常時に尋常に考へ上げられた思想なのであつて、それが非常時に当つても一番有効に働くのだ。いやそれを働かせねばならぬのだ。常識といふものは、人々が尋常時に永い事かゝつて慎重に築き上げた思想である。そして今日の非常時に、国民の常識がいかに大きく強い力が働いてゐるかを見よ。

事件の歩みが緩慢な時には、事件と思想との間に開きが見えない。〔……〕だが今はさういふ時ではない。大きな開きが現はれてゐる。それを埋めようとする忍耐強い努力こそ僕等に今一番必要なのであつて、この溝を飛び超えて新しい思想を掴む事ではない。又そんな事は不可能だと、やがて思ひ知る時が来るのだ。

政治上の革新には、いろ〳〵非常手段が講ぜられ、これによつて予期した効果を収める事も出来るが、思想の革新には非常手段なぞあり得ない。思想は綿密に考へられ受け継がれ育てられる他はないからだ。日本がこの危機を切り抜けて、次の時代に生まうとする尋常な文化の種子は、やはり事変以前まで、僕等が育てゝ来た尋常な文化のなかにある。さういふ覚悟で、僕等はこの危機に処さねばならぬと思う。それが、僕が還つて来ても考へ方が変らぬと云つた所以で、別に何んでもない事だ。

たゞ僕の自信は深まつたのである。(三四九—三五〇)

小林は中国から、言葉では明確に伝えることのできぬある生き生きとした「感覚」を抱いて帰国した。それはひと言で言えば、中国は「いやもう大変なものだ」という感覚だった。そして「文学者としてはさういふ感覚が結局一番大切」という言葉からも分かるように、彼が中国で強めた「自信」とは文学者としての「自信」であった(三五〇)。実は小林の言う「支那は大変なものだ」という感覚は、かつて彼が述べた「日本的なもの」とまったく同じ機能を果たしている。「「日本的なるもの」の問題は、作家の個性的なイメージを離れて文学的問題とはなり得ないのだ」(三、一七八)、あるいは林房雄の「心を燃え上らせてゐるもの」は「彼の日本についての創造的なイメージ」なのだ(四、一九三)と小林は述べたが、この「日本的なもの」はまさしく「表現」の必須条件として要請されたものだった。同じことが作家の中国体験にも言える。中国に「ぶらり」と行ってきた文学者は「日本人として今日の危機に関する生々しい感覚」というものを「文学者といふものゝ修練を重ねた本能」によって獲得するが、それは「彼等の書くものに必ず現れるだらう、現れたものは、国民は必ず感得するだらう」と小林は断言しているからである。すなわち問題はここでも「表現」獲得の可能性なのだ。しかも小林はそうすることが、外的な強制力によって上から国策追随的な文章を書かせる以上に効果的な「積極的思想統制」を可能にするのだとまで述べている(三五一)。

それはともかく、「支那から還りて」では非常時と尋常時が截然と区別されているように見える。小林によれば、思想や文化は尋常時に育まれるものであって、非常時にあたっても有効に働くのはそのようにして作り上げられた「常識」である。兵士と同じく新聞の従軍記者は「報告する為にペンをとるといふより寧ろ軍隊とともに戦つてゐる」(四、三四七)から、中国についての報告も「ぶらり」と行って観察する文学者が書いた方がよいことになる。すなわち、思想を育むのは文学者の役割であり、中国という戦地においても思想を可能にするのは兵士とともに戦う記者ではなく、ましては政治家や軍人でもなく、とくに義務もなく「ぶらり」と来た戦わぬ文学者なのである。政策や政治体制が思想や文化を作ることはありえない。「文藝批評の行方」では「永続的なもの」に憧れるのは政治家ではなく文学者とされていた。小林の姿勢はこの点では一貫している。

僕等には僕等の伝統的弱点といふものがある。この伝統の弱点が今かういふ時機にぶつかつて非常に明かに見えて来たには相違ありませぬが、この弱点は事変といふものが発明したものぢやない、弱点の因つて来る所は随分遠い。随つて、この非常時が一挙に解決する様な性質の問題ぢやないと思ふのです。新体制の組織が出来たからと言つて新しい思想が生れるわけではあるまい。職能団体の指導者になつた所で、新しい知識人になれるわけではあるまい[14]。

知識階級侮蔑の風潮は、やはり未熟な外来思想だ。最近の生産に携はらぬ階級といふ処から来る一つの思想で、知識人といふものはそんな風に考へてはをかしい。僕は、永続的な確つかりした思想を作るのは、やはり知識人の役目だといふことを信じて居るのです[15]。

これは『文藝春秋』昭和一五年一〇月号で近衛文麿のいわゆる「新体制」運動を受けて行われた「文化政策と社会教育の確立」座談会において、城戸幡太郎や留岡清男など[16]に対してなされた小林の発言である。近衛「新体制」による思想革新を信じているかに見える二人と比べて、小林がきわめて冷静に自己の信念を述べている点が印象的である。思想は尋常時に育まれるという確信と自信は、このようにほとんどかわることがなかった。「非常時の思想はない」という考えは「事変と文学」などでもくり返し主張されているのである（七、五七―五八）。

混淆

しかし、問題はそれほど単純ではない。中国で感じられた「精気」あるいは「日本人として今日の危機に関する生々しい感覚」が、文学者の報告文に現れ国民に伝わると言うとき、小林はやはり「思想」の生まれ出る契機を非常時にある戦地の方においている。たしかに、目的さえ達成できれば手段は問題ではないという非常時の政策にも、実戦に巻き込まれている兵士や従軍記者にも思想を育む可能性はないかもしれないが、小林はほかならぬ戦地に赴くことで、平和時に日本で育んだ確信を強めたのである。非常時と尋常時という区別は実は表面上のものにすぎない。両者は相互に混淆し合う(17)。

一方では非常時のなかに尋常時の契機が見出される。例えば、『改造』昭和一三年八月号に発表された火野葦平の『麦と兵隊』に対して、小林は『東京朝日新聞』八月四日号の「槍騎兵」欄に「火野葦平「麦と兵隊」」という小文を書いた。周知のとおり、『麦と兵隊』は徐州会戦の従軍記である。火野は五月一六日、徐州南西の孫圩《そんかん》において敵軍の迫撃砲弾の嵐のなかで九死に一生を得ている。小林はその記録を読んで、「戦争の体験が人間をどの様に鍛錬するかが手にとる様に分る。彼は違つてしまつた。「糞尿譚」にみられた弱さも甘さも曖昧さも、最早こゝにはみられないのである」と感想を述べた。「この作品（敢て作品とよぶ）の魅力は、立場だとか思想だとかに一切頼らず、掛け代へのない自分の生命だけで、事変と対決してゐる者の驚くほど素朴な強靭な、そして僕に言はせれば謙遜な心持ちからやつて来る。活字面ばかり御大層な近頃のジヤアナリズムでは、かういふ文章は親友に会つた様な気持ちのものだ」（四、三五七）。火野の体験は文字どおり戦争に関わるものだが、小林がそこに見出すのは生身の人間が自分の身体ひとつで熾烈な現実にぶつかる姿である。それを小林は戦争という非常時に生じる例外としてではなく、行為する人間の本来的で尋常な姿として捉えている。同じ年、『東京朝日新聞』一二月一〇日号から一二日号に連載された「現代日本の表現力」のなかでも、明らかに『麦と兵隊』を念頭におきながら小林が次のように述べていたことに注意したい。

火野葦平の作品が、あの様な人気を呼んだといふ事を、人々は戦争といふものにばかり結び付けて考へ勝ちであるが、原因はもつと人の気の付かぬ処にある。成る程あれは戦争といふ異常時を扱つてゐるのだが、作者が表現に成功し得たのはまことに平常な性質のものなのだ。それは変らぬ人情であり、変らぬ人間性なのだ。戦争の異常性を目がけて成つた莫大な戦争通信のなかに、彼の作を開いてみて、その味はひの沈着さ平常さをよく考へてみるとよい。一般読者をあんなに強く捕へたものが、意外に極当り前なものゝ過不足のない表現である事に気が付くだらう。

社会が混乱して来ると人間の頭はいろ〳〵妙になるものだが、肉体の方は決して妙にならない。そして一般読者はいつもこの妙にならない肉体を基として、文藝に真に迫る人間をと求めてゐる。最近の文藝はさういふ読者の要求を次第に満たさなくなつて来てゐた。この言はば文藝における人間紛失は、明治大正期には見られなかつたもので、その紛失速度の急激だつた事は、僕等が省て驚く処である。火野葦平は、新しい思想とか意見とか批評とかによつて成功したのではない。人間を一人ごろりと投げ出し、この一見粗野な古ぼけた人物に現代人の感受性の悉くがある事を示し、一般読者の渇を癒したのである。そしてこの渇は事変とともに始つたのではない。（四、三六一、傍点引用者）

翌年七月に発表された「事変と文学」でも、小林は『麦と兵隊』について同様の議論をくり返し、「戦記とは言ふもの丶、この作品のほんたうの美しさは、平常時の平常なよい文学の持つてゐる沈着な美しさと少しも変りはないものなのである」と述べる。火野の作品は「たゞ人間を一人ごろりと投げ出した」だけであり、そこで人間は「極めて当り前な顔をして極めて健全に行為してゐる」というわけである（七、五五―五六）。

非常時と尋常時という表面上の区別は、小林の「内的論理」を規定する真の区別を正確に表してはいない。小林が峻別しようと望んだのは戦争と平和ではなく、イデオロギーやそれに憑かれた人々と、健康な実生活の感覚に基づく人間の姿である。前者に含まれるものは、例えば政府・軍部の政策や宣伝、スローガンである（政治家や軍人の演説や著作が、文学者から見て、「表現」として国民にうったえる力をもっていないことを小林は再三述べている[18]――その意味で小林が政府・軍部に迎合したことはないし、いわゆる「東亜共同体論」も同じ観点から批判されていた（「学者と官僚」（七、八五）、「処世家の理論」（一一八―一一九）、「事変の新しさ」（一二七―一二八））。あるいは、空虚なイデオロギーと化したさまざまなイズム、近代思想の毒にあたり心理や観念の迷妄に陥った「わけの解らぬ」現代人なども挙げられる（「心理的にあまり複雑なやり取りが得意な御蔭で、当り前の恋愛が出来ない様な女とか、思想的な妄想で頭が一杯で、心臓の在処なぞ解らなくなつて了つた男」（七、五六））。政府・軍部はともあれ、ここで挙げたものはみな小林が文藝批評においてあるべき「表現」を探究したさいに批判し否定したものである。これに対して、健全な人間の姿はあるべき文学の姿に結びつけられる。小林の内的論理はこうした二項対立によって厳密に規定されている。すなわち、「永続的なもの」の創造を目指す文学者や知識人は、政策、ジャーナリズム、イデオロギー、心理主義などの観念化された思考のあり方から距離をとり、いわば「日常の実生活で働かす様な健康な眼」（七、五六）でものごとを見なければならないのである。ここで注意すべきは、小林が批判するものも肯定するものも、ともに非常時、尋常時に関わりなく存在することである。心理や観念で頭がいっぱいになった現代人なぞ平和時（尋常時）の日本の象徴ではないか。逆に、火野葦平論から明らかなように、尋常時に結びつけられる健全な人間は、戦場においてとりわけその姿を鮮明にした。「戦争の体験」は人間を「鍛錬」すると小林は言う。また、中国の戦地で彼は「新鮮な精気」（四、三五二）を感じて帰国したが、それは尋常時の活動である文学の「表現」に力を与えるものとされていた。むしろ戦争はその熾烈な現実によって観念化されたあるゆる思考の形態を無効にし、そのことを通じて、尋常時に育まれてきた人間の「本来のありよう」を顕在化させるのである。

このように戦争や非常時という契機が尋常時の健全な人間の姿のうちに収斂させられる一方、それとは逆に、尋常時の契機が否定され、非常時における人間のありようが小林の関心を占めることもある。例えば、昭和一五年六月の「文藝銃後運動」でなされた講演「事変の新しさ」（発表は『文学界』同年八月号）のなかで、小林は事変を従来の理論では理解できぬまったく新しい事件としたうえで、次のように述べた。

今日、指導理論がない、といふ不平とも非難とも付かぬ声を屢々聞きますが、一体、指導理論とはどういふ意味なのか。予めある理論があり、その通り間違ひなく事を運べば、決して失敗する気遣ひはない、さういふ理論を言ふのでありませう。それならば、そんな理論が、今日ない事は解り切った事ではないのか。あれば何も非常時ではないではないか。尋常時ではないか。（七、一二八—一二九）

同じ箇所では「僕は文学者として文学者らしく非常時といふ言葉を解したい」とも言われている。これは「戦争について」で「戦争に対する文学者としての覚悟」などはないと断言していたこと（四、二八八）と明らかに矛盾する。ここで小林は、一兵士として戦う以外の姿勢を戦争に対してとっているからである。しかし、それにもまして重要なのは小林の言う「非常時」の内実である。それは文字どおり「戦争」を意味するが、この「戦争」は「表現行為」として捉えられているのである。以下ではその点を詳しく考察してみたい。

戦争と「表現行為」

小林は桶狭間の戦いにおける織田信長を例に挙げる。今川義元の大軍と対峙した桶狭間の戦いは信長にとってまさに「非常時」であり、信長はまた「指導理論」などを信用してもいなかった。苦戦から籠城を主張する家老たちの「指導理論」に反対して、彼は未明に城を飛び出し「夕立の晴れ間を狙って突撃」した。信長は周知のように勝利したが、その理由はなんだったのか。彼は「出鱈目をやって、運よく成功した」のではない。そこにはやはり「理論」があったのである。

> 扨て、信長に理論があつたかなかつたか。僕は、もうくどく申し上げる必要を認めませぬ。彼は、乗るか逸るかやつつけてみたのではない、確乎たる理論があつたのであります。たゞ、この理論は、例へば首尾一貫した解り易い論文の形では、現れぬもの、現されぬものであつた。それを彼はよく承知してゐただけの事なのである。籠城説の如きは、見掛けの理論に過ぎぬ事を、看破してゐたのである。さう解釈すべきものだと思ひます。彼の智慧の鏡は、家老どもの言つた様に決して曇つてゐなかつた。曇りのない彼の鏡に、難局の正体がまざまざと映つてゐたのであります。彼は難局を直かに眺めた、難局と鏡との間に、難局を解釈する尤もらしい理論の如きものを一切介在させなかつた、さういふものを悉く疑つて活眼を開く勇気を、彼は持つてゐた。さう解釈出来ると僕は思ふ。この場合疑ふとは、一つの力であります。又、この場合、信長の理論とは、軽薄な不完全な理論を悉く疑つて、

難局の構造とその骨組を一つにした態のものとなつてゐたでありませう。彼も亦ヘェゲルの如く、難局を眺めて「まさにその通り」と言へたかも知れませぬ。（七、一三二）

小林の語っているのはもはや非常時の政策でも戦争の理論でもなく、彼がその存在を否定していた「非常時の思想」である。非常時にはあらゆる既成の理論が無効になる。信長は事態を理解したつもりにさせるそうした理論をことごとく疑い、現実そのものの構造を虚心に眺めてみずからの理論を作り上げる。それは現実に密着しているという点で、また密着することによってのみ有効になりうるという点で、他者に伝達可能な形式をとることができない。ここでも小林が排除しているのは、観念化された政策やイデオロギー、形骸化された思想とでもいったものである。小林の述べる「理論」は、彼がかつて正当にも文学から区別した政治の政策ではない。信長的な「理論」は、たしかに桶狭間で彼に勝利をもたらしたが、日中戦争や太平洋戦争といった広大な展開を要請される戦争においては役に立つまい。小林の言う信長の「理論」は戦争を遂行する集団に伝達しえないし、現実の調査・分析から戦略を立案し、それを遂行して結果を精査したうえで、はじめの現実認識へとフィードバックして今後の戦略を練り直すという、戦争遂行上の常識的かつ不可欠な立場とも異なる。それは、現実を虚心に見て覚悟を定めるといういわば精神のあり方である。先の引用の直前には次のように書かれていた。

信長は、長篠の戦なぞでよく解る様に、実に用意周到な戦略家であつた。キリシタンや一向宗徒の扱ひで明らかな様に、残酷な頑丈な懐疑家であつた。桶狭間の非常時に於ける信長の覚悟に、宿命論者や賭博者の心理を見る事は無用の業である。一体、現代人は、人間の覚悟といふものを、人間の心理といふものと取り違へる、実に詰らぬ癖があります。覚悟といふのは、理論と信念とが一つになつ

た時の言はば、僕等の精神の勇躍であります。（一三一）

この講演の前半で取りあげられた秀吉の文禄・慶長の役も、おそらくこうした観点から考察されている。もちろん周知のように秀吉は失敗した。彼の方法は国内における戦争や外交では絶大な成果を上げたが、朝鮮や中国を相手とした戦略・外交では失敗を余儀なくされている。それは事態が秀吉にとってそれまで国内で遭遇したことのない「全く新しい」ものだったからであり、またそれまでの「豊富な経験から割り出した正確な智識」が逆に判断を誤らせたからである。小林はこれをパラドックスと呼ぶ。「太閤の智識はまだ足らなかつた。若し太閤がもつと豊富な智識を持つてゐたなら、彼は恐らく成功したであらう、といふ風に呑気な考へ方をなさらぬ様に願ひたい。さうではない。智識が深く広かつたならば、それだけいよいよ深く広く誤つたでありませう。それがパラドックスです」（一二六—一二七）。したがって、現実の構造と一体になった「理論」（ここでは秀吉の「正確な智識」）とはむしろ覚悟や信念の別名である。言うまでもなく、現実の分析や認識の修正という平凡で地道な作業なしには政治も戦争も不可能である。政治家や軍人が秀吉の失敗から学ぶべきことは歴史の「パラドックス」や「悲劇」などではなく、正確な現実認識の必要性であろう。政治を文学から峻別した小林がそのことを知らなかったはずがない。しかし、彼がここで語るのは戦争や政治についての「文学的な」思想なのである。

　したがって、「事変の新しさ」というテクストにおいてもやはり非常時と尋常時は混淆している。火野葦平論では非常時が尋常時へと還元されたが、ここでは逆に尋常時が非常時に還元されているのである。しかし小林が言いたいのは同じことだ。「概念による欺瞞」（政策や宣伝からジャーナリズムや現代人の心理主義まで）を批判し、ひとりの人間にとって最も「リアルな」地平へと立ち戻ることが重要なのである。それは健全な生活人の感覚であり、肉体であり、あるいは信長や秀吉といった天才の現実認識とも言われるが、いずれにせよ小林が主張しているのは現実に対して外在的で超越的な理論の否定である。こうして非常時と尋常時との区別、またそれに相関する戦争と文学との区別の背後から、小林の内的論理を規定する真の区別が現れる。そしてそれによれば、戦争と文学は結局のところ同じものにすぎない。

先ほどの引用に、ヘーゲルの名前が挙がっていたことに注意したい。小林によれば、論理（「ロヂック」）を抽象的なものとして現実と対立させ、そのうえで両者の一致不一致を考える通常の考え方は「話が逆様」である。先ほどの引用の末尾にあったヘーゲルへの言及は、次の一節に見られる以上のような考えと対応している。

生きた人生の正体が即ちロヂックといふものゝ正体なのだ、この正体を合理的に解釈する為の武器として或は装置としてロヂックがあるのではない。さういふロヂックは見掛けのロヂックに過ぎないのである。ヘエゲルが、或る日山を眺めてゐて「まさにその通りだ」と感嘆したさうです、さういふ話が伝つてをります。この逸話は「凡そ合理的なものは現実的であり、凡そ現実的なものは合理的だ」といふあの有名な誤解され易い言葉より、ヘエゲルの思想を直截に伝へてゐる様に思はれます。富士山を眺めた山部赤人も「まさにその通り」と言つたに相違ありませぬ。（七、一三〇）

現実と理論の一致、あるいは人生と「ロヂック」の一致、これは小林の批評の原理であった。この「批評」はもちろん文学や思想を対象として始められたものである。昭和六年一月の「マルクスの悟達」にはどのように書かれていたか。弁証法的唯物論の意味するのは「この世はあるがままにあり、他にあり様はない」ということであり、それはまた「思想の否定である」。「思想を否定して思想をあむ事はおろか」であり、また「思想を否定する思想をまともに語」ることもできないから、マルクスはせいぜい喧嘩をうられたときに雄弁になったにすぎない。マルクスの確信とは世界のあり方そのものの自明性だったのだが、「人は余りに自明な事は一番語り難いものであり、又語るを好まぬもの」である。マルクスは、信長やヘーゲルと同じく現実と一致した理論を生きているのであり、それを観念の上で整合的な理論体系に仕上げるのは二次的な作業なのである。「弁証法的唯物論なる理論を血肉とする事は困難な思案はいらぬ、ただ努力が要るのだ。マルクスは理論と実践とが弁証法的統一のもとにあるなどと説きはせぬ、理論と実践とは同じものだ。理論と実践とは弁証法的統一のもとにある、とは学者の寝言である。その統一を生きたのだ」（一、一〇五―一〇六）。すでに第二章で見たように、小林はここから「表現」の問題を語ることになる。「人は理論を持つ時、同時にこれを表現する、記号をもつものだ、言葉を持つものだ。〔……〕ここに、「絶対精神」といふ言葉も、「物自体」といふ言葉も、天才の身をもつて為した表現として躍動し始めるのである」（一〇八、傍点引用者）。こうしてマルクスはドストエフスキーと並んで「表現者」として捉えられる。両者のちがいはその表現の方法だけである。

このように見てくると、桶狭間における信長の突撃は彼の「理論」の「表現」だったと言えるのではないか。小林の内的論理はそのような解釈を示唆しているように思われる。信長の戦闘行為は、マルクスの『資本論』、ドストエフスキーの小説、カントやヘーゲルの哲学と対応する「表現行為」だったのではないか。非常時と尋常時が小林のテクストにおいて混淆するという事実は、おそらくそうしたことを示している。ここに、戦争のたんなる美化とは異なる戦争の「文学化」のかたちが見られるはずである。それは端的に言って、戦争を「表現行為」とみなすことである。

この点については次節以降でさらに詳しく見ていくことにするが、本節では最後に小林の次の発言を取りあげておきたい。小林が軍部内閣待望論を語った昭和一二年三月の「文学と政治」座談会でのものである。

河上　で、俺はさつき一寸いつた朝日の座談会を読んで、あの中で面白いのはやつぱり軍部だね。何故おもしろいかといふと、軍部の説にはちつとも賛成しやしないよ、だけどあれには信念があるんだ。信念といふのはやつぱり理論なんだよ。だから何かものをいはれたやうな気がするんだ。あとの人は実際何もいつてないんだよ。

小林　ポーがね、信念についてかういふことをいつてるんだよ。前提と結論の間のプロセスが複雑になればなるほど信念は強まる。確かに信念といふものはさういふものなんだよ。けつしてぽつと信じるものぢやないんだ。あんまり構造が複雑だから単純に信念と命名するのさ。物の一部を見て全部を見ないから信念が生れるといふ考へ方は絶対に間違ひだよ。実際は寧ろ反対なのだ。物の見方にコンシステンシイ、つまり首尾一貫といふものが足りないからこそ物の見方が概念的になるのだ。或る一部を見てゐる。更にもう一つの一部を見れば結論なんか出て来ないのに或る一部だけを見てゐるために結論が出て来たといふさういふ批評、さういふ批評は駄目なんだ、強さうで実際には弱いのだ。(19)

「理論＝信念」という等式に基づいて河上が軍部への関心を語るのに対して、小林もポーを引合いに出してそれに同調していると見ていいだろう。そもそも河上の発言は、小林が「文学の伝統性と近代性」を念頭におき、また河合栄治郎を批判しながら、未来の理想で現在を断罪するのではなく、ほかならぬ現在に身をおく必要があると述べたことに対してなされたもので、軍部の「信念」はそのまま小林的な「覚悟」につながっていたはずだからである。河上の発言を、小林が「事変の新しさ」のなかで信長を取りあげながら述べた言葉と比べてみよう。「覚悟といふのは、理論と信念とが一つになつた時の言はば、僕等の精神の勇躍であります」。ふたりは同じことを述べている。そして重要なのは、ポー、ヘーゲル、マルクス、ドストエフスキーなどに関わる文学的、思想的議論が、信長という歴史上の武将のみならず、実在の軍人の発言に適用されるという、戦争と文学の「汚染」の実態である。ここで河上が挙げている「軍部」とは、満州事変の作戦指導などにあたった建川美次であるが（ただし二・二六事件後の粛正人事で座談会当時は予備役だったようである[20]）、建川はそこで既成政党解消論と軍備増強論、対中ソ強硬論を力説していた。それは端的に言って、植民地戦争を正当化する弱肉強食の世界観だった[21]。少くとも目的のはっきりしている建川の意見が、他の参加者の議会主義的、政党政治的、あるいは官僚政治的な言説に比べて「信念」に満ちているように見えることには、ことの是非はともかく、なんの不思議もない。しかも河上は建川の言うことの中味については賛成せず、その「信念」にのみ共感し、それを「理論」とまで呼ぶ。これはごく普通に考えれば、そして日本という一国の命運に関わる問題であればなおさら、支離滅裂な発言と言わざるをえないが、そのような言葉が語られるのも、戦争と文学を混淆させる小林的な批評原理が背後にあるからであろう。支離滅裂な彼らの発言はそのような文学的批評を背景にしたときはじめて理解することができるのである。

前線と銃後のあいだ

前線との距離

戦争の「文学化」という観点をふまえたうえで、「杭州」をはじめとする一連のテクストを読むとどのようなことが見えてくるだろうか。ここで問題にしたいのは、小林の「文学的な」戦争論を規定する

「内面化」の契機であり、また中国にまつわる一連の時事的なテクストとドストエフスキー論などの文学的テクストとを結びつける小林の批評の「論理」である。

「戦争について」のなかで、「僕は事変のニュース映画を見乍ら、かうして眺めてゐる自分には絶対に解らない或るものがあそこに在る、といふ考へに常に悩まされる」(四、二八六)と小林が述べていたことを思い出そう。これは日本で戦争の映像を見たときの感想であったが、実際に中国に赴いたことで小林の「悩み」は解決されただろうか。いいかえるなら、中国の戦地を見聞することで「絶対に解らない或るもの」は理解可能なものへと変換されただろうか。「杭州」冒頭部を注意深く読む必要がある。

こちらに来た翌日、行き違ひになつて会へまいと思つてゐた東朝のSに偶然会つた。彼は[22]航空隊附の名記者である。何だ、未だゐたのかと言ふと、ちよつと○○[23]の爆撃を済ませて還らうと思つてね、と何か自分でちよつと済ませる様な顔をした。へえ、そんなものかね、だつて下から打つだらう。愚問と知りつゝ聞いて見ざるを得ない。そんなものつて何がさ、無論無暗に打つて来るさ、まあ一ぱいどうだ、此の頃は昼間からこれだ。Sはコップにウイスキイをドク〳〵注いでくれる。見たところ、洋服を新調したり、靴を誂へてみたりし乍ら、日和を待つてゐるらしい。そこへダンサアが二人遊びに来る。A君が崇明島の残敵討伐部隊に従軍して、真赤に陽に焼けた顔をしてリユツクサツクを背負つて帰つて来る。僕が愚問を発しない限り、どうだつたと聞く者もない。三日に廿五里だ、と言ひ乍ら、ウイスキイのコツプを片手にさつさとバス・ルームに這入る。そんな空気をやゝ納得するにも数日を要した。[24](四、三〇七)

「杭州」を『文学2』に収めるにあたって、小林はさらに次のように加筆している。

何処に行き、どういふ報告を書かねばならぬといふ義務もないのは、気楽な気持だつたが、それだけにどうしたものか見当がつき兼ねてゐたわけだが、事変当初からゐるSの様な従軍記者に会ひ、戦争が既に日常生活の一部となつて了つてゐる様な話を聞くと、あゝもうこれはいけないと思つた。新米が妙な好奇心など抱いて出る幕ではない事がはつきり頭に来た。僕は第一線には行くまいと決めた。戦闘は一帯に一段落ついて、徐州会戦の準備期に這入つてゐたので、危険のない前線見物といふものが楽に出来るので、続々と詰め掛けた皇軍慰問団の連中は大躁ぎであつた。

　戦争の裏面を知り度い気持ち、戦争に関する暴露的な好奇心といふ様なもの、さういふものもこちらに来て了へば忽ち無くなつて了ふ。物珍らしく、さういふ話に耳を傾けるのも暫くの間だ。戦争といふ異常な事件には、どうしても平均のとれた心では対せない。従つて不必要な好奇心も動かすのであるが、さういふ好奇心の弱々しさも、戦争が日常の生活となつて了つた軍人の、戦争に対する沈着さを眼の前に見せられては、実にはつきりして了ふのである。上海に来て間もなく、陸戦隊の土師部隊長と閘北《ざほく》の廃墟の中に取残された部隊本部で話してゐた。彼も僕の小学校の同窓生である。閘北の激戦の記憶を、何の誇張も交へず、平静な口調で、ぽつりぽつり語る彼を見乍ら、心は感謝の念で一杯になり、何か毛色の変つた話を知らず識らずのうちに期待してゐた自分が恥かしくなるばかりであつた。（三〇七—三〇八、傍点引用者）

小林が自分のいる位置をどのように捉えているかに注意しよう。すでに見たように、小林は、戦争を近代的リアリズムの手法で報道するメディアについて違和感を抱いていた。ニュース映画の「正確極まる模写」は、戦争の体験者がもっているある伝達困難な真実を捉えることができない。こうした報道のあり方に対応するのが一般の人々の好奇心であって、小林は「戦争を実際にやった」者と「戦争の話を聞と前線の中間に身をおいているのである。

生活の一部」になっている軍人や従軍記者とのちがいも痛感せざるをえない。言うなれば、小林は銃後

し、戦争報道に注目する銃後の国民に対して距離をとっているのだが、しかし他方で「戦争が既に日常

冒頭部に戻って言えば、ここで小林はみずからのうちに巣くっているそのような「妙な好奇心」を否定

きたがつてゐる人々」を峻別したとき、戦争への好奇心も一緒に否定したのである。引用した「杭州」

従軍記者の感想を求められたが、僕にはさういふ資格がないのである。従軍記者の腕章を巻いたには巻いたが、占領後の安全地帯をうろ〳〵してゐるただけだ。（四、三五三）

これは「従軍記者の感想」の冒頭の言葉である。小林は戦地には行ったが、前線には行かなかった。中国の戦場へ行ってはみたが、前線には足をふみいれず、自らの行動を占領地の安全地帯を見てまわるだけにとどめた。このような距離のとり方は、小林の批評に特有な一種の間合いを示している。

もちろん、こう言ったからといって、前線に行かなかったことの「道義的責任」とでもいったもの（「臆病」や「卑怯」などの言葉で語られるもの）を問題にしたいのではない。大切なのは、「杭州」からドストエフスキー論までを貫く批評のスタンスの方である。「閘北の激戦」を平静に語る友人を前に、変わった話を求めていた自分の好奇心を恥じ、心を「感謝の念で一杯」にしている小林の姿は、そのまで彼の批評を象徴している。戦地に渡ってみても、日本で戦争の映像を見ながら感じていた「絶対に解らない或るもの」は理解可能になりはしなかった。戦闘という行為は、安易な好奇心などで覗き見たりすることのできないある「真実」をもっている。小林はそれを、自分が決して到達できぬ彼岸にあるものとしたうえで、絶対的に肯定するのである。

K氏は、明日でも一つ第一線まで車で行つてみますかね、と誘つて呉れたが、僕は行く気にはなれなかつた。無論恐い為だ。[25]だが、さういふ処を自動車などで見て廻るといふ事が、何か大変心に咎める想ひでもあつた。上海に着いてからも、閘北《ざほく》の戦跡を自動車でぐる〳〵見て廻つたが、一日僅か四十米とか五十米とかしか進めなかつた悪戦苦闘の跡を、風を切つて車を飛ばしてゐる事が、僕にはどうにも堪らない気がして、激戦地を指さゝれ色々と説明を聞かされるが、殆ど耳に入らなかつた。杭州から帰つてこの原稿を書いてゐるのだが、宿は北四川路の直ぐ近くで、この賑やかな通りも、一歩横町を曲れば、眼を見張る許りの廃墟である。香華を手向けられた新しい墓標が幾つも立つてゐる。昼飯を食ひに出る毎に、横町を曲つてさまよひ歩き、どうにかして言葉を捕へようと試みたが駄目だつた。あらゆるものが、こゝでつい先んだつて行はれた事実を語つてゐる筈なのだが、僕の想像力は、為すところを知らないのである。僕は墓標に出会ふ毎にたゞ黙禱するだけであつた。（四、三二一）

「杭州」はこのように終わっている。小林は戦死した兵士の「新しい墓標[26]」を前に頭を垂れ黙禱する。このような小林の姿勢を、「歴史について」のなかで語られた亡き子の遺品を前にして悲しみに暮れる母親の姿（五、一六）と比べてみれば、それが彼の批評のスタンスを表していることが理解できるはずである。母親と死児の関係は、そのまま小林と批評対象たるドストエフスキーの関係であった。このアナロジーにさらに小林と兵士の関係を加えることができよう。これまで検討してきた戦闘行為の「文学化」を考慮に入れれば、小林はここで、表現行為者としての兵士を批評の対象に位置づけていると考えられるのである。そして、小林の批評の対象となったドストエフスキーの「表現」が、すでに生成したものとして「内面化」されていたように、兵士の戦闘行為も批評の対象となるとき、すでに完遂された「内面化」されたものとなるだろう。

ただし、戦死者と死児とのあいだには大きな相違点があることも確かである。杭州で戦死者の墓標を前にしたとき、小林の「想像力は、為すところを知らない」のだが、死児の遺品を前にした母親の想像力は、子供の顔を「明らかに見」るまでに働くことができる。「どんなに史料が豊富になつても、その網の目のなかで僕等の想像力は、どこまでも自由であらうとするだらう」（五、一四）というのが「歴史について」の基本的な立場であった。しかし、このような差異は、想像力の対象が死児（及びドストエフスキー）か兵士かというちがいに由来するのではない。『麦と兵隊』を批評して小林は戦う兵士の「平常な性質」（四、三六一）を語ることができた。また後に引くように、「戦争と平和」は爆撃する航空兵の心を主題としていた。小林の想像力に沈黙を強いたものは、兵士という対象ではなく、兵士に死をもたらした熾烈な現実の方である。いいかえるなら、それは小林の批評の「内面性」をつき破るような「外部」の力であった。「歴史について」のなかで批評にとって不可欠の契機とされていた「想像力」の働きは、「杭州」を書く小林に対しては封じられている。

「杭州」をはじめとする中国体験のテクストが発表されたのは昭和一三年五月から七月にかけてであり（ただし加筆訂正を経て単行本として出版されたのは昭和一五年五月の『文学2』においてである）、「歴史について」の初出（『文学界』昭和一三年一〇月号（第一、二節）及び『ドストエフスキイの生活』が単行本として上梓された翌年五月（全文））とはきわめて近い時期だった。したがって、内容的にも両者は密接な関係にある。しかし、そうした類縁性にもまして重要なのは両者のあいだに存在する差異である。杭州で戦死者の墓標を前にして小林が感じた「外部」としての「現実」は、「歴史について」では姿を消す。ここにはおそらく、外国において考えることと日本において考えることとの差異が端的に現れているはずである。「歴史について」は言うなれば「外部」の消去された「日本」というナショナルな空間のなかで書かれたテクストなのである。死者はそこで批評が自由に想像力を働かせうる対象へと変質

（「内面化」）している。あるいは正確に言うなら、想像力の働きは「形」のメタフィジックによってあらかじめ規制されている。しかし、戦死という事実を前にしては、戦う兵士の姿に尋常な人間の性質を見出すような批評のスタンスは成立しえないし、ましてやそれを「表現行為」とみなすことなど不可能であろう。小林は、自己と兵士の距離を痛烈に自覚しながら、墓標を前に黙禱を捧げるだけだった。だがそのような距離は、日本においては母親と死児との距離、批評家と作家との距離へ還元される。そして、死をもたらす現実の熾烈さは概念としてのみ捉えられることで「内面化」され、対象は「形」（「明確な像」）としてのみ現れることになる。

　杭州の激戦の跡を見る小林から、「外部」の力は「内面化」された批評の可能性を奪った。そしてそれと同時に戦う兵士の姿がテクストに現れる可能性も消えたのである（ただし正確には後に述べるような例外がひとつだけある、ただしそれも『全集』では削除されている）。そのとき小林には自己の批評を変革する可能性、すなわち、前線に直接赴かないまでも、少くとも前線が指し示す現実を思考することによって、「内面化」する自己の批評のあり方を変えることができたはずである。死を賭して実際に戦ってみなければならないと言うのではない。そうではなく、人間の「平常な性質」も、ましてや「表現行為」としてのまとまりももちえない本来の意味での戦闘行為を少くとも思考してみることで、小林の批評は、「表現」のいまだ生成しない無秩序と「表現」という秩序とを媒介する次元に照準を定めていた、そもそもの出発点に立ち戻ることができたのではないか。言うまでもなく、実際の戦闘には「表現」としての美しい「形」など存在しないからである。しかし、「杭州」というテクストが示しているのはこれとは反対のことだ。小林は「一日僅か四十米とか五十米とかしか進めなかつた悪戦苦闘の跡を、風を切つて車を飛ばしてゐる事が、僕にはどうにも堪らない気がして」と言って、意識の上で前線から距離をとる。「杭州」をはじめとするテクストは基本的にそのような間合いに基づいて書かれているが、これは「内面化」された小林の批評の原理そのものだ。友人の部隊長に感じた「感謝の念」や戦死した日本兵に捧げた「黙禱」が示しているのは結局そのような批評的スタンスなのである。戦闘行為は、批評家としての小林が本質的に到達できないある絶対性を帯び、ドストエフスキーの「表現」がそうであったように、批評の肯定の対象となる。もちろん、誤解のないように言っておけば、ここで言う「肯定」とは善悪の判断に関わるものではない。小林は、行われた戦闘行為という出来事を批判的＝否定的な意識にさらすことなくそのまま認め、ありのままに把捉しようとする（これを「肯定」と呼ぶ）。しかし、それは生成しつつある出来事ではなく、すでに生成した出来事であるという意味で「内面化」されている。ただ、廃墟や墓標の示唆する苛烈な現実が、兵士や戦闘を自由に「想像」してテクストを紡ぐ可能性を小林から奪ったにすぎない。

しかし、問題はもう少し複雑である。戦う兵士がテクストに姿を現さないという事実は、戦闘する兵士がこのような批評的距離のもとで批評の絶対的肯定の対象となるに伴って、その意味を変質させているからである。そのような批評的スタンスのもとでは、戦闘する兵士の不在は、たんに小林が前線に赴かなかったという伝記的事実や、熾烈な激戦の現実性が小林の批評的想像力を封じたという事態を示唆するのではなく、小林の批評が行う絶対的肯定の身振りを直接的に象徴するものとなるのである。死の直前、小林が自己の批評の原理を次のように言いきっていたことを思い出す必要がある。

> 批評は原文を熟読し沈黙するに極まる。作品が優秀でさへあれば、必ずさうなる。(27)

小林は戦死者の墓標を前にしてただ黙禱しただけだったが、この沈黙は「内面化」された批評的スタンスにおいてはその意味を変えてしまう。よい作品を前にしては、批評は沈黙するしかない。批評の極限は、批評対象を前にして消滅することである。それが「絶対的肯定」の意味することだ。だから、もし戦う兵士が批評の肯定の対象として位置づけられるならば、小林はただ沈黙するほかはない。白鳥の作品に対して小林は沈黙し、それを引用した。この場合、引用されるテクストは作家の「表現行為」の存在を示唆する代補物であり、「表現行為」そのものがテクストの上に姿を現すことはない。同じように、戦う兵士の代補物として、小林は兵士の日常を描く。こうなると、戦う兵士がテクスト上に不在であることは、「内面化」された批評の原理を端的に象徴するものとなるのである。

杭州、南京、蘇州

さて、以上のことを念頭においたうえで、おもに「杭州」、「杭州から南京」、「蘇州」の三つのテクストを分析してみたい。ただここで重要なことは、テクストを構造化しているいくつかの対立軸を見失わぬようにすることである。[28] この三つのテクストは、日本と中国という地理的な差異をいわば縦軸にし、「生活」(イデオロギーを離れ、生活の実質に定位する人々)と「空虚」(宣伝や野望に振りまわされる人間、見かけ倒しの寺院)という質的な差異を横軸にして構造化されている。こうしてできる四つの項を支えるのが、テクストに現れない不在の焦点としての「戦う兵士」なのである(次頁図参照)。

小林は中国でかなりの数の寺院を見てまわったが、ほとんど一様にその趣味の悪さを指摘し、それらを「見掛倒し」と難じている。例はいくらでも挙げられるが、例えば次のようなものである。

> 最澄、空海、或は道元、さういふ人々が修行したといふ寺も見た。真偽のほどは解らないが、そんな奥床しさはどこにも見当らないのは確かだ。寺は一般に新しい。古いゝ奴は皆湖底の灰と化したらしい。どれもこれも構へだけ堂々とした安普請である。日本の古寺を見慣れた眼には何の美しさも

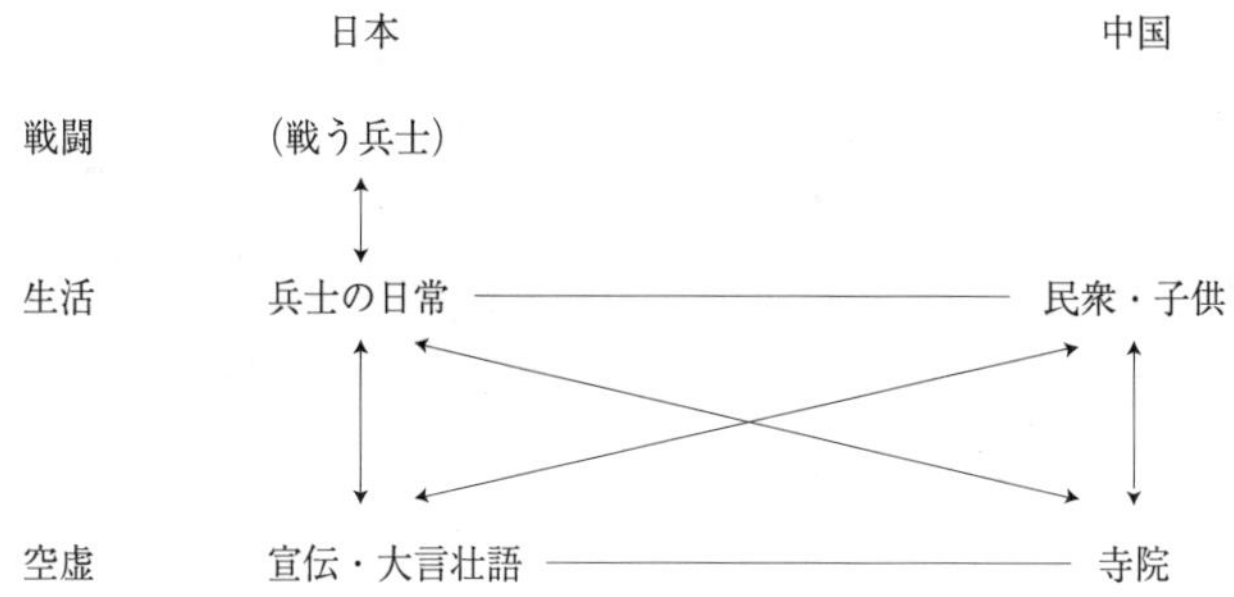

感じられない。仏像なども、図体ばかり無暗に大きく、驚くほどの金ピカだが、あれにみんな本金を塗つては大へんな費へらしく、妙に厭な色をしてテラテラしてゐる。顔も円満具足と言ふのは一つもなく、ことに、四天王と言つた様なものゝ、大仏ほどもあるのが、極彩色で琵琶の様な楽器を抱へ、生々しい人肌で、唇は赤く、ニヤリとしてゐる様なのは、ぞつとする程の淫猥さだ。（四、三一八）

こうした安普請で俗悪な寺院や仏像に比して、「実質そのもの」として称讃されるのが日本の兵隊なのである。

見掛倒しといふのは、何かの拍子にさうと解るものだとすれば、かう手際が悪くては、見掛倒しと形容するのも不適当に思はれる。〔……〕やはり日本の軍隊は立派である。[29] 上海で、実質そのものゝ様な姿で立つてゐるのは日本の哨兵だけだ。あとは、多かれ少かれ装飾乃至は玩具めいてゐる。スコットランドの兵隊が着いて、行列を見たが、あの股ぐらに妙な毛をぶら下げた様子から戦争を連想する事は困難であつた。（三二九、傍点引用者）

小林の価値基準は徹頭徹尾、審美的なものであり、軍隊や軍人もそのような美的な観点から考察されている。

「獅子林」といふ「蘇州第一の名園」についても、その「修理保存が、ほゞ完全に近い」ために「その馬鹿々々しさもよくわかる」とけなし、龍安寺の石庭には比すべきもないとする。小林によれば、ほとんどの庭園は「岩をセメントでつなぎ合せて色々奇妙なかたちを拵へ上げ」たもので、その馬鹿々々しさから「洞穴の中で地雷火でも仕掛けたく」なる代物だった（四、三四二—三四三）。このような中国文化の「頽廃」は、日本文化の健全さと対比されて捉えられている。

現代の日本の趣味は混乱してゐる。だが混乱してゐるので決して頽廃してゐるのではない。あの庭の様な趣味の頽廃といふものゝ慎重を極めた象徴を、僕等のうち誰が作り得よう。僕は又その事を思つた。この街は（南京でも杭州でも同じ事だが）、古く美しい記念碑を失つて了つてゐるが、住んでゐる人々の心も同じ事ではあるまいか。〔……〕現代の日本人が古い日本を知る事に較べれば、現代の支那人が古い支那を知る事は、遙かに難かしい事ではあるまいか。[30]（三四三—三四四）

ここでも判断の基準は、良質な「表現」（庭園など）を生み出しえるかという美学的なものであり、そうした観点から中国文化の滅亡の危険が結論づけられる。政治都市南京を杭州と比較して、その建築はどれも「落ち着きのない安手なものであった」（三三三）と語る小林の言葉も、同じ論理に貫かれている。そこで失われたとされているのは、小林が大陸の「支那浪人」に関して述べたように、基本的な生活感情であった。実際小林は、大言壮語する「支那浪人」たちが曝す生活の実質を失った空虚な姿を厳しく批判した。

夜、飯を食ひに出ると、酒を呑み大言壮語してゐるのが必ず一人や二人ゐた。満州に何年ゐたとか、北支は何処を歩いてみたとか、内地であくせくしてゐる奴等には支那はわからぬ、とか、さういふ話も、初めは物珍らしく面白かつたが、直ぐ厭になり可笑しくなつた。要するに何処にでも転がつてゐる大言壮語だくらゐは初めから解つてゐる事だし、彼等の嫌らしさや滑稽さが何処から来るのか、自分で自分の感じの説明に苦しんだが、結局それは、彼等が文化といふもの丶種子になる生活感情を失つてゐて而もそれに気が付かない、その感じではあるまいかと思つた。渡り歩いてゐるうちに、根底的な日常生活が擦り切れて、そこが腑抜けになつてゐるのである。(三二八)

こうして戦乱に乗じて一儲けたくらむ利権屋や、まずいものを高く売りつける飲食店の主人(これは中国人だが)を、小林は批判的な調子で描写するのである。

生活の実感から遊離した人間の姿を批判する小林の姿勢は、「様々なる意匠」以来のものである。いま問題にしているテクストに関して言えば、日本のポスターの貧弱さに呆れ(四、三三六)、「日本の宣伝で利いてゐるのは仁丹ぐらゐのものだらう」(三三九)と、政府の宣伝のまずさを皮肉らずにはいられなかった小林の姿を思い出しておく必要がある。「東亜共同体論」に小林が賛成しなかったことをいま一度思いおこしてもよいだろう。

民衆の生活

以上のような「空虚さ」に対立するものが「生活」である。とりわけ「杭州から南京」には、最底辺の生活を生きる民衆の姿が豊富に描写されている。拾った吸い殻を集めて一本に巻いて売る煙草売り、両頰に日の丸を書いて「タマゴ、タマゴ」と追いかけてくる子供の卵売り、使いものにならぬヴァイオリンの弓やレコードの破片を売るがらくた屋など、「異様な臭気と喧噪」に湧く杭州の「泥棒市」を小林は歩き回る。彼は、ポンプのかわりに桶をもち、鳶口のかわりに曲がったガス管をかついだ「消防隊」の出初め式を眺めたり、「大世界」で下手な手品や無手無脚の男の見せ物を見物し、大衆演劇の芝居小屋にも足を運ぶ。支那料理屋で焼き豚を注文し、女給たちにもとってやると、小林のには脂身が半分もあるが、彼女たちのは全部肉だったというエピソードもあった。小林はそうした「民衆のエゴイズム」(31)を前にして素直に「可笑しかつた」と書く。ここで民衆の姿は、およそ「表現」としての完成度をもたないにもかかわらず、否定的な評価を受けていない。それは中国の悪趣味な寺院や南京の安手の街並を批判する小林の姿勢とは鮮明な対照をなしているのである。

民衆に対するこうした肯定的なまなざしを捉えて、星加は小林が「民衆の実態――その心の糧というもの」を「正確にとり出」していると評価し(32)、また江藤も、本来「他者」を喪失することで成立した小林の批評が、このときは「他者」としての「民衆」を捉えようとしていたと判断した(33)。こうした評価はおそらくまちがってはいないが、正確でもない。小林はたしかに中国で民衆とじかに接し、かつてない強度で観察したが、彼がその体験から批評に持ち帰ってきたものは、決して本来的な意味での「他者」概念ではないからである。とはいえ、こうした他者の捉え損ねをポストコロニアリズム的な視点から批判してみてもあまり意味があるとは思われない。問題は、小林の批評の課題との関係で捉えられねばならない。決して美的とは言えない民衆の姿が、俗悪な寺院に向けられたような審美的な批判を免れているのは、民衆が、あらゆる観念的構築物を解体する「生活」の次元に位置しているからである。そもそもイデオロギーの否定と「生活」の肯定は、小林にとって「表現」を成立させるための必要条件として要請されたものだった。小林はたしかに民衆と接したが、彼の批評は民衆を、「表現」の問題の一契機へと還元しているのである。

僕は又足を停めて〔砂糖黍屋の〕歌を聞いた。そして、濡れた台の上に並んだ、黄色な汁を一杯にしたコップから、子供の頃夜見世で飲んだミカン水の味が、突然鮮やかに蘇つて来るのに驚いた。僕は歩き乍ら、やゝ感傷的になり、一方何かはつきりしない事をしきりに考え込んでゐた。生活といふもの、その他何も目指さず、たゞひたすら生活する生活、目的などといふものを全く仮定しない生活、最後にさういふものにぶつかつて、どんな観念でも壊れて了ふのだ。何よりもさういふものが強いからだ。

（四、三四〇）

この一節は小林の言う「生活」がどこへつながっているかを示している。しかし、それを正確に理解するためには、上海の下宿で大家のロシア人老婆を見たときに小林が抱いた感想を思い出す必要がある。

元気な婆さんで、顔を会はすと愉快さうに話をするが、一人で仕事をしてゐる時は、何か大変佗し気に見えた。確かに somebody だと言つた風に見えた。はつきりした故郷を持つた僕等には、さういふ姿は一番理解し難い。僕等には、コスモポリットなどといふ言葉は到底解らない。思想家は口を開けけば、人類人類といふが、うまく発音が出来てゐる様なのは一人もゐないのである。日本のインテリゲンチヤが日本を忘れるといふ様な事も言はれるが、単なる言葉の綾に過ぎない。

（三二七—三二八）

これは昭和八年の「故郷を失つた文学」と比較すれば、驚くべき発言である。かつてはそもそも故郷などないことが強調されていたのだから。しかし、問題は小林にとっての故郷喪失が「表現」の喪失と結びあわされていたことである（それに対して、しっかりとした故郷をもつ小林の母は、思い出話がそのまま

「物語」になった)。以上のようなコンテクストを確認すれば、砂糖黍の黄色い汁を見て子供のとき夜店で飲んだミカン水の味を思い出したというプルースト的な体験が意味するところは明らかであり、民衆の「生活」が意味するものもまた明らかである。あらゆる観念が解体される「生活」の場、そしてそこにおいて鮮やかに甦る幼年期の記憶、それらは、観念的焦燥や性格喪失によって「表現」を失った青年インテリゲンチャにふたたび「表現」を取り戻させる条件なのである。小林は中国という外国で自己のうちの「日本」を再確認し、かつて苦しんだ故郷喪失や表現喪失からの回復を望んでいるのである。

兵士と子供

この点で、彼が中国の民衆のなかでもとりわけ子供に好意的な視線を向けていたことに注意する必要がある。「さういふ支那の子供は、恐らく非常にこまちやくれてゐるのだらうが、言葉が通じないから、そのこまちやくれた感じが呑み込めず、悪びれず、一人前の顔で商売してゐる様子が、驚くほど汚らしいが、何となくとぼけた服装のせゐもあつて仲々可愛らしい」(四、三二三)。笑顔を見せた小林の負けで、結局、彼は卵を三つ買わされている。民衆が「表現」の可能性の条件であるならば、次のように子供が「詩」の領域に近づけられるのも不思議ではない。蘇州の小学校を見学した感想には次のような一節がある。

今度は一人づつ指された子供が立つて読む。兵隊さんの軍歌の様に立つた子供が一くぎり読むと、坐つたのは一勢にそれを繰り返す。抑揚は非常に強く詩の朗読の様な感じだ。天井は低く狭い教室だが、窓はすつかり開け放され、青々とした野原が見えて、子供達の力一杯怒鳴る声で耳が遠くなるのを覚え乍ら僕は愉快であつた。(三四六、傍点引用者)

この一節は、子供（民衆）と文学が結びつけられている点で注目に値するだけではなく、「兵隊さんの軍歌」とあるように、民衆と文学がさらに軍事的なものへと接続されている点でも興味深い。「杭州」は、戦争に対する小林の批評の姿勢を考えるうえで決定的に重要なテクストである。すでに述べたように、激戦という現実の苛烈さが小林の想像力から戦う兵士の姿を描く可能性を奪ったのだが、他方で戦闘する兵士が批評の絶対的肯定の対象となるとき、批評は対象を前にして「沈黙」を強いられるという小林の批評の原理から言っても、戦う兵士の姿がテクストに現前することは不可能でもあった。小林が「杭州」で描いたのは戦う兵士ではなく、その代補物としての兵士の日常である。前線をひき、戦闘のあいまのひとときを過ごす兵士の姿には、自意識や懐疑の影はまったく見られず、誰もが屈託のない様子を見せる。そして彼らをとりまく情景はかぎりなく美しい。しかし、小林がのどかさ、美しさ、屈託のなさなどを強調するのは、戦闘の熾烈さとのコントラストを際だたせ、戦う兵士のヒロイックな姿を浮彫にするためではない。そうした通俗的な効果を小林が狙っていなかったとは言わないが、読むべきものは別のところにある。中国の俗悪な寺院が「実質そのもの」である日本の哨兵と比較されていたことを思い出そう。小林の内的論理において兵士の戦闘行為がそのまま「表現行為」であるならば、戦う兵士の代補物として引用される銃後の兵士の姿とは、この「表現行為」とそれが作り出す（あるいは遭遇する）「美しい形」を示唆するものとなる。銃後の兵士は、戦場において「戦闘＝表現行為」を通じて現出するはずの「美」によって彩られているのである。逆に、自意識を脱し屈託のない状態に達することは、芸術家が「表現行為」を通じて「美」を現出させるための必要条件でもある。銃後の兵士もそうした条件を満たしている。ただ彼らは実際の行為を行わないだけだ。「美」は「表現＝戦闘行為」との関わりでテクストの上に現れることはないが、美しい情景として兵士たちを彩るとともに、兵士の屈託のなさは彼らが「美」を見出す資格をもつことを示しているのである。

こうして小林の描く兵士の日常は、彼が火野とともに眺めていた西湖の美しい風景のなかに描き込まれることになる。

湖畔は街に添ふて公園になつてゐる。ベンチには、兵隊さんが、支那の子供達と親し気に遊んでゐる。貰つた煙草を足なぞ組んで一人前にふかしてゐる子供もある。僕等も腰を下して夕景色に眺め入る。〔……〕湖面は白く光り山々は紫色となり、柳の並木だけが、くつきりと緑色だ。同じ様な姿の山が幾重にも重つてゐるのだが、山と山との間には、大きな平野が挟まつてゐるせいなのだらう。その一つ一つがくつきりと色を変へてゐる。まさに絵模様である。

屈強な兵隊さんがガヤ／＼言ひ乍ら通り掛かる。手に手に、純白なガーゼでこしらへた物々しい様子には凡そ不似合な、小さな網を持つてゐる。目高でもとるのか、と火野君が声をかけると、「蚊アや」と髭面の大男が答へた。成るほど、脱脂綿で詮をしたフラスコを抱へた者もある。「わてら防疫班だんね」といふ。「早よせんとあかんぞ」、「二三匹でもとらんと又お目玉だぞ」、「ウウーッ、とつた、とつた、しもた、死によつた」、「死んでも大事ないぞう、形だけあればいゝのやあ」などと大騒である。

「どうだ、兵隊さんはいゝの」と火野君は言つた。「杭州の三名物は、蚊と火事ともう一つは忘れた」（四、三一四―三一五）

小林の見たものは、西湖の美しい景色のなかで、虫取りをする子供のように屈託のない兵士の姿である（そう考えると、先の引用と同じように子供と兵士は結びつく）。杭州の三名物を挙げる火野が三つ目を思い出せぬのも屈託のない健忘を示している（逆に正確な記憶はインテリ的なきまじめさを示すことになるだろう）。このような屈託のなさは、狙撃をも恐れぬ余裕であり、徹底しているがゆえに深刻な気配のない覚悟でもある。

昔、呉越の境で有名な呉山にも登つてみたが、そこにも煉瓦造りの瀟洒な航空監視所が立つてゐる。西湖が一望の下だ。柳を一ぱい乗せた小島が、ちよいと突けば動き出しさうな様子で浮いてゐる。屋根瓦はみな非常に目が細かく、そのせゐだらうと思ふが、街は、紫がかつた柔らかいいゝ色に霞んでゐる。反対側には銭塘江が、静かに、長く光つてゐる。両岸の砂地が桃色にみえ、菜種畠が鮮やかな色で、これも両岸に沿うて果しなくつゞいてゐる。哨舎のなかゝら、支那兵の遺して行つたピアノの音が聞える。覚束ない調子で東京音頭をやつてゐる。K氏といゝ気持ちで岩の上に寝そべつてゐると、兵隊さんが登つて来て笑ひ乍ら、狙撃されますよ、と言ふ。銭塘江の向う岸にゐる残敵は、五六萬と推定されてゐるさうだ。その日も朝のうちはしきりに砲声が聞えたが、今は静まり返つた春の真昼だ。こゝにもよく打つて来ますがね、と兵隊さんはキャラメルをしやぶり乍ら、鶏小屋を指し、ずい分増えましたよ、と屈託のなささうな顔である。（三二〇―三二一）

兵士は昼寝をしながらも敵と戦っている、小林はそのように言いたいように見える。なにげない様子を見せながら、兵士はいったん緩急あれば的確な手つきで銃をとれるだけの覚悟を定めている。小林のテクストは、実際の戦闘を描かないまでも、そのような兵士の覚悟を美というコンテクストに接続させ、戦闘行為と表現行為の境界を曖昧なものにしているのである。来るべき戦闘を前にして西湖のほとりでくつろぐ兵士たちの姿は、表現行為に取りかかる準備ができた芸術家の姿にほかならない。テクストに現れていないのは実際の行為だけなのである。
ところで、ここまで小林は実際の戦闘を具体的に描かなかったとしてきたが、実はひとつだけ例外がある。しかし、それは初出と初版本に見られるものであり、『全集』では削除されているということを考えれば、完全な「例外」とまでは言えないであろう。戦闘のシーンを削除することは、このテクストの論理に厳密に沿うものだったからである。「杭州」の初出誌である『文藝春秋』昭和一三年五月号には次のような記述がある。

火野君の戦記に依ると嘉善附近のトーチカの数は、杭州入城後の戦跡視察によると、コンクリートのもの一〇三、堆土のもの四〇〇、支那全線に渡つて稀有な数だつたさうだが、それを四日間で強引に突破した。その時の事だが、火野君は七人の兵を連れ、一番大きな奴に、機銃の死角を利用して近付き、這ひ上つて、通風筒から手榴弾を七つ投げ込み、裏に廻つて扉をたゝき壊して跳り込み、四人を斬つて、三十二人の正規兵を×××で縛り上げたと言ふ。一たん縛つた奴は中々殺せんものぞ、無論場合が場合なので、わしは知らなんだが、夕方出てみると壕のなかに××××××××おつた。中に胸を指さして殺してくれといふ奴があつての気の毒で××てやつたがな。(34)

この記述の直後に西湖の美しい風景が続き、「酒よりも寧ろ春光に酔ひ、いゝ気持でうろつき廻る」火野と小林の姿が描かれる(四、三二–三)。戦闘行為を的確に遂行する火野たちの姿は、西湖の風景を美しい背景として浮彫にされているかのようだ。
この一節は後に削除されたが、戦闘と「表現」の混淆はその後の小林のテクストにおいてますます顕著になっていく。戦争が美の方へと引き寄せられる過程のなかで、戦闘行為は無定型で熾烈な現実性を喪失し、完全に「表現行為」として捉えられることになるだろう。そのようなとき、小林は戦闘を批評の肯定の対象としつつ、文学作品に対するのと同じように、それについて語ることができるようになる。もちろん、絶対的肯定の対象を前にして小林が饒舌に話すことはない。彼の言葉は、対象が強いる沈黙のなかからかろうじて紡ぎ出されたものだ。しかし、文学へと混淆した戦闘行為は代補物なしにそのままのかたちで引用され、テクストの上に現れることになるだろう。「杭州」をはじめとするテクストにおいて不在であった戦う兵士の姿は、これ以降「表現行為」を行う芸術家として捉えられ、テクストの表層に現れることになる。

「沈黙」と「表現」

「満州の印象」

ところで、この「沈黙」という契機は戦時期の小林の批評を考えるうえできわめて重要なものである。不言実行を旨とする兵士たちの姿は、饒舌が決して創作に役立つことのない芸術家の姿に重ねられるとともに、そこには内在的批評において沈黙を強いられる批評家としての小林の姿が二重映しにされるのである。これは「表現行為の表現」を「表現行為」とみなす批評の「内面化」の過程であり、このプロセスを通じて戦争は完全に文学のなかに内包されることになる。以下、この点について考えてみることにしたい。

よく知られているように、小林は「黙つて」戦争に処した国民の「智慧」にくり返し言及した。しかし、この言明の意味するところをはっきりと示した研究はおそらく存在しない。戦争を追認するかに見える発言の意図を批判するにせよ、民衆や国民への共感に満ちた視線を読み込むにせよ、小林の発言は社会時評として扱われてきたのであり、それは最良の場合でも批評一般の問題に結びつけて論じられたにすぎない。しかし明らかに、小林は国民の「沈黙」を「表現」の問題として語っている。その意味で、「この事変に日本国民は黙つて処した」と小林が書いた「満州の印象」(『改造』昭和一四年一―二月号)を、もう一度詳しく分析する必要がある。

このテクストの前半で小林は、ハルピンのロシア料理屋で「労働者らしい」二人のロシア人に出会ったのをきっかけとして浮かんだいくつかの感想を述べている。若いときに一九世紀ロシア文学を耽読した小林は、「乞食の顔にも、運転手の顔にも、キヤバレの女の顔にも、ホテルのボーイの顔にも、嘗つて心酔したロシヤ小説中の様々な人物の名を読み取つた」。彼には「さういふ子供らしい連想を伴はずに眺める事が〔……〕不可能だつたのである」。いわば想像上の不可抗力によって、現実の満州は文学世界におけるロシアへと変貌する。しかし、文学を人間理解の最良の形式とする小林にとって、こうした連想は、ロシアの政情に通じた外交官をも越えるロシア人把握をもたらす可能性があった(七、一三)。小林がここで持ち出しているのは例の政治と文学の区別であり、それに依拠する政治的人間理解と文学的人間理解との区別である。だが大切なことは、それが満州事変以降の緊迫した国際関係における相互理解の問題として提出されていることである。政治的な理解は、日本の行動を政治・経済・軍事などに関わる一連の動機や必然性によって冷静に説明するが、これは「理解したくない国」は決して日本を理解しないという「限界」をもっている。それに対して、文学的な理解とは相手を理解せずにはいられないような親密な関係をその基礎とするものであると小林は論じる。

人間はもつと内的に相手に共感させ、相手を理解する能力を備へてゐる筈なので、誰も例えば阿Qといふ人物を理解したくないとは言はないのだ。日本が現在行つてゐる戦争のあるが儘の姿は、外国人にはその好む処に従つて理解し或は理解しない。併し事変に携はる今日の日本人の心といふものに就いては、凡そ外国人たる限り何等の理解もあるまいと僕は考へる。彼等に用意がなかつた、と言ふのは彼等に用意させる用意が僕等にまるでなかつたといふ事だ。（一四）

小林の批判的な反省は、これまで自分たちが自分たち日本人を「真に」――つまり文学的レベルを媒介として――理解させる方途を作ってこなかった点に向けられている。こうした理解をとおして、事変の正当性の承認を諸外国から獲得できるかのような議論の仕方には、文学をふたたび政治へと接続し、そこへと混淆させる小林の批評の曖昧さがはっきりと現れているが、この問題はこれ以上追究しないことにする。注意したいのは、小林がこのように言うとき、テクストが「表現」の問題へと収斂していくことである。ここで表現されるべきものは「日本人」である。しかし、この「日本人」とはなにか。小林はそれを、明治維新以来の西洋模倣によっても、あるいはマルクス主義によっても変化しなかった「根底のところにある変らぬ日本人」（一五）であるとする。問題はそうした根底的な「日本人」の姿を「僕等が今日捕へあぐんでゐる」ことであり、それを語るにさいして「舌足らずである」ことなのだ（同前）。ひと言で言うなら、「日本の近代文学は〔……〕日本人の心といふものの近代的な見事な表現を未だ為し遂げるには至つてゐない[35]」のである（一七）。

西洋の思想が、僕等の精神を塗り潰して了つた様に錯覚するのも、思想の形だけを見て、思想がどの様に人間のうちに生きたかその微妙さを見落すところから来る。その微妙さの裡に現代の日本人がある。言ひ代へれば、僕等は西洋の思想に揺り動かされて、伝統的な日本人の心を大変微妙なものにして了つたのだが、その点に関する適確な表現を現代の日本人は持つてゐないのである。これは現代

日本文化の大きな欠陥だ。（一六、傍点引用者）

思想ではなく、思想を生きる人間の姿に注目し、それを「表現」することは、すでに見たように小林の批評の方法そのものだった。「満州の印象」はそうした小林の「論理」の延長線上にあるが、それが同時代のインテリゲンチャではなく「日本人」一般の問題とされているところに大きなちがいがある。「表現」の困難な青年インテリは無定形な現実へとつながっていたが、それが「日本人」として捉え直されると多かれ少かれ実体化され「内面化」されてしまう。いいかえるなら、そうした「日本人」はまだはっきりと「表現」されてはいないがたしかに実在するのであり、「僕等」のなかに生きているのである。

図式的に要約すれば、一方において小林は「日本人」の来るべき文学的な「表現」を求め、それと関連して戦争遂行にあたっては事変の「思想的表現」（七、一六）の必要性をうったえる。しかし現実には、政府・軍部や批評家・知識人たちの空疎な「紋切型の表現」（一八）しか存在しない。このようないわば理想と現実のはざまにあって小林が日本国民のうちに見出すものが、彼らの「聡明さ」、「智慧」なのである。「日本主義運動」、「国体明徴運動」、「国民精神総動員運動」などが「思想運動」として成功しないのは、それらが紋切型のスローガンに堕しており、国民の「智慧」にまで達していないからである。小林によれば、国民にとってこうした運動の趣旨は「解り切つた事」であり、それが空疎な言葉で語られるためにかえって運動としては成功しないことになる（一六）。事変に「黙つて処した」のは、「国民精神総動員」など一連の運動をあたり前だとする「智慧」をもった国民なのである。

事変の性質の未開の複雑さ、その進行の意外さは万人の見るところだ。そしてこれに処した政府の方針や声明の曖昧さを、智識人面した多くの人々が責めた。無論自分達に事変の見透しや実情に即した見解があつたわけではない。今から思へばたゞ批評みたいな事が喋りたかつたに過ぎぬ。それにも係らず、事変はいよいよ拡大し、国民の一致団結は少しも乱れない。この団結を支へてゐるものは一体どの様な智慧なのか。それは日本民族の血の無意識な団結といふ様な単純なものではない。長い而もまことに複雑な伝統を爛熟させて来て、これを明治以後の急激な西洋文化の影響の下に鍛錬したところの一種異様な聡明さなのだ、智慧なのだ。

　この智慧は、行ふばかりで語らない。思想家は一人も未だこの智慧に就いて正確には語つてゐない。僕にはさういふ気がしてならぬ。この事変に日本国民は黙つて処したのである。これが今度の事変の最大特徴だ。事変とともに輩出したデマゴオグ達は、自分達の指導原理が成功した様な錯覚を持つてゐるだらうが、それはあらゆる場合にデマゴオグには必至の錯覚に過ぎぬ。（七、一七、傍点引用者）

結論を先に言ってしまえば、小林において国民のこの「沈黙」と「行動」は、それ自体ひとつの「表現行為」として捉えられている。小林は戦争に対する日本人の姿勢の多様性を捨象し、誰もが「一致団結」して事変にあたっているとみなして「日本人」という単一の主体を作り上げたが、この「日本人」はその「智慧」によって戦争という「表現行為」を行うわけである。それはたしかに（外国人に「日本人の心」を理解させるような）はっきりとした「表現」を生み出すにはいたっていないが、デマゴーグたちの空虚な「指導原理」や紋切型とは本質的に異なった次元に属している。「黙つて処す」とは、いまだ「表現」を完成させるにはいたっていない遂行されつつある「表現行為」なのである。

国民＝兵士＝芸術家

国民のこのような「不言実行」と「表現行為」との結びつきを理解するために、「疑惑II」（昭和一四年八月）を検討することにしたい。このテクストには、国民と兵士と芸術家が同一視されるプロセスがはっきりと現れているからである。小林は、戦時下の統制が自由を弾圧しているという「自由主義」者の主張をしりぞけ、次のように言っている。ここではまず、芸術家と兵士が結びつけられる。

僕は人間の自由をそんな風には考へない。鑿を振つて大理石に向ふ彫刻家は、大理石の堅さに不平を言ふまい。鍛錬が彼に統制のない処に創造の自由のない事を教へたのであつて、彼の考へ方に何のからくりもない。今日の政治的統制には、統制の技術がたとへ拙劣にせよ、新しい事態に基礎を置いた大理石の様な堅さがある事に間違ひはないのだ。又例へば精神的にも物質的にも極度に統制された戦ふ兵隊に、人間の自由がないと言ふか。言ひたい事が言へぬなどと言つてゐる文学者より兵隊の方が遙かに立派な文学を書いてゐる事も間違ひない事である。（七、六五―六六）[36]

こういう言明は、自分ひとりの覚悟として言われるかぎり正しい。人は自分のおかれた状況のなかで最善をつくすことしかできないからである。しかし、政策や制度の問題として主張することはできない。政治とは結局、人間の生きる外在的な条件を規定できるにすぎないが、小林は政治と文学を峻別したにもかかわらず、ここでは文学的な「自由」を政治の方へ投影し、統制を正当化している。しかし、このような批判はもうくり返すまい。むしろ注目したいのは、芸術家と兵士が同一化される論理の方である。小林によれば、鑿をもって大理石を彫刻する芸術家と極度に統制された状況で戦う兵士とは、同質の行為を遂行している。表現行為と戦闘行為は本質的に等しいのである。だからこそ、兵士の方が「立派な文学」を書くという事態も可能になる。やや後のテクストになるが、この点を典型的に述べている「ゼークトの「一軍人の思想」について」（昭和一八年九月）からいくつか引用しよう。

「政治の創造した最大の芸術作品即ちプロシャ軍」（七、一七五）

彼〔ゼークト〕は、戦争といふ作品を創つてゐる芸術家である。これは比喩ではない。（一七六）

恐らくゼークトは、経験によつて熟知した事柄の世界を一歩も出ようとしなかつた。その世界だけが唯一つの信ずるに足りる、明らかに考へるに足りる、又確実に何物かを創り出せる世界であつた。かくの如きが生活の健康であり、その集りが文化といふものゝ屋台骨をなす。〔……〕
「軍人にとつて本質的なものは行為である」、「行為者はすべて芸術家である」とゼークトは言ふ。これは非常にはつきりした考へ方だ。理論と実践、といふ言葉が戯言に終らぬ事は極めて稀である。立派な行為者の道は、遂に達人名人に到る一種の神秘道である事を、率直に認める方が遙かに正しい。一種の神秘道とは、意識するとしないとに係らず、自己訓練の道に他ならず、そして又これは大事な事だが、自分が精通し熟知した事柄こそ最も難かしいと悟る道ではないのか。不言実行といふ言葉は誤解されてゐる。お喋りは退屈だとか唖は実行家とかいふ意味ではない。言はうにも言はれぬ秘義といふものが必ず在るので、それを、実行によつて明るみに出すといふ意味である。文学者にも、無論、不言実行はある。喋る事と書く事とはまるで違つた道だ。（一七八、傍点引用者）

後に述べるように、軍人と芸術家を結びつける議論はヴァレリーにも見られる。小林は当然それを知っていただろう。ただこの引用に即して言えば、軍人と芸術家・文学者に共通するのは「不言実行」、つまり「黙つて処する」ことにほかならない。この場合、「沈黙」が要請されるのも、行為のはらむ最も本質的なものは言葉にならないからである。いくら美学理論を知っても、創作は容易にはならない。理論はいくらでも「喋る」ことができるが、だからといってそれで文学者は「書く」ことができるわけではない。ある意味では戦争も同じであろう。いかなる理論も、個々の戦闘行為を容易にするわけではなく、そこでは言葉にならぬ智慧が必要になることも少くあるまい。戦争を一人ひとりの戦闘行為として見れば、それは芸術家の行為と本質的にかわるものではないのである。[37]

こうした観点から、「疑惑II」に戻って、国民が戦争に「黙つて処した」ことの意味を考えるとどうなるか。小林は、菊池寛の『西住戦車長伝』を挙げて次のように言っていた。

今日わが国を見舞つてゐる危機の為に実際に国民の為に戦つてゐる人々の思想は、西住戦車長の抱いてゐる様な単純率直な、インテリゲンチヤがその古さに堪へぬ様な、一と口に言へば大和魂といふインテリゲンチヤがその曖昧さに堪へぬ様な思想に他ならないではないか。それは事変以来発明された一ダース程の主義とは何の関係もない。伝統は生きてゐる。そして戦車といふ最近の科学の粋を集めた武器に乗つてゐる。

国民は黙つて事変に処した。黙つて処したといふ事が、事変の特色である、と僕は嘗て書いた事がある。今でもさう思つてゐる。事に当つて適確有効に処してゐるこの国民の智慧は、未だ新しい思想表現をとるに至つてゐないのである。何故かといふとさういふ智慧は、事態の新しさ困難さに全身を以つて即してゐて、思ひ付きの表現なぞ取る暇がないからだ。この智慧を現代の諸風景のうちに嗅ぎ分ける仕事が、批評家としての僕には快い。あとは皆んな詰らぬ。（七、六七—六八、傍点引用者）

西住戦車長が大和魂を秘めて寡黙に戦う姿は、伝統的に育まれた「智慧」をもって戦争に「黙つて処した」国民の姿に重ねられる。それは小林の内的論理によれば、大理石に無言で鑿を振るう芸術家の姿でもある。それはまだ（外国人に「日本人の心」を理解させるような）「新しい思想表現」を完成させるにはいたっていないが、文字どおり芸術的な意味での創作行為、つまり「表現行為」なのである。

するとおそらく、戦後『近代文学』の座談会で小林が語った有名な言葉、「僕は政治的には無智な一国民として事変に処した。黙つて処した」[38]も別の響きをもって聞こえてくるだろう。「僕は無智だから反省なぞしない。利巧な奴はたんと反省してみるがいゝぢやないか」と言って理論的契機を排除し、現実のもつ必然性の「恐ろしさ」を指摘したうえで、「必然性といふものは図式ではない。僕の身に否応なくふりかかつてくる、そのものです。僕はいつもそれを受入れる。どうにもならんものとして受入れる。受入れたその中で、どう処すべきか工夫する。その工夫が自由です」と「自由」を語る小林のロックは、「統制」にも比すべき大理石に鑿を振るう芸術家の姿を描いたものとまったく同じである。したがって、「無智な一国民として事変に処した。黙つて処した」という言葉は、小林が自分の戦時中の行動を端的に「表現行為」として捉えていることを意味している。たしかに彼は「無常といふ事」以下一連のテクストを書いたが、戦時中持続的に「表現」を紡いでいたわけではない。しかし、「黙つて処する」国民が「表現」を完成させてはいなかったように、小林の生きる姿勢もいまだ「表現」の完成にはいたらない「表現行為」だった。だからこそ、彼は戦後の視点から見れば明らかに行きすぎな発言をしていたにもかかわらず、自己の営為を文学者として恥じる必要を認めなかったのである。

しかし、ここには前章で「表現行為の表現」として検討した「内面化」のプロセスが現れている。『ドストエフスキイの生活』が「歴史について」を序文として上梓されたのは昭和一四年であり、それが本節で取りあげたいくつかのテクストの発表された年でもあったことは注意されていい。戦闘行為が「表現行為」と同一視されるのは、それ自体、現実の「文学化」であり、また文学者として戦争に処する覚悟を否定した小林の考えとも矛盾しているが、それらが真に現実的な行為であるかぎりにおいては、両者の本質は同じものだと言うことも可能ではあろう。しかし、小林の批評においては、すでに見たように作家とのあいだに絶対的な距離が存在していた。それは、ここでは戦場で戦う兵士との絶対的な距離として現れている。そして、そのような距離のもとで行われる批評は現実との接触を喪失し、それにともない批評の対象も、その現実性を喪失し理念的なものへと変質する。にもかかわらず、他方で小林が自己の批評を「表現行為」として肯定できたのは、批評行為とその対象としての「表現行為」とを同一視するロジックをもっていたからである。自己のドストエフスキー論について語る小林に見られた、区別しつつ混同するという身振りはこのことを示していた。ここではそれは、沈黙しつつ戦争に処する国民をとおして実現される。国民＝兵士＝芸術家という連関によって、小林は国民の一人として兵士や芸術家と同一化しつつ、他方では絶対的な距離をもってそこから離れ、それらを「内面化」された批評の対象として肯定するのである。

美、自然、戦争

太平洋戦争の開戦

昭和一六年一二月八日、日本軍の真珠湾攻撃により勃発した太平洋戦争は多くの文学者に深い感銘を与えた。開戦後の心境を、小林は座談会「即戦体制下文学者の心」で次のように述べている。

僕自身の気持ちは、非常に単純なのでね。大戦争が丁度いゝ時に始つてくれたといふ気持なのだ。戦争は思想上のいろいろな無駄なものを一挙に無くしてくれた。無駄なものがいろいろあればこそ無駄な口を利かねばならなかつた。それがいよいよやり切れなくなつた時に、戦争が始つてくれたといふ気持なのだ。(39)

くり返すが、こうした発言を捉えて小林を戦争イデオローグとして批判(40)してもそれほど意味があるわけではない。それは小林の批評を、当時どこにでもあった戦争礼讃のステレオタイプにおとしめるだけだからである。問題にすべきはむしろ、戦争が「思想上の無駄なもの」を消滅させたときに小林が見出したものを、彼の批評の展開との関係で正確に捉え直すことである。

ただその前に、無駄なものがなくなってすっきりしたという小林の感想を、その最も生ま生ましいかたちで確認しておきたい。小林は開戦直後『現地報告』第五二号（昭和一七年一月）に「三つの放送」と題する小文を発表した(41)。見開き二頁にも満たないものだが、批評的、思想的に昇華される前の感想を示していて興味深い。あまり知られていないと思われるので詳しく引用したい。

「帝国陸海軍は、今八日未明西太平洋に於いてアメリカ、イギリス軍と戦闘状態に入れり」

いかにも、成程なあ、といふ強い感じの放送であつた。一種の名文である。日米会談といふ便秘患者が、下痢をかけられた様なあんばいなのだと思つた。僕等凡夫は、常に様々な空想で、徒らに疲れてゐるものだ。日米会談といふものは、一体本当のところどんな掛け引きをやつてゐるものか、僕等にはよく解らない。〔……〕あれやこれやと曖昧模糊とした空想で頭を一杯にしてゐる。〔……〕それが、「戦闘状態に入れり」のたつた一言で、雲散霧消したのである。それみた事か、とわれとわが心に言ひきかす様な想ひであつた。
何時にない清々しい気持で上京、文藝春秋社で、宣戦の御詔勅奉読の放送を拝聴した。僕等は皆頭を垂れ、眼頭は熱し、心は静かであつた。畏多い事ながら、僕は拝聴してゐて、比類のない美しさを感じた。やはり僕等には日本国民であるといふ自信が一番大きく強いのだ。それは、日常得たり失つたりする様々な種類の自信とは全く性質の異つたものである。得たり失つたりするにはあまり大きく当り前な自信であり、又その為に平常特に気に掛けぬ様な自信である。僕は爽やかな気持で、そんな事を考へ乍ら街を歩いた。

やがて、真珠湾爆撃に始まる帝国海軍の戦果発表が、僕を驚かした。僕は、こんな事を考へた。僕等は皆驚いてゐるのだ。まるで馬鹿の様に、子供の様に驚いてゐるのだ。だが、誰が本当に驚く事が出来るだらうか。何故なら、僕等の経験や知識にとつては、あまり高級な理解の及ばぬ仕事がなし遂げられたといふ事は動かせぬではないか。名人の至芸と少しも異るところはあるまい。名人の至芸に驚嘆出来るのは、名人の苦心について多かれ少なかれ通じてゐればこそだ。処が今は、名人の至芸が突如として何の用意もない僕等の眼前に現はれた様なものである。偉大なる専門家とみぢめな素人、僕は、さういふ印象を得た。(42)

ここには、観念的焦慮（ここでは日米会談の行方についてあれこれ空想すること）の解消や、戦争を「名人の至芸」として批評的な距離のもとで絶対的に肯定する身振りなど、小林の批評の基本的な契機が現れている。他方で、当局の「表現」に小林が「美しさ」を感じ、それを「名文」とするのはきわめてめずらしい。

開戦とともに「無駄な口」をきかなくてよくなったという感想は、小林にとって思想や文学がある意味で簡潔化され、一本の明確な芯が感じられるようなものになったことを示している。そこには河上徹太郎と通じ合うものがあった。「即戦体制下文学者の心」座談会の冒頭、河上は「戦争が始つて誰でも非常にカラッとしたと言つてゐる」と述べたが、これは開戦二日目に書かれたという「光栄ある日——文藝時評」（昭和一七年一月）で述べられた感想を要約したものと言ってよい。河上の心境はおそらく当時の少からぬ文学者の気持を代弁したと思われるし、またある意味で小林の感想の註釈にもなっているので、少し引用してみることにしたい。

遂に光栄ある秋が来た。
しかも開戦に至るまでの、わが帝国の堂々たる態度、今になつて何かと首肯出来る、これまでの政府の抜かりない方策と手順、殊に開戦劈頭聞かされる輝かしい成果。すべて国民一同にとつて胸のすくのを思はしめるもの許りである。今や一億国民の生れ更る日である。(43)

今や国民は、ものを見る眼の純一さを獲得したといつていい。気兼ねもいらぬ。仮想された観念に仕へることもいらぬ。栄ある今日の日に生きる覚悟の真剣さだけに頼つて生きればいいのだ。生きること、見ること、働くこと、すべてが一人の人間の中で一つとなり、更にこの一つが一億の国民を通じて一つであるといふ状態。こんな望ましい日が、こんなに率直にやつて来ようとは、ついぞ想像して見なかつた。〔……〕
例えば防空演習について見ても、従来はそれが演習である限りに於て、形式的になるのは当然であつた。アメリカの飛行機が怖いよりも、警防団の人が怖く、近所の取沙汰が厭で働く向もあつた。一度水をかければ消えるものも、三度かけろといはれゝば三度かけた。然し実戦では万事はつきりしてゐる。敵はアメリカの飛行機だし、仕事は火を消すことだ。かういふ生活の目標の純一さは、文学の実体に関しても、同じ効果を生む筈である。今までは、勿論戦ひは始まつてゐたのだが、然し国家的に「相手としない」蔣政権との戦ひでは、国民生活の目標として観念が具体化してゐないものがあつた。従つて人々は屢々会合して新体制を論じ、国民文学を論じた。又有司と懇談したり、御伺ひを立てたりした。又創作活動の上でも、アメリカでなく警防団相手の防空演習があつたやうに、文学が可愛いゝのではなくて、御役人の顔を描写したやうな文学があつた。かくして、最も純潔な国民意識を描くべき新体制文学が、雑多な観念的建前に義理立てし、只管難のないことを冀ひ、資格審査に合格することを専ら狙つた、消極的・意識的な文学となつて現れてゐたのである。(44)

ここにも小林が「無駄口」と呼んだものが具体的に述べられている。それは「新体制」や「国民文学」をめぐる観念的な議論であった。(45)それに対して、開戦とともに「生きること、見ること、働くこと、すべてが一人の人間の中で一つとなり、更にこの一つが一億の国民を通じて一つであるといふ状態」が生じたという。先に思想や文学の「簡潔化」として述べたものは、このような生活の「純一さ」に由来している。そしてこの「純一さ」は、河上の言うとおり、戦争一般というよりはむしろアメリカと戦端を開いたという事実から生じたものである。交戦国も最終的な戦争目的も曖昧な「支那事変」にはない明確さが太平洋戦争にはあるように思われたからである。

昭和三四年に発表された論文「近代の超克」のなかで、竹内好は河上をはじめとする何人かの文学者の感想を引きながら「一二月八日」の意味を考察し、太平洋戦争には植民地侵略戦争と対帝国主義戦争という二つの側面があり、これは論理的には区別できるが、事実上は癒着していると指摘した。(46)この指摘は正しいが、当時の知識人たちが対米英戦争を肯定した論理はほかならぬこの区別によっていた。竹内自身、開戦直後に発表された「大東亜戦争と吾等の決意（宣言）」のなかで、「率直に云えば、われらは支那事変に対して、にわかに同じがたい感情があった」、「わが日本は、東亜建設の美名に隠れて弱いものいじめをするのではないかと今の今まで疑ってきたのである」としたうえで、太平洋戦争が勃発したいま、このような考えは実は「聖戦の意義を没却」することにほかならなかったとして次のように述べていた。「東亜から侵略者を追いはらうことに、われらはいささかの道義的な反省も必要としない。敵は一刀両断に断って捨てるべきである。われらは祖国を愛し、祖国を次いで隣邦を愛するものである。われらは正しきを信じ、また力を信ずるものである。／大東亜戦争は見事に支那事変を完遂し、これを世界史上に復活せしめた。今や大東亜戦争を完遂するものこそ、われらである」[47]。対米英戦争は、日中戦争の侵略戦争としての側面から生じる疚しさを隠蔽する役割を果たし、その結果として少からぬ文学者が太平洋戦争を全面的に肯定することになった。「戦勝のニュースに胸の轟くのを覚え」、戦争の「構想」「構図」の「巨さ」に感動して、妻同伴で戦地に赴くアメリカ兵に対する「皇軍」の優位を説く青野季吉[48]や、イギリス戦艦プリンス・オブ・ウェールズの撃沈を知って「スーッとしたような気持ち」を感じた桑原武夫[49]、そしてこの戦争を、それまで「地球上の覇者」であったアングロ・サクソン民族を越えて大和民族が世界随一の優越性をもつことを証明するために、ぜひとも遂行せねばならぬ運命的なものと考え、ついに「私は単純です、私は単純に日本人です、と私は誰かに言いたいのであった」と述べた伊藤整などの感想[50]からも、そのような当時の雰囲気を知ることができる。

戦争という状況における人間の行為の「純一さ」を注視する小林にとって、大和民族の「世界史的な優越性」を証明することなどもちろんどうでもよかったであろうし、交戦国がアメリカ（及びイギリス）であるという事実もほとんど意味をもたなかったであろう。ただ、観念的饒舌が消え思想が「簡潔化」

したという小林の着目した事態は、対米英戦争が日本の文学者にもたらした劇的な心境の変化と密接に関わっていたはずである。日中戦争開戦以来、小林はインテリの観念的な議論を批判し、心身一如たる迷いのない兵士の行為を称揚してきたが、太平洋戦争は対米英戦争という魅惑的なイデオロギーによってインテリの議論を戦争遂行へと収斂させた。戦争遂行とは逡巡を許さぬ絶対的な行為である。したがって問題はこれ以後、思い悩まずにただ行為することであり、行為する人間とその心とを強く信じることになる。なぜなら、行為とは決断であり、それゆえどんな小さな行為も本質的にはただ信じて行う以外にはありえないからである。

「海軍精神」

開戦後、小林は「海軍精神」[51]を称揚し、『大洋』昭和一七年五月号では「海軍精神の探究」と題して、河上および海軍大佐平出英夫と鼎談を行った。先ほど挙げた「即戦体制下文学者の心」座談会の末尾でも、海軍兵士に「真のリアリスト」を見出し、知ることと行うことがひとつとなった彼らの精神を信長――信長は小林にとって理論と実践がひとつになった人間だった――になぞらえて高く評価している。河上も「光栄ある日」のなかで「結局軍人が一番明確な人間的存在[52]」と言っているから、こうした考えは中村光夫なども含めて『文学界』グループにある程度共通したものであったように思われる。彼らがとりわけ注目しているのは、「戦争と平和」と同じく、爆撃する飛行兵である。[53]

小林　平出大佐が海軍では決死隊とは言はぬ、特別攻撃隊といふと放送してゐたね。あれはいゝ。言葉の問題ではないのだが、生活が違ふと言葉も自ら違つて来るといふところが面白い。

中村　とても知的ぢやないかね。

小林　知的といふところから来たんだよ。あゝいふ言葉、乃至はあゝいふ言葉が由来する生活といふものに感動しなければいけないのだよ。何がなんでもやり抜くぞ——といふやうなことを言つてゐるやうではあんな言葉はわからない。僕は「大洋」の座談会なんか読んでゐて、海軍の所謂訓練といふやうなものゝ中では非常に違つた新しいものが動いてゐるといふことを感じた。思想的にだよ。昔の聖人、達人が一生掛つてやつた事を、少年航空兵は三年でやつてゐるからね——といふことを言つてゐるよ。さういふ事の中に非常に何か新しいもの僕は感じるね。僕は現代の海軍に新しい信長と言つた人間を感じるのだよ。少し唐突かな。つまり真のリアリストは海軍に現れはじめてゐるのではないかといふ感じだ。正確な知識と正確な判断があれば足りるといふ精神、さういふ精神は理想を抱くのには適しないと考へるのは、古い考へで、さういふ精神が又理想に燃えてゐるのだ、そこが新しいのだ。海軍精神にくらべると現代の革新派なぞ皆陳腐なローマン派に過ぎないのだ。〔……〕

中村　僕はハワイの空襲の記録といふのを読んでね、まるでヴアレリーみたいな気がしたのだよ。

小林　さうだ。たゞヴアレリイをさういふ風に読む人が極めて少い。

中村　みんな非常に知的で、唯徹底的の期待と遂行がある、外に何もないのだよ。

河上　絶対賛成だ。

中村　あゝいふ所、日本海軍は実にえらいと思つたのだよ。雲がかゝつてハワイが見えるだらうか。見えれば爆弾を落すことはできる、ハワイが見えなかつたら大変だ、あの気持は芸術家の気持と同じだと思ふ。得手勝手の考かも知れないけれども……、

小林　世界はあれに騒いでゐる、その時はもう事は終つてゐる。それなんか僕は感心したんだ。現代に於ける最大のアイロニーは戦争ニユースなんだ。

亀井　ニュース、活動写真、ラジオ、あれでみんな、あまやかされるんだ。
中村　ニュースを観て昂奮することは何か不健康なをかしいことなのぢやないかね。[54]

ここでヴァレリーが出てくることは興味深い。中村光夫の頭にあるのはおそらく、コレージュ・ド・フランス詩学教授に就任したヴァレリーが一九三七年一二月一〇日に行った開講講義「詩学叙説」であろう。これは翌昭和一三年に河盛好蔵訳で出版され、小林も『東京朝日新聞』に書評を載せている。『文学界』グループにとってはいわば基本テクストであったと言ってよい。ヴァレリーはこの講義のなかで、「詩学」poëtique/poïëtique という言葉を語源的な意味、つまりギリシア語の poïein（作る）にまで引き戻して定義する。[55]その主張は、要約すれば「精神の作品は、行為においてしか存在しない」[56]というものである。作る行為を離れれば、パンテノンは大理石の採石場にすぎず、詩作品もまた文法難題集や例題集に変質する可能性が高い。つまりヴァレリーにとって、芸術作品とは作る行為そのものであり、作られた作品は二次的な価値をもつにすぎないのである。このような制作行為とは、無秩序な現実（内面のものであれ、外界のものであれ）から作品という秩序を作り出す行為である。行為とは「限定できないもの」l'indéfinissable という可能性の世界に対する「限定作用」であり、そうした「行為の遂行」l'exécution d'un acte の結果として明確な形をもつ作品が現実に生み出されることになる。[57]小林の議論からの流れで、中村はヴァレリーを持ち出し、真珠湾を爆撃した兵士を「非常に知的で、唯徹底的の期待と遂行がある、外に何もない」と評し、また彼らがハワイ上空に雲がかかっていないかと気にかけたと述べているが、それは、ヴァレリーの語る詩人の姿、つまり自己の内部の「限定できないもの」に対峙し、そこから秩序ある作品を作るという困難な作業を行う詩人の姿をふまえての発言であろう。

小林は中村の意見に同意して、ヴァレリーをこのように読む人は少いと言ったが、ヴァレリーの詩学を軍事的なものへ結びあわせる彼らの直観は決して恣意的なものではない。例えば、ヴァレリーはかつて「ドイツ的制覇」(「方法的制覇」)[58]を書いたとき、飛躍的に発展しつつあった世紀末のドイツ産業をモルトケ元帥によって構築されたドイツ軍組織になぞらえ、顧客や敵の心理までをも計算に入れた完璧なシステムとして素描したが、最後にそれを芸術家の「方法」にまで拡張しているからである。もちろん、こうした「規律化」の視点は「詩学叙説」では前景に現れていないし、この時点の小林たちの思索にも完全に欠落していたが、ヴァレリーの詩学はそもそも軍事的なメタファーときわめて親和的なものであった。[59]

しかし、ヴァレリーにあって、小林や中村には決定的に欠けているものがある。それは「限定できないもの」とのリアルな接触である。「行為の遂行」を中心とするヴァレリーの詩学は、しばしば主知主義的なものと考えられてきたが、むしろそれは主体と客体のあわいに定位するものであり、詩人が主体として生成する場を注視するものだった。なぜなら、詩人が意図的にできることは自己のもつさまざまな力を制作へと集中させることだけであり、詩句の修正や入れ替えに対する詩人の能動的な能力はほとんど否定されているからである。「われわれはただひたすら、望み通りのものが生じてくるのを待つばかりです。というのも、待つ以外に方法はないからです。われわれはわれわれ自身の内部において獲得したいと願うものに、確実に到達する手段をひとつも持っていないのです」[60]。詩学とはもちろん創造行為についての反省であり、その意味でヴァレリー自身、「アキレスが空間や時間のことを思いめぐらしていたら、亀を追いこすことはできないのです[61]」と言うように、詩学と実際の創作過程との距離に意識的であった。しかし、それでも彼が対象化したのはほかならぬ創造行為のプロセスであり、作品が本当に実現されるか事前には明らかではない生成の場である。「この創作行為について言えば、その原動力は通常の行為の諸目標が位置している世界には位置しておらず、したがって、それに確実に到達するために遂行せねばならぬ行為の方式を決定する予測にも、何ら手がかりを与えることができないのです[62]」。制作とは手さぐりに行われるのであり、作品とはこうした見通しのきかないプロセスの幸運な結果にすぎない。「作者」すら、このプロセスの後に事後的に見出されるのである。「人はひとつの作品を作り終えると、次に、この作品を作りえる人間になろうとする。彼は自分の作品を見て、その作者を自分のなかに作りだすことで、作品に応ずる。——この作者は虚構である[63]」。

これに対して、中村が感動したのは、むしろ行為が的確に遂行されたという事実である。「世界はあれに騒いでゐる、その時はもう事は終つてゐる。それなんか僕は感心したんだ」と彼は飛行士の行為を称讃した。ヴァレリーにあっては行為はつねに遂行されつつある状態で考察されているが、中村や小林にとって行為はむしろ遂行されたものなのである。ここに見られるものは、すでに再三述べてきたような意味で対象を絶対化する批評的な距離である。ヴァレリーにとって「行為の遂行」とは、すでに確立した主体が行うものではなく、ひとつの出来事であって、主体も作品もこの出来事から帰結するものにすぎなかった。しかし、中村や小林においては、この出来事はすでに生起したものであり、それゆえ、行為もすでに遂行されたものとして過去に投射される。そのとき行為は、可能と現実とを媒介する本来の意味での行為ではない。それは現実性をもたず、ただ概念として存在するにすぎない。そして行為が概念として捉えられれば、現実によってその遂行が阻まれることはもはやありえない。現実はせいぜい遂行の困難を強調し、行為の偉大さを強調するのに役立つだけである（雲がかかってハワイが見えなかったら大変だ、という中村の言葉はそのような機能を果たすだけである）。以上のことは、すでに「表現行為の表現」として考察した「内面化」のプロセスにほかならない。「内面化」にともなって創造行為の主体的側面は完全に消滅し、概念的な創造性、あるいは「表現産出性」が現れる。ヴァレリーにあっては、その意味で主体的「限定できないもの」と接触することは作家主体と作品の成立を賭けた行為であり、その意味で主体的な行為であった。そこには非人称的な生成のプロセスに身をおき作家主体となることが、そのまま主体的な行為であるという逆説が存在していた。中村や小林にとっては、行為はすでに遂行されており、したがってその行為に対応する主体も確立されている。しかし、それは遂行の後に事後的に仮構された主体にすぎず、主体と非‐主体のあわいで展開する遂行のプロセスとはまったく無縁である。仮構された主体は現実の主体ではないから、それを理念的なレベルにおいて、ある種の創造性におきかえることも不可能ではない。こうして事後的に見れば、行為の遂行は生身の人間でなくともできることになり、理念的な「表現産出性」として美の世界に投射することも可能になるのである。そのとき芸術家は、「表現産出性」の生み出すものをただ虚心に受け入れる媒体にすぎなくなるだろう。

「戦争と平和」

以上のことを確認したうえで「戦争と平和」(『文学界』昭和一七年三月号)を検討することにしたい。これは、昭和一七年元旦の新聞に掲載された真珠湾爆撃の航空写真を見た小林の感想である。「模型軍艦の様なのが七艘、行儀よくならんで、チョッピリと白い煙の塊りをあげたり、烏賊の墨の様なものを吹き出したりしてゐる」写真を見た小林は、縁側の椅子から海を眺め、次のような感想を抱いた。序章にも引用したが重要なテクストなので再度引用する。

空は美しく晴れ、眼の下には広々と海が輝いてゐた。漁船が行く、藍色の海の面に白い水脈《みを》を曳いて。さうだ、漁船の代りに魚雷が走れば、あれは雷跡だ、といふ事になるのだ。海水は同じ様に運動し、同じ様に美しく見えるであらう。さういふふとした思ひ付きが、まるで藍色の僕の頭に真つ白な水脈を曳く様に鮮やかに浮んだ。真珠湾に輝いたのもあの同じ太陽なのだし、あの同じ冷い青い塩辛い水が、魚雷の命中により、嘗て物理学者が仔細に観察したそのまゝの波紋を作つて拡つたのだ。そしてさういふ光景は、爆撃機上の勇士達の眼にも美しいと映らなかつた筈はあるまい。いや、雑念邪念を拭ひ去つた彼等の心には、あるが儘の光や海の姿は、沁み付く様に美しく映つたに相違ない。彼等は、恐らく生涯それを忘れる事が出来ない。そんな風に想像する事が、何故だか僕には楽しかつた。太陽は輝き、海は青い、いつもさうだ、戦の時も平和の時も、さう念ずる様に思ひ、それが強く思索してゐる事の様に思はれた。

僕は、又、膝の上の写真を眺め始めた。確かにこんな風に見えたに違ひない。悠々と敵の頭上を旋回する兵士達には、こんな風に見えるより他にどんな風に見えようか。心ないカメラの眼が見たところは、生死を超えた人間達の見たところと大変よく似てゐるのではあるまいか。何故なら、戦の意志が、あらゆる無用な思想を殺し去つてゐるからだ。彼等は、カメラの眼に酷似した眼で鳥瞰したであらう。それでなくて、どうして爆弾が命中する筈があるものか。（七、一六六―一六七）

ここに見られるのは言うまでもなく「戦争の審美化」といったものである。戦争と美学、あるいはもっと広く政治と美学の結びつきについては、橋川文三の『日本浪曼派批判序説』やナチスの国家社会主義を「政治の唯美化」として捉えるフィリップ・ラクー＝ラバルトの『政治という虚構　ハイデガー　芸術そして政治』など、すでに論稿が存在する。おそらく近代社会は程度の差はあれことごとく美学イデオロギーに浸透されている。日本にかぎっても、それは小林や保田などごく少数の文学者にのみ現れた現象ではなく、広く認められるものだった（例えば河上は、先に引いた「光栄ある日」のなかで高村光太郎の『美について』や柳宗悦の『茶と美』などが売れている事実を挙げて[64]、「中には近頃本を出すなら「美」の字を入れゝばきつと売れるなどといふ冗談も行はれてゐる程である」と述べている）。しかし、こうした趨勢の

『東京朝日新聞』昭和17年元旦号

なかで昭和一七年前後の小林の批評が「審美化」されたという事実をたんに指摘するだけでは十分ではない。むしろ小林における「審美化」の具体的な構造を、彼の批評の展開をふまえて解明しなければならない。すなわち、問題を日本の文学界の一般的な「審美化」の趨勢へと還元せずに考え直す必要がある。しかし他方でそれは、「蛸の自殺」以来、心の奥底に潜んでいた小林の幻想的傾向へとすべてを還元し、文学者の個人的な資質によってテクストを説明すること(65)でもない。そうした視点は、小林が時代と関わりながら自己の批評を紡いできた、その営為の歴史性を消去してしまうだろう。歴史と個人が交錯するレベルで展開された小林自身の批評の歩みをふまえつつ「審美化」の問題は考えられねばならないのである。

　ところで、この「戦争と平和」の飛行士の姿は、これまで小林が「表現者」として描いてきた兵士の姿とはきわめて異なっている。「即戦体制下文学者の心」座談会で語られたリアリストとしての海軍兵士と比較してみれば十分だろう。彼らは「内面化」されているとはいえ、まだ行為者としての側面を残していた。「戦争と平和」の飛行士は、たしかに爆撃という戦闘行為を行うのだが、小林が強調するのはむしろ彼らの純粋な眼が見出す海の美しさである。無私となった飛行兵は自然の美と遭遇する。小林も、冷徹なカメラが写した写真(66)を手がかりに、飛行兵の純粋な眼が見たものを想像し、自然が開示する美に出会うことができた(「さういふふとした思ひ付きが、まるで藍色の僕の頭に真つ白な水脈を曳く様に鮮やかに浮んだ」)。自然の美は想像のレベルにおいて開示される。それでは、小林の批評にとって必要不可欠な契機であった「表現行為」はどこに消えてしまったのか。それは非人称的な「表現産出性」として「自然」のなかにおかれるのである。「自然」は「表現」し「美」を産出する。兵士も芸術家も、もはや自己固有の行為によって「表現」を生み出すのではない。むしろ彼らの「表現行為」と呼ばれうるものは、己を虚しくして「自然」の「表現」を受け入れることである。そのときにのみ(「自然」ではなく）人間の「表現」が実現される。こうした思想はすでに「文学と自分」（昭和一五年一一月）で述べられていた。作家は、いわゆる自然のみならず、肉体という自然、また大理石のように意のままにならぬ言葉という第二の自然に囲まれている。それが文学者の仕事場だとして、小林は次のように語った。

これが文学者が実際に置かれてゐる仕事場なのであります。この仕事場の事をよくお考へ下されば、文学者の覚悟とは、自分を支へてゐるものは、まさしく自然であり、或は歴史とか伝統とか呼ぶ第二の自然であつて、自然を宰領するとみえるどの様な観念でも思想でもないといふ徹底した自覚に他ならぬ事がお解りだらうと思ふ。これは一方から言へば自然や歴史を心を虚しくして受容する覚悟とも言へるのである。前に芸術家は、作品の裡に己れを見付けだすと申しましたが、作品とは自然の模倣を断じて出る事は出来ないのであつて、作品とは芸術家が心を虚しくして自然を受け納れるその受け納れ方の極印であると言ふ事が出来る。だから、若し芸術家に己れといふ様なものがあるとすれば、この極印のなかにしかないと申すのであります。（七、一五三―一五四）

真珠湾を爆撃する飛行兵が純粋な眼で海の美しさを見たと考える小林の論理は、芸術家は虚心に「自然」を受け入れるとする彼の芸術論と同じものである。「自然」を虚心に受容した結果として作品が生まれたように、海と敵艦を虚心に眺める――「あるが儘の」視覚像として受け入れる――ことからは爆弾の命中が帰結する。すなわち、爆弾の命中とは作品であり「表現」である。戦闘行為と表現行為はここでも同一のものであるが、しかしその意味合いはこれまでとは異なっている。もはや「表現者」の行う行為の割合は極端に少い。無心になった者にのみ開示される「自然」の美と遭遇することが、人間によって実現される「表現」のほとんど唯一の条件であり源泉である。それが、爆弾の命中として軍事的に実現されようと、あるいは芸術的に実現されようと同じことだ。大切なことは、無心な者に開示される「自然」の美しさに出会うことだけである。それに遭遇できれば、残余のことはすべてたいした重要性をもたない。爆撃を受けた「数千の人間」が「焦熱地獄」にいることや（一六六）、戦争であるか平和であるかなどは、このような美に出会うことに比べれば相対的なものにすぎない。「戦争と平和とは全く同じものだ」（一六八）と書くとき、小林はそのように言いたいのだ。(67) 法華経が説くように「戦場は楽土である」。(68)「戦の時も平和の時も」海はいつも美しい、無用な雑念を捨てた兵士のようにそれを「はっきりと」感得する者にとっては。そして重要なのはこのことだけなのである。

表現論の完成

美の「形」

「戦争と平和」は戦争に対する小林の姿勢を示すものとしてのみ読まれることが多いが、むしろ「当麻」から「モオツァルト」にいたる一連のテクストと関係づけて、小林の表現論の重要な転換点をなすものとして捉えるべきである。昭和一七年の小林は、前年から連載を始めていた『カラマーゾフの兄弟』論（『文藝』昭和一六年一〇月―翌年九月号、全八回、未完）を書きつぐ一方で、『文学界』に「戦争と平和」（三月号）以下、「当麻」（四月号）、「ガリア戦記」（五月号）、「無常といふ事」（六月号）、「平家物語」（七月号）、「徒然草」（八月号）、「バッハ」（九月号）、「西行」（一一―一二月号）、「実朝」（翌年一月号、五月号、六月号）を発表している（この一連のテクストは、「ガリア戦記」と「実朝」の第二、三回を除いてすべて巻頭に掲載された。「戦争と平和」が「当麻」以下の一連のテクストと同じ枠に発表されたことは注意されていい。また、単行本『無常といふ事』に収められなかった「バッハ」も少くとも一度は同じ文脈で考える必要がある)。これに加えて、すでに引いた「三つの放送」や、有名な「近代の超克」座談会(『文学界』一〇月号、単行本としての出版は翌年七月)を挙げることもできる。この時期に関しては、例えば『カラマーゾフの兄弟』論で小林がほとんど分析せずに論を中断した「アリョーシャ的なもの」がモーツァルト論という別のかたちで展開したのだという粟津則雄の見取図が興味深い[69]。しかし本書の関心はむしろ、「表現」の問題圏のなかで「モオツァルト」や「無常といふ事」といったテクストがどのような意味をもっているかということの方にある。

「戦争と平和」から「モオツァルト」にいたるテクストで、小林の表現論は「美」の理論として完成された。もちろん彼は、美学理論を構築したかったのではない。しかし、「美」を語る小林の言葉ははっきりとした思想性をもっており、彼の美的体験を理解するためには、なによりもその「論理」を明らかにする必要がある。

「戦争と平和」で語られていたのは「自然」の開示する「美」であった。それは雑念を振り払った無心の兵士に対して現れるものであり、そのとき、爆撃が現実に引きおこしたはずの「焦熱地獄」はすでに存在しなかった。「美」と遭遇する者には、内面も外界もなく、心理も世界も消滅している。それはいかなる意味においても「事物のレベル」とは関係がない。「当麻」に従えば、それは仮面とともに現れる。すなわち、能は能面で観念の動きを隠し、「社会の進歩を黙殺し得」るような「花」を現出させるのである。

中将姫のあでやかな姿が、舞台を縦横に動き出す。それは、歴史の泥中から咲き出でた花の様に見えた。人間の生死に関する思想が、これほど単純な純粋な形を取り得るとは。僕は、かういふ形が、社会の進歩を黙殺し得た所以を突然合点した様に思つた。要するに、皆あの美しい人形の周りをうろつく事が出来ただけなのだ。あの慎重に工夫された仮面の内側に這入り込む事は出来なかつたのだ。世阿弥の「花」は秘められてゐる。確かに。（八、一五）

小林が信じたのは「世阿弥といふ詩魂」（一三）であり、実朝の「歌の力」である。それは事実の次元とはまったく無関係である。例えば、実朝に関しては佐々木信綱の発見したいわゆる定家所伝本金槐集によって現在知られているほとんどの歌が二二歳以前のものであることが実証されたのだが、小林にとって、そうした事実は歌を理解するうえでほとんど意味をなさない。「僕は、たゞ、不思議な事だが今も猶生きてゐる事が疑へぬ彼の歌の力の中に坐つて、実証された単なる一事実が、足下でぐらつく様を眺めてゐるに過ぎないのである」（五五―五六）。また、義弟ランゲの描いたモーツァルトの肖像画が示しているのも、彼にとって眼に見える世界が消滅し、すべてが耳に賭けられているという事実だった（七六）。モーツァルトがそのようにして待ちうけていた音楽の世界は彼の作品となり、それを聞くわれわれは「人間も消え、事物も消えた世界に」（一〇九）連れて行かれる。大切なのは、こうした小林の言葉を比喩ではなく、文字どおり受け取ることである。

このような「美」は、先ほどの「当麻」の引用にもあったように、「純粋な形」として現れる。よく知られているように昭和一六年の中頃から小林は骨董に凝るようになった。「ガリア戦記」には次のようにある。「こゝ一年ほどの間、ふとした事がきつかけで、造形美術に、われ乍ら呆れるほど異常な執心を持つて暮した。色と形の世界で、言葉が禁止された視覚と触覚とだけに精神を集中して暮らすのが、容易ならぬ事だとはじめてわかつた。今までいろいろ見て来た筈なのだが、何が見えてゐたわけでもなかつたのである」（七、一六九）。しかし、小林において「形」の概念はいわゆる造形芸術の世界を越えて「文学」にも適用され[70]、ついには「歴史」そのものにまで拡大される。「無常といふ事」の有名な一節を引こう。「歴史といふものは、見れば見るほど動かし難い形と映つて来るばかりであつた。新しい解釈なぞでびくともするものではない、そんなものにしてやられる様な脆弱なものではない。さういふ事をいよいよ合点して、歴史はいよいよ美しく感じられた。〔……〕解釈を拒絶して動じないものだけが美しい」（八、一八）。こうした主張は「近代の超克」座談会でもくり返されている。問題になるのは、例えば「鎌倉時代といふものの形」である。[71] 自然においても、歴史においても、「美」は「形」として現出する。誤解のないように言っておくが、ここで言う「自然」はもちろん自然科学によって対象化されたものではないし、事物が生成消滅する場のことでもない。また、前章で見たように、ここで言われる「歴史」は、われわれがその「現在」に身をおき、そのたえざる生成を内在的に生きるほかないような歴史ではなく、回想において美しい「形」として現れる「歴史」である。『平家物語』について小林は次のように結論づけていた。「鎌倉の文化も風俗も手玉にとられ、人々はその頃の風俗のまゝに諸元素の様な変らぬ強い或るものを持ち、自然のうちに織り込まれ、僕等を差招き、真実な回想とはどういふものかを教へてゐる」（一三）。「回想」とは想像力の作用であり、現実世界からも心理の支配する内面からも離れたイデアルな場を作り出す作用である。その意味で、「近代の超克」座談会で、「僕は、プラトンの偉さが此頃やつとわかる様に思ふのです。あの人のイデアは空想ではない」[72] と小林が語っているのは偶然ではない。

「形」の概念に関してひとつだけ補足しておきたい。すでに述べたことから明らかなように、「形」は「事物のレベル」とは異なる次元において現れる。しかし、例えば「当麻」には次のように書かれていなかったか。「肉体の動きに則つて観念の動きを修正するがいゝ、前者の動きは後者の動きより遥かに微妙で深淵だから、彼〔世阿弥〕はさう言つてゐるのだ」（八、一五）。この「肉体」は「事物のレベル」に属さないのだろうか。後に見るように、たしかに小林は「モオツァルト」のなかでそのようなモノとしての「肉体」について語っている。だが、いま問題の「肉体」の方はすでに「形」として捉えられており、その意味で現実世界にあるように見えて、実は「美」の世界に属している。「平家物語」はそのような「肉体」を描いた。宇治川先陣の件を挙げて、「まるで心理が写されてゐるといふより、隆々たる筋肉の動きが写されてゐる様な感じがする」、そこには「太陽の光も人間の汗も馬の汗も感じられる」と述べるとき、小林は「当麻」の場合と同じく近代的な心理主義を批判するために「肉体」を強調しているのだが、この「肉体」は、それが動き回る『平家』の世界とともに、はっきりとした「形」をもつものである。それは「表現」の世界でのみ命をもつ。

例えば、実朝は「世の中は常にもがもな渚こぐあまのを舟の綱手かなしも」と詠んだが、彼の「歌の力」を信じていた小林はこの歌を評して「何と清潔で健康で少年の肉体の様だらう、殆ど潮の匂ひがする[73]」と述べた。また、モーツァルトにとって本当の肉体をもつことは、自分の「大きな鼻や不器用な挙動を持つ事ではなかつた」。「人間の肉体のなかで、一番裸の部分は、肉声である」が、しかし、肉声は現実世界では、観念的饒舌に堕する「言葉」という「惑はしに充ちた」着物を着ているから、裸形のままで生きるためには「音楽のうちに救助され、其処で生きるより他はない」(一〇八)。つまり、音楽作品においてのみ真の「肉体」は現れるのである。彼の音楽は「人間の柔かい肉に、しつかりと間違ひなく密着してゐた」。「若し、さうでなければ、性格もなければ心理も持ち合はさぬ様な「コジ・ファン・トゥッテ」の男女の群れから、何故、あの様に鮮明な人間の歌が響き鳴るのだらうか。誰のものでもない様な微笑、誰のものでもない様な涙が、音楽のうちに肉体を持つ」(一〇七)。つけ加えておけば、このような意味での「肉体」は、小林の思想においては、観念的に理解される西洋の作品ではなく、いわば手で触れることによってのみその本質を開示する日本の古典がもつ特性である。「近代の超克」でも「肉体で触れるのだ。頭で理解するのではない[74]」と小林は述べていた。

「表現」と「表象＝代理」

ところで、このような「形」としての「美」は「表現」そのものである。いいかえるなら、「表現」は必ず「形」をもつ。「美と呼ばうが思想と呼ばうが、要するに優れた芸術作品が表現する一種言ひ難い或るものは、その作品固有の様式と離す事が出来ない」（八、八一）。小林は、「形」としての「表現」を言説に還元する近代のあらゆる試みを批判する。例えば「表現」は、（狭義の）芸術的なものとしては、心理主義によって「告白」に変質し、ある感情を指示するものに貶められたり、リアリズムによって「描写」に堕し、ある風俗を再現するものにすぎなくなる。また、思想的なものとしては、「相手を論破し説得する事によつて僅かに生を保つ様な思想」に変わる。ここで批判されているのは、言語の指示作用であり、「再‐現前化作用」re-présentation である。言葉はそこで、心理や風俗や思想を指し示すものとしてのみ使用されており、そのような作用を受けると「表現」はなにかの「表象＝代理」re-présentation にすぎなくなる。「表現」はまた、いわゆるシニフィアンでもない[75]。小林の「表現」は、なにものにも還元されぬ「形」として、いわば自己自身を表現する。例えば思想としてであれば、それはある観念や論証を「表象＝代理」するものではなく「思想そのものゝ表現」である。また、音楽では「音を正当に語るものは音しかない」（八一―八二）。つまり「音楽の霊は、己れ以外のものは、何物も表現しない」のである（九四）。

こうした「表現」の概念は当然、再現性がほとんどない音楽というジャンルを特権化し（ただし、その音楽も小林によれば言葉によって汚染されている）、例えば文学をも「音楽化」する。これは象徴主義者の理想だった。小林の表現論は象徴主義的である。昭和二五年に発表された「表現について」は、この問題を最も明確に述べている。

一般の趨勢に抗して、象徴派の詩人達は、内的現実を守つた、つまり自己表現の問題から眼を離さなかつたのであるが、彼等が詩人の本能から感得してゐた自己とは、告白によつても現れないし、描写の対象となる様なものでもなかつた。自己とは詩魂の事である。それはreprésentation（明示）によつて語る事は出来ない、詩といふ象徴symboleだけが明かす事が出来る。併しsymboleといふ言葉は曖昧です。ヴァレリイは、サンボリスト達の運動は、音楽からその富を奪回しようとした一群の詩人の運動と定義した方がいゝと言つてゐる。強ひてsymboleといふ言葉を使ふなら、その最も古い意味合ひで、詩人は自ら創り出した詩といふ動かす事の出来ぬ割符に、日常自らもはつきりとは自覚しない詩魂といふ深くかくれた自己の姿の割符がぴつたり合ふのを見て驚く、さういふ事が詩人にはやりたいのである。これはつまる処、詩は詩しか表現しない、さういふ風に詩作したいといふ事だ。これは、まさしく音楽に固有の富である。（八、一三三、傍点引用者）

表現するとは解決する事です。解決するとは、形を創り出す事です。〔……〕圧し潰して中味を出す。中味とは何か。恐らく音といふ実体が映し出す虚像に過ぎまい。それほど音楽家は、楽音といふ美しい実在を深く信じてゐるものなのであります。（一三六）

「表現」と「表象＝代理」の区別は小林の表現論の本質をなす。ここで注意すべきは次のことである。小林の批評の展開において、「表現行為」はしだいに本来の意味での行為性を喪失し、理念的な「表現産出性」へと変質した。そしてそれはついに「自然」や「歴史」と同一視され、小林にとってはそれらが開示する「美」と遭遇することが批評の本質的な営為となった。しかし、そこで「美」は、例えばヘーゲル的な「理念」を表現しているわけでも、自然のなんらかの本質を表現しているわけでもない。

「美」はあくまで「形」として、自己自身を「表現」する。「形」とは、なにかを「表象＝代理」するものではなく、それ自体が「美しい実在」なのである。小林がほとんど神秘的とも言える美的体験をくり返しながら、決して超越的な神の概念に到達しなかったのは、このような彼の表現概念によっている（モーツァルトが「屢々口にする「神」とは、彼には大変易しい解り切つた或るものだつたに相違ない、と僕は信ずる」（八、一一四）と小林は書く[76]）。また、本書で「表現産出性」という抽象的かつ非人称的な概念を用いたのもそのためである。「自然」も「歴史」も「形」としての「表現」を生み出すが、しかしそのように産出された「表現」以外にはいかなる「自然」も「歴史」も存在しない。そのために小林は、例えば、実朝の「天稟」は日本の「巨大な伝統」によって生み出されたとしつつも、しかし「伝統とは現に眼の前に見える形ある物であり、遙かに想ひ見る何かではない」とすぐにつけ加えることになるのである（六四）。

　ここからあらためて模倣の重要性が理解される。すでに述べたように、芸術家は「自然」を虚心に受け入れる。その受け入れ方の「極印」が作品であった。また「近代の超克」座談会でも「ほんたうに創造的立場といふものは新しいものは要らん立場ではないだらうか。古人は達するものに達しちやつたんです、古典はね[77]」と言われ、創造が古典の（高度な意味での）模倣であることが主張されている。

　ただしこのプロセスはもう少し複雑である。地理的・民族的・時代的な「十字路」を生きたモーツァルトは、衰退と生成の過渡期にあるさまざまな音楽形式の影響下にあったが（八、一〇九―一一〇）、彼はそこで「独創家たらんとする空虚で陥穽に充ちた企図」を抱くことなく、「今はもうどんな音楽でも真似出来る」という確信のもと、あらゆる音楽を模倣してついに自己の音楽の形を作り出すことができた。つまり「模倣は独創の母である」。ここで否定されているのは、オリジナルであろうとする企図や目的によって創作する「近代芸術」の理念である（一一二―一一三）。そうした「独創家」は存在しない。

本当の自分などといふものもない。かりにモーツァルトに「心の底といふものがあつた」としても、「そこには何かしら或る和音が鳴つてゐただらう」(九八)。モーツァルトは「音楽の世界で、スタンダアルの様に、沢山の偽名を持つてゐた」のだ。「モオツァルトといふ傀儡師を捜しても無駄だ。偽名は本名よりも確かであらう」。そして、模倣は必ず「肉体」――ただしすでに「形」となった「肉体」――のレベルを介して行われる。「それは、殆ど筋肉の訓練と同じ様な精神上の訓練に他ならなかつた」。ひと言で言えば、モーツァルトにとっては「目的地」よりも「歩き方」の方が重要であり、むしろ「歩き方が目的地を作り出した」のである(一一二―一一三)。

「美」は「形」として「実在」する。この「形」は自己自身を「表現」するのであって、個人の「独創的」な企図や自然の超越的な理念を「表象=代理」するものではない。そして「模倣」とは外面的な形式を写すことから始まって結局は「形」そのものを写すことにほかならない(これに対して常識的な理解では「模倣」とは「表象=代理」のレベルで同一のものを反復することであると考えられている)。「美」は「形」として存在する以上、それを作品化するためには模倣するしかないのである。

「形」の開示

「形」としての「美」は、このように「実在」しているが、われわれに対して日常的にたえず現れているわけではない。真珠湾の「美」は、戦いの意志で雑念を捨てた飛行士のカメラのような純粋な眼に対してのみ現れた。小林自身、「美」をたえず感得できていたわけではない。それに出会うためには、いわば「無私」と呼ぶしかないような「心身の或る状態」が必要であったが、小林はそうした状態に意図的に入れたわけではないからである。「感想」(『日本評論』昭和一六年一月号)によれば、小林は青年時代、奈良で百済観音を見ていたときに「ふとこれは実に猥褻な感じだと思つた」ことがあるという。

そのとき「凡てが消えて、往時の健全な意味を悉く剝奪され、ガラス箱のなかに抽象化された歴史の残骸の、グロテスクといふより他形容の仕様のない木偶の群れに、〔小林〕は囲まれてゐた」（七、三二二）。この体験はその後もしばしば彼を襲い、昭和一五年の暮にも正倉院御物展覧会で似たような瞬間を経験している。それは一種の「孤独感」であり、小林はそれをこれまで「生き物の様に馴致して来た」のだと言う。

確かに厄介な生き物であつた。訳のわからぬ人生への無関心や侮蔑を語つたのも彼だつたし、自愛といふ感傷や自意識といふ贅沢を教へたのも彼だつた。だが、今はもう彼を手馴付けた、僕にとつて批評とは、この馴致した孤独感の適宜な応用に他なるまい、僕はそんな事を思つた。（三二三）

「孤独感」とは結局、広い意味での自意識あるいは批判意識だが、しかしその「適宜な応用」だけでこの時期の小林の批評が成立しているわけではない。なぜなら、彼の批評テクストは、まずなによりも開示された「美」の体験を、もう一度確認するために書かれているからである。だが、ここで述べられた感想が、後に「近代の超克」座談会で語られる「近代人が近代に勝つのは近代によつてである[78]」という主張につながっていることも見落としてはならないだろう。この近代は明確に「西洋近代性[79]」として捉えられていた。自意識を「生き物の様に馴致して来た」とは、それを徹底的に生き、徹底的に知ることでその限界を見極めたということであり、その結果として小林は「古典」[80]（「形」）を発見したと考えていたのである。「古典に通ずる途は近代性の涯と信ずる処まで歩いて拓けた」、これが小林秀雄にとっての「近代の超克」の意味であった。

しかしそうは言っても、「美」が意識的にこちらから赴いて見出すものであるわけではない。むしろそれは突然、開示されるものである。それはプルーストの「無意志的記憶」に似ていなくもない(81)。例えば、『一言芳談抄』の名文は比叡山を散策していた小林に突然その美しさを開示した。

> 先日、比叡山に行き、山王権現の辺りの青葉やら石垣やらを眺めて、ぼんやりとうろついてゐると、突然、この単文が、当時の絵巻物の残欠でも見る様な風に心に浮び、文の節々が、まるで古びた絵の細勁な描線を辿る様に心に滲みわたつた。そんな経験は、はじめてなので、ひどく心が動き、坂本で蕎麦を喰つてゐる間も、あやしい思ひがしつゞけた。あの時、自分は何を感じ、何を考へてゐたのだらうか、今になつてそれがしきりに気にかゝる。（八、一七）

しかし名文の「美」は、日常においてつねに現前するものではない。小林は後に「依然として一種の名文とは思はれるが、あれほど自分を動かした美しさは何処に消えて了つたのか。消えたのではなく現に眼の前にあるのかも知れぬ。それを摑むに適したこちらの心身の或る状態だけが消え去つて取戻す術を自分は知らないのかもしれない」と考える。だが、ここから小林が「美」との遭遇の心身的な条件を探ったり、なんらかの美学理論をうち立てたりすることはない。小林にとって重要なのは「たゞ充ち足りた時間があつた」ということ、「自分が生きてゐる証拠だけが充満し、その一つ一つがはつきりとわかつている様な時間」があったということだけである。彼にとって批評を書くとは、そのような体験を確認すること以外のものではありえなかった。つまり、批評を書くとは「巧みに思ひだすこと」なのである（一七—一八）。そのとき、「歴史」は解釈を拒絶する「形」として現れるだろう。

「モオツァルト」というテクストも、そのような「美」の体験を振り返り、それをもう一度確認するために書かれたものである。『ゴッホの手紙』も、「烏のゐる麦畑」を見て「或る巨きな眼に見据ゑられ、動けずにゐた」体験、その感動の「実在」を信じるために「書くといふ一種の労働がどうしても必要に思はれてならない」から書かれたのである（一〇、一八）。同じ箇所で、小林は続けて「モオツァルト」を書いた動機も語っている。

あれを書く四年前のある五月の朝、僕は友人の家で、独りでレコードをかけ、D調クインテット（K. 593）を聞いてゐた。夜来の豪雨は上つてゐたが、空には黒い雲が走り、灰色の海は一面に三角波を作つて泡立つてゐた。新緑に覆れた半島は、昨夜の雨滴を満載し、大きく呼吸してゐる様に見え、海の方から間断なくやつて来る白い雲の断片に肌を撫でられ、海に向つて徐々に動く様に見えた。僕は、その時、モオツァルトの音楽の精巧明晢な形式で一杯になつた精神で、この殆ど無定形な自然を見詰めてゐたに相違ない。突然、感動が来た。もはや音楽はレコードからやつて来るのではなかつた。海の方から、山の方からやつて来た。そして其処に、音楽史的時間とは何んの関係もない、聴覚的宇宙が実存するのをまざまざと見る様に感じ、同時に凡そ音楽美学といふものの観念上の限界が突破された様に感じた。僕は、このどうしても偶然とは思はれない心理的経験が、モオツァルトに関する客観的知識の蒐集と整理のうちに保証される事を烈しく希つた〔……〕。（一九）

ここで言われる「四年前のある五月」とは昭和一七年のことである。[82] つまり「無常といふ事」とほぼ同時期である。そして、レコードからではなく海や山から音楽が聞こえて来るという、「自然」そのものが「美」の世界として開示される体験――これは「モオツァルト」のなかでは「例えば海が黒くなり、空が茜色に染まるごとに、モオツァルトのポリフォニイが威嚇する様に鳴るならば」（八、七七）というかたちで変奏される――は、比叡山での体験とあわせて、小林に過去の類似の経験を思い出させ、それをそのような「美」の開示として意味づけさせることになった。例えば、翌昭和二二年に発表された「ランボオIII」では、「廿三歳の春」のランボーとの出会いが思いがけない「爆弾」の炸裂に比せられたし（二、一五二）、「モオツァルト」のなかでも、かつての「乱脈な放浪時代の或る冬の夜」、大阪道頓堀で「突然」モーツァルトのト短調シンフォニーのテーマが頭のなかで鳴り「感動で慄へた」ことが回想されている（そして「無常といふ事」と同じく、その直後にデパートに入りレコードを聞いたときには感動はもはや還らぬものとなっていた（八、七五））。こうしたことはたしかに当時体験されたものだろうが、それをもちろんたんなる思い出話として捉えてはならないし、また粟津のように小林の批評の一般的な特質として捉えてもなるまい(83)。むしろ昭和一六、七年以降の「美」の開示の思想との関係のなかで、そうした思い出があらたに価値づけられ、テクストの表層に現れたと考えるべきだろう。

天才、孤独、悲しさ

ところで、小林は「美」とつねに遭遇できたわけではないが、これとは反対に、芸術上の「天才」とは「美」に対してつねに身を開いている者のことである。「天才」は「自然」を「模倣」する。もちろん「美」の「形」を見てしまった者も世俗世界に生きている。しかし彼はそこで起きるさまざまな事件に巻き込まれてはいるが、それに対しては「無関心」であり続ける。彼はしかもそのようにして生きる自分自身に対しても「無関心」なのである（この「無関心」はカント的な意味を含むだろう）。小林によれば、実朝の「天稟」は「決して世間といふものに慣れ合はうとしない」ものであった。頼朝死後の陰謀に満ちた暗澹たる世を生きながら、彼の「天稟」は殺伐とした出来事を到来するままに受け流す。実朝はこうして「天稟の開放」たる歌をこの世に残すのである。「才能は玩弄する事も出来るが、どんな意識家も天稟には引摺られて行くだけだ。平凡な処世にも適さぬ様な持つて生れた無垢な心が、物心ともに紛糾を極めた乱世の間に、実朝を引摺つて行く様を僕は思ひ描く。彼には、凡そ武装といふものがない。歴史の溷濁した陰気な風が、はだけた儘の彼の胸を吹き抜ける。これに対し彼は何等の術策も空想せず、どの様な思想も案出しなかつた。さういふ人間には、恐らく観察家にも理論家にも行動家にも見えぬ様な歴史の動きが感じられてゐたのではあるまいかとさへ考へる。奇怪な世相が、彼を苦しめ不安にし、不安は、彼が持つて生れた精妙な音楽のうちに、すばやく捕へられ、地獄の火の上に、涼しげにたゆたふ。〔……〕彼の歌は、彼の天稟の開放に他ならず、言葉は、殆ど後からそれに追ひ縋る様に見える。その叫びは悲しいが、訴へるのでもなく求めるのでもない。感傷もなく、邪念も交へず透き通つてゐる」（八、六三）。また、スタンダールの言ったように、「裸形」そのものである「天才」モーツァルトにとって「肉体の占める分量は、能ふる限り少かつた」（九一）。ロダンのモーツァルト像が示すのは、彼が「表現しようとする意志そのもの」であり、この世界との関係は生きている者のもつ必要最小限のものにすぎないことであった。そのとき、彼は現実世界のすべての出来事に対して「無関心」であり続ける。大切なのは「美」の「形」だけだからである。

実朝の「無垢の心」とは小林にとって少年の心である。彼は「完全に自足した純潔な少年の心」をもっていた（八、六三）。モーツァルトも子供のような様子をしていた。ランゲによって描かれたこの天才の顔は「実生活上強制されるあらゆる偶然な表情を放棄してゐる。言はばこの世に生きる為に必要な最少限度の表情をしてゐる。ランゲは、恐らく、こんな自分の孤独を知らぬ子供の様な顔が、モオツァルトに時々現れるのを見て、忘れられなかつたに相違ない」（八九―九〇）。しかし、やはりこの「子供」は孤独を知っているだろう。「彼は両親の留守に遊んでゐる子供の様に孤独であった」（九九）。小林はまた実朝の「孤独」（五二）に注目してもいる。[84] 西行と同じく、実朝も「厭人や独断により、世間に対して孤独だつたのではなく、言はば日常の自分自身に対して孤独だつた様な魂から歌を生んだ稀有な歌人であつた」（五八）。

ただ孤独は多くの場合、「自分の裡に自分自身といふ他人を同居させるといふ不思議な遊戯となつて終る。孤独と名付けられる舞台で、自己との対話といふ劇が演じられる」（八、九九）。実朝やモーツァルトの孤独は、世間にアイロニカルな視線を送りつつ自分という他人に戯れる孤独ではなく、徹底的な「自己剿滅《そうめつ》」の結果として生じるものである。孤独であることは、イロニーをもって世間を分析することでも、そこから不安を感じて感傷的に内省することでもない。彼らにとって孤独とはあたり前のことである。実朝は「自分の孤独について思ひ患ふ要がない。それは、あまりわかり切つた当り前な事だから」[85]（六〇）。モーツァルトにとって「孤独は、至極当り前な、ありのままの命であり、でつち上げた孤独に伴ふ嘲笑や皮肉の影さへない」（九八）。小林はそのように述べている。

孤独があたり前なのは、彼らが「天才」として「美」の「形」をはっきりと見据えているからである。そのようなものを見てしまえば、世俗世界との関わりは、そこに生きる自分自身の存在をも含めて、すべて相対的なものにすぎない。彼らにとっては「美」が唯一の「実在」だが、それは内面も外界も消えた次元において「形」をとるものであって、現実世界で安定した形式をとるものではない。そして、「美」と現実世界のはざまにあって作られる彼らの作品は「悲しさ」を帯びる。「悲しさ」とは、「美」をまざまざと見た無垢で純粋な魂が、はかない「美」をこの世界に芸術的に定着させようと腐心するときに感じる痛みのようなものである。西行の歌を「心理詩」ではなく「思想詩」とし、「西行には心の裡で独り耐へていたものがあつたのだ、彼は不安なのではない、我慢しているのだ」というのも、あるいはモーツァルトにおける表現する純粋な意志を「ある巨きな悩み」（八、七六）や「苦痛そのもの」（九〇）に結びつける論述も他のことを言うのではあるまい。大切なことは、この「悲しさ」を心理主義的な感情の問題と誤解しないことである。それは「涙を流す」ことでもなく（九七）、「悲しむ」ことでもない（九八）。そうではなく「天才」は「悲しさ」を知り、彼の作品は「悲しい」ものになる。「実朝の歌は悲しい」（四八）。またモーツァルトの音楽は「悲しい音楽」である（七六）。それが感情ではないのは、感情が心理的な内省を必要とし、その意味で停滞を意味するからである。これに対してモーツァルトで問題になるのは、アンリ・ゲオンの言うように、「疾走する悲しさ」tristesse allante である。「確かに、モオツァルトのかなしさは疾走する。涙は追ひつけない。涙の裡に玩弄するには美しすぎる」（九七）。しかし、「悲しさ」が停滞せず疾走するのは、「美」がこの現実世界で停滞し安定した形式で存在することができないからだ。

捕へたばかりの小鳥の、野生のまゝの言ひ様もなく不安定な美しい命を、籠のなかでどういふ具合に見事に生かすか、といふところに、彼の全努力は集中されてゐる様に見える。生れた許りの不安定な主題は不安に堪へ切れず動かうとする、まるで己れを明らかにしたいと希ふ心の動きに似てゐる。だが、出来ない、それは本能的に転調する。若し、主題が明確になつたら死んで了ふ。或る特定の観念なり感情なりと馴れ合つて了ふから。これが、モオツァルトの守り通した作曲上の信条であるらしい。これは何も彼の主題的器楽に限つた事ではない。もつと自由な形式、例へば divertimento などによく聞かれる様に、幾つかの短い主題が矢継早やに現れて来る、耳が一つのものを、しつかり捕へ切らぬうちに、新しいものが鳴る、又、新しいものが現れる、と思ふ間には僕等の心は、はやこの運動に捕へられ、何処へとも知らず、空とか海とか何の手懸りもない所を横切つて攫はれて行く。僕等は、もはや自分等の魂の他何一つ持つてはゐない。あの tristesse が現れる。――（一〇二―一〇三）

モーツァルトが「最初の最大の形式破壊者」（一〇五）であったとはこのような意味においてである。

美と死——「音楽といふ霊」

だが、「天才」が「美」とこの世界とのあわいに位置するならば、彼はおそらく半分は死んでいる。モーツァルトにとって「肉体の占める分量は、能ふる限り少かつた」(八、九一)が、彼は「死」を「人間達の最上の真実な友」とみなしていた(一一五)。そして小林にとっては、生きている人間よりも死んだ人間の方がはっきりとした「人間の形」をもつように思われたのである(一九)。バッハも「常に死を憧憬し、死こそ全生活の真の完成であると確信してゐた」(七〇)。実朝ははやくから「頼家の亡霊」(四六)を見た。そして彼は、現実のいかなる刺客よりも確実な死の使者を信じていたのではなかったか。

だが、実朝が確かに見たものは、青女一人だつたのであり、又、松明の如き光物だつた。どちらが幻なのか。この世か、あの世か。

世の中は鏡にうつるかげにあれやあるにもあらずなきにもあらず

かういふ歌が、概念の歌で詰らぬといふ風には僕は考へない。現実の公暁は、少しばかり雪に足を辷らしさへしたら失敗したであらう。併し、自分の信じてゐる亡霊が、そんなへまをするとは、実朝には全く考へられなかたつたらう。(四八)

「美」をはっきりと見た者は「死」の世界からこの世を見る。「死」とは「表現」に携わる者の運命であり、それは肉体的な寿命を越えた必然性をもつ。おそらくここまで確認してきたことをもって、はじめて次の一節を読めるはずだ。

何故、死は最上の友なのか。死が一切の終りである生を抜け出て、彼は、死が生を照し出すもう一つの世界からものを言ふ。こゝで語つてゐるのは、もはやモオツァルトといふ人間ではなく、寧ろ音楽といふ霊ではあるまいか。最初のどの様な主題の動きも、既に最後のカデンツの静止のうちに保証されてゐる、さういふ音楽世界は、彼には、少年の日から親しかつた筈である。彼は、この音楽に固有な時間のうちに、強く迅速に夢み、僕等の日常の時間が、これと逆に進行する様を眺める。太陽が廻るのではない。地球が廻つてゐるのだ。だが、これは、かなしく辛く、又、不思議な事ではあるまいか。彼は、其処にじつとしてゐる様に見える。何物も拒絶しないのが自分の意志だ、とでも言ひたげな姿で——奔流の様に押寄せる楽想に堪へながら——それは、又、無心の力によつて支へられた巨きな不安の様にも見える。彼は、時間といふものゝ謎の中心で身体の平均を保つ。謎は、解いてはいけないし、解けるものは謎ではない。自然は、彼の膚に触れるほど近く、傍に在るが、何事も語りはしない。黙契は既に成立つてゐる、自然は、自分の自在な夢の確実な揺籃たる事を止めない、と。自然とは何者か。何者かといふ様なものではない。友は、たゞ在るがまゝに在るだけではないのか。彼の音楽は、その驚くほど直かな証明である。それは、罪業の思想に侵されぬ一種の輪廻を告げてゐる様に見える。僕等の人生は過ぎて行く。だが、何に対して過ぎて行くと言ふのか。過ぎて行く者に、過ぎて行く物が見えようか。生は、果して生を知るであらうか。恐らくモオツァルトは正しい。彼の言ふ方が正しい。併し、彼が神である理由が何処にあらう。やがて、音楽の霊は、彼を食ひ殺すであらう。明らかな事である。(二一五—二一六、傍点引用者)

短い「主題《テーマ》」を矢継早やに書き連ねる小林の文体は、彼の言うモーツァルトの音楽そのものを模倣している。モーツァルトの音楽をとおして開示された「美」の体験を、小林は言葉によってその「形」を模倣することで、確認しているのである。おそらくそれが彼にとって書くということのもつ意味である。

「美」の世界は、この世とは次元を異にする「死」の世界であり、そこで「表現」を紡ぐのは芸術家という生きた人間ではなく「音楽といふ霊」――「表現産出性」――である。不動の「形」としての「美」は、不断に過ぎ去る日常の時間を超えて「永遠」である。彼は「常なる」「死」から「無常」なる「生」を眺める。一方には「永遠」なる「美」の「形」を見、他方には不断に変化する現実世界を生きる。「時間といふものの謎」とはそのような「永遠」と「無常」の理解を越えた結びつきのことであり、その交点にモーツァルトはじっと身を横たえている。この謎は解かれることがないだろう。「自然」とは「形」を生み出すものであるが、われわれに開示されるときにはさまざまな不動の「形」として現れる。いかなる作品もこの自然を模倣することしかできない（「自然は、自分の自在な夢の確実な揺籃たる事を止めない」）。それは芸術家が「表現」を獲得し、芸術家たりえるために不可欠な「友」であるが、「何者か」といった人格性を越えたもの、ただ「形」としてのみ現出する「表現産出性」である。すべての「表現」は「自然」に由来するから、芸術家は「自然」を「たゞ在るがまゝに在るだけ」として肯定することしかできない。そして、「死」の世界に属する「永遠」なる存在を知るときのみ、「生」が本当に無常であること、「生」が「過ぎて行く」ものであることが理解される。逆に、「美しい形」としての「自然」の「常なる」世界を見たものにとって、「死」は肉体的寿命を越えた必然となる。なぜなら「美しい形」とは「常なる」「死」の世界に属するものだからである。

戦争の進行にともなって小林秀雄はしだいに「現実」との接点を失っていき、『無常といふ事』に代表される「美」の世界へ埋没した。これはしばしば指摘されるところだが、ここで小林のもつ最後の「曖昧さ」について述べなければならない。なぜなら「形」は「出来事」として捉えられているからである。「モオツァルト」のなかで小林は「思い出」と「回想」との区別を試みた。道頓堀でのモーツァルト体験は、「思い出」として弄ばれるものではなく、それ自体が巧みな「回想」――「無常といふ事」の言う「巧みに思ひだすこと」[86]――として捉えられている（「美しい形」を開示する「自然」が「歴史」的なものであると考えられている以上、「形」との遭遇の体験は「回想」と呼ばれてよい）。「思い出」においては過ぎ去った出来事が同一内容をもつものとしてくり返し思い出されるのに対して、「回想」は出来事を、回想されるごとに新しく生まれ出るものとして体験させる。つまり、思い出すことは同一的なものの反復にすぎないが、回想とは特異な一回性の出来事なのである。小林は、道頓堀でのモーツァルト体験を述べた後で、次のように述べていなかったか。

> 思ひ出してゐるのではない。モオツァルトの音楽を思ひ出すといふ様な事は出来ない。それは、いつも生れた許りの姿で現れ、その時々の僕の思想や感情には全く無頓着に、何といふか、絶対的な新鮮性とでも言ふべきもので、僕を驚かす。人間は彼の優しさに馴れ合ふ事は出来ない。彼は切れ味のいゝ鋼鉄の様に撓やかだ。
>
> モオツァルトの音楽に夢中になつてゐたあの頃、僕には既に何も彼も解つてはゐなかつたのか。若しさうでなければ、今でもまだ何一つ知らずにゐるといふ事になる。（八、七七）

自己自身を「表現」するものである「美しい形」は、「表象＝代理」されることがない以上、決して自己同一的なものとして反復される（思い出される）ことはない。それは必ず特異な一回性の出来事として開示（回想）される。モーツァルトの音楽もそのようなものだった。もし道頓堀で感動にうち震えるほどの体験をしたのであれば、そのとき小林はそうした特異な出来事としてモーツァルトの音楽と遭遇していたのであり、この体験の意味は、この一回かぎりの体験に内在することによってしか明らかにできない、つまり、思い出すことや音楽史的知識を重ねることによっては決して明らかにならないのである（解っているか解っていないかのどちらかだ、というのはそのような意味である）。そして、小林にとって書くこととは、そうした体験の意味に迫る手段以外のなにものでもない。

　だがここで語られた出来事はやはり出来事の影にすぎまい。それはかぎりなく出来事に似てはいるが出来事そのものではなく、あらかじめ「内面化」された領域において生じるものである。すでに見たように出来事は「形」をもたない。「形」は芸術家の「表現行為＝出来事」が突きつける「問い」としての力を縮減せずには成立しないものであり、また戦争や社会的現実において生じる出来事は、「形」に定位する視線によっては決して捉えることができない無定形で多様な力を内包している。「形」とはせいぜい出来事の影にすぎないのである。

　「表現」の獲得を課題とした小林の批評的営為は「自然」のうちに「表現産出性」を仮構し、「自然」を「美しい形」として見出すことで完成された。このような表現論にとって「歴史」はもはや「自然」と変わることがない。「歴史」も「永遠」なる「美」の「形」として開示される。真珠湾が飛行兵に美しく見えたように、無垢な心をもった者の眼には「自然」も「歴史」もあるがままに美しい。もはや「表現」を獲得することは問題ではない。なぜなら「表現」は「美しい形」として「自然」や「歴史」のうちに見出されるのだから。「だつて、美はこんな煙草にだつてあるぢやないか、それと同じことぢやないか。何の端くれにもある。さういふものでなければ美ぢやない。美学の先生の頭にあるのが美かね」と小林は座談会「現代の思想に就いて」で述べている[87]。大切なことは「無私」となって、このような「美しい形」を見る純粋な眼を獲得することである。このとき、戦場は「楽土」として美しく輝き、また日本の歴史も確固とした「形」をもつにいたるだろう。したがって、「表現」の獲得を至上命題としてきた小林にとって、侵略戦争にのめり込む日本の歴史的現実すらも、もはや肯定の対象となるほかはない。たしかにモーツァルトのように小林も、そうした「形」を世俗的な利害関心を越えたものとして捉え、東亜共同体論や日本主義などのイデオロギーには一貫して違和感をもち続けた。大東亜文学者大会など政治主導のさまざまな活動に従事したとしても、彼が体制迎合的な戦争イデオローグだったと言うことは不可能である。しかし「歴史」を「美しい形」として肯定する小林は、ときに「国体」概念について積極的に語ることもあった。

僕には、国体といふやうな観念はちつとも厳めしい観念ぢやないね。それはやはり日本の歴史といふものを読んだ、その懐しさだね。非常に平凡な懐しさといふものが国体観念につながつてゐる。さういふ感情ですよ。非常に無智な民衆ももつてゐる一つの懐しさですよ[88]。

小林は、批評的営為によって見出した「歴史」の概念を通じて、「国体」という政治装置を肯定しているのである。

小林の表現論は、時事的な放談のみならず、そのきわめて良質なテクストにおいても、「戦闘行為」と「表現行為」を混淆させ、芸術家＝軍人という視点から戦争を「文学化」した。そして批評の対象の現実性や歴史性が「内面化」されるにともない、「行為」は非人称的な「産出性」として「自然」や

「歴史」のなかに移しかえられることになった。そのとき小林は、戦争する日本の歴史的現実を「美」の「形」として絶対的に肯定する以外の批評的スタンスをとることができず、結局、戦争に対する一切の批判的視点を喪失してしまう。小林が文学を戦争に対置することでぎりぎりの「文学的抵抗」を試みたと言うことは不可能である。[89] 小林の戦時中のディスクールは、戦争を捨象するというよりは、戦争と文学を混淆させることによって「表現」の力を獲得しており、『無常といふ事』や「モオツァルト」もそうした言説の「論理」によって深く貫かれているからである。いいかえるなら、戦争を語る小林の論理は、彼の最良の文学的テクストをなりたたせているものと本質的には異なるところがない。こうして「表現」をめぐる純粋に文学的な営為は、小林秀雄の批評において、戦争の肯定という政治的営為をそのまま意味することになる。この「内面化された文学主義」は批評家小林秀雄が行ってきた「表現」の探究のひとつの真正な帰結である。だから彼は、戦後も（少くとも表向きは）自己批判を行う必要を認めなかった。あるいはむしろ、戦争にまつわる発言が自己の文学的探究と不可分であった以上、小林は自己批判を行おうにも行えなかったと言うべきかもしれない。それは自らの手で文学者としての自己を抹殺することに等しいからである。

しかし問題は小林秀雄という過去の批評家だけに関わるのではない。文学は現代においてかつてない以上に政治と混淆し、またそれに利用されてもいる。われわれは小林秀雄を嗤うことはできない。彼を忘れることもできない。なぜなら彼のテクストが提示するものはいまなお問題であり続けているからである。

註

序　章　読解、批判、批評

（1）以下、本書における小林秀雄の著作からの引用にさいしては、原則として『新訂　小林秀雄全集』の巻数と頁数を漢数字によって示す。ただし、「文献一覧」の冒頭に記したように、戦前のテクストに関しては可能なかぎり初出ないし初版によって字句を訂正した。

（2）江藤淳『小林秀雄』、三一頁。なお、書誌情報の詳細については「文献一覧」を参照のこと。

（3）同前書、三三頁。

（4）同前書、三七頁。

（5）同前書、四九—五〇頁。

（6）同前書、五五頁。

（7）同前書、二五一頁。

（8）平岡敏夫「小林秀雄研究史」、九六—九七頁。

（9）平岡は前掲論文で、春山行夫「印象批評の一典型——小林秀雄氏の《文藝評論》」、宮本顕治「小林秀雄論」、矢崎弾「小林秀雄を噛み砕く」、中野重治「閏二月廿九日」などを挙げている。

（10）佐々木基一「「文藝復興」期批評の問題」、杉浦明平「小林秀雄批判」、橋本稔『小林秀雄批判』、ゆりはじめ『小林秀雄論　イカロス失墜』などが挙げられる。

（11）吉本隆明「小林秀雄の方法」、五六頁。

（12）粟津則雄『小林秀雄論』、四五四頁。また同じ著者の最近のインタビュー（「小林秀雄と日本の〈批評〉」）や安岡章太郎との対談（「小林秀雄体験」）も、そうした「内在的読解」の例となっている。

（13）前田英樹『小林秀雄』。なお同じ著者の最近のテクスト（「小林秀雄と本居宣長」）もやはり「内在的読解」となっている。

(14) 桶谷秀昭『批評の運命』、一二七頁

(15) 粟津則雄、前掲書、三〇六頁。粟津はまた小林の戦時中の言動を「批評的冒険」として評価する（三一三頁）。

(16) 二宮正之「古典としての小林秀雄」、二七一頁。

(17) 星加輝光『小林秀雄ノオト』、一九〇―一九一頁。

(18) ピエール・ブルデュー『ハイデガーの政治的存在論』、一七頁。なお、ブルデューの理論を応用して小林を読む試みとして、山本哲士「小林秀雄論」を挙げることができる。

(19) もちろん、小林の戦時中の言動を扱うにさいしては、かつて本多秋五が述べた注意（「今日、戦争中の誰かの言説を議論するためには、断片的引用や一面的立証の弊をとくに警戒せねばなるまい」、『転向文学論』、三四頁）を忘れてはならない。

(20) 柄谷行人「交通について」。小林批判に関しては中上健次との対談（「小林秀雄を超えて」）も参照のこと。なお、昭和四七年の「心理を超えたものの影――小林秀雄と吉本隆明」も含め、柄谷の小林評価はそれぞれ論調が異なっている。

(21) ただし初出と『全集』ではかなりの異同がある。

第一章　自意識とその「外部」

(1) 「芸術品はかくしてわれわれの究極の絶対的要求をみたすことができない。われわれはもはやいかなる芸術品をも崇拝せず、われわれの芸術品に対する関係はもっと省察的なものである。それだからこそ、芸術品について反省することは、われわれにとって一層切実な要求でもある。われわれは芸術品が理念の最高の表現であった以前の時代よりもそれに対して自由な立場にある。芸術品はわれわれの判断を要求する。その内容と表現の適応性とがわれわれの考察し吟味するところとなるのである。この点において芸術の学が古い時代においてより以上に要求されるわけである。われわれは芸術に敬意をはらい、これを実際に保有しているが、これを究極のものとはみなさず、むしろこれについて思考する。この思考の意図するところは、芸術をふたたび振興しようとすることではありえず、むしろその成業を認識しようとするにある。〔……〕所詮芸術は、その最高の使命の面からいえ

ば、われわれにとって過去のものである。かくしてそれはわれわれにとってはまことの真実性と生命を失ったのであって〔……〕われわれの表象の域に移されているのである」(ヘーゲル『美学』、三六―三七頁)。「今日では芸術家もほとんどすべての民族において反省能力を主とする教養や批判的精神のとりことなり、われわれドイツ人のあいだでは思想の自由に気をとられている。そしてかれらの制作の素材と形態に関しては、ロマン的芸術形式もすでにその発展上必然的な特殊の諸段階を通りすぎた今日では、いわば tabula rasa となっている。今日の芸術家はもはやある特殊の内容とこの素材にのみ適した表現のしかたに拘束されず、したがって芸術は、芸術家が自分自身の技倆を標準として一切の内容を、その性質のいかんをとわず、一様にとり扱うことのできる、自由な道具となっている。〔……〕いかなる内容もいかなる形式ももはや芸術家の心の内奥性や、自然の本性や、意識を超絶した実体的本質と直接に一致するものではなく、一切の素材は、一般に、美であるとか、芸術的に扱うことができるとかいう形式的条件に反しさえしなければ、どのようなものであってもかまわない。〔……〕芸術家は〔……〕持ちあわせのさまざまな心象や形成法や在来の芸術形式を使用する。これらは芸術家にとって、それ自体としては、どうでもよいものであり、ただあれこれの素材にうってつけのものと認めるときにのみ、重要視されるのである」(一四二〇―一四二一頁)。

(2) 以上の点については、拙論「近代の表裏——ヴァレリーとブルトン」を参照のこと。
(3) 吉本隆明「小林秀雄」参照。
(4) 初出には「とは」のかわりに「をば」とあるが、『全集』に従う。
(5) 『全集』では続いて「而も不完全な結果である」という一文が挿入されている。
(6) 『全集』では続いて「而も完全な原因である」という一文が挿入されている。
(7) 柄谷行人編著『近代日本の批評Ⅰ　昭和篇〔上〕』、三八頁。
(8) 長原豊「睥睨する〈ラプラスの魔〉と跳躍　円環と切点あるいは反復と差異」、二三一頁。
(9) 井口時男「宿命と単独性　小林秀雄と柄谷行人」、一八六頁。
(10) 同前、一八一―一八二頁。
(11) 例えば、ジル・ドゥルーズ『差異と反復』、二〇頁を参照のこと。

(12) 例えば『近代生活』昭和五年四月号に発表された「ナンセンス文学」の次の一節を参照のこと。「私は私の愛してゐる人を笑ふ事は出来ない。私はその人に対してほゝゑむだけだ。母親は子供に微笑する、子供は母親に微笑する、こゝに機械化もへちまもありはしない。二人はたゞ生きてゐると言つてゐるだけだ。〔……〕人を笑ふ時、人は得意であらう。だが、笑はれた人は惨めだ。笑はさうと思つて笑はした時、人は得意であらう。だが、微笑はさうと思はないで笑はした時に彼は惨めだ。つまり笑の裡には常に防衛と不安との存する所以である。微笑は何等の武器ももつてゐない。何等の不安もない証拠である。そこではたゞ生命《いのち》の花が開くだけだ。子供は大人より笑ふ事が拙劣で、微笑する事が上手な所以であり、子供が最も美しい所以である。そして又すべての人間の美しさは子供の微笑に胚胎してゐるのだ」(一、一六〇—一六一)。

(13) 小林秀雄には他者が不在であるというのはいわば小林秀雄研究の「常識」である。例えば「人はなにを代償にして批評家になるのであろうか」と問い、他者を捨てることでそうなるのだと答えた江藤淳が古典的な例であろう(『小林秀雄』、九頁、五〇頁、五六頁)。そして、この他者の不在は論者によっては激しい批判を浴びることになる。例えばこれも古典的な例であるが、丸山静は次のように書いた。「小林は、作品をそのあるがままの客観性において捉えようとはしない批評家であった。そうだとすると、作品と作品とは相互に比較されたり、対照されたり、することができないわけであり、それゆえ、彼が作品を透して発見する未知なるものはつねに同一であり、したがって、それは既知なるものにすぎないということになる。つまり、彼にとっては、本質的に未知なるもの、他者というものはありえないわけだ」(「小林秀雄をめぐって——民族と文学」、三四五頁)。これに対して近年では、関谷一郎が、「関係の飢渇」というキー・タームのもと、昭和六、七年以降の小林が他者へと身を開こうとしていた点を強調している(『小林秀雄への試み』、三七—四四頁など)。それはいわば「第二の青春」であり、林房雄、島木健作、中野重治たちへの友情や『文学界』での活動は、そうした「関係の飢渇」に由来するものなのである。しかし関谷の言う他者関係はブーバー的な「我と汝」、あるいは「無葛藤な相互理解」であり、小林が問題化した自意識の「外部」ではない。読まれるべきなのはむしろ、以上のようなさまざまな相貌を見せる小林の他者認識の「曖昧さ」なのである。

(14) 深刻さの度合はちがうが、後年(昭和二五年)、小林は次のように書いている。「学生時代、辰野先生のモリエールの講読を聞いてゐて、私は面白くもをかしくもなかつた。こんな高尚な喜劇は御免であると思つてゐた。或る時、これで見物は笑ふんですか、と愚問を発すると、先生は答へた、笑ふさ、ゲラゲラ笑ふよ、君は落語を本で読んで笑ふかね。私は翻然として悟る処があつたのを思ひ出す」（八、三五七―三五八）。小林が問題にしているのが、一貫して理論やテクストにはならない「現実」の次元であることが分かる。人が笑うのはこの次元においてである。

(15) 小林は昭和三年五月から昭和四年三月にかけて関西に滞在し、結局、奈良にある江戸三という割烹旅館の離れに寝起きすることになる。この時期になされた従弟西村孝次との文学談義や遊蕩（小林は祇園乙部の千代春なる芸妓となじみであったらしい、また関西学院で行われた小林の例の「処女講演」の後も彼らはここで遊び、小林は芸妓を前にしきりにベルクソンを論じたという（四九頁以下））については『わが従兄・小林秀雄』に詳しい。

(16) 高見沢潤子『兄小林秀雄』、一〇一―一〇二頁。

(17) 大岡昇平『朝の歌』、四七六頁。

(18) 初出は「生きて」。この箇所は『全集』に従う。

(19) 江藤淳、前掲書、四六頁。

(20) この「縄戯」という言葉は、「分析し説明し判断する、直観し感動し創造する、この二つの精神の方向を結んで、強力な批評表現を実現する」場合（一、二三六）と関連するものであろう。小林はサント・ブーヴについて次のように書いている。「彼自身の言葉を借りれば、(1)批評家とは読む事を知つてゐる男に過ぎぬ、他人に読む事を教へる男に過ぎぬ。(2)批評とは、私の理解し実行しようとする限り、或る発明であり、不断の創造である、と（同上［*Portraits littéraires,* I］、Pensées XVIII）。彼はこの批評といふものの持つ二つの性格、客観的性向と主観的性向の極限を自ら味つた。彼の四十年間の批評生活は、この矛盾の調和に費されたと言つていい、この両極端を結ぶ縄の上の燦然たる縄戯だつたと言つていい」（「文学批評に就いて」（一、二三四、傍点引用者））。またデカルトとヴァレリーについて次のようにも書かれている。「世人の信ずる生活とか生命とかいふ何か意味あり気なものは、悉くデカルトの精神によつて疑はれた。疑ひの火は燃えてゐる。彼は動物機械から人間機械に移らうとは決してしなかつた。彼は踏み止まつた。彼の耐へた地点といふものを心に描かうとすると、一本の縄の上で、極度の心の緊張に頼つて身体の平衡を保つてゐる人間の姿の様なものが眼に浮ぶ。／彼が自分の cogito を étendue の世界から、驚くべき果断で引きちぎり、両者の裸な痛烈な対決に、恐らくほんたうの生活の極意を見たといふ事、両者の曖昧な妥協や混同を監視する為に、絶え間なく疑ひの火を燃やしてゐなければならなかつたといふ事、両者を隔てる淵が深まれば深まるほど、精神は勇気を得、決意に充ちて、自在に淵の上に架橋したといふ事、これらデカルトの徹底した二元論の孕んでゐた難題は、悉くヴァレリイの方法に受け継がれた様に思はれる」（「「テスト氏」の方法」（二、三二六、傍点引用者））。なお、この点に関しては関谷一郎の論がある（前掲書、四九頁以下）。

(21) 吉田熈生編著『近代文学鑑賞講座17　小林秀雄』、三六頁。

(22) アーサー・シモンズ『象徴主義の文学運動』（冨山房百科文庫版）、七〇頁を参照のこと。シモンズの影響については、江藤淳『小林秀雄』、七七頁以下を見よ。

(23) 吉田熈生、前掲書、三七頁。関谷一郎はランボーを志賀同様「直接性」に属する者とみなし、「意識家」のモメントを見ていない（前掲書、八八—九〇頁）。

(24) この箇所は初出と『全集』でかなりの異同がある。

(25) 文学放棄が最も偉大な文学的営為に見えるという点については、拙論「近代の表裏——ヴァレリーとブルトン」を参照されたい。ブルトンがヴァレリーの「沈黙」に見出したのもそのような意味だった。この点では小林は近代文学の問題圏のなかに正確におさまっている。

(26) 吉田熈生、前掲書、三七—三八頁を参照のこと。

(27) 清水孝純「小林秀雄のヴァレリイ援用——「『悪の華』一面」について」（『小林秀雄とフランス象徴主義』所収）を参照のこと。なお、「「悪の華」一面」の読解に関しては同書から多くの示唆を得た。また、ヴァレリーの小林に対する影響に関しては、渡辺広士「小林秀雄と西欧」（『小林秀雄と瀧口修造』所収）、清水徹「日本におけるポール・ヴァレリーの受容について——小林秀雄とそのグループを中心として」などの論稿がある。

(28) ここには江藤淳が指摘するようにシェストフの『虚無よりの創造』の影響があるのかもしれない（『小林秀雄』、七八頁）。

(29) 『全集』に従って「とつて」を補う。

（30）「様々なる意匠」において言語論が決定的な重要性をもつことは、すでにくり返し指摘されてきた。丸山静「小林秀雄をめぐって——民族と文学」（三三七頁以下）、渡辺広士「小林秀雄と言葉の問題」（『小林秀雄と瀧口修造』所収）、亀井秀雄『小林秀雄論』第一章、細谷博「小林秀雄における言葉の問題」などが古典的なものである。また、前田英樹は「言語ないしは記号を基盤とした非質料的な変化の系列全体」（『小林秀雄』、四七頁）を意味する「出来事」の概念によって小林のテクストを読み解いている。

（31）「私は、バルザックが「人間喜劇」を書いた様に、あらゆる天才等の喜劇を書かねばならない」という一文の重要性を最初に指摘したのはおそらく山崎行太郎である（『小林秀雄とベルクソン』、六一—六三頁）。小林秀雄の批評の原理は量子力学的な認識に通じるものであるとする山崎は、この一文に「古典物理学的世界像から量子論的世界像へのパラダイム・チェンジ」を見ている。すなわち、観測者が対象から独立した客観的第三者として対象を観測できると前提する古典物理学が『人間喜劇』に対応するとすれば、小林の言う「天才喜劇」は、「観測者自身が観測対象の中にはいりこみ、観測者の行動をも観測対象にいれなければならなくなった」量子力学的世界観に対応するという。極小の世界では観測することも対象に働きかけることである。見るために光を当てれば、光は影響をあたえ対象を変化させる。これを文学的な次元で言えば、「中天にかゝつた満月は五寸に見える」ということになる。古典物理学的な対象の概念によれば月は五寸ではないが、月を観測するわれわれとの関係においては五寸に見えるという認識も絶対的なものである。これが相対的なものになるのは古典物理学的な対象の概念によって考えるときだけであろう。山崎は以上のような考えを量子力学的世界観への転換ということで言おうとしているように思われる。この考え方自体は正しいものであろうが、ここでは本文に関連する問題をいくつか挙げておきたい。第一に単純な誤読がある。小林は「バルザックが「人間喜劇」を書いた様に、あらゆる天才等の喜劇を書かねばならない」と書いているのであって、これを「〜から〜へ」という転換の意味にとるのはおそらく無理だろう。実際、本文でも述べたように、小林は第五節でバルザックのことを語っており、この一文は当然それとの関連で読まれるべきである。したがって第二に、たしかに小林における量子力学というテーマが少からぬ重要性をもつとしても、この一文は量子力学よりも第五節に見られるバルザックやマルクスについての論述と関連づけて読解されるべきである。すなわち、マルクスやバルザックの場合と同様、ある種の自己言及性のために、小林が第二節で滔々と述べた「宿命」の論理をたんに適用するだけでは「天才喜劇」は書けないことになる。自分で文学原論めいたことを書いておきながら、それが実際には無力であること、そこには理論化されぬ「現実」が介在すること、これが小林の「逆説」の中味なのである。

(32) 亀井秀雄が指摘したように（『小林秀雄論』第二章及び「小林秀雄における一つの根本的な問題」）、このテクストの初出は後に大幅に削除訂正された。以下、リファレンスとしては『全集』の頁数を示すが、引用文はすべて初出による。また、亀井の研究からは多くの示唆を得たことを記しておく。

(33) 本章の意図は小林秀雄によるマルクス理解を系統的に叙述することではない。この点については「彼のマルクス主義批判は、まさにマルクス的になされた」という柄谷行人の指摘（『近代日本の批評Ⅰ 昭和篇〔上〕』、三六頁）をはじめとして、その読解の正確さが再三指摘されている。とくに詳しい論述として、清水正徳「小林秀雄論」（二三九頁以下）、亀井秀雄『小林秀雄論』（とりわけ第一章）及び「小林秀雄における一つの根本的な問題」、細谷博「小林秀雄における言葉の問題」、長原豊「睥睨する〈ラプラスの魔〉と跳躍　円環と切点あるいは反復と差異」などを挙げることができる。

(34) 『全集』では次の一文がつけ加えられている。「われわれの精神も亦言語といふ商品に慣れて、その魔術性に誑かされてゐる社会である」。

(35) 『全集』で削除されている部分。『文藝春秋』昭和五年七月号、五〇頁。

(36) 『全集』で削除されている部分。同前、五三頁。

(37) 小林における現象学的な方法については、渡辺広士「小林秀雄と言葉の問題」（『小林秀雄と瀧口修造』、七二頁、八一頁）及び細谷博「小林秀雄における言葉の問題」（五六―五七頁）などにすでに指摘がある。

(38) 『全集』で削除されている部分。『文藝春秋』昭和五年七月号、五〇頁。

(39) 『全集』で削除されている部分。同前、五四頁。

(40) 同前。

(41) ソシュールとの関係についても、渡辺広士「小林秀雄と言葉の問題」（『小林秀雄と瀧口修造』、八六頁）及び細谷博「小林秀雄における言葉の問題」（五四―五五頁）などにすでに指摘がある。

（42）『全集』に従って「の」を補う。
（43）関谷一郎、前掲書、「〈直接性〉の救済と呪縛――志賀直哉という「球体」」の章を参照。
（44）吉田凞生「小林秀雄の「志賀直哉」」、一二八頁。

第二章 「主体」と「表現」

（1）初出では「結論の結論だ」となっているが誤植とみなして『全集』に従う。
（2）これは初出にはない。『全集』の表現である。
（3）『全集』では「芸術論」が「制作理論」となっている。
（4）この表現は初出にはない。『全集』による。
（5）吉田凞生「小林秀雄研究上の一つの問題点――時期区分について」。
（6）これは亀井秀雄の見解でもある。亀井は、初期小林にとって批評が可能になるのは「懐疑を断ちきる元気」をもつときであるとし、「マルクスの悟達」（昭和六年一月）頃に転換点を見出している。小林はそこで批評の可能性の懐疑から実践の決意へと身を翻す。つまり批評の可能性は実際に行ってみることによってしか明らかにならない。彼の批評に「強い自己決定性の調子があらわれてくる」のはそのためである（『小林秀雄論』、八一―八七頁）。また時期は異なるが、「おふえりや遺文」と「「罪と罰」についてⅠ」が「いわばこの世に出る前の（あるいは、この世を喪った）人間の内面追究」の企てであるのに対して、「Xへの手紙」と「「白痴」についてⅠ」は「この世に出てきた人間の問題を取り扱っていた」という指摘（一一二頁）は、本章の問題設定と重なるものである。
（7）『全集』では「世人が」と主語が補われている。
（8）小林と三木については、久米博「小林秀雄と三木清」、郡司勝義『わが小林秀雄ノート　向日性の時代』などを参照のこと。
（9）例えば「詩学叙説第一講」、『増補版ヴァレリー全集』第六巻、一五二頁以下を参照。
（10）「同人雑誌小感」（昭和七年七月）でも「作品の鑑賞が、親友との交際に酷似」する場合が述べられている（一、二一八―二一九)。

(11)「小林秀雄」、『河上徹太郎全集』第五巻、二五頁。

(12)しかし、小林が最終的にそうした「表現主体」を獲得できたのかという点は問題として残る。例えば、『本居宣長』においても彼は誤った考え方をくり返し批判することで批評文を書いている。いわば「馬鹿者」は最後まで必要だったのである。

(13)『文藝春秋』昭和五年一〇月号、一〇九頁。

(14)『全集』ではこの一文が削除されている。

(15)しかし誤解のないようにくり返すが、こうして小林から自意識の問題が完全に消滅したということを言いたいのではない。自意識の問題はこれ以後、「表現主体」の問題圏のなかで捉えられることになる。

(16)『全集』ではこの一文のかわりに「それは或る社会が、個人が生産したイデオロギイである他はあるまい」とある。

(17)『全集』はそれぞれ「合理的理論」、「非合理的陰翳」と表現を補っている。

(18)『全集』では「知的な」と形容詞を補っている。

(19)『全集』では「生活する」を「現に生きてゐるといふ」に変更している。

(20)渡辺広士の『小林秀雄と瀧口修造』は、ヴァレリーとブルトンをそれぞれ小林と瀧口によって代表させ、昭和前期の文学史を立体的に捉える試みであった。

(21)この最後のふたつの文は『全集』にはない。

(22)震災が文学に与えた影響については、小田切進「関東大震火災と文学」(『昭和文学の成立』所収)や磯田光一「関東大震災と『東京行進曲』」(『昭和文学史論』所収)などの論稿がある。

(23)小林秀雄『文藝評論』、一四六頁。

(24)この一文は初出にはない。『全集』による。

(25)ただし、ここには自分の若年性を文学的営為の本質に据えようとする自覚はまだない。「転回」を機に小林はそうした若年性をいわば「創造の場」にしようとしたのである。

(26)『全集』では「世」となっている。

(27)「現代文学の不安」以降の小林のテクストがひとつの「知識人論」であることについては、吉田凞生の指摘がある(『近代文学鑑賞講座17　小林秀雄』、一一九頁)。本節での問題は、それを「表現」論として捉えることにある。

(28)『全集』に従って「これから」を補う。

(29)このような「青春喪失」や「故郷喪失」は日本浪曼派と通底する主題である。ケヴィン・マイケル・ドーク『日本浪曼派とナショナリズム』、八二、一〇二、一二二、一三三、一四四頁などを参照。

(30)『三木清全集』第一〇巻、二八六―二八七頁。

(31)同前書、三〇四―三〇九頁。

(32)小林がシェストフについて述べた主要なテクストは次の四つである。「レオ・シェストフの「悲劇の哲学」」、「レオ・シェストフの「虚無よりの創造」」、「「紋章」と「風雨強かるべし」を読む」、「「地下室の手記」と「永遠の良人」」。なお、白鳥や亀井勝一郎など小林以外の文学者のシェストフ論については、ドーク、前掲書(一五五頁以下)、桶谷秀昭『批評の運命』(五九頁以下)などを参照のこと。

(33)この「表現」と「反映」の区別は、昭和九年八月の「断想」でも語られている(六、六八)。

(34)『全集』に従って「的」を補う。

(35)昭和八年から九年にかけて、文壇では「リアリズム」が主要な論題のひとつとなっていた。昭和七年四月にソ連共産党中央委員会が、プロレタリア文学諸団体の解散と単一のソビエト作家同盟の結成を決定し、文学の基本方法として「社会主義リアリズム」を提起すると、日本のプロレタリア作家も昭和八年中頃から「リアリズム」を問題にするようになった。その中心となった徳永直や森山啓の議論は、コップの衰退と昭和九年三月の解体を背景に、「主題の積極性」と「政治の優位性」を両輪とする蔵原惟人の「唯物弁証法的創作方法」を批判しつつ、「客観的現実」や「生活」を素朴反映論的に描くべきだとする傾向をもっていた。森山啓は『文学界』昭和九年九月号の「リアリズムに関する座談会」で、「僕は現実と云ふものがどこまでが現実で、どこからが非現実か解らない。特にリアリズムと云ふのはなんだか分らない」と言う川端康成に対して、「現実といふものは僕等の意識だとか頭の中で考へることゝは独立して実在する世界」、「眼のまへにある具体性」であると述べている。小林のこの時期のリアリズム批判にはこうした文脈がある。

第三章 「私」という「問題」

(1) 初出は「水々さ」。『全集』の表現に従う。
(2) ジル・ドゥルーズ『差異と反復』、二四三―二四四頁。ただし訳は本文とのかねあいで変更した。
(3) 初出は「自由の渇望」とするが『全集』に従う。
(4) 初出は「探」とするが『全集』に従う。
(5) 昭和一六年から一七年にかけて連載された「「カラマアゾフの兄弟」」の次の箇所も参照のこと。「これが、「カラマアゾフの兄弟」の続編といふものの本当の意味である。一つの汲み盡くす事が出来ぬ問題があつた。書いても書いても、彼の心のうちに問題が残つた。汲み盡くす事が出来ぬと知れば知るほど、彼はいよいよこの問題に固執した、生活と痛烈に戦つた人間に特有な一種の運命観を提げて。其処にはキリストが立つてゐた」(六、一七一)。「かういふ人には、謎から解決に向ふ一と筋の論理の糸なぞは、一種の児戯としか映らない。疑ひを挑発しない解決といふ様なものが、この世にありやうがない。かういふ人は、謎を解かず、却つてそれを深め、これを純化する。真の解決は神から来る外はないのだから」(一八九)。
(6) 『全集』は「形式化した」となっている。
(7) 「社会化した「私」」に日本の新しい文学の理念を読み、「私小説論」前後の小林に人民戦線的な構想を認めようとする平野謙や本多秋五以降、「私小説論」はさまざまな角度から研究が加えられてきた。なお、「私小説論」に関しては次の文献を参照した。平野謙「ふたつの論争」、本多秋五『転向文学論』(とくに五七―六二頁)、佐々木基一「「文藝復興」期批評の問題」、花田清輝「もしもあのとき」、寺田透「私小説および私小説論」、服部達「われらにとって美は存在するか(2) 「実在の文学」の潮流」、橋川文三「「社会化した私」をめぐって」(『日本浪曼派批判序説』所収)、江藤淳『小林秀雄』(とくに第一部第八章)、小笠原克(大炊絶)「私小説論の成立をめぐって」、吉田凞生『近代文学鑑賞講座17 小林秀雄』(「私小説論」の項)及び「「私小説論」における「自然」」、桶谷秀昭『批評の運命』(八八―一〇〇頁)、芳谷和夫「小林秀雄『私小説論』ノート」、亀井秀雄「小林秀雄「私小説論」」及び「作品別小林秀雄批評・研究史」中の「私小説論」の項、伊中悦子「小林秀雄の「私小説論」――〈社会化した「私」〉の可能性」、吉田凞生・高橋英夫・三好行雄「「私小説論」をめぐって」、粟津則雄『小林秀雄論』(二五五頁以下)、饗庭孝男『小林秀雄とその時代』(第四章)、吉田司雄「小林秀雄「私小説論」の問題」、鈴木貞美「「私小説論」について」。

(8) 吉田司雄は従来「私小説論」の中心理念とされていた「社会化した「私」」が実は副次的な重要性しかもたぬことを主張した(「小林秀雄「私小説論」の問題」、一二五頁)。しかし、「社会化した「私」」というタームがあまりテクストの上に現れないとしても(現行の『全集』版では一度だけとされる)、本章で見てきたように「社会」は「思想」として「私」と密接に関わっており、そうした「私」をとおして「表現行為」がなされるという点で、この問題はやはり「私小説論」の中心に位置している。

(9) 『全集』は形容語を補って「社会化され組織化された思想」としている。

(10) この一文は『全集』にはない。

(11) 『全集』では「ただ思想とか観念とかといふものに強く攪拌された新しい文学意識が、今日の作家に新しい複雑さを視る事を教へたのだ」となっている。

(12) 『全集』は「個人」とする。

(13) 『全集』は「性格」とする。

(14) この主語は『全集』にはない。以下、それにともない表現がかわっている。

(15) 『全集』所収のテクストでは初版の文章を補いつつ次のように書かれている。「この人間の性格に関する文学的仮定の変動、言葉を代へて言へば、一つの視点から多数の人間を眺めるのではもはや足りず、互いに眺め合ふ人々の多数の視点を作者は一人で持たねばならぬ。さういふ一事だけでも現代の短篇小説の可能性はぐらつくのではないかと思はれる」(三、九八―九九)。

(16) 「「私小説論」へと展開して行ったのと全くおなじモチーフによって、小林秀雄はドストエフスキイの生活に関心を寄せていた」という亀井秀雄の立場は、本書と通底する(『小林秀雄論』、二〇三頁以下)。吉田凞生・高橋英夫・三好行雄「「私小説論」をめぐって」にも私小説論と『ドストエフスキイの生活』の相関性に関する指摘があり（七八頁）、また鈴木貞美「「私小説論」について」（九六頁）や関谷一郎の論（『小林秀雄への試み』、六四頁）なども参考になる。言うまでもなく、「私小説論」が発表された昭和一〇年は、小林が『ドストエフスキイの生活』の連載を開始した年である。

（17）『ドストエフスキイの生活』からの引用は基本的に初版本により、随時、初出を参照した。

（18）初出はここまでで終わっている。以下は初版本刊行時の加筆である。

（19）以上、『文学界』昭和九年九月号、八六―八七頁。

（20）『全集』では「歴史化」となっている。昭和一〇年の『私小説論』初版発行時に「大衆化」と書いた小林の意識はこれとは微妙に異なっている。

（21）橋川文三「「社会化した私」をめぐって」（『日本浪曼派批判序説』所収）、一二七―一二九頁。

（22）桶谷秀昭『批評の運命』、九九頁。

（23）吉田司雄の「小林秀雄「私小説論」の問題」はこの点を簡単ながらはっきり捉えている点で優れた論稿である（一三一―一三二頁参照）。

（24）『文学界』昭和一一年四月号、二〇四頁。

（25）昭和一一年四月の「中野重治君へ」の次の一節も参照のこと。「自己証明が一般に批評を意味するといふ原理から、強力な社会的批評表現を得るためには自己が十分に社会化した自己として成熟してゐなければならぬ。またそのやうな成熟を助成する人間の個人性と社会性との調和平衡を許す文化的条件がなければならぬ。そして僕がこの単純な批評原理だけを信じて評壇に出た当時、批評界はどのやうな有様であつたか。いはなくても君は十分承知してゐる筈である」（四、一七一）。

（26）「髷もの」の問題は、大衆芸術の問題の一環として、小林の批評文のなかで意外と重要な位置を占めている。これについては、例えば「故郷を失つた文学」などを参照のこと。

（27）封建的とさえ言える伝統的審美感が芸術のリアリティを保証するという論点は、例えば昭和一一年一〇月の「演劇について」のなかにも見られる。小林はそこで、映画にはない芝居（歌舞伎）のもつ「健康な大衆性」を称讃し（四、二二三）、文学的に拙劣だと言われる歌舞伎がいまなお人気を保っており、芝居小屋の「空気」に

「動かし難いリアリテイ」が感じられるとして次のやうに述べている。「例へば「沼津」で平作と重兵衛とが花道から下りて観客席を歩く。あゝいふ場合明らかに現れる小屋の空気といふものは何を語つてゐるのか、あそこには劇文学も舞台の幻像も何もあつたものではない。いや芸術などゝいふ言葉が既に通用しない空気の中に人々はゐる。役者と見物が見事に馴合つてゐる許りではない、見物同士が挨拶を交してゐる。つまり、これを愚劣と呼ばうが低級と罵しらうが始まらぬ、と言つた様な、言はゞ社会生活の幸福の仮面があるのである。あらゆるわが国の近代劇は、この幸福の仮面を作るのに失敗してゐるのである」（二二一）。また、一一月の「「罪と罰」を見る」では映画の基準として大衆の眼が取りあげられる。「「外人部隊」は「モロッコ」より一層心理的な場面に富んだ映画に過ぎぬ。文学的に言つたらどちらも殆どゼロだ。映画として見れば、無論「モロッコ」の方が数等優れた作だ。何がこれを決めるか。無論大衆の眼だ。彼等は映画に於ける文学性即ち心理性などといふ奇怪なものに決して誑かされやしなかつた。「外人部隊」を讃め上げたのは、意気地のない文学者と気の利いた事の言ひ度い映画批評家に限られたのであつた」（四、二二七）。ちなみに「髷もの」ばかりを観賞していた小林の母が気に入ったのも『モロッコ』であった（三、三五）。

(28)『全集』の書誌は「手帖III」の初出を『新潮』昭和八年四月号とするが、『文藝春秋』昭和八年三月号である。

(29)『全集』は「文章」。ニュアンスはちがう。

(30)このあたりの事情については『文学界』復刻版別冊『解説』所収の田中直樹の回想などを参照のこと。

(31)野々上慶一「文圃堂内輪話」、『解説』（『文学界』復刻版別冊）、二六頁。

(32)小田切進「解説」、『解説』（『文学界』復刻版別冊）、二九―三〇頁。

(33)鈴木貞美は、志賀や谷崎といった「〈実生活を味ひ盡くした〉作家の魅力を奏でる第一ヴァイオリン」とフローベールなどを歌う第二ヴァイオリンとがハーモニーとなって『ドストエフスキイの生活』の序曲を奏でているという表現で「私小説論」の多声性を語っている（「「私小説論」について」、九六頁）。本章で述べた「三つの道」を最初に正確なかたちで指摘したのは吉田司雄であるが、後にもふれるように「第四の道」についてはその存在が否定されている（「小林秀雄「私小説論」の問題」）。しかしいずれにせよ、こうした多声性をふまえれば、フランス的な「社会化した「私」」にマルクス主義文学解体後の来るべき文学の理念を見たり（平野謙「ふたつの論争」、『全集』第三巻、九六頁、本多秋五『転向文学論』、六〇―六二頁）、すべてを「ネガティヴに解釈」して「社会化した「私」」は不可能であり伝統的私小説は亡びないと考えたり（橋川文三「「社会化した私」をめぐって」（『日本浪曼派批判序説』所収）、一四三頁、桶谷秀昭『批評の運命』、九九頁）、あるいは「社会化した「私」」は「克服すべき状態」であり、そこから新しく「私」を回復し「真の個人主義文学」を作り出さねばならないと読み込んだりすること（伊中悦子「小林秀雄の「私小説論」」）は、いずれにしても「私小説論」のもつ多様性を大幅に縮減していることになる。このうち「私小説論」にジイドの文学をモデルとするような日本の新しい「私小説」の理念を見る読み方は、例えば鈴木登美『語られた自己　日本近代の私小説言説』などにも反復されているが（八〇頁）、こうした読解は完全な誤りである。

（34）小林は昭和二五年に次のように書いている。「ジイドが私に与へてくれた貴重な教訓は、持つて生れた自我といふ様なものは幻影である、自己批評によつてばらばらに解体して了はねばならぬ幻影である、といふ事であつた。併し、もうその先きは、ジイドについて行く事は、私には嫌になつた。彼は優れた文学者であらうが、私の好みから言へば、今日では嫌ひな作家の一人である」（三、二六五）。

（35）ジャーナリズム批評における匿名批評の意義については、絓秀美の論稿がある（「今日のジャーナリズム批評のために　小林秀雄と大西巨人」）。ただし、絓によれば、小林の言うように「匿名批評の「精華」」としてジャーナリズム批評が存在するのではなく、匿名批評は「ジャンク」として「無」として存在することで言説の自由な流通を保証するものであり（こうして例えば、政治家のスキャンダルが報道される）、いわばジャーナリズム批評の存在を保証するものである。

（36）小林は「林房雄「浪曼主義のために」」のなかで、林房雄の「癖のないカン」を信用しているとし、さらに「実例で言へば、菊池寛氏のカンなぞは癖のないカンの典型的なものだ」と述べている（四、七三）。

（37）すでに言及した橋川文三や桶谷秀昭の立場。また吉田司雄も結文を多義的だとしたうえで、そのひとつの意味としてこのような解釈を提出している（前掲論文、一三四頁）。

（38）鈴木貞美「「私小説論」について」、九六頁。

（39）すでにたびたび言及した吉田司雄の論文は本章とほぼ同じ読みを提示しながらも、「私小説論」には文学の方向を示す「特定の理念」が存在しないとした（一三三―一三四頁）。「概念による欺瞞」をたびたび説いた小林がそうした「理念」を示すはずもないが、「私小説論」における小林が新しい「表現」の可能性を追究していなかったということはできない。

（40）「私」が「生き身」であるという点については、昭和一三年八月に発表された「島木健作の「続生活の探求」を廻つて」の次の一節を参照のこと。「私小説論が盛んだつた時、僕はこの問題の本質に関しては、簡単明瞭な意見を持ち「私小説は又新しい形で現れるだらう。マダム・ボヴアリイは私だといふフロオベルの有名な図式が亡びない限りは」と書いた。作家は、例へば個人主義といふ思想は逃れ得るかも知れないが、私の問題は逃れ得やしない。嘗てマルクシズム思想小説が流行した時、人々は私の問題ははや作家等の問題ではなくなつたと考へた。だがたゞそんな気がしただけだつたのである。彼等は実際に私といふ人間の事を考へたのではない、在来の個人主義といふ主義に就いて考へたに過ぎない。主義を考へて、それで私といふ生き身を考へてゐる積りだつたのである。私に関する或る考へ方を考へたのであり、自分の力で自分といふ人間を問題にしてみたのではない」（四、一一九）。

（41）この問題については『全集』第三巻の二三九頁及び二八九頁も参照のこと。

（42）『全集』では「真似」。

（43）初出誌未詳。昭和一五年四月のものとされている。引用は『全集』による。

第四章　「内面化」される批評

（1）各回のタイトルについては「文献一覧」を参照のこと。短いテクストなので、以下、本節における引用ではとくに出典を明示しない。なおこのテクストは『全集』には未収録である。

（2）本書二〇三―二〇四頁を参照。

（3）この本多秋五の有名な概念については多言を要しないかもしれないが、本書の企図との関係で少しだけ述べておきたい。本多の言う「現実の絶対化」とは、小林における「実践」が「あくまで芸術の埒内における実践であり、その意味でまつたく観念上の実践にすぎない」ということから生じるものである。すなわち、「実生活が芸術から遮断されている、まさにそれだけに実人生的現実は彼において一種手を触るべからざるものとして絶対化されているのである」ということを意味する（『転向文学論』、三二頁）。その延長線上に、「民衆の絶対化」や「戦争の絶対化」がある（三二頁、三七―三八頁、六二頁など）。しかし、本多はこの「絶対化」に含まれている「内面化」の契機を明確に概念化していないし、小林における「現実」（実人生を含む）が芸術実践と「遮断されている」というのも誤解を招く表現である。なぜなら、近代の芸術家の「創造の場所」とは彼のおかれている「現実」にほかならぬことを小林はくり返し述べていたからである。本多の術語をかりれば、芸術家がそうした「現実」以外に「創造の場所」をもちえないという意味で、「現実」は「絶対化」されている。また「民衆」や「戦争」もまさに「表現」の問題との関連で扱われているのであって、芸術の外部におきざりにされているわけではない（「戦争」と「表現」の関係については第五章で扱う）。「現実」がたんに「絶対化」されているのではなく、「内面化」されていること、また「現実」が芸術の外部にとり残されているのではなく、ほかならぬ芸術があらゆる「現実」を貫いていること（「文学主義」）、これが小林の問題点である。

（4）以上述べた二点、すなわち「問題としての問題」の「内面化」と、文学的考察を社会的なものへと適用する「文学主義」とにおいて、「文学の伝統性と近代性」はそれ自身として「批判」されるべきテクストである。小林の言っていることは「正論」だが「そのような正論の表明が、歴史上の一時点において、正当に受けとめられず悪しき役割を果したこともありうる」とする二宮正之の説（「古典としての小林秀雄」）にはやはり無理があるように思われる。

（5）例えば昭和八年一二月段階における国家主義運動については『国家主義運動の概要』（内務省警保局編）に詳しい。「殊に昭和三、四年以後は世界恐慌の余波にあふられ、転落した我が国経済界は不況の連続に苦められ、失業者を続出し、農村窮乏は其の極に達し、国民大衆の生活が漸く逼迫すると共に、他方外交方面は全く行詰り、特に対支外交に於て我が国威は地に墜ち、我が権益は蹂躪せられ、前途実に暗澹たるものがあつたに拘らず、政局は不安定、政府は無誠意無能力、議会及政党は腐敗堕落して国政を議するに足らず、且政党財閥等の国利民福に副はざる反国家的行為屢々国民の眼前に展開せらるるに及んで、右翼国家主義団体は愈々単なる左翼運動に対する反動団体としての地位を本格的に清算して、此の内外共に混沌たる国家非常時を背負ひ、日本の現状の行詰りと腐敗とを打開革新して新日本の建設に進まんとする所謂革新運動へ進出するの気運が急激に台頭して来た。／偶々昭和六年秋の満州事変を契機として、我が国の右翼団体は右の方向に沿つて俄然凄じき勃興を示し、既成政党排撃、資本主義打倒、国家統制経済確立、強硬外交を叫んで国家革新運動の陣頭に立つた。／従つて此の昭和三、四年以来最近までに創立され、活躍を続けて居る右翼団体はその数極めて多く、北吟吉の祖国同志会、大川周明の愛国興国学盟、天野辰夫の愛国勤労党、長沢九一郎の尊皇急進党、里見岸雄の国体科学連盟、その他、内田良平の大日本生産党、津久井龍雄の全日本愛国者共同闘争協議会、宮城信一郎の国民解放社、及び行地社の再組織たる神武会等々である。／加之、一方に於ては農本主義系の日本村治派同盟、農本連盟の成立を見、又文化方面に於ては日本ファッシズム連盟の創立があつた」（一二頁）。

（6）『昭和思想集II』、六九―九〇頁参照。

（7）『戸坂潤全集』第五巻、八六頁。ただし仮名遣いを初出誌によって改めた（以下同様）。

（8）試みに眼にとまった関連書籍・論文の一覧を次に掲げる（ただし発表月は雑誌の月号による）。

昭和一一年	八月	三木清「日本的性格とファッシズム」（『中央公論』）
	一一月	浅野晃「文化の擁護」（『新評論』）
	一二月	山川均「日本は前を向ひてゐるか後を向ひてゐるか」（『文藝春秋』）
昭和一二年	一月	九鬼周造「日本的性格について」（『思想』）
		本間唯一「「日本文藝学」批判」（『唯物論研究』）
		佐藤春夫「日本文学の伝統を思ふ」（『中央公論』）
	二月	河上徹太郎「日本と西欧の知性について――横光利一外遊論」（『文学界』）
		座談会「現代文学の日本的動向」（『文学界』）
		青野季吉「「日本的なもの」と我等」（『文藝』）
	三月	甘粕石介「芸術に於ける日本的なもの」（『中央公論』）
		亀井勝一郎「日本的なものの将来」（『新潮』）

四月

中島健蔵「文学と民族性に就いて」(『改造』)

中條百合子「文学における日本的なるもの」(『文藝春秋』)

矢崎弾「「もののあはれ」の錯乱——伝統への疑問符」(『文藝』)

林房雄「文藝時評——新日本主義論争の意義、他」(『読売新聞』二八日—四月三日号)

座談会「現代文藝思潮の対立——民族文化の問題を中心に」(『文藝』)

小林秀雄「「日本的なもの」の問題」(『東京朝日新聞』一六—一九日号)

大森義太郎「日本への省察」(『中央公論』)

岡崎義恵「日本文藝の特質」(『理想』)

向坂逸郎「政治と文化の相克」(『改造』)

戸坂潤「日本の民衆と「日本的なるもの」」(『改造』)

三木清「知識階級と伝統の問題」(『中央公論』)

保田與重郎「「日本的なもの」批評について」(『文学界』)

——「日本的知性について」(『文学界』)

特集「民族と伝統の問題特輯」(『思想』)

座談会「日本精神及び文化とは何か」(『新潮』)

五月

大森義太郎「文学と民族性の交渉」(『新潮』)

猪俣津南雄「日本的なものゝ社会的基礎」(『中央公論』)

谷川徹三「文学と民衆並びに国民文学の問題」(『文藝春秋』)

林房雄「日本主義論争の鍵」(『文藝』)

本田喜代治「文化の交錯と文藝——「日本的なもの」の論議を中心に」(『文藝』)

座談会「古典に対する現代的意義」(『新潮』)

六月

浅野晃「現代日本の『西洋と日本』——「日本的なもの」の問題の所在に就て」(『改造』)

八月

浅野晃「国民文学論の根本問題」(『新潮』)

昭和一三年	一一月	浅野晃「新日本文学の現実的基調」(『中央公論』)
	三月	萩原朔太郎『日本への回帰』(白水社)
	五月	河上徹太郎「新日本主義文学の精神的基盤」(『中央公論』)
	一二月	長谷川如是閑『日本的性格』(岩波新書)

(9)『近代文学評論体系』第七巻、二二二頁。
(10)「「日本的なもの」批評について」、『保田與重郎全集』第六巻、一九〇—一九一頁。
(11)この論点については桶谷秀昭の『保田與重郎』、とくに「「文明開化の論理」と日本主義」の章を参照した。
(12)「「日本的なもの」と我等」、『文藝』昭和一二年三月号、五六頁。
(13)保田、前掲論文、『保田與重郎全集』第六巻、一九二頁。
(14)『日本への回帰』、『昭和批評体系』第二巻、一六一—一六四頁。
(15)「日本主義論争の鍵」、『文藝』昭和一二年五月号、七一頁。
(16)『新潮』昭和一二年五月号、一五四—一五五頁。
(17)『新潮』昭和一二年四月号、九四—九五頁。
(18)『三木清全集』第一三巻、三四六頁。
(19)「文藝時評——新日本主義論争の意義」、『読売新聞』昭和一二年三月二八日号。
(20)「現代日本の『西洋と日本』——「日本的なもの」の問題の所在に就て」、『改造』昭和一二年六月号、三一〇—三一一頁。「国民文学」については、「国民文学論の根本問題」(『新潮』昭和一二年八月号、『現代日本文学論争史』下巻所収)を参照のこと。
(21)『新潮』昭和一二年三月号、一一八—一一九頁。
(22)同前、一二〇頁。
(23)「日本精神及び文化とは何か」、『新潮』昭和一二年四月号、九二—九六頁。
(24)『新潮』昭和一二年五月号、七頁。

（25）保田と小林の関係については桶谷秀昭「伝統感覚について――小林秀雄と保田與重郎」、饗庭孝男「小林秀雄と保田與重郎――「近代」のパラドックス」などの文献がある。

（26）『新潮』昭和一二年五月号、四頁。

（27）同前、五頁。

（28）このような文体確立の希望の裏には、同時代の作家の姿勢に対する批判が存在していた。例えば、昭和一一年九月に発表された「言語の問題」では現代における「言語の混乱」について語られているが、この混乱の犠牲者は「文学者」であると小林は言う（ただし彼らはそれを自覚していない、小説家たちは「今日の言語の混乱に最も傷ついてゐない」（四、二一六）とされている）。混乱の犠牲者が「文学者」だというのは、混乱した社会に生きる一般生活者には混乱した言語の方が都合がいいからである。小林の言う「言語の混乱」はしたがって、文学表現上の「混乱」である。それに傷つくことこそが「文学者の特権」なのだ。近代のリアリズムに対する「文体」の復興を小林は現代文学の課題としていたが、「混乱」とはこの「文体」の復興にまつわる困難だったといってよい。言葉が徹底的に物質化され、観察の手段あるいは現実の記号と化した状況のなかで、文学表現を可能にすること。それにまつわる文学言語上の困難を小林は「混乱」と呼んだのである。彼は、このような事情を自覚しない文学者を批判して次のように言う。「現代言語の混乱のうちに一番悪足掻きをしてゐるのは批評家であるが、これは批評家が頼らざるを得ない言語の観念性に由来してゐる。小説家は言語の混乱を言はば世相の混乱に仮託する事が出来るが、批評家にはさういふ事が出来ない、飽くまでも言語の論理的造型性に頼らねばならぬ。こゝに彼等は一応言語の問題の危機に面接して混乱するのだが、この危機を徹底させるやうな強い精神は稀れであつて、へボ小説家の発見する世相といふ仮託物と同じ様な公式的命題といふ仮託物を見付けて安心して了ふのである」（二一七）。同様の批判は翌年七月の「現代作家と文体」にも見られる（二三九）。

（29）『全集』では「社会心理学的な性質」。

（30）新しい全集では「文藝月評XIV」と題されるようである。

（31）『戸坂潤全集』第五巻、八三―八四頁。

（32）本書では中野重治との関係を扱うことができなかった。吉田凞生「小林秀雄――「中野重治・小林秀雄論争」

について」、王子賢太「論理と逆説――「昭和十年前後」の小林秀雄と中野重治についてのノート」などを参照のこと。

(33) 『東京朝日新聞』昭和一一年一二月二七日号。

(34) 『文学界』昭和一二年二月号、二〇四―二〇五頁。

(35) 同前、二〇六―二〇八頁。

(36) 同前、二一〇―二一一頁。

(37) 『戸坂潤全集』第五巻、八四―八五頁。

(38) 『文学界』昭和一二年二月号、二一二頁。

(39) 同前、二一三頁。

(40) 同前、二一三―二一四頁。蛇足ながら、三木清が「ヒューマニズム」と言うとき、それは「日本的なもの」に対する「抽象的なもの」の要求を意味していた。「さてかやうな日本的知性、心境と云はれるものが社会的に見れば封建的性質を有すること、また特に鎖国下の日本において作られたものといふ特質を有することは指摘するまでもないであらう。これに対する批判はその特徴附けのうちにおのづから含まれてゐるであらう。しかし右にのべたことが凡ての歴史的時代における日本的知性の本質であると考へることは避けねばならぬであらう。嘗て私がかかる自然主義に対してヒューマニズムとは抽象的なものに対する情熱であると云つた意味もこの小論によつて理解されたであらうと思ふ」(「日本的知性について」、『全集』第一三巻、三五八頁)。「日常的なものに対して世界史的なものとして区別され得るものは確かに抽象的であるであらう。然るにヒューマニズムとはそのやうな抽象的なものに対する情熱にほかならない」(「ヒューマニズムの現代的意義」、同前、二八一頁)。

(41) 誤解のないように言っておくが、これはもちろん科学的方法によって創作するといった意味ではない。

(42) 『文学界』昭和一二年二月号、二一五―二一六頁。戸坂は直前の箇所で、帝国大学における哲学研究を例に挙げ、それが文献学的研究としては優れてはいても、「思想の科学」としては「全然だめ」だとして、帝国大学無用論を唱えている。周知のように、『日本イデオロギー論』などで戸坂は西田幾多郎の哲学を批判していた。

(43) 次の対話も参照のこと。「戸坂　その愛情といふのが、何に対する愛情かね。／小林　日本に対する。／戸坂日本といふものは一元的なものぢやないんだから――分裂してゐるがね。／小林　分裂してゐるけれども結局一つであると、それに対する愛情なんでね。／戸坂　だから愛情は分裂するんだよ。／小林　分裂しないんだよ。つまり理論に従つて愛情を分裂させる奴が多過ぎるといふんだよ」（同前、二一六頁）。この一節は、中野が小林を批判したさいに取りあげた発言のひとつである（「文学における新官僚主義」）。

(44) 『戸坂潤全集』第五巻、八六頁。

(45) 『戸坂潤全集』第四巻、二〇三―二〇五頁。

(46) 橋川文三「解説」（『戸坂潤全集』第四巻所収）、四七八頁を参照のこと。

(47) 『戸坂潤全集』第四巻、二〇六―二〇九頁。

(48) 同前書、二〇五頁。

(49) 第五章参照。

(50) 「「ドストエフスキイが生活の驚くべき無秩序を平然と生きたのも、たゞ一つ芸術創造の秩序が信じられたが為である」という言葉は、ドストエフスキイの作品に絶対の信頼を寄せている後世の小林秀雄にしてはじめて言いうる言葉であって、もし生身の文学者の口から同様の言葉が吐かれたとしたら、その思い上った自家弁護臭に、おそらく小林秀雄は黙ってはいられなかったはずである」（亀井秀雄『小林秀雄論』、二三五頁）。

(51) 清水正徳は、小林の批評が創造を、すでに作られた「形」から下降するかぎりにおいてしか捉えられないことを批判したが、他方でドストエフスキーを論じるにあたり「ただ邪念を去ればよい」と信じた小林は、自己の存在と乖離せぬ行動の可能性を見ていたとも述べ、小林の批評がはらむ「曖昧さ」を正確に指摘している（「小林秀雄論」、二四六―二四七頁）。

(52) 亀井秀雄はこの一節を引いて、思想には「絶対的な、交換不可能の現実的契機」があるはずで、きっかけがなんでもいいような思想は「馬鹿か動物の頭に宿る思想だけである」と批判し、「思想の発動のためには現実のきっかけは何でもよかったのだ、という考え方そのものが、実は、身近かな一人の人間の現実に味わっている苦痛と犠牲とを簡単に忘れさせてしまい、悪しき結果を生んできているのである」と小林を非難している（『小林秀雄論』、二三六―二三七頁）。これは批判としては妥当かもしれないが、ポイントは小林の言う「家出という行為の現実性」の方にあることはやはり忘れてはならない。ただ亀井がついで、「批評家が批評対象を絶対化し、ひそかにわが身を対象に擬しながら接近を重ねてゆけばゆくだけ、絶対化された作家像の影で批評家のぬくぬくした自己肯定がはじまってしまう」（二三八頁）と書くとき、小林の批評を「内面化」された内在的批評として捉える本章の立場と重なることになる。

(53) 長原豊「睥睨する〈ラプラスの魔〉と跳躍　円環と切点あるいは反復と差異」、二三六頁参照。

(54) 後に見るように、小林はしだいに批評を、「熟読」し「引用」することとほとんど同一視するにいたるが、それでも「書く」という営為の固有性を否定したことはなかった。批評とは書かれた「表現」でしかありえない。小林は晩年、面会を申し込む若者に対して、自分の書いたものを読んでくれれば十分だ、すべて書いてある、と述べたという。

(55) 同様の論点は「芸術上の天才について」（七、三一六―三二〇）にも見られる。

(56) このテクストに関しては初出を見ることができなかった。

(57) 誤解のないように言えば、この「表現行為」は本書で言う意味での本来の「表現行為」ではない。

(58) 山城むつみ・宇野邦一「小林秀雄、その可能性の中心」、一五七―一五九頁参照。

(59) いちいち指摘しないが、この一節は後にかなり補筆された。酒井逸雄との論争を経たためだと考えられる。

(60) 本多秋五『転向文学論』、一一二―一一三頁。

(61) 柄谷行人編著『近代日本の批評I　昭和篇〔上〕』、一七六頁。

(62) 前田英樹『小林秀雄』、五八―五九頁。

(63) 長原豊「睥睨する〈ラプラスの魔〉と跳躍　円環と切点あるいは反復と差異」、二四二頁。

(64) 池上俊一「小林秀雄と現代歴史学」、一〇八頁。

(65) Cf. Hayden White, *Metahistory. The Historical Imagination in Nineteenth-Century Europe.*

(66) 「タキトゥス、ミシュレ、シェイクスピア、サン＝シモンあるいはバルザックの絵のあいだに差別をつけることを私たちに許すものは、それらの読者に対する刹那的効果のうちには、一つも存在しない。彼らをひとりのこらず創作者と見なすことも、あるいはみな、報告者と見なすことも、望みのままにできるのである」（ヴァレリー

『現代世界の考察』序言、『増補版ヴァレリー全集』第一二巻、七頁)。物事の展開を見事な因果関係のうちに描きだす歴史書も「本質的には、著作者の技倆と、読者の批評的抵抗に左右されるもの」なのである(八頁)。ただしトドロフは正当にも、ここでヴァレリーが、ただ事実についての言説があるだけで事実そのものは存在しないとする極端なテクスト論的な立場に陥っていないことを指摘している(『歴史のモラル』、一四七—一四八頁)。

(67) とくに、« Le discours de l'histoire » を参照のこと。

(68) ホワイトとギンズブルグの論争については、上村忠男『歴史家と母たち』所収の「表象と真実——ヘイドン・ホワイト批判によせて」が問題点を整理している。同書によれば、ギンズブルグはホワイトの立場を単純な懐疑論へ不当に還元している。その意味では、この論争は問題の所在を正確に示していたわけではなかった。

(69) 『思想』平成六年四月号(「歴史学とポストモダン」)、九頁以下及び四四頁を参照のこと。この号は、いわゆる言語論的転回以降の歴史叙述の問題に関して、ゲイブリエル・スピーゲル、ローレンス・ストーン、パトリック・ジョイス、カトリアナ・ケリーらによってなされた論争の記録である。

(70) ソール・フリードランダー編著『アウシュヴィッツと表象の限界』を参照のこと。

(71) カルロ・ギンズブルグ『歴史・レトリック・立証』、四八頁。

(72) 例えば女性やマイノリティの歴史を考える場合。「歴史の文献から女性にかんする情報を読みとろうとすれば、それは必然的に織り目のきめに逆らって読むことにならざるをえない」(カトリアナ・ケリー「女性史の視点から」、『思想』平成六年四月号、五一頁)。ギンズブルグ『歴史・レトリック・立証』、四五—四六頁も参照のこと。

(73) カルロ・ギンズブルグ「証拠と可能性」、ナタリー・ゼーモン・デーヴィス『帰ってきたマルタン・ゲール』、二八四頁。

(74) ナタリー・デーヴィスは映画『帰ってきたマルタン・ゲール』の制作過程で、俳優が役作りのさまざまな可能性を試しているのを見て、「歴史実験室」をもったような気がしたと述べている(同前書、八頁)。歴史学はさまざまな可能性を推測するフィクティヴなレベルと無縁ではない。だがもちろんこれは、歴史はフィクションだと言うことでもない。

(75) 同前書、二八八頁。

（76）ポール・ヴェーヌ『歴史をどう書くか』、八―九頁。

（77）同前書、二三―二四頁、四七頁、六三―六四頁。

（78）同前書、六八頁、七八―八〇頁。

（79）同前書、四一八頁。

（80）例えば、事実の確定において問題になる「適合」adéquation の真実と、それを解釈し現実の本性を顕現させる「露呈」dévoilement の真実とを区別したうえで、トドロフは、アメリカ大陸での虐殺（七千万人）を否定する人に対しては、雄弁術によってではなく、事実の確立（「適合」の真実）によって説得するが、歴史叙述は、確認できる事実の選択と解釈によるから、「露呈の真実」にも依存しており、それによって価値を決定されるとし、「歴史‐語りは真の小説《ロマン》である」というレーモン・アロンの言葉を引用している（『歴史のモラル』、一五一―一五二頁、二二三―二二六頁）。バルト的なテクスト論から出発したトドロフも、事実を解釈や言説に還元する「ポスト・モダン的な」相対主義には反対している（一四七―一四八頁、一八九頁）。

（81）亀井秀雄『小林秀雄論』、三〇六―三〇七頁。ただし亀井は、小林がこうした「母親のメタフィジック」をとおして一種の超歴史主義に赴いた原因を、歴史を「内的経験」に還元する小林の思想に求めている（三〇九―三一一頁）。これは「歴史について」の解釈としてはすでに見たように一般的なものだが、問われるべきはむしろ「形」のメタフィジックではないか。少くとも「歴史について」の読解としては、その点を強調してもいいと思う。

（82）『記憶／物語』のなかで岡真理は、出来事を物語＝表象のレベルに回収することなく、なおかつそれを語り、その記憶を共有する可能性（小林的に言えばまさに「逆説的な」可能性）を追究している。『プライベート・ライアン』や『シンドラーのリスト』といった映画は、戦争やホロコーストという出来事を、たとえリアルではあっても理解可能で安心して想起できる物語へと還元し、出来事の含む暴力を無害化するものにすぎないが、パレスチナ・キャンプにおける虐殺やナチスのガス室、あるいは「従軍慰安婦」の戦時中の体験を記憶し共有することは、そのような物語化ではありえない。そもそも出来事は体験者本人にとっても所有できるものではない。「人が〈出来事〉を領有するのではなく、〈出来事〉が人を領有する。記憶もまた、人が〈出来事〉の記憶を所有するのではなく、記憶が人を所有する。そのような〈出来事〉の記憶を他者が分有するとすれば、その〈出来事〉について語る物語とは、人がその〈出来事〉を——あるいは〈出来事〉の記憶を——領有することの不可能性が刻み込まれたものでなくてはならないだろう」（八五頁）。そうした過去の出来事について、私は体験者の証言を通じてかろうじてその痕跡を知るにすぎないが、私がそのような証言を受け取るということ自体を固有な出来事としてふまえたうえで、言わばたえず自分の署名を書き入れつつ過去の出来事を語り直すことが、物語化の危険を回避しつつ出来事を語る方法をかろうじて与えるだろう。——小林の言う「形」はスピルバーグ的な通俗的物語ではないが、にもかかわらず出来事に対して還元的な作用をもたらすという点では物語と大差がない。子供を亡くした母親は、その暴力的な出来事によっていわば所有されていたはずだが、小林は子供の面影を持ち出すことで、この出来事を母親の方へと従属させていると言うこともできるだろう。岡真理の著書からは本稿（第四章後半部）に手を入れる過程で大きな示唆を受けた。

（83）先に取りあげたポール・ヴェーヌは「出来事」を歴史家が選択する「筋書き」のなかではじめて存在するものとしていたが、ここで言う「出来事」はそうした「筋書き」にまとめられる「以前」のものである。ヴェーヌ自身、さまざまな「筋書き」が可能だと言うとき、歴史叙述の「外部」に生起する出来事のありようを感じていたはずである。

（84）ハーバーマス他『過ぎ去ろうとしない過去——ナチズムとドイツ歴史家論争』参照。

第五章　美と戦争

（1）『文学界』昭和一二年三月号、一七五頁。

（2）中野正剛は、大正四年、留学先のイギリス渡航中にアジア各地がイギリスの植民地となっている事実を実感し、アジア主義者となった。満州事変後は、満州国承認・国際連盟脱退論などを主張し、昭和八年に東方会を結成した。彼のアジア主義は植民地独立を願うそれなりに純粋な側面ももっていたが、太平洋戦争下には、反東条の立場においてではあるが、大東亜共栄圏の国策イデオロギーを主張するにいたった（『国史大辞典』及び松本健一『竹内好「日本のアジア主義」精読』による）。

（3）とくに一二月二五日号、二七日号、二九日号連載分を参照のこと。

（4）カール・シュミット『現代議会主義の精神的史的地位』などを参照のこと。

（5）馬場恒吾は次のように言っている。「三代の挙国一致内閣で失敗したのは、実際は実権者は軍部で、軍部に追随するだけのカムフラージの役目を挙国一致内閣が勤めてゐるんだ。それぢやァどうしても政治上の議論が真剣にやれんよ。とにかく軍部といふものが実際政治をやるなら、総理大臣から、内務、外務、文部の何から何まで大臣を任命してみて、政党もそれに入らなくてやつてみた方がいゝ。さうしたら、軍人は非常に乱暴なファッショみたやうなことをするかといふに、僕はさうしないと思ふ。二、三年やる中には軍人もやはり国民の与論は尊重しなければならぬといふ気になるだらうと思ふな」（「時局と人物を語る」座談会、『改造』昭和一二年一月号、一六〇頁）。なお、彼の著書『立上がる政治家』もこれに関連する時事的論稿を含んでいる。

（6）『文学界』昭和一二年三月号、一九〇頁。

（7）このテクストは『全集』には未収録である。

（8）「文学と自分」（昭和一五年八月）にも同様の議論が見られる。「戦が始つた以上、何時銃を取らねばならぬかわからぬ、その時が来たら自分は喜んで祖国の為に銃を取るだらう。而も、文学は飽く迄も平和の仕事ならば、文学者として銃を取るとは無意味な事である。戦ふのは兵隊の身分として戦ふのだ」（七、一四二、傍点引用者）。この引用は『全集』によるが、初出の『中央公論』昭和一五年一一月号や翌一六年に出された『歴史と文学』初版（創元選書、五七頁）では傍点部分が「国家の為に」となっており、後にはさらに「陛下の御為に」と書きかえられた。山城むつみは、初出では「国家の為に」とあったものが『歴史と文学』初版で「陛下の御為に」と書きかえられ（この事実は私の参照した本では確認できなかった）、「さらに戦後、一九五五年ごろ」「祖国の為に」と書き直されたとしたうえで、次のように書いた。「文学者として戦争にどう処するべきかという問いがまともに、すなわち、文学者は、書くことによっていかに戦争に処することができるのかという問いとして徹底的に自問されているならば、このような書きかえがなされることはなかったのではないだろうか」。「陛下の御為に」戦争の役に立ちたいと本当に望むのであれば、例えば小林の言う国民の「智慧」に自分自身の筆で具体的な表現を与えることで、文学者として戦争遂行に協力すべきではなかったか。本当にそう望んでいたならば、このようなつまらぬ書きかえなどしなかっただろう、というわけである（『文学のプログラム』、八七―八八頁）。こうした山城の評価はたしかにそれ自体としては正しい。ただここで補足しておくならば、昭和二五年に刊行された小林最初の『全集』第六巻に収められた「文学と自分」では、問題の表現は「陛下の御為に」となっている（具体的にどの版で書きかえられたのかは不明）。これは、書きかえの必要性を彼がいつ感じたかという問題とともに、その理由に関しても微妙な問題を生じさせるはずである。いずれにせよ敗戦を境に二分されるような単純な時間が問題なのではあるまい。

（9）この一節は初出と初版でかなりの異同がある。ここでは初版（『文学』）によった。『全集』は基本的に初版によっている。

（10）『全集』では「糊塗して了ふ」のかわりに「忘れさせて了ふ」となっている。

（11）『全集』では「尊敬の念」のかわりに「理解」となっている。

（12）『全集』では「傑れた」がなく、また「一般ルポルタージュ文学」が「体験文学」となっている。

（13）星加輝光『小林秀雄ノオト』、一四九頁。これは「小林秀雄と火野葦平」と題された章の一部である。

（14）『文藝春秋』昭和一五年一〇月号、一六六頁。

（15）同前、一六二頁。

（16）留岡は非行少年更正施設である北海道家庭学校で著名な教育者。戦時中は大政翼賛会青年部副部長も務める。城戸は教育心理学者。座談会の時点で、両人とも法政大学教授であり、昭和一三年以来、雑誌『教育』の編集において協力関係にあった（『朝日人物事典』による）。座談会での発言を見るかぎり、新体制に対してはひじょうに積極的である。

（17）桶谷秀昭（『批評の運命』、一五六頁）も粟津則雄（『小林秀雄論』、三〇七頁）も文学と戦争の区別を小林の不変の態度としているが、テクストの内実はそれを裏切っている。

（18）「現代日本の表現力」（昭和一三年一二月）には次のように書かれている。「作家でも評論家でも映画製作者でも、一般人に訴へる表現といふものを生命に生活してゐればこそ、社会の複雑化とともに表現の危機にも直面するのであり、従つて、これを克服する力も彼等自身の裡に自ら備はつてゐるのだが、事変は、現代日本文化の表現力の欠陥について、新しい面を暴露した。／事変の影響する処、政治家はラヂオで民衆に訴へ、軍人は著書で知識階級に呼び掛け、哲学者は新聞で意見を語り、国学者《（ママ）》は文藝時評を書きといふまことに喜ぶべき風景が現れた。／とともに一般人の眼に厭でも明らかになつたのは、彼等が常日頃それ〴〵の世界だけに通じた安易な表現にどんなに安心し切つてゐたか、文学者等が社会の風潮に敏感な余り陥つた表現の混乱に関する苦痛なぞはいふも愚か、凡そ人を捕へる表現といふものに就いていかに工夫も準備もして来なかつたかといふ事である。／話せば解る国民といふ言葉がある。これは文章や演説では解らぬ、膝を交えて話さねば解らぬ国民といふ意味である。事変がこの言葉を流行らせたのは偶然ではない。表現の社会的試練といふものを素通りした人々が、未だこんなにゐたのかと、話す様に書く技術を明治以来鍛錬して来た僕等文学者達は呆れてゐるのである。この欠陥は事変が機縁となつて単に露骨に見えて来たもので、事変なぞには関係なく、昔から打続いて来たわが国近代文化の欠陥だ。或る人々は何を喋るべきかを事変で覚えたかも知れないが、巧く喋る術は事変は決して教へてくれはしないのだ」（四、三六二―三六三）。また「事変と文学」でも同様の議論が展開されている（七、五八―五九）。

(19) 『文学界』昭和一二年三月号、一七九頁。

(20) 建川美次については『国史大辞典』による。

(21) 『東京朝日新聞』昭和一一年一二月三一日号、翌年一月一二日号などを参照。

(22) 初版及び『全集』によれば小林とは「中学の同窓」である。

(23) 初版及び『全集』によれば「重慶」。

(24) この一文は初版や『全集』にはない。

(25) 『全集』では「恐くもあったが」。

(26) 京都大学人文科学研究所における共同研究「テクストの政治学」班の研究会で、安田敏朗氏からこの「墓標」は日本兵のものか中国人のものかとの質問を受けた。杭州戦において戦後どのように死者の埋葬がなされたか、私は浅学非才にして調べることができなかった。ただし、ここでは文脈からほぼまちがいなく日本兵戦死者の墓標であるとして読解をすすめることにする。ちなみに火野葦平の『麦と兵隊』には、徐州会戦時、淮河《わいが》堤防に作られた日本兵の墓が描かれている（「堤防の到るところに、我が軍の戦死者の白木の塚が泥の中に立てられ、野の草が供へられてある」(二九頁))。

(27)『白鳥・宣長・言葉』、一〇頁。

(28)例えば、これらのテクストを扱う江藤淳の記述(『小林秀雄』第二部第七節)は、テクストを構造化する対立軸を明確に捉えなかったために混乱したものとなっている。

(29)『全集』ではこの一文は削除されている。

(30)初出には、「現代の日本の趣味は混乱してゐる。だが混乱しているので決して頽廃してゐるのではない。あの庭の様な趣味の頽廃といふものゝ慎重を極めた象徴を、僕等のうち誰が作り得よう」と簡潔に記されているだけである。この引用は初版本による。なお、『全集』は初版本によっている。

(31)星加輝光『小林秀雄ノオト』、一三二頁。

(32)同前書、一三三頁。

(33)江藤淳『小林秀雄』、二〇五頁。

(34)『文藝春秋』昭和一三年五月号、三〇九―三一〇頁。「その時の事だが」以下が『全集』では削除されている。蛇足ながら、最後の伏せ字は、断末魔の苦しみのなかで死に切れぬ中国兵を「殺してやった」ということであろう。ちなみに初版(『文学2』)では、その直前の「殺してくれ」の「殺し」も伏字になっている。

(35)この部分は『全集』と初出で字句に異同がある。

(36)『全集』は「技術的にも」と表現を補う。

(37)こうした観点から、小林は戦争における科学的技術の重要性を過小評価することになる。「科学の指導による資材の急速な発達、即ち優秀精巧な兵器の出現は、人間の能力の負担を軽減するとは尤もらしい説だが、人間の能力は、或るエネルギイの量といふ様なものではあるまい。アメリカの軍事力が、もし我が国の新聞の宣伝する通り、この尤もらしい説の上に立つてゐるとすれば、アメリカは日本の攻撃力に敗れるまでもなく、己れの器財との戦で敗れるだらう。この場合豊富な資源は、寧ろ敗戦を早める役にしか立たぬであらう」。このうち「アメリカの軍事力」以下は『全集』(七、一七七)では削除されている。初出誌で小林は議論を急ぎすぎたのである。

(38)「コメディ・リテレール　小林秀雄を囲んで」、『近代文学』昭和二一年二月号、三五頁。

(39)『文学界』昭和一七年四月号、八〇―八一頁。

(40) 例えば、ゆりはじめ『小林秀雄論　イカロス失墜』、一九二頁。

(41) このテクストは新しい全集にも収録されない予定である。

(42)『現地報告』第五二号、昭和一七年一月、三二―三三頁。蛇足ながら、『全集』所収の年譜に「三つの報告」とあるのは「三つの放送」の誤りである。

(43)『文学界』昭和一七年一月号、二頁。

(44) 同前、三頁。

(45)「国民文学」については、『現代日本文学論争史』下巻に当時のいくつかの論稿が収められている。

(46)『近代の超克』(冨山房百科文庫)、三〇六頁。なお、一二月八日に対する文学者の反応に関しては、星加輝光『小林秀雄ノオト』、一九四頁以下も参照のこと。

(47)『竹内好全集』第一四巻、二九五―二九六頁。

(48)「祈りの強さ――経堂襍記」、『文学界』昭和一七年一月号、四六―四七頁。

(49)「太平洋戦争勃発するの日　そのとき私はこうだった……知名人アンケート」、『週間サンケイ』昭和三一年一二月九日号、一九頁。

(50)「この感動萎えざらんが為に」、『伊藤整全集』第一五巻、一六二―一六四頁。

(51) 海軍大佐平出英夫は、その著書『護国の神・特別攻撃隊』記載の肩書によれば、大本営海軍報道部第一課長・海軍省軍務局第四課長であった。真珠湾攻撃のさいに結成された岩佐直治大尉以下九名による「特別攻撃隊」は特殊潜航艇で出撃し、ついに帰還することはなかった。『護国の神・特別攻撃隊』は、出撃直前の隊員の様子を描いているが、その描写は小林が「杭州」で描いた屈託のない兵士の姿と驚くほど類似している。「出発直前のことであつたが、勇士達は打揃つて戦友と談笑し、ある若い勇士は、「襲撃が終つたら上陸して、こいつにものを云はせてやりたいな」と無邪気にピストルを取り出してなで廻し、又ある勇士は、新しい肌着と着がへた上「軍装を着て行くべきだが暑いから作業服で御免蒙らう」などと悠々身支度を行ひ／また或勇士は「爆雷攻撃を受けぬ様にしろヨ」と戦友が云ふのを聞いて「ナーニそれ迄には敵のドテッ腹に大穴があいてるさ」と何の屈託もなく大笑ひして一同を煙にまき／明くる日のルーズベルトの泣き言を／俺も聞いたぞ閻魔の前で／と即興の一句をよむといふ余裕綽々たるものがあつたのである」（二七—二八頁）。「此の時に及んでも、なほ出で立つ勇士達は自若たるもので、年若い一士官は「お弁当を持つたり、チョコレートまで貰つて、まるでハイキングに行く様な気がする」と勇んで乗り込んだといふ。この年若い勇士達の胸のうちに、その時チラッと幼かつた頃楽しかりし遠足の思出が浮かんだのであらう、かくて勇士達は雀躍死地に飛び込んでいつたのである」（三〇頁）。

（52）『文学界』昭和一七年一月号、八頁。

（53）小林の飛行兵への関心は昭和一三年の「軍人の話」にまで遡る。「大分前のことだが、蘭州を爆撃した或る飛行将兵の話、敵機を撃墜した時の幸福感は、無常のもの、至福とでもいふべきもので、これなら死んでも構はぬと思つた、といふ話を新聞で読み、片言のうちに感情が溢れてゐると思ひ手帖に書き取つて置いた事がある」（『東京朝日新聞』昭和一三年七月一〇日号）。

（54）『文学界』昭和一七年四月号、九四—九五頁。

（55）「詩学叙説第一講」大岡信訳、『増補版ヴァレリー全集』第六巻、一五〇頁。Valéry, *Œuvres*, t. I, p. 1342.

（56）同前書、一六〇頁。*Ibid.*, p. 1349.

（57）同前書、一七二—一七三頁。*Ibid.*, p. 1357-1358.

（58）『増補版ヴァレリー全集』第一一巻所収。

（59）これに加えて、ヴァレリーが一時期、ユイスマンスにならって陸軍省に勤務していたこと、入省にあたって「一国民に於ける軍隊の役割について」という小文を書いていること、帝政ロシアの将軍ドラゴミロフの語録『軍隊の教育と訓練』の書評を書いていることなど（以上の小文は『増補版ヴァレリー全集』第一一巻所収）、また「方法的制覇」ではモルトケ元帥を両義性を含ませつつも高く評価していることなどを挙げることができる。おそらく小林のゼークト論は、ヴァレリーのモルトケ論の小林流の変奏であると言うことも可能であろう。

（60）「詩学叙説第一講」、前掲書、一六六頁。*Op. cit.*, t. I, p. 1353.

（61）同前書、一五一頁。*Ibid.*, p. 1343.

（62）同前書、一七三頁。*Ibid.*, p. 1358.

(63)『文学』、『増補版ヴァレリー全集』第八巻、四三三頁。*Op. cit.*, t. II, p. 673.

(64)『文学界』昭和一七年一月号、五頁。

(65)永原孝道は「思想家・小林秀雄」に対して、鏡花的とも言える「幻想作家・小林秀雄」を称揚し、後者の側面を示す作品として「蛸の自殺」、「女とポンキン」、「眠られぬ夜」、「おふえりや遺文」などの初期作品、「戦争と平和」以下、「無常といふ事」などの一連のテクスト、『感想』(ベルクソン論)冒頭の母親の幻想的体験などを挙げている(「幻想作家・小林秀雄の、夢の女」)。海、狂女、栗などを核とする小林の幻想世界の解明は鮮やかであり、重要な論考ではあるが、「思想家・小林秀雄」の「客観的性向」をたんに分析と例証に長じることと混同し、また「批評家・小林秀雄」をこのようにふたつの面に分断して一方の側面のみを評価するというやり方にはやはり無理がある。言うまでもなく「思想家・小林秀雄」のもつ(そして一般的に言っても)理論性とはそんなものではないし、また小林の問題は、理論と創造(ここでは幻想性)という矛盾するものを自己のうちに同時にもったことにあるからである。そしてなによりも、このように幻想的傾向へとテクストを還元するとき、「戦争と平和」以下一連のテクストが含む広い意味での政治性が隠蔽されてしまうことに注意しなければならない。

(66)小林の美的体験はカメラという近代技術によって媒介されている。戦争と映像の複雑な連関を本書で展開することはできないが、手近にある文献として、ポール・ヴィリリオ『戦争と映画』、多川精一『戦争のグラフィズム』を挙げておく。

(67)「戦争と平和」の末尾には、「戦は好戦家といふ様な人間が居るから起るのではない。人生がもともと戦だから起るのである」(七、一六八)という有名な一節がある。最初の「戦」は文脈から明らかに戦争を指すから、これは「人生が戦いだから戦争がおこる」という命題になる。星加輝光の批判(「ポレミックにのめりこむが故に現実を歪めてしまっている感を掩い難い」(『小林秀雄ノオト』、一九一頁))を引くまでもなく、人生を戦いと見る人生論と現実の総力戦を同一視するこの命題は混乱している。ただすでに述べたように、そうした分析的な批判は「文学」の次元に達しないがゆえに、「批判」としては不十分である。そこで、彼の文藝批評を貫く内的論理から「批判」を展開しなければならないのだが、そのような観点から見ても、この命題はナンセンスであるように思われる。本文で示したとおり、小林の内的論理からは、戦争と平和が同じことであるとは言えるが、このような命題は帰結しない。やはり、星加の言うように、仮想敵への論争が筆を滑らしたと考えるべきか。たしかに小林の「勇み足」（星加、同前書、一九九頁）は顕著で、彼は「戦争と平和」の末尾の部分をかなり削除している。ちなみに『全集』で初出から削除された部分を傍点で示せば次のようになる。「近代人は、犯罪心理学といふ様なものを思ひ付ひた伝で、戦争心理学といふ様な奇妙なものを拵へ上げてしまつた。人々がよく戦ふ術を次第に忘れて来た結果である。「戦争と平和」といふ大小説さへ、その為に汚れてゐる。戦は好戦家といふ様な人間が居るから起るのではない。人生がもともと戦だから起るのである。反戦思想といふ様なものはもともと戦争にも平和にも関係がない」。次註のとおり、「戦場は楽土」の一文も『全集』では削除されていた。明らかに小林は時局へのコミットメントを薄める方向で訂正している。

(68) この一文は『全集』のテクストにはない。初出による。

(69) 粟津則雄『小林秀雄論』、三八二—三八六頁。

(70)『近代の超克』（冨山房百科文庫）、二四六頁。

(71) 同前書、二二二頁。

(72) 同前書、二二三頁。

(73)『全集』（八、六二）にはこの表現はない。初出による。

(74)『近代の超克』、二四六頁。

(75) その点で、鈴村和成が『本居宣長』に現れる「表現」や「姿」という言葉を、シニフィエ（記号内容）と対立するような意味でのシニフィアン（記号表現）として捉えていることにはやや疑問が残る（「消滅の技法としての小林秀雄　ランボーからのフーガ」、一〇九頁及び一一四頁）。少くとも「シニフィアン」という言葉は小林の言う「表現」を示すものとしては誤解を招きやすい。

(76) しかし逆に言えば、超越神や制度的宗教を認めることはないにせよ、小林はごく「自然な」心の動きとして宗教的経験をもっていた（『感想』冒頭に見られる螢になった母親の話や水道橋で死んだ母に助けられたという話は文字どおりに受け取る必要がある）。小林秀雄における宗教の問題については、中藤武『小林秀雄の宗教的魂』、大久保典夫「小林秀雄の宗教観　その「宗教的経験」をめぐって」、富岡幸一郎「小林秀雄の宗教的経験」などの論がある。このうち中藤の著書は「魂」、「詩魂」、「実在」などに対する小林の信じる心を中心にして彼のテクストを読み直したものである。これに対して富岡は、小林における宗教的な言及を、宗教を信じない近代的理性を批判するための「批評の武器」にすぎないとし、自分の「身の丈に合つた思想」がうち砕かれるようなコンヴァージョン＝回心の契機こそが本来の宗教的経験だと主張する。したがって、宗教的教義（ドグマ）を欠くような個人的な宗教的経験など存在しないことになり、回心の契機をもたない小林の「宗教」は真に宗教的ではないというわけである。こうした指摘は、ドストエフスキー、ルオー、白鳥などを扱う小林がキリスト教をめぐって暗礁に乗り上げていたという山城むつみの論点とも重なってくるように思われる（「小林秀雄、その可能性の中心」、一五五頁）。超越者と制度を欠く小林の宗教性をどのように考えるかは、今後の課題であろう。

(77) 『近代の超克』、二二六頁。

(78) 同前書、二五四頁。

(79) 「近代性の克服とは西洋近代性の克服が問題だ。日本の近代性の克服なんぞわけはない」（同前書、二四七頁）。

(80) 同前書、二六七頁。

(81) 小林の言う想起とプルーストの「無意志的記憶」のあいだの類似と相違については栗津則雄の指摘がある（『小林秀雄論』、三三九―三四〇頁）。

(82) 「モオツァルト」は『創元』第一輯に昭和二二年一二月に発表された。「感想」（『新潮』昭和三三年五月号）によれば最初に「モオツァルト」が書き始められたのは昭和一八年末から翌年六月にいたる中国旅行のさい、南京に滞在していたときであるが、吉田凞生に従えば（『近代文学鑑賞講座17 小林秀雄』、一八三頁）、戦前の論稿は破棄され、現在の「モオツァルト」は戦後新たに書かれたものである。たしかに、現行の「モオツァルト」には昭和二一年五月に亡くなった母精子の影が色濃いことを考えれば、『ゴッホの手紙』序で「あれを書く云々」と言われているのは昭和二一年のことであろう。その「四年前」とはしたがって昭和一七年五月であり、「無常といふ事」の体験とほぼ同時期のことである。実際吉田は、「四年前のある五月」を昭和一七年五月とし「友人の家」を伊豆の青山二郎宅であるとする小林本人の談話を伝えている（同前書、一八二―一八三頁）。

(83) 『小林秀雄論』、三六二―三六五頁。

(84) 西行の孤独については次のように言われている。「西行には心の裡で独り耐へてゐたものがあつたのだ。彼は不安なのではない、我慢してゐるのだ」(八、三二)。「彼は、歌の世界に、人間孤独の観念を、新に導き入れ、これを縦横に歌ひ切つた人である。孤独は、西行の言はば生得の宝であつて、出家も遁世も、これを護持する為に便利だつた生活の様式に過ぎなかつたと言つても過言ではないと思ふ」(三五)。「花や月は、西行の愛した最大の歌材であつたが、自然は、彼に質問し、謎をかけ、彼を苦しめ、いよいよ彼を孤独にしただけである」(三六)。

(85) この一文は初出にはない。『無常といふ事』初版による。

(86) もちろん「思い出すこと」と「回想すること」という用語の区別は議論をすすめるうえでの便宜的なものにすぎない。したがって、この区別は小林のテクストのなかでは守られていない。ただし、次の「モオツァルト」の引用からも分かるように、小林がいわゆる「思い出すこと」とは異なる「回想」を思考していたことは確実である。

(87) 『文藝春秋』昭和一六年九月号、一九九頁。

(88) 同前。ちなみにこの座談会で小林は次のような発言もしている。「日本では愛国心をもつといふことと勤王心をもつといふことはちつとも違はないでせう」、「だから僕は、兵隊が「天皇陛下万歳」と叫んで死ぬだらう、あれで沢山だと言ふんだ。だから日本人といふものは、どんな思想を持つたつていゝと言ふのだ。僕の言ふことは乱暴かも知れんが、僕はかういふ国に生れたことを実に有難いと思つてゐる」、「そのつまり有難さといふものが、勤王心だよ」(一九七頁)。

(89) 杉野要吉「「戦争下の抵抗文学」ノート」参照。

文献一覧

基本的に本書において引用または言及した文献を掲げる。小林秀雄からの引用は参照の利便性を考え、原則として『新訂　小林秀雄全集』（『全集』）の表題により、その該当巻数と頁数を示した。そのうち戦前の著作については以下に示す初出または初版を可能なかぎり参照し、なるべく当時の表現で引用するように努めた（ただし漢字は基本的に新漢字を用いた）。所収本を示したものはそれにより、また、複数の出典を並記したものについてはその各々を参照している。『全集』との異同については重要と思われるもののみを示し、また初出や初版に見られる明らかな誤字については『全集』に従うなどして断りなく訂正したところもある。校異を示すことは著者のみならず読者にとっても煩瑣ではあるが、小林秀雄のテクストがおかれている現在の校訂状況を考えればやむをえない。なお、＊を付したものは『全集』未収録のテクストであるが、その多くは現在刊行中の新しい全集には収められる予定である。また、◇とあるものは、『全集』の書誌に誤りがあるテクストである。

小林秀雄の著作・翻訳

『新訂　小林秀雄全集』、新潮社、昭和五三―五四年
『感想』〔ベルクソン論〕、『新潮』昭和三三年五月―昭和三八年六月号
『白鳥・宣長・言葉』、文藝春秋社、昭和五八年
「ランボオI」〔原題「人生斫断家アルチュル・ランボオ」〕『仏蘭西文学研究』第一輯、大正一五年一〇月
「「悪の華」一面」『仏蘭西文学研究』第三輯、昭和二年一一月
「様々なる意匠」『改造』昭和四年九月号

「志賀直哉」『思想』昭和四年一二月号、『文藝評論』（白水社、昭和六年七月）所収
「ナンセンス文学」（原題「笑に就いて」）『近代生活』昭和五年四月号
「アシルと亀の子Ⅰ」『文藝春秋』昭和五年四月号
「アシルと亀の子Ⅱ」『文藝春秋』昭和五年五月号
「アシルと亀の子Ⅲ」『文藝春秋』昭和五年六月号
「アシルと亀の子Ⅳ」『文藝春秋』昭和五年七月号
「アシルと亀の子Ⅴ」『文藝春秋』昭和五年八月号
「文学は絵空ごとか」『文藝春秋』昭和五年九月号、『文藝評論』所収
「文学と風潮」『文藝春秋』昭和五年一〇月号＊
「新しい文学と新しい文壇」『婦人サロン』昭和五年一〇月号
「横光利一」『文藝春秋』昭和五年一一月号、『文藝評論』所収
「批評家失格Ⅰ」（原題「批評家失格」）『新潮』昭和五年一一月号、『文藝評論』所収
「我まゝな感想」『帝国大学新聞』昭和五年一一月二四日号
「物質への情熱」『文藝春秋』昭和五年一二月号、『文藝評論』所収
「感想」『時事新報』昭和五年一二月二七日号、同二九―三〇日号
「マルクスの悟達」『文藝春秋』昭和六年一月号、『文藝評論』所収
「文藝時評」『文藝春秋』昭和六年二月号、『文藝評論』所収
「批評家失格Ⅱ」（原題「批評家失格」）『改造』昭和六年二月号
「心理小説」『文藝春秋』昭和六年三月号、『文藝評論』所収
「再び心理小説について」『改造』昭和六年五月号
「もぎとられたあだ花」『時事新報』昭和六年六月二八―二九日号
「フランス文学とわが国の新文学」『新潮』昭和六年七月号
「純粋小説といふものについて」『文学』（岩波講座『日本文学』付録）第七号、昭和六年一二月

「批評について」（初出未詳）『続文藝評論』（白水社、昭和七年一一月）所収（「一九三二・二」の記載あり）
「現代文学の不安」『改造』昭和七年六月号
「小説の問題Ⅰ」（原題「小説の問題」）『新潮』昭和七年六月号
「小説の問題Ⅱ」（原題「小説の問題」）『文藝春秋』昭和七年六月号
「逆説といふものについて」（原題「文学雑感――逆説と云ふものに就いて」）『読売新聞』昭和七年六月八―一〇日号
「Xへの手紙」『中央公論』昭和七年九月号
「手帖Ⅰ」（原題「手帖」）『新潮』昭和七年一〇月号
「年末感想」『東京日日新聞』昭和七年一二月六―九日号
「永遠の良人」（原題「手帖」）『文藝春秋』昭和八年一月号
「手帖Ⅲ」（原題「手帖」）『文藝春秋』昭和八年三月号◇
「手帖Ⅱ」（原題「手帖」）『新潮』昭和八年四月号◇
「文学批評に就いて」『文学』創刊号、昭和八年四月
「アンドレ・ジイド」『近代作家論　トゥルゲーネフ・ジイド』（岩波講座『世界文学』）、昭和八年四月
「故郷を失つた文学」『文藝春秋』昭和八年五月号
「批評について」（原題「文藝時評」）『改造』昭和八年八月号
「私小説について」『文学界』創刊号、昭和八年一〇月
「「未成年」の独創性について」（原題「ドストエフスキイに関するノオト――「未成年」の独創性に就いて」）『文藝』昭和八年一二月号
「文学界の混乱」『文藝春秋』昭和九年一月号
「新年号創作読後感」『文藝春秋』昭和九年二月号
「「罪と罰」についてⅠ」（原題はそれぞれ、「ドストエフスキイに関するノオト（罪と罰に就いて）」、「ドストエフスキイに関するノオト「罪と罰」に就いて」、「ドストエフスキイに関するノオト――「罪と罰」」）『行動』昭和九年二月号、『文藝』昭和九年五月号、『行動』昭和九年七月号

「レオ・シエストフの「悲劇の哲学」」〈原題「文藝時評」〉『文藝春秋』昭和九年四月号、『私小説論』〈作品社、昭和一〇年一二月〉所収
「林房雄の「青年」」〈原題「文藝時評――林房雄の「青年」」〉『文藝春秋』昭和九年六月号、『私小説論』所収
「断想」〈原題「手帖」〉『文藝春秋』昭和九年八月号
「レオ・シエストフの「虚無よりの創造」」『文学界』昭和九年九月号＊
「「白痴」について I」〈原題「「白痴」について――ドストエフスキイに関するノオト」（第一―三回）、「「白痴」について」（第四―五回）〉『文藝』昭和九年九―一〇月号、同一二月号、昭和一〇年五月号、同七月号
「「紋章」と「風雨強かるべし」とを読む」〈原題「文藝時評」〉『改造』昭和九年一〇月号、『私小説論』所収
「ドストエフスキイの生活」『文学界』昭和一〇年一月―昭和一二年三月号〈計二四回、昭和一〇年七月号、同一二月号は雑誌休刊、昭和一二年一月号には休載〉
「文藝時評に就いて」〈原題「文藝時評論」〉『行動』昭和一〇年一月号、『私小説論』所収
「再び文藝時評に就いて」『改造』昭和一〇年三月号、『私小説論』所収
「私小説論」『経済往来』昭和一〇年五―八月号、『私小説論』所収
「新人Xへ」『文藝春秋』昭和一〇年九月号、『私小説論』所収
「「地下室の手記」と「永遠の良人」」『文藝』昭和一〇年一二月号、昭和一一年二月号、同四月号
「作家の顔」『読売新聞』昭和一一年一月二四―二五日号
「岸田国士の「風俗時評」其他」〈原題「文藝時評」〉『読売新聞』昭和一一年二月二九日―三月一日号、同三日号
「思想と実生活」『文藝春秋』昭和一一年四月号
「中野重治君へ」『東京日日新聞』昭和一一年四月二―三日号
「文藝批評のヂレンマ」『文学界』昭和一一年四月号＊
「現代小説の諸問題」『中央公論』昭和一一年五月号
「「夜明け前」について」『文学界』昭和一一年五月号
「文学者の思想と実生活」『改造』昭和一一年六月号

「言語の問題」『文藝』昭和一一年九月号
「演劇について」『文学界』昭和一一年一〇月号
「林房雄「浪曼主義のために」」『文学界』昭和一一年一〇月号
「「罪と罰」を見る」『読売新聞』昭和一一年一一月三―六日号
「文藝時評」(「伝統性と近代性――佐藤春夫氏の鷗外論」、「伝統の制約性――浅野晃氏の「文化の擁護」」、「批評家の責務――日本人たる信念について」、「深刻なる表情――大衆は明快率直を喜ぶ」、「純文学の焦燥――作品のリアリテイ紛失」)『東京朝日新聞』昭和一一年一二月二五―二九日号＊
「菊池寛論」(原題「菊池寛」)『中央公論』昭和一二年一月号
「戸坂潤氏へ」(原題「戸坂潤氏を駁す」)『報知新聞』昭和一二年一月二八―三〇日号
「文藝月評V」(原題「文藝時評」)『読売新聞』昭和一二年三月三―五日号、同七日号
「「日本的なもの」の問題」『東京朝日新聞』昭和一二年四月一六―一九日号
「窪川鶴次郎氏へ」『文学界』昭和一二年五月号
「グウルモン「哲学的散歩」」『文学界』昭和一二年五月号
「文化と文体」『自由』昭和一二年五月号
「「悪霊」について」『文藝』昭和一二年六―七月号、同一〇―一一月号
「現代作家と文体」『東京朝日新聞』昭和一二年七月一七―二〇日号
「文藝批評の行方」『中央公論』昭和一二年八月号
――『文学』、創元社、昭和一三年
「酒井逸雄君へ」『文学界』昭和一二年一〇月号
「戦争と文学者」『東京朝日新聞』昭和一二年一〇月一六日号＊
「戦争について」『改造』昭和一二年一一月号
「志賀直哉論」『改造』昭和一三年二月号
「抗州」『文藝春秋』昭和一三年五月号

――『文学2』、創元社、昭和一五年
――『文学2』第三版、創元社、昭和二三年
「抗州より南京」『文藝春秋　現地報告　時局月報』第八号、昭和一三年五月
「支那より還りて」『東京朝日新聞』昭和一三年五月一八―二〇日号及び『文学界』昭和一三年六月号（『文学界』における原題は「雑記」）
「蘇州」『文藝春秋』昭和一三年六月号
――『文学2』、創元社、昭和一五年
「従軍記者の感想」『話』昭和一三年七月号
「軍人の話」『東京朝日新聞』昭和一三年七月一〇日号＊
「火野葦平「麦と兵隊」」『東京朝日新聞』昭和一三年八月四日号
「島木健作の「続生活の探求」を廻って」（原題「歴史、科学、文学」）『中外商業新報』昭和一三年八月五―七日号
「ポール・ヴァレリイ「詩学叙説」」（原題「P・ヴァレリイ著　河盛好蔵氏訳「詩学叙説」」）『東京朝日新聞』昭和一三年一〇月三日号
「歴史について」『文学界』昭和一三年一〇月号（第一、二節）、『文藝』昭和一四年五月号（全文）、『ドストエフスキイの生活』（創元社、昭和一四年五月）所収
「現代日本の表現力」『東京朝日新聞』昭和一三年一二月一〇―一二日号
「満州の印象」『改造』昭和一四年一―二月号
『ドストエフスキイの生活』、創元社　昭和一四年五月
「事変と文学」『新女苑』昭和一四年七月号
「疑惑II」（原題「疑惑」）『文藝春秋』昭和一四年八月号
「「テスト氏」の方法」（原題「「テスト氏」の方法――「テスト氏」改訳序」）『文学界』昭和一四年一〇月号、同一二月号
「学者と官僚」『文藝春秋』昭和一四年一一月号
「処世家の理論」『文藝春秋』昭和一五年六月号

「事変の新しさ」〔原題「文学と自分——文藝銃後運動講演」〕『文学界』昭和一五年八月号
「文学と自分」〔原題「文学と自分——文藝銃後運動講演」〕『中央公論』昭和一五年一一月号
——『歴史と文学』、創元社、昭和一六年
——『小林秀雄全集』第六巻、創元社、昭和二五年
「感想」『日本評論』昭和一六年一月号
「島木健作」『文藝春秋』昭和一六年二月号
「林房雄」〔原題「林房雄について」〕『文藝春秋』昭和一六年三月号
「歴史と文学」『改造』昭和一六年三—四月号
「川端康成」『文藝春秋』昭和一六年六月号
「伝統」『国民文学と世界文学』、『新文学論全集』第六巻、河出書房、昭和一六年六月
「「カラマアゾフの兄弟」」『文藝』昭和一六年一〇—一一月号、昭和一七年一—三月号、同五月号、同七月号、同九月号
「三つの放送」『現地報告』第五二号、文藝春秋社、昭和一七年一月＊◇
「戦争と平和」『文学界』昭和一七年三月号
「当麻」『文学界』昭和一七年四月号
「ガリア戦記」『文学界』昭和一七年五月号
「無常といふ事」『文学界』昭和一七年六月号
「平家物語」『文学界』昭和一七年七月号
「徒然草」『文学界』昭和一七年八月号
「バッハ」『文学界』昭和一七年九月号
「西行」『文学界』昭和一七年一一—一二月号
——『無常といふ事』、創元社、昭和二一年
「実朝」『文学界』昭和一八年二月号、同五—六月号

――『無常といふ事』、創元社、昭和二一年
「ゼークトの「一軍人の思想」について」〔原題「「一軍人の思想」について――ゼークト論」〕『文学界』昭和一八年九月号
「モオツァルト」『創元』第一輯、昭和二一年一二月
サント・ブウヴ『我が毒』、小林秀雄訳、創元文庫、昭和二七年〔初版、昭和一四年〕

小林秀雄関連文献

饗庭孝男「小林秀雄と保田與重郎――「近代」のパラドックス」『文学界』昭和四八年七月号
――『小林秀雄とその時代』、小沢書店、小沢コレクション五〇、平成九年
粟津則雄『小林秀雄論』、中央公論社、昭和五六年
――「小林秀雄と日本の〈批評〉」『ユリイカ』平成一三年六月号
粟津則雄・安岡章太郎「小林秀雄体験」『新潮』平成一三年四月臨時増刊号
井口時男「宿命と単独性　小林秀雄と柄谷行人」『ユリイカ』平成一三年六月号
池上俊一「小林秀雄と現代歴史学」『新潮』平成五年五月号
伊中悦子「小林秀雄の「私小説論」――〈社会化した「私」〉の可能性」『日本近代文学』第二七号、昭和五五年一〇月
江藤淳『小林秀雄論集』、『新編江藤淳文学集成』第二巻、河出書房新社、昭和五九年〔『小林秀雄』初版は昭和三七年〕
王子賢太「論理と逆説「昭和十年前後」の小林秀雄と中野重治についてのノート」『ユリイカ』平成一三年六月号
大久保典夫「小林秀雄の宗教観　その「宗教的経験」をめぐって」『国文学　解釈と鑑賞』平成四年六月号
小笠原克〔大炊絶〕「私小説論の成立をめぐって」『群像』昭和三七年五月号
桶谷秀昭『批評の運命』、河出書房新社、昭和四九年
――「伝統感覚について――小林秀雄と保田與重郎」、『近代文学評論大系』月報6、角川書店、昭和四七年

小田切進「解説」、『解説』、『文学界』復刻版別冊、日本近代文学館、昭和五一年
小田切秀雄「文学における戦争責任の追求」『新日本文学』昭和二一年六月号
亀井秀雄「小林秀雄「私小説論」」『国文学』昭和四六年一二月号増刊
――「小林秀雄における一つの根本的な問題」『理想』昭和五一年一〇月号
――編「作品別小林秀雄批評・研究史」『国文学』昭和五五年二月号
――『小林秀雄論』初版第三刷、塙書房、昭和五八年
柄谷行人「心理を超えたものの影――小林秀雄と吉本隆明」、『畏怖する人間』、講談社文芸文庫、平成二年〔初出昭和四七年〕
――「交通について」『現代思想』昭和五四年三月号
――編著『近代日本の批評Ⅰ　昭和篇〔上〕』、講談社文芸文庫、平成九年
柄谷行人・中上健次「小林秀雄を超えて」、柄谷行人『ダイアローグⅠ　1970-1979』、第三文明社、昭和六二年〔初出、昭和五四年〕
河上徹太郎「小林秀雄」（『エピキュールの丘』所収）、『河上徹太郎全集』第五巻、勁草書房、昭和四五年
――「「文学界」の思い出」、『解説』、『文学界』復刻版別冊、日本近代文学館、昭和五一年
久米博「小林秀雄と三木清」『現代思想』昭和五四年三月号
郡司勝義『わが小林秀雄ノート　向日性の時代』、未知谷、平成一二年
佐々木基一「「文藝復興」期批評の問題」『文学』昭和二八年六月号
清水孝純『小林秀雄とフランス象徴主義』、審美社、昭和五五年
清水徹「日本におけるポール・ヴァレリーの受容について――小林秀雄とそのグループを中心として」『文学』第一巻第四号、平成二年
清水正徳「小林秀雄論」、『自己疎外論から「資本論」へ』、戦後思想叢書編集委員会、昭和四一年
絓秀美「今日のジャーナリズム批評のために　小林秀雄と大西巨人」『ユリイカ』平成一三年六月号
杉浦明平「小林秀雄批判」『国文学　解釈と観賞』昭和三六年一一月号

杉野要吾「「戦争下の抵抗文学」ノート――小林秀雄の姿勢に即して」、『日本文学研究資料叢書　小林秀雄』所収
鈴木貞美「「私小説論」について」『国文学　解釈と観賞』平成四年六月号
鈴村和成「消滅の技法としての小林秀雄　ランボーからのフーガ」『ユリイカ』平成一三年六月号
関谷一郎『小林秀雄への試み　関係の飢えをめぐって』、洋々社、平成六年
高見沢潤子『兄小林秀雄』、新潮社、昭和六〇年
田中直樹「「文学界」創刊の思い出」、『解説』、『文学界』復刻版別冊、日本近代文学館、昭和五一年
寺田透「私小説および私小説論」、『岩波講座　文学』第五巻、昭和二九年
――「小林秀雄論――その一面」『明治大正文学研究』第二五号、昭和三三年一一月
富岡幸一郎「小林秀雄の宗教的経験」『文学界』平成八年四月号
永原孝道「幻想作家・小林秀雄の、夢の女」『ユリイカ』平成一三年六月号
長原豊「睥睨する〈ラプラスの魔〉と跳躍　円環と切点あるいは反復と差異」『ユリイカ』平成一三年六月号
中藤武『小林秀雄の宗教的魂』、日本教文社、平成二年
西村孝次『わが従兄・小林秀雄』、筑摩書房、平成七年
二宮正之「古典としての小林秀雄」『新潮』平成一三年四月臨時増刊号
『日本文学研究資料叢書　小林秀雄』再版、有精堂、昭和五六年
野々上慶一「文圃堂内輪話」、『解説』、『文学界』復刻版別冊、日本近代文学館、昭和五一年
橋川文三「解説」、『戸坂潤全集』第四巻、勁草書房、昭和四一年
――『日本浪曼派批判序説』、講談社文芸文庫、平成一〇年
橋本稔『小林秀雄批判』、冬樹社、昭和五五年
服部達「われらにとって美は存在するか(2)　「実在の文学」の潮流」『群像』昭和三〇年七月号
花田清輝「もしもあのとき」、『近代の超克』、講談社文芸文庫　平成五年
林房雄「「文学界」創刊の頃」、『解説』、『文学界』復刻版別冊、日本近代文学館、昭和五一年
平岡敏夫「小林秀雄研究史」『国文学　解釈と観賞』昭和三六年一一月号

平野謙「ふたつの論争」(『プロレタリア文学史論覚え書』所収)、『平野謙全集』第三巻、新潮社、昭和五〇年
——「作家同盟の解散」(『昭和文学史論覚え書』所収)、『全集』第三巻所収
星加輝光『小林秀雄ノオト』、梓書房、昭和五四年
細谷博「小林秀雄における言葉の問題」、『日本文学研究資料叢書　小林秀雄』所収
本多秋五『転向文学論』第三版、未來社、昭和六〇年〔「小林秀雄論」初出は昭和二一年〕
前田英樹『小林秀雄』、河出書房新社、平成一〇年
——「小林秀雄と本居宣長」『ユリイカ』平成一三年六月号
丸山静「小林秀雄をめぐって——民族と文学」、『はじまりの意識』、せりか書房、昭和四六年〔初出、昭和三四年〕
山崎行太郎『小林秀雄とベルクソン「感想」を読む』増補版、彩流社、平成九年
山城むつみ『文学のプログラム』、太田出版、平成七年
山城むつみ・宇野邦一「小林秀雄、その可能性の中心」『ユリイカ』平成一三年六月号
山本哲士「小林秀雄論　批評場の文化生産 Draft I「私小説論」をめぐって」『季刊 iichiko』第七一号、平成一三年夏
ゆりはじめ『小林秀雄論　イカロス失墜』、マルジュ社、平成三年
芳谷和夫「小林秀雄『私小説論』ノート」『日本文学ノート』第一号、昭和五〇年二月
吉田熈生「小林秀雄研究上の一つの問題点——時期区分について」『本』昭和三九年一二月号
——「小林秀雄——「中野重治・小林秀雄論争」について」『国文学』昭和四〇年六月号
——編著『近代文学鑑賞講座17　小林秀雄』、角川書店、昭和四一年
——「「私小説論」における「自然」」、『近代文学評論大系』月報6、角川書店、昭和四七年
——「小林秀雄の「志賀直哉」」、『日本文学研究資料叢書　小林秀雄』所収
——編『小林秀雄必携』、學燈社、平成元年
吉田熈生・高橋英夫・三好行雄「「私小説論」をめぐって」『国文学　解釈と教材の研究』昭和五五年二月号
吉田司雄「小林秀雄「私小説論」の問題」『文芸と批評』昭和六三年一〇月号

吉本隆明「小林秀雄の方法」『国文学　解釈と観賞』昭和三六年一一月号
――「小林秀雄」、『悲劇の解読』、ちくま学芸文庫、平成九年〔初出、昭和五二年〕
渡辺広士『小林秀雄と瀧口修造』、審美社、昭和五一年

同時代文献

『昭和批評体系』全四巻、番町書房、昭和四三年
『近代文学評論体系』全一〇巻、角川書店、昭和四七年
『現代日本文学論争史』全三巻、平野謙・小田切秀雄・山本健吉編、未來社、昭和四八年
『昭和思想集』全二巻、『近代日本思想体系』第三五―三六巻、筑摩書房、昭和五三年
青野季吉「「日本的なもの」と我等」『文藝』昭和一二年三月号
――「祈りの強さ――経堂襍記」『文学界』昭和一七年一月号
浅野晃「文化の擁護」『新評論』昭和一一年一一月号
――「現代日本の『西洋と日本』――「日本的なもの」の問題の所在に就て」『改造』昭和一二年六月号
――「国民文学論の根本問題」『新潮』昭和一二年八月号、『論争史』下巻所収
甘粕石介「芸術に於ける日本的なもの」『中央公論』昭和一二年三月号
伊藤整「この感動萎えざらんが為に」『都新聞』昭和一六年一二月一四―一七日号、『伊藤整全集』第一五巻、新潮社、昭和四九年
猪俣津南雄「日本的なものゝ社会的基礎」『中央公論』昭和一二年五月号
大森義太郎「日本への省察」『中央公論』昭和一二年四月号
――「文学と民族性の交渉」『新潮』昭和一二年五月号
岡崎義恵『日本文藝学』、岩波書店、昭和一〇年一二月
亀井勝一郎「日本的なものの将来」『新潮』昭和一二年三月号

河上徹太郎「光栄ある日――文藝時評」『文学界』昭和一七年一月号
窪川鶴次郎「否定的評価の精神――新段階についての考察」『日本評論』昭和一二年四月号
酒井逸雄「科学と文学との対立は成り立つか――文学主義の潮流について」『人民文庫』昭和一二年九月号
向坂逸郎「政治と文化の相克」『改造』昭和一二年四月号
佐藤春夫「日本文学の伝統を思ふ」『中央公論』昭和一二年一月号、『近代文学評論体系』第七巻所収
竹内好「大東亜戦争と吾等の決意（宣言）」『中国文学』第八〇号、昭和一七年一月、『竹内好全集』第一四巻、筑摩書房、昭和五六年
戸坂潤『戸坂潤全集』、勁草書房、昭和四一―四二年
――『日本イデオロギー論』、『全集』第二巻所収
――「ナチス芸術統制」、『東京日日新聞』昭和一一年一二月一―三日号、『全集』第五巻所収
――「本年度思想界の動向」『報知新聞』昭和一二年一月一三―一五日号、『全集』第五巻所収〔「日本主義の文学化」と改題〕
――「日本の民衆と「日本的なるもの」」『改造』昭和一二年四月号、『全集』第四巻所収
内務省警保局編『国家主義運動の概要』、昭和八年、復刻版、原書房、昭和四九年
中島健蔵「文学と民族性に就いて」『改造』昭和一二年三月号
中野重治「ある日の感想」『文学評論』昭和一一年三月号
――「閏二月二九日」『新潮』昭和一一年四月号
――「文学における新官僚主義」『新潮』昭和一二年三月号
萩原朔太郎『日本への回帰』、白水社、昭和一三年三月、『昭和批評体系』第二巻に一部収録
馬場恒吾『立上がる政治家』再版、中央公論社、昭和一二年二月
林房雄『青年』戦時体制版、第一書房、昭和一三年一〇月〔初版、昭和九年〕
――『壮年』（第一部）、第一書房、昭和一一年二月
――「文藝時評――新日本主義論争の意義、他」『読売新聞』昭和一二年三月二八日―四月三日号

――「日本主義論争の鍵」『文藝』昭和一二年五月号
春山行夫「印象批評の一典型――小林秀雄氏の《文藝評論》」『三田文学』昭和六年一〇月号
火野葦平『麦と兵隊』、改造社、昭和一三年
平出英夫『護国の神・特別攻撃隊』、新東亜協会編、昭和一七年四月
正宗白鳥「トルストイについて」『読売新聞』昭和一一年一月一一―一二日号、『論争史』下巻所収
――「文藝時評（『抽象的煩悶』）」『中央公論』昭和一一年三月号、『論争史』下巻所収
――「文藝時評（思想と実生活）」『中央公論』昭和一一年五月号、『論争史』下巻所収
三木清『三木清全集』、岩波書店、昭和三九―六一年
――「新興美学に対する懐疑」『文藝春秋』昭和五年四月号、『全集』第一九巻所収
――「不安の思想とその超克」『改造』昭和八年六月号、『全集』第一〇巻所収
――「日本的性格とファシズム」『中央公論』昭和一一年八月号、『全集』第一三巻所収
――「ヒューマニズムの現代的意義」『中外商業新報』昭和一一年一〇月二一―四日号、『全集』第一三巻所収
――「知識階級と伝統の問題」『中央公論』昭和一二年四月号、『全集』第一三巻所収
――「日本的知性について」『文学界』昭和一二年四月号、『全集』第一三巻所収
――「新日本主義の認識――新日本文化会の林房雄氏へ」『読売新聞』昭和一二年七月三〇日―八月一日号、『全集』第一五巻所収
宮本顕治「小林秀雄論」『改造』昭和六年一二月号
矢崎弾「小林秀雄を嚙み砕く」『三田文学』昭和九年二月号
――「「もののあはれ」の錯乱――伝統への疑問符」『文藝』昭和一二年三月号
保田與重郎「「日本的なもの」批評について」『文学界』昭和一二年四月号、『保田與重郎全集』第六巻、講談社、昭和六一年
淀野隆三「アンドレ・ジィドの転向について」『改造』昭和八年八月号
龍膽寺雄「魔子」、『龍膽寺雄全集』第五巻、昭和書院、昭和五九年

――「珠壺」、『全集』第五巻所収

座談会

「リアリズムに関する座談会」『文学界』昭和九年九月号
「「夜明け前」合評会」『文学界』昭和一一年五月号
「明日の政治を語る座談会」『東京朝日新聞』昭和一一年一二月二三日―翌年一月一四日号
「時局と人物を語る」『改造』昭和一二年一月号
「現代文学の日本的動向」『文学界』昭和一二年二月号
「現代文藝思潮の対立――民族文化の問題を中心に」『文藝』昭和一二年三月号
「文学と政治」『文学界』昭和一二年三月号
「日本精神及び文化とは何か」『新潮』昭和一二年四月号
「古典に対する現代的意義」『新潮』昭和一二年五月号
「文化政策と社会教育の確立」『文藝春秋』昭和一五年一〇月号
「現代の思想に就いて」『文藝春秋』昭和一六年九月号
「即戦体制下文学者の心」『文学界』昭和一七年四月号
「文化総合会議　近代の超克」『文学界』昭和一七年一〇月号、『近代の超克』、冨山房百科文庫、昭和五四年
「コメディ・リテレール　小林秀雄を囲んで」『近代文学』昭和二一年二月号

その他

『朝日人物事典〔現代日本〕』、朝日新聞社、平成二年
アンダーソン、ベネディクト『想像の共同体　ナショナリズムの起源と流行』、白石隆・白石さや訳、リブロポート、

昭和六二年
磯田光一『昭和文学史論』、『昭和文学全集』別巻、小学館、平成二年
ヴァレリー、ポール『増補版ヴァレリー全集』、筑摩書房、昭和五二―五三年〔VALÉRY, Paul, *Œuvres*, Gallimard, 《Bibliothèque de la Pléiade》, 2 vols., 1987-1998〕
ヴィリリオ、ポール『戦争と映画　知覚の兵站線』、石井直志・千葉文夫訳、平凡社ライブラリー、平成一一年
ヴェーヌ、ポール『歴史をどう書くか』、大津真作訳、法政大学出版局、昭和五七年
大岡昇平『朝の歌――中原中也伝』、『現代文学大系59　大岡昇平集』、筑摩書房、昭和四一年
岡真理『記憶／物語』、岩波書店、平成一二年
桶谷秀昭『保田與重郎』、講談社学術文庫、平成八年
小田切進『昭和文学の成立』、勁草書房、昭和四〇年
柄谷行人『探究II』、講談社、平成元年
ギンズブルク、カルロ『歴史・レトリック・立証』、上村忠男訳、みすず書房、平成一三年
『国史大辞典』全一五巻、吉川弘文館、昭和五四年―平成九年
シモンズ、アーサー『象徴主義の文学運動』、前川祐一訳、冨山房百科文庫、平成五年
シュミット、カール『現代議会主義の精神的史的地位』、稲葉素之訳、みすず書房、昭和四七年
鈴木登美『語られた自己　日本近代の私小説言説』、大内和子・雲和子訳、岩波書店、平成一二年
「太平洋戦争勃発するの日　そのとき私はこうだった……知名人アンケート」『週間サンケイ』昭和三一年一二月九日号
多川精一『戦争のグラフィズム』、平凡社ライブラリー、平成一二年
竹内好「近代の超克」、『近代の超克』、冨山房百科文庫　昭和五四年
デーヴィス、ナタリー・ゼーモン『帰ってきたマルタン・ゲール』、成瀬駒男訳、平凡社ライブラリー、平成五年
ドゥルーズ、ジル『差異と反復』、財津理訳、河出書房新社、平成四年〔DELEUZE, Gilles, *Différence et répétition*, 3e éd., PUF, 1976〔1968〕〕

ドーク、ケヴィン・マイケル『日本浪曼派とナショナリズム』、柏書房、平成一一年
ドストエフスキー、フョードル『ドストエフスキー全集』、新潮社、昭和五三―五五年
トドロフ、ツヴェタン『歴史のモラル』、大谷尚文訳、法政大学出版局、平成五年
ハーバーマス他『過ぎ去ろうとしない過去　ナチズムとドイツ歴史家論争』、三島憲一他訳、人文書院、平成七年
バフチン、ミハイル『ドストエフスキーの詩学』、望月哲男・鈴木淳一訳、ちくま文庫、平成一一年
ブルデュー、ピエール『ハイデガーの政治的存在論』、桑田禮彰訳、藤原書店、平成一二年
フリードランダー、ソール『アウシュヴィッツと表象の限界』、上村忠男・小沢広明・岩崎稔訳、未來社、平成六年
ヘーゲル『精神の現象学』、金子武蔵訳、『ヘーゲル全集』第四―五巻、岩波書店、昭和四六―五四年
――『美学』、竹内敏雄訳、『ヘーゲル全集』第一八―二〇巻、岩波書店、昭和三一―五六年
松本健一『竹内好「日本のアジア主義」精読』、岩波現代文庫、平成一二年
森本淳生「近代の表裏――ヴァレリーとブルトン」、宇佐美齊編著『アヴァンギャルド芸術の世紀』、京都大学学術出版会、平成一三年
ラクー＝ラバルト、フィリップ『政治という虚構　ハイデガー　芸術そして政治』、浅利誠・大谷尚文訳、藤原書店、平成四年
「歴史学とポストモダン」『思想』平成六年四月号
BARTHES, Roland, « Le discours de l'histoire », *Information sur les sciences sociales*, septembre 1967 ; in *Œuvres complètes*, t. II, Seuil, 1994, p. 417-427
WHITE, Hayden, *Metahistory. The Historical Imagination in Nineteenth-Century Europe*, The Johns Hopkins University Press, Baltimore & London, 1973

あとがき

本書は遭遇の産物である。

表向き「ヴァレリー研究」を看板に掲げている私と小林秀雄という対象との距離は、たしかに遠くはないが、また近くもない。なんらかのきっかけがなければ、小林論を執筆することなどなかっただろう。そもそもの始まりは、勤め先である京都大学人文科学研究所の助手仲間であった上野成利、安田敏朗の両氏と語り合って若手の研究会を発足させたことだった。同じく助手仲間であった小林博行氏、また所外からも敬愛する崎山政毅、細見和之、辰巳伸知の各氏をはじめ何人かの方が加わってくださったので、この研究会は私にとって、専門を異にする方々と話せる貴重な場となった。当初はヴァレリーの「精神の危機」などについて報告していたのだが、しだいに全体の方針として一九三〇年代日本に焦点を絞ることになり、それならば小林秀雄のことでも考えてみようかと思って始めたのが、本書のそもそもの出発点であった。これが第一の遭遇である。

私たちが人文研で組織したこの研究班の正式なタイトルは「テクストの政治学——危機の時代における理論と批評」という茫漠としたものだったが、言葉の最もひろい意味においてテクストの政治性を読みとろうとする基本姿勢は共有されていた。小林秀雄の場合であれば、もちろん戦時中の言説が問題になろう。しかし、やり始めてみると問題はかなり複雑であった。なによりも、これまでの小林論の基本的なスタンスを考え直さなければならないように思われた。小林の戦時中の言説は、一方では政治的に断罪され、他方では小林の文学的ないしは思想的可能性に照らして本質的ではないかのように無視されてきた。だが当時小林が書いたテクストを全体として捉えれば、そのような政治と文学の区別は成立しない。小林が戦争をめぐって紡いだテクストは、彼の良質な文学的テクストと同じ「論理」によって貫かれているからである。昭和前期という激動の時代を生きた小林秀雄を正確に捉えるためには、そうした「論理」を時期的な変遷を考慮に入れつつ描きだすことが、なににもまして重要なのではないか。

個人的には次のような事情もあった。小林秀雄が作りあげたものは「文学」という「装置」である。しかも、それはとびきり上質のものだった。彼のテクストを読むとき、私は、文学に対したえず感じてきた魅惑と違和感をより一層強く感じる。たとえば「モオツァルト」は私にとって、否定しさってしまうには美しすぎ、素直に肯定するにはあまりにも問題を含みすぎたテクストなのである。正直に言えば、本書はこのように宙づりにされたところから書かれている。なぜ「文学」は私を魅了しつつも、たえず違和感を感じさせるのか。小林の「表現者」としての「論理」、この精妙な「文学装置」のありようを描きだすことで、私はこの問いに対するなんらかの答を得ようとしていたように思う。そしてそれは、客観的に言えば、彼の政治的テクストと文学的テクストの双方を貫く「論理」を明らかにすることであった。

このように考えると、戦争について述べたテクストだけではなく、「様々なる意匠」をはじめとする初期批評にまでさかのぼって検討を加えなければならない。一九九九年秋に「テクスト班」(と私たちは呼んでいた)で小林に関する最初の報告を行ったさい、私はそうした見通しを語ったはずであるが、それを聞いて小林論を一冊書かないかと熱心に誘ってくださったのが、人文書院の松井純氏であった。

これが第二の遭遇である。しかしその後は、一一月から翌二〇〇〇年八月までパリに滞在し、さすがにフランスでは真面目な（？）仏文学徒としてヴァレリー関連のセミナーに参加したり草稿を見たりしていたので、小林論はまったく進展しなかった。まがりなりにも完成したのは帰国後、一年半ほどたってからである。しかし、「新しい小林論を」という松井氏の情熱に十分答えることができたかについては、はなはだ心もとない。

叙述が必ずしもすっきりとしなかった点については言い訳をすまい。肩の力が抜けた過不足のない文体は（日本の文章規範である志賀直哉的文体は）、私にとっていまだ遠い理想にとどまっている。しかし引用の多さに関しては、いくらか思うところがないわけではない。およそ文学に関心をもつ者で小林秀雄の名を知らぬ者はいない、とはもはや言えぬであろうが、しかし小林がきわめてよく知られた批評家であることはまちがいない。だが、それだからこそ、彼の著名なさまざまな言葉はいわば「符牒」として流通し、彼の批評を貫く「論理」はほとんど省みられぬままに置き去りにされているのではないか。こうした不遜とも言える思いから、言うなれば「小林秀雄を読み直す」作業を行う必要があるように私には思われた。また他方では、戦闘行為と表現行為を混淆させる小林のテクストの実態は、実際にテクストを引用しながらでなければ、示すことができないという技術的な事情もあった。以上の点を諒とされて、読んでいただければ幸いである。

本書の叙述が「モオツァルト」で終わっている点も、あるいは訝しく思われるかもしれない。しかし、戦後の小林の批評は、基本的には「モオツァルト」の時点までで完成された「論理」の反復にすぎない。自意識と「形」の思想とのあいだを揺れた戦前の小林の批評は、『近代絵画』のピカソ論を一方の軸とし、『感想』冒頭の母の霊のエピソードや『本居宣長』をもう一方の軸とする戦後の批評にそのまま繰り返されている。もちろん個別的にはおもしろい問題もあるが、小林秀雄の「論理」を素描するだけであれば、「モオツァルト」までで十分であろうと思う。しかも、戦後の小林がほとんど社会時評的発言をしなくなったことを考えると、本書の意図に即せば、むしろ戦前のテクストを重点的に扱う必要があるとも言えるだろう。

このように今回本を書くにあたり、一番気にかけた点は小林のテクストにおいて戦争と美とが混淆するありようだったのだが、執筆も山場を迎えた昨年九月一一日にニューヨークのテロ事件が起きた。ハイジャックされた飛行機が世界貿易センタービルに激突、炎上し、さらにはビル全体が崩落するシーンがテレビに映し出されるのを見て、私は文字どおり衝撃を受けたが、しかしその映像が審美的な観点から見て「みごとなもの」であるという感覚も否定できなかった。私はごく自然に小林の「戦争と平和」の一節を思い出していた。悲劇的な出来事が、映像としては美的に完成されてしまうという事態は太平洋戦争当時となんのかわりもないし、またそれが、さまざまに交錯する複雑なコンテクストを離れて単純な物語へと還元される傾向もまったくそのままである。ニュースを見終え、朝、大学へと自転車を走らせていた私の眼に、鴨川と洛北につらなる山々はいつになく美しく見えた。ならば、私の心のなかにも、小林と同質の「論理」が伏在しているのだろう。そしておそらく他の多くの人々のなかにも。本書のささやかな意図は、そうした美と政治の関係を、小林秀雄という稀有な批評家を検討することをとおして、いささかなりとも明らかにしようとするものであった。

本書を執筆するにあたっては、多くの方々から助言や励ましを得た。「テクストの政治学」班をはじめ、横山俊夫先生の「安定社会と言語」班や小山哲、高木博志両氏主催の「記憶と記録」研究会では、拙い発表を聞いていただいたうえに、コメントを頂戴した。メンバーの方々に感謝したい。このうち人文研の助手仲間であり（またバドミントン仲間でもある）菊地暁氏には、いくつかの文献も教えていただいた。微笑をたたえつつ冷徹な批評をする氏を前にして、私は何度も襟を正す思いをしたことを記しておく。フランス留学中の伊藤玄吾と加納由起子のおふたりには、草稿に対するコメントを頂戴した。また、人文研図書室のスタッフの方々の並々ならぬご協力がなければ、初出資料などの収集は不可能であったと思う。そして宇佐美齊先生と大浦康介先生には、人文研における研究環境にたえず気を配っていただいた。思えば感謝の念にたえない。以上が第三の遭遇である。

最後に、本作りのプロとして丁寧な編集作業をしていただいた松井純氏にも、あらためてお礼申し上げたい。

さまざまな遭遇から本書が生まれたように、本書の議論がよりひろい場へと開かれていくことになれば私にとってこれにまさる喜びはない。

二〇〇二年五月二六日　京都にて

森本淳生

著者略歴

森本淳生（もりもと・あつお）

1970年生。フランス政府給費留学生としてパリ第12大学及びエコール・ノルマル・シュペリウールに留学。京都大学文学研究科博士後期課程中退。現在，京都大学人文科学研究所助手。専門はポール・ヴァレリー。主要論文に« Agathe ou la genèse du sujet—Valéry dans les idées contemporaines »（*Etudes de langue et littérature françaises*, nº 74, Société japonaise de langue et littérature françaises, 1999），「ポール・ヴァレリーと表象＝代理の「危機」」（『人文学報』第83号，京都大学人文科学研究所，2000），「近代の表裏――ヴァレリーとブルトン」（宇佐美齊編著『アヴァンギャルドの世紀』，京都大学学術出版会，2001）など。

ISBN4-409-16083-4 C1095

小林秀雄の論理
――美と戦争

二〇〇二年六月三〇日　初版第一刷印刷
二〇〇二年七月一〇日　初版第一刷発行

ML1

著　者　森本淳生
発行者　渡辺睦久
発行所　人文書院
〒六一二-八四四七
京都市伏見区竹田西内畑町九
電話〇七五・六〇三・一三四四
振替〇一〇〇〇-八-一一〇三
印刷所　創栄図書印刷株式会社
製本所　坂井製本所

樋口 覚著

誤解の王国

文芸批評を越える
たしかな人間理解

二四〇〇円

「誤解」こそが創造的な生の証と断言する著者は、それを丹念に跡づけることで文学者の思考の道程に同行する。細部から全体への意想外の展開とそれを支える論理の勁さは、批評が「読む」ことの徹底でしかありえないことを納得させる。大岡昇平論ほか秀逸論文十数篇。

表示価格(税抜)は2002年6月

樋口 覚著

三絃の誘惑

近代日本精神史覚え書　二九〇〇円

やみ難い音曲への傾き

近代人の苦悶の劇

三味線が醸す日本的心性への耽溺とその徹底的な否定――明治以後、「淫声」として弾劾された江戸音曲に対する感情は十人十色、大きな振幅を見た。その劇の数々を、西洋の大波に見舞われ混迷を極めた近代日本の姿に二重写しに描いた傑作。第十回三島由紀夫賞受賞。

表示価格(税抜)は2002年6月

樋口覚著

雑音考

思想としての転居

目に蓋あれど、
耳に栓なし

二四〇〇円

万人の悩み「雑音」。このきわめて「近代的な」問題を、その闘いにおいて徹底したあまたの文学者・思想家——漱石、カーライル、カント、荷風、本居宣長、鴨長明、岡倉天心等——を取り上げ、悲喜劇の舞台たる「住居」から考察する異色の音論。五感の文学批評。

表示価格(税抜)は2002年6月